MW01503511

Thomas Babington Macaulay

Geschichte von England seit der Thronbesteigung Jakob's des Zweiten. Neunter Band: enthaltend Kapitel 17 und 18.

Thomas Babington Macaulay

Geschichte von England seit der Thronbesteigung Jakob's des Zweiten. Neunter Band: enthaltend Kapitel 17 und 18.

1. Auflage | ISBN: 978-3-75244-309-7

Erscheinungsort: Frankfurt am Main, Deutschland

Erscheinungsjahr: 2020

Outlook Verlag GmbH, Deutschland.

Reproduktion des Originals.

Thomas Babington Macaulay's

Geschichte von England

seit der

Thronbesteigung Jakob's des Zweiten.

———————

Siebzehntes Kapitel.

Wilhelm und Marie.

[Wilhelm's Reise nach Holland.]

Am 18. Jan. 1691 schiffte sich der König, nachdem seine Abreise durch widrige Winde um einige Tage verzögert worden war, in Gravesend ein. Vier Yachten waren für ihn und sein Gefolge ausgerüstet worden. Unter seinen Begleitern waren Norfolk, Ormond, Devonshire, Dorset, Portland, Monmouth, Zulestein und der Bischof von London, und zwei ausgezeichnete Admiräle, Cloudesley Shovel und Georg Rooke, befehligten die Kriegsschiffe, welche den Convoi bildeten. Die Ueberfahrt war langweilig und unangenehm. Auf der Höhe der Godwin-Sandbänke wurde das Geschwader viele Stunden durch eine Windstille aufgehalten, und erst am fünften Tage zeigte das Senkblei an, daß man sich der holländischen Küste näherte. Der Seenebel war jedoch so dicht, daß sich das Land nicht erkennen ließ, und man hielt es nicht für gerathen, in der Dunkelheit weiter zu fahren. Der Seereise überdrüssig und von Sehnsucht nach seinem geliebten Vaterlande erfüllt, beschloß Wilhelm in einem offenen Boote zu landen. Die ihn begleitenden Edelleute versuchten ihn von dem Vorhaben abzubringen, ein so kostbares Leben zu gefährden; als sie aber sahen, daß sein Entschluß fest stand, drangen sie darauf, die Gefahr mit ihm zu theilen. Es zeigte sich bald, daß diese Gefahr ernster war als sie erwartet hatten. Man hatte geglaubt, daß die Gesellschaft in einer Stunde das Ufer erreichen werde; aber große Massen Treibeis erschwerten das Fortkommen des Bootes, die Dunkelheit brach herein, der Nebel wurde dichter und die Wogen durchnäßten den König und seine Begleiter. Einmal stieß das Fahrzeug auf eine Sandbank und wurde nur mit großer Mühe wieder flott gemacht. Auch die kühnsten Seeleute konnten sich einiger Besorgniß nicht erwehren. Wilhelm aber blieb die ganze Nacht durch eben so ruhig, als ob er sich im Drawingroom zu Kensington befunden hätte. „Schämt Euch," sagte er zu einem der verzagenden Matrosen, „fürchtet Ihr in meiner Gesellschaft den Tod?" Ein verwegener holländischer Seemann sprang ins Meer und schwamm und watete durch Brandung, Eis und Schlamm ans Land. Hier schoß er ein Gewehr ab und zündete ein Feuer an, zum Zeichen daß er in Sicherheit war. Keiner von seinen Mitpassagieren hielt es jedoch für gerathen, seinem Beispiele zu folgen. Sie lagen auf- und abtreibend im Angesicht des Feuers, das er angezündet hatte, bis der erste matte Schimmer eines Januarmorgens sie erkennen ließ, daß sie sich dicht bei der Insel Goree befanden. Ganz erstarrt von der Kälte und mit Eisklumpen bedeckt, landete der König mit seinen Lords, um sich zu erwärmen und auszuruhen.[1]

Nachdem Wilhelm einige Stunden in der Hütte eines Landmanns geruht hatte, reiste er weiter nach dem Haag. Dort wurde er mit Ungeduld erwartet, denn obgleich die Flotte, die ihn brachte, am Ufer nicht sichtbar war, so waren doch die königlichen Salutschüsse durch den Nebel gehört worden und

3

hatten der ganzen Küste seine Ankunft verkündet. Viele Tausende waren bei Honslaerdyk versammelt, um ihn mit einem Jubel zu bewillkommnen, der aus ihren Herzen kam und den Weg zu seinem Herzen fand. Es war einer der wenigen Freudentage in einem wohl nützlichen und ruhmvollen, doch keineswegs glücklichen Leben. Nachdem der Verbannte über zwei Jahre in einem fremden Lande zugebracht, stand er jetzt wieder auf seinem heimathlichen Boden, hörte wieder die Sprache seiner Kindheit und sah die Scenerie und Architektur wieder, die in seinem Geiste unzertrennlich mit den Jugenderinnerungen und Heimathsgefühlen verknüpft waren; die kahlen Dämme von Sand, Muscheln und Steinen, an denen sich die Wogen des deutschen Oceans brachen; die endlosen, von Gräben durchschnittenen Wiesen; die schnurgeraden Kanäle und die freundlich angestrichenen, mit zierlichen Figuren und Inschriften geschmückten Landhäuser. Er hatte viele langweilige Monate unter einem Volke gelebt, das ihn nicht liebte, das ihn nicht verstand und das nie vergessen konnte, daß er ein Ausländer war. Selbst diejenigen Engländer, die ihm am treuesten dienten, dienten ihm ohne Begeisterung, ohne persönliche Zuneigung und nur aus amtlichem Pflichtgefühl. Im Stillen bedauerten sie es, daß ihnen keine andre Wahl blieb, als zwischen einem englischen Tyrannen und einem holländischen Befreier. Hier war Alles anders. Wilhelm befand sich unter einer Bevölkerung, von der er angebetet wurde, wie Elisabeth angebetet worden war, als sie bei Tilbury durch die Reihen ihrer Armee ritt, wie Karl II. angebetet worden war, als er in Dover landete. Allerdings waren die alten Feinde des Hauses Oranien während der Abwesenheit des Statthalters nicht müßig gewesen, und es war, wenn auch nicht laut, doch leise gegen ihn gemurrt worden. Er habe, sagte man, sein Vaterland um seines neuen Königreichs willen vernachlässigt. Ueberall wo das Ansehen der englischen Flagge, der Aufschwung des englischen Handels im Spiele gewesen sei, habe er vergessen, daß er ein Holländer war. Sobald man aber sein wohlbekanntes Gesicht wieder sah, war alle Eifersucht, alle Kälte verschwunden. Es war nicht ein Bauer, nicht ein Fischer, nicht ein Handwerker unter den Volksmassen, welche die Straße von Honslaerdyk nach dem Haag bedeckten, dessen Herz sich nicht stolz gehoben hätte bei dem Gedanken, daß der erste Minister Holland's ein großer König geworden war, daß er die Engländer befreit und die Irländer besiegt hatte. Es würde Tollkühnheit gewesen sein, wenn Wilhelm von Hampton Court nach Westminster ohne Eskorte gefahren wäre; in seinem eignen Lande aber brauchte er keine Schwerter und Karabiner zu seinem Schutze. „Haltet die Leute nicht zurück," rief er aus, „laßt sie nahe zu mir herankommen, sie sind alle meine guten Freunde."

[W i l h e l m ' s E i n z u g i n d e n H a a g .]

Er erfuhr bald, daß glänzende Vorbereitungen zu seinem Empfange im Haag

4

getroffen wurden. Zuerst schalt er darüber und machte Einwendungen. Er hasse, sagte er, alles Geräusch und Schaugepränge. Die nothwendigen Kosten des Kriegs seien ohnehin schwer genug. Er hoffe, daß seine lieben Mitbürger ihn als einen unter ihnen gebornen und erzogenen Nachbar betrachten und ihm nicht ein so schlechtes Compliment machen würden, ihn ceremoniös zu behandeln. Aber alle seine Vorstellungen waren vergebens. So einfach und sparsam die Holländer in ihrer gewöhnlichen Lebensweise sind, bei dieser Gelegenheit hatten sie sich vorgenommen, ihrem erlauchten Landsmanne einen seinem Range und seinen Verdiensten entsprechenden Empfang zu bereiten, und er sah wohl, daß er sich fügen mußte. Am Tage seines Triumphzuges war der Zusammenfluß von Menschen ungeheuer. Alle Wagen und Pferde der Provinz waren nicht hinreichend, um die Masse Derer zu befördern, welche zu dem Schauspiele herbeiströmten. Viele Tausende kamen zu Schlitten oder mit Schlittschuhen auf den zugefrornen Kanälen von Amsterdam, Rotterdam, Leyden, Haarlem und Delft. Am Morgen des 26. Januar um zehn Uhr gab die große Glocke auf dem Rathhause das Signal. Sechzehnhundert wohlhabende Bürger, wohl bewaffnet und in die schönsten Anzüge gekleidet, die sie in den Tiefen ihrer Garderoben hatten finden können, hielten Ordnung in den mit Menschen gefüllten Straßen. Balkons und Gerüste, von Immergrün umrankt und mit Teppichen behangen, verbargen die Fenster. Der königliche Wagen, begleitet von einem Heere von Hellebardieren und Läufern und gefolgt von einem langen Zuge von Equipagen, fuhr durch zahllose mit Schnitzwerk und Malerei reich verzierte Triumphbögen unter dem endlosen Rufe: „Lange lebe der König, unser Statthalter!" Die Vorderseite des Rathhauses und der ganze Umkreis des Marktplatzes prangten im glänzendsten Farbenschmucke. Bürgerkronen, Trophäen, Embleme der Künste, der Wissenschaften, des Handels und des Ackerbaues zeigten sich allenthalben. An einer Stelle sah Wilhelm die glorreichen Thaten seiner Ahnen abgebildet. Da war der schweigsame Prinz, der Gründer der batavischen Republik, wie er mit seinen Kriegern über die Maas ging. Da war der ungestümere Moritz, wie er den Angriff bei Nieuport leitete. Ein wenig weiter hin konnte der Held die ereignißvolle Geschichte seines eignen Lebens verfolgen. Er sah sich als Kind auf dem Schooße seiner verwittweten Mutter; dann am Altare mit Mariens Hand in der seinigen; dann wie er in Torbay landete; dann wie er durch den Boyne schwamm. Zuletzt kam ein von Eis und Brandung umgebenes Boot, über welchem ganz passend in der majestätischen Sprache Rom's die Worte des großen Römers: „Was fürchtest Du? Du hast Cäsar an Bord," geschrieben standen. Die Aufgabe, die lateinischen Mottos zu liefern, war zwei Männern übertragen worden, welche bis zum Erscheinen Bentley's unter den klassischen Gelehrten der damaligen Zeit die erste Stelle einnahmen. Spanheim, der als Kenner der römischen Münzen unerreicht dastand, ahmte nicht ohne Glück die edle Kürze der alten Umschriften nach, die er fleißig studirt hatte, und er wurde unterstützt durch Grävius, der damals in Utrecht einen Lehrstuhl inne hatte und dessen wohlverdienter Ruf Massen von Studirenden aus allen Theilen des protestantischen Europa an diese Universität zog.[2] Als die Nacht hereinbrach, wurden auf dem großen Teiche, der die Mauern des Bundespalastes bespülte, Feuerwerke abgebrannt. Dieser Teich war jetzt so hart wie Marmor, und die Holländer rühmten sich, daß die Welt, selbst auf der Terrasse von Versailles, nie etwas Prächtigeres gesehen habe als den Effect der zahllosen Feuergarben, die der glatte Eisspiegel zurückwarf.[3] Die englischen Lords beglückwünschten ihren Gebieter wegen seiner großen Popularität. „Ja," sagte er, „aber ich bin nicht der Liebling. Der Jubel würde ungleich größer gewesen sein, wenn Marie bei mir gewesen wäre."

Wenige Stunden nach seinem triumphirenden Einzuge wohnte der König einer Sitzung der Generalstaaten bei. Sein letztes Erscheinen in ihrer Mitte hatte an dem Tage stattgefunden, an welchem er sich nach England einschiffte. Er hatte damals unter dem lauten Schluchzen und Weinen dieser ernsten Senatoren ihnen für die Güte gedankt, mit der sie über seine Kindheit gewacht, seinen jugendlichen Geist gebildet und in reiferen Jahren seine Autorität unterstützt, und er hatte seine geliebte Gemahlin feierlich ihrer Obhut empfohlen. Jetzt kehrte er zu ihnen zurück als der König dreier Reiche, als das Haupt der größten Coalition, die Europa seit hundertachtzig Jahren gesehen hatte, und man hörte nichts als Beifall und Glückwünsche im Saale. [4]

[C o n g r e ß i m H a a g .]

Inzwischen bewegten sich durch die Straßen des Haag die Equipagen und Gefolge der Fürsten und Gesandten, welche zu dem großen Congresse strömten. Zuerst erschien der ehrgeizige und prachtliebende Friedrich, Kurfürst von Brandenburg, der einige Jahre später den Titel König von Preußen annahm. Dann kamen der junge Kurfürst von Bayern, der Regent von Würtemberg, die Landgrafen von Hessen-Kassel und Hessen-Darmstadt und eine lange Reihe souverainer Fürsten aus den erlauchten Häusern Braunschweig, Sachsen, Holstein und Nassau. Der Marquis von Gastanaga, Gouverneur der spanischen Niederlande, kam vom viceköniglichen Hofe zu Brüssel zu der Versammlung. Außerordentliche Gesandte waren vom Kaiser, von der Königin von Spanien, Polen, Dänemark und Schweden und vom Herzoge von Savoyen geschickt. Die Stadt und Umgegend bot kaum Räumlichkeiten genug zur Aufnahme der englischen Lords und Gentlemen und der deutschen Grafen und Barone, welche Neugierde oder Amtspflicht an den Versammlungsort geführt hatten. Die ernste Hauptstadt der sparsamsten und betriebsamsten Nation der Welt war so heiter wie Venedig zur Carnevalszeit. Die durch jene majestätischen Linden und Ulmen, in deren

Mitte die Villa des Prinzen von Oranien liegt, führenden Alleen strotzten von den Federbüschen, den Ordenssternen, den wallenden Perrücken, den gestickten Röcken und den vergoldeten Degengefäßen eleganter Cavaliere aus London, Berlin und Wien. Unter die Edelleute waren jedoch auch Gauner gemischt, nicht minder prächtig gekleidet als jene. Des Abends waren die Hazardspieltische belagert und das Theater bis unter das Dach gefüllt. Fürstliche Bankets drängten sich in rascher Aufeinanderfolge. Die Speisen wurden in goldenen Schüsseln aufgetragen und nach der alten teutonischen Sitte, mit welcher Shakespeare seine Landsleute bekannt gemacht hat, ertönten die Pauken und Trompeten so oft einer der großen Fürsten eine Gesundheit ausbrachte. Einige englische Lords, insbesondere Devonshire, gaben Feste, welche mit denen der Souveraine wetteiferten. Es wurde bemerkt, daß die deutschen Potentaten, welche im allgemeinen bezüglich der Etikette streitsüchtig und peinlich waren, sich bei dieser Gelegenheit ohne alle Förmlichkeit versammelten und ihren Hang zu genealogischen und heraldischen Controversen vergessen zu haben schienen. Die Liebe zum Wein aber, welche damals ein characteristischer Zug ihrer Nation war, hatten sie nicht vergessen. An der Tafel des Kurfürsten von Brandenburg erregte der gravitätische Ernst der holländischen Staatsmänner, die in ihrer Nüchternheit durch Citate aus Grotius und Puffendorf den Unsinn widerlegten, den die berauschten Edlen des Reichs hervorstammelten, große Heiterkeit. Einer dieser Edlen leerte so viele Humpen, daß er in das Torffeuer taumelte, aus dem er erst wieder herausgezogen wurde, als sein schöner Sammetrock verbrannt war.[5]

Doch inmitten dieser festlichen Gelage wurden die Geschäfte nicht vernachlässigt. Es wurde eine förmliche Sitzung des Congresses unter Wilhelm's Präsidium gehalten, worin er in einer kurzen und würdevollen Ansprache, welche rasch die Runde durch ganz Europa machte, die Nothwendigkeit festen Zusammenhaltens und energischer Anstrengung auseinandersetzte. Die tiefe Ehrerbietung, mit der ihn die glänzende Versammlung anhörte, erweckte den bitteren Neid und Aerger seiner Feinde in England wie in Frankreich. Die deutschen Potentaten wurden heftig getadelt, daß sie einem Emporkömmlinge den Vorrang einräumten. Die Vornehmsten unter ihnen bezeigten ihm aber auch in der That eine solche Achtung, wie sie sie kaum der kaiserlichen Majestät gezollt haben würden; sie mischten sich unter die in seinem Vorzimmer harrende Menge und benahmen sich an seiner Tafel so ehrfurchtsvoll wie irgend ein dienstthuender englischer Lord. Auf einer Carricatur sind die verbündeten Fürsten als Bären mit Maulkörben dargestellt, einige mit Kronen, andere mit Staatsmützen auf dem Kopfe. Wilhelm hält sie alle an einer Kette und läßt sie tanzen. Auf einer andren Carricatur sah man ihn bequem in einem Armstuhl hingestreckt, die

Füße auf einem Kissen und den Hut auf dem Kopfe, während die Kurfürsten von Brandenburg und Bayern entblößten Hauptes auf niedrigen Sesseln zu seiner Rechten und Linken saßen; die Schaar der Landgrafen und souverainen Herzöge stand in bescheidener Entfernung, und Gastanaga, der unwürdige Nachfolger Alva's, erwartete mit gebeugtem Knie die Befehle des ketzerischen Tyrannen.[6]

[Wilhelm sein eigner Minister des Auswärtigen.]

Es wurde bald auf höheren Befehl angekündigt, daß noch vor Beginn des Sommers zweihundertzwanzigtausend Mann gegen Frankreich im Felde stehen würden.[7] Das Contingent, das jede der verbündeten Mächte zu stellen hatte, wurde bekannt gemacht. Diejenigen Angelegenheiten aber, über welche eine öffentliche Erklärung abzugeben nicht zweckmäßig gewesen wäre, wurden zwischen dem Könige von England und seinen Bundesgenossen privatim besprochen. Bei dieser wie bei jeder andren wichtigen Gelegenheit während der ganzen Dauer seiner Regierung war er sein eigner Minister des Auswärtigen. Um der Form willen war es nothwendig, daß ihm ein Staatssekretär zur Seite stand, und daher hatte Nottingham ihn nach Holland begleitet. Aber wenn auch Nottingham in allen die innere Verwaltung England's betreffenden Dingen das Vertrauen seines Gebieters in hohem Grade besaß, so erfuhr er doch von den Geschäften des Congresses wenig mehr als was er in den Zeitungen las.

Dieses Verfahren würde jetzt für höchst verfassungswidrig angesehen werden, und viele Schriftsteller, welche den Maßstab ihres Jahrhunderts an die Transactionen einer früheren Zeit legten, haben Wilhelm deshalb, weil er ohne den Rath seiner Minister handelte, und seine Minister, weil sie es sich gefallen ließen, über Angelegenheiten, bei denen die Ehre der Krone und das Wohl der Nation stark betheiligt waren, in Unkenntniß zu bleiben, streng getadelt. Man darf jedoch wohl mit Gewißheit annehmen, daß das was die rechtschaffensten und achtbarsten Männer beider Parteien, z. B. Nottingham unter den Tories und Somers unter den Whigs, nicht allein thaten, sondern auch öffentlich eingestanden, nicht ganz unverantwortlich gewesen sein kann; und eine genügende Entschuldigung ist nicht schwer zu finden.

Die Lehre, daß der Souverain nicht verantwortlich ist, ist unzweifelhaft so alt wie irgend ein andrer Theil unsrer Verfassung. Nicht minder uralt ist die Lehre, daß seine Minister verantwortlich sind. Daß da wo keine Verantwortlichkeit ist, keine sichere Gewähr gegen schlechte Verwaltung sein kann, ist ein Satz, den zu unsrer Zeit und in unsrem Lande Wenige bestreiten werden. Aus diesen drei Vordersätzen folgt ganz natürlich, daß die Verwaltung dann am besten geleitet zu werden verspricht, wenn der Souverain keinen öffentlichen Act ohne die Beihülfe und Vermittelung eines

Ministers vollzieht. Diese Folgerung ist durchaus richtig. Aber wir müssen bedenken, daß Regierungen anders construirt sind als Schlußfolgerungen. In der Logik kann nur ein Dummkopf die Vordersätze zugeben und den daraus hervorgehenden Schluß in Abrede stellen. In der Praxis aber sehen wir, daß große und aufgeklärte Staatsgesellschaften oftmals viele Generationen hindurch darin beharren, Grundsätze aufzustellen, und doch nicht nach diesen Grundsätzen handeln wollen. Es darf bezweifelt werden, ob irgend ein Staatswesen, das jemals thatsächlich existirt hat, der reinen Idee dieses Staatswesens genau entsprochen hat. Nach der reinen Idee des constitutionellen Königthums herrscht der Fürst, regiert aber nicht, und das constitutionelle Königthum, wie es jetzt in England besteht, kommt der reinen Idee näher als in irgend einem andren Lande. Es würde jedoch ein großer Irrthum sein, wollte man glauben, daß unsere Fürsten bloß herrschen und niemals regieren. Im 17. Jahrhundert hielten es die Whigs sowohl wie die Tories nicht allein für das Recht, sondern für die Pflicht des ersten Staatsbeamten, zu regieren. Alle Parteien tadelten Karl II. einstimmig, daß er nicht sein Premierminister war; alle Parteien lobten Jakob einstimmig, daß er sein eigner Marineminister war, und alle Parteien fanden es natürlich und vernünftig, daß Wilhelm sein eigner Staatssekretär des Auswärtigen war.

Man wird bemerken, daß selbst die Tüchtigsten und Kenntnißreichsten unter Denen, welche die Art und Weise tadelten, wie damals Unterhandlungen geleitet wurden, mit sich selbst nicht recht einig sind. Denn während sie Wilhelm tadeln, daß er sein eigner bevollmächtigter Minister im Haag war, loben sie ihn, daß er sein eigner Oberbefehlshaber in Irland war. Doch wo ist im Prinzip ein Unterschied zwischen den beiden Fällen? Gewiß wird jeder Grund der angeführt werden kann, um zu beweisen, daß er die Verfassung verletzte, als er aus eigner Machtvollkommenheit mit dem Kaiser und dem Kurfürsten von Brandenburg Verträge schloß, auch eben so beweisen, daß er die Verfassung verletzte, als er aus eigner Machtvollkommenheit einer Colonne befahl, bei Oldbridge ins Wasser zu gehen, einer andren, die Brücke von Slane zu passiren. Wenn die Verfassung ihm das Recht gab, die Streitkräfte des Staats zu commandiren, so gab sie ihm auch das Recht die auswärtigen Angelegenheiten des Staats zu leiten. Nach welchem Prinzipe kann man also behaupten, daß es ihm frei stand, die erste Befugniß auszuüben, ohne Jemanden zu fragen, daß er aber verpflichtet war, die letztere Befugniß nur in Uebereinstimmung mit dem Rathe eines Ministers auszuüben? Will man etwa sagen, ein diplomatischer Fehler könne dem Lande voraussichtlich mehr schaden als ein strategischer Fehler? Gewiß nicht. Es läßt sich kaum denken, daß ein Mißgriff, den Wilhelm im Haag begehen konnte, den öffentlichen Interessen hätte nachtheiliger werden können als eine Niederlage am Boyne. Oder wird man sagen, daß mehr Grund vorhanden gewesen sei, in seine militärische Geschicklichkeit Vertrauen zu setzen, als in seine diplomatische? Sicherlich nicht. Er zeigte im Kriege einige große moralische und geistige Eigenschaften, als Taktiker aber stand er auf keiner hohen Stufe, und von seinen zahlreichen Feldzügen waren nur zwei entschieden glücklich. In den Talenten eines Diplomaten hingegen ist er nie übertroffen worden. Er kannte die Interessen und Gesinnungen der festländischen Höfe besser als sein ganzer Staatsrath zusammengenommen. Einige seiner Minister waren unstreitig sehr geschickte Männer, vortreffliche Redner im Hause der Lords, und genaue Kenner aller Verhältnisse unsrer Insel. Aber bei den Verhandlungen des Congresses würden Caermarthen und Nottingham ihm eben so weit nachstehend erfunden worden sein, wie er sich bei einer parlamentarischen Debatte über eine englische Angelegenheit ihnen nachstehend erwiesen haben würde. Die Koalition gegen Frankreich war sein Werk. Er allein hatte die Theile des großen Ganzen zusammengefügt und er allein konnte sie zusammenhalten. Hätte er diese große und complicirte Maschine den Händen irgend eines seiner Unterthanen anvertraut, so würde sie augenblicklich in Stücke zerfallen sein.

Es mußte allerdings auch Einiges geschehen, was keiner seiner Unterthanen zu thun gewagt haben würde. Der Papst Alexander war factisch, wenn auch nicht nominell, einer der Verbündeten; es war von höchster Wichtigkeit, ihn zum Freunde zu haben, und doch war die Stimmung der englischen Nation von der Art, daß ein englischer Minister sich wohl scheuen konnte, mit dem Vatikan in directem oder indirectem Verkehr zu stehen. Die Staatssekretäre waren ganz froh, daß sie eine so delikate und gefährliche Sache ihrem Gebieter überlassen und mit gutem Gewissen versichern konnten, daß niemals eine einzige Zeile, gegen welche der intoleranteste Protestant etwas hätte einwenden können, aus ihrem Bureaux hervorgegangen sei.

[W i l h e l m   e r l a n g t   e i n e   To l e r a n z   f ü r   d i e   Wa l d e n s e r.]

Man darf jedoch nicht glauben, daß Wilhelm je vergaß, daß die Beschützung des reformirten Glaubens seine specielle, seine erbliche Mission war. Er wendete seinen Einfluß auf die katholischen Fürsten beständig und nachdrücklich zu Gunsten ihrer protestantischen Unterthanen an. Im Frühjahr 1691 wurden die lange und grausam verfolgten und ihres Lebens überdrüssigen waldensischen Hirten durch frohe Botschaften überrascht. Diejenigen, welche wegen Ketzerei im Gefängniß schmachteten, kehrten in ihre Heimath zurück. Kinder die ihren Eltern entrissen worden waren, um von Priestern erzogen zu werden, wurden ihren Angehörigen zurückgegeben. Gemeinden, die sich bisher nur heimlich und mit der größten Gefahr hatten versammeln können, verehrten jetzt Gott am hellen Tage, ohne von

Jemandem belästigt zu werden. Diese einfachen Gebirgsbewohner erfuhren wahrscheinlich niemals, daß ihr Schicksal im Haag besprochen worden war und daß sie ihr häusliches Glück und den ungestörten Besuch ihrer bescheidenen Tempel dem Einflusse verdankten, den Wilhelm auf den Herzog von Savoyen ausübte.[8]

[Mängel, welche in der Natur der Coalitionen liegen.]

Keine Coalition, deren Andenken die Geschichte uns aufbewahrt, hat ein geschickteres Oberhaupt gehabt als Wilhelm es war. Aber selbst Wilhelm kämpfte oft vergebens gegen die Mängel an, welche allen Coalitionen von Natur eigen sind. Kein Unternehmen, das ein herzliches und dauerndes Zusammenwirken vieler unabhängiger Staaten erfordert, verspricht einen gedeihlichen Fortgang. Eifersüchteleien entstehen unvermeidlich; Streitigkeiten erzeugen neue Streitigkeiten. Jeder Bundesgenosse fühlt sich versucht, einen Theil der Last, die er selbst tragen sollte, auf Andere zu wälzen. Kaum Einer stellt ehrlich das versprochene Contingent, kaum Einer hält pünktlich den bestimmten Tag ein. Aber vielleicht keine Coalition, welche je existirt hat, war in so fortwährender Gefahr der Auflösung als die, welche Wilhelm mit unendlicher Mühe gebildet hatte. Die lange Liste der Potentaten, die in Person oder durch Bevollmächtigte vertreten, im Haag zusammenkamen, nahm sich in den Zeitungen vortrefflich aus. Die Masse der von bunten Garden und Lakaien umgebenen fürstlichen Equipagen gewährte unter den Linden des Voorhout einen ganz prächtigen Anblick. Aber gerade die Umstände, welche den Congreß glänzender machten als andere Congresse, machten die Conföderation schwächer als andere Conföderationen. Je zahlreicher die Alliirten, um so zahlreicher waren die Gefahren, welche der Allianz drohten. Es war unmöglich, daß zwanzig Regierungen, welche durch Rang-, Gebiets-, Handels- oder Religionsstreitigkeiten veruneinigt waren, lange in vollkommener Harmonie zusammenhandeln konnten. Daß sie mehrere Jahre lang wenigstens in unvollkommener Harmonie zusammenhandelten, ist lediglich der Klugheit, Geduld und Festigkeit Wilhelm's zuzuschreiben.

Die Lage seines mächtigen Feindes war eine ganz andre. Die Hülfsquellen der französischen Monarchie kamen zwar den vereinten Hülfsquellen England's, Holland's, des Hauses Oesterreich und des deutschen Reichs nicht gleich, waren aber doch sehr achtunggebietend, denn sie waren alle in einer Hand vereinigt und standen alle unter der unumschränkten Leitung eines einzigen Geistes. Ludwig konnte mit zwei Worten soviel erreichen als Wilhelm kaum durch zweimonatliche Unterhandlungen in Berlin, München, Brüssel, Turin und Wien zu Stande bringen konnte. Deshalb war Frankreich in effectiver Stärke allen gegen dasselbe verbündeten Staaten zusammen gewachsen. Denn in der politischen Welt kann, wie in der natürlichen Welt, zwischen zwei ungleichen Körpern eine Gleichheit der Wirkung stattfinden, wenn der an Gewicht geringere Körper an Geschwindigkeit überlegen ist.

Dies zeigte sich bald in augenfälliger Weise. Im März trennten sich die im Haag versammelt gewesenen Fürsten und Gesandten, und kaum waren sie auseinandergegangen, so wurden alle ihre Pläne durch eine kühne und geschickte Bewegung des Feindes über den Haufen geworfen.

[B e l a g e r u n g u n d F a l l v o n M o n s .]

Ludwig sah wohl ein, daß die Zusammenkunft des Congresses einen großen Eindruck auf die öffentliche Meinung in Europa machen werde. Diesen Eindruck beschloß er durch einen plötzlichen und furchtbaren Schlag zu zerstören. Während seine Feinde die Zahl der Truppen, welche jeder von ihnen stellen sollte, festsetzten, ließ er zahlreiche Divisionen seiner Armee von weit entfernten Punkten gegen Mons marschiren, das eine der wichtigsten, wenn nicht die wichtigste der Festungen war, welche die spanischen Niederlande vertheidigten. Sein Vorhaben wurde erst entdeckt, als es fast schon ausgeführt war. Wilhelm, der sich auf einige Tage nach Loo zurückgezogen hatte, erfuhr mit Erstaunen und mit größtem Verdrusse, daß sich Cavallerie, Infanterie, Artillerie und Pontons auf verschiedenen convergirenden Straßen der dem Verderben geweihten Stadt rasch näherten. Es waren hunderttausend Mann zusammengezogen worden, und Louvois, im Verwaltungsfache der Erste seiner Zeit, hatte reichlich für alle Kriegsbedürfnisse gesorgt. Das Commando führte Luxemburg, der erste der lebenden Generäle, und die wissenschaftlichen Operationen leitete Vauban, der erste der lebenden Ingenieurs. Damit nichts fehlte, um in allen Reihen eines tapferen und loyalen Heeres einen edlen Wetteifer zu entzünden, war der große König selbst von Versailles nach dem Lager abgereist. Wilhelm hatte indessen noch eine schwache Hoffnung, daß es möglich sein könne, die Belagerung aufzuheben. Er eilte nach dem Haag, setzte alle Truppen der Generalstaaten in Bewegung und schickte Eilboten an die deutschen Fürsten. Schon drei Wochen nachdem er die erste Kunde von der drohenden Gefahr erhalten, stand er an der Spitze von funfzigtausend Mann Truppen verschiedener Nationen in der Nähe der belagerten Stadt. Eine an Zahl überlegene, von einem Feldherrn wie Luxemburg befehligte Armee anzugreifen, war ein kühnes, fast verzweifeltes Unternehmen. Wilhelm aber war so entschieden der Meinung, daß der Fall von Mons ein fast nicht wieder gutzumachendes Unglück und eine unauslöschliche Schmach sein würde, daß er sich entschloß, sein Heil zu versuchen. Er war überzeugt, daß der Ausgang der Belagerung die Politik der Höfe von Stockholm und Kopenhagen bestimmen werde. Diese beiden Höfe schienen seit Kurzem geneigt, der Coalition beizutreten; wenn aber Mons fiel, blieben sie gewiß neutral oder wurden vielleicht gar Feinde. „Es ist ein großes Wagniß," schrieb er an Heinsius, „doch bin ich nicht ohne Hoffnung. Ich werde thun was möglich ist, der Ausgang liegt in Gottes Hand." An dem nämlichen Tage, an welchem dieser Brief geschrieben wurde, fiel Mons. Die Belagerung war energisch betrieben worden. Ludwig selbst war, obgleich am Podagra leidend, mit dem Beispiele körperlicher Anstrengung vorangegangen. Seine Haustruppen, das schönste Soldatencorps in Europa, hatten unter seinen Augen sich selbst übertroffen. Die jungen Cavaliere seines Hofes hatten seinen Blick auf sich zu lenken gesucht, indem sie sich dem heftigsten Feuer mit der nämlichen sorglosen Heiterkeit aussetzten, mit der sie gewohnt waren, ihre eleganten Gestalten bei seinen Ballfesten zu zeigen. Seine verwundeten Soldaten waren entzückt über die herablassende Leutseligkeit, mit der er zwischen ihren Betten umherging, den Chirurgen beim Verbinden der Wunden zusah und zum Frühstück einen Napf Hospitalsuppe aß. Während bei den Belagerern Alles Gehorsam und Begeisterung war, herrschte unter den Belagerten Uneinigkeit und Angst. Die französischen Vorpostenlinien versahen ihren Dienst so gut, daß kein von Wilhelm abgesandter Bote im Stande war, sich durchzuschleichen. Die Garnison wußte daher nicht, daß Entsatz in ihrer Nähe war. Die Bürger schauderten bei der Aussicht auf die entsetzlichen Drangsale, denen mit Sturm genommene Städte preisgegeben sind. In den Straßen regnete es Bomben und glühende Kanonenkugeln, und die Stadt gerieth an zehn verschiedenen Stellen zugleich in Brand. Die friedlichen Bewohner fanden in dem Uebermaß ihrer Angst einen ungewöhnlichen Muth und erhoben sich gegen die Soldaten. Von diesem Augenblicke an war jeder Widerstand unmöglich, und es wurde daher eine Kapitulation geschlossen. Dann kehrten die Armeen in ihre Quartiere zurück und die militärischen Operationen ruhten einige Wochen; Ludwig kehrte im Triumph nach Versailles zurück und Wilhelm machte England, wo seine Anwesenheit dringend nöthig war, einen kurzen Besuch.[9]

[Wilhelm kehrt nach England zurück. Prozesse Preston's und Ashton's.]

Er fand die Minister noch immer damit beschäftigt, die Verzweigungen des Complots aufzufinden, das kurz vor seiner Abreise entdeckt worden war. Zu Anfang des Januar waren Preston, Ashton und Elliot vor die Old Bailey gestellt worden. In ihren Einwendungen beanspruchten sie das Recht der abgesonderten Prozessirung, und die Untersuchung mußte daher gegen jeden einzeln geführt werden. Das Auditorium war zahlreich und glänzend, viele Peers waren anwesend. Der Lordpräsident und die beiden Staatssekretäre wohnten der Verhandlung bei, um zu beweisen, daß die dem Gerichtshof vorliegenden Papiere die nämlichen wären, welche Billop nach Whitehall gebracht hatte. Eine beträchtliche Anzahl Richter saßen auf der Bank und Holt präsidirte. Es ist ein vollständiger Bericht über die Verhandlungen auf uns gekommen und derselbe verdient aufmerksam studirt und mit den Berichten über andere Prozesse, welche nicht lange vorher unter dem nämlichen Dache stattgefunden hatten, verglichen zu werden. Der ganze Geist des Tribunals hatte in wenigen Monaten eine so vollständige Umwandlung erfahren, daß man hätte glauben sollen, sie könne nur das Werk von Jahrhunderten sein. Zwölf Jahre früher hatten unglückliche Katholiken unter der Anklage eines Verbrechens, das ihnen nie in den Sinn gekommen war, vor der nämlichen Verhörsschranke gestanden. Die Kronzeugen hatten ihre abscheulichen Erdichtungen unter dem Beifallsgemurmel der Anwesenden wiederholt. Die Richter hatten die stupide Leichtgläubigkeit und die wilden Leidenschaften des großen Haufens getheilt oder doch sich gestellt, als ob sie dieselben theilten, hatten mit den meineidigen Angebern lächelnde Blicke und Complimente gewechselt, die von den Gefangenen mit schwacher Stimme hervorgestammelten Argumente überschrien und sich nicht entblödet, bei Fällung des Todesurtheils gemeine Witze über das Fegefeuer und die Messe zu machen. Sobald das Abschlachten der Papisten vorüber war, hatte das Abschlachten der Whigs begonnen, und die Richter waren an dieses neue Werk mit noch größerer Barbarei gegangen. Diesen Skandalen hatte die Revolution ein Ziel gesetzt. Wer nach Durchlesung der Prozesse Ireland's und Pickering's, Grove's und Berry's, Sidney's, Cornish's und der Alice Lisle zu den Prozessen Preston's und Ashton's übergeht, wird über den Contrast erstaunen. Der Generalprokurator Somers führte die Untersuchung mit einer Mäßigung und Humanität, von der seine Vorgänger ihm kein Beispiel gegeben hatten. „Ich habe nie geglaubt," sagte er, „daß Jemand, der in Fällen dieser Art als Rechtsbeistand des Königs fungirt, die Verpflichtung habe, das Verbrechen des Gefangenen in ein schwärzeres Licht zu stellen oder die Beweisführung mit falschen Farben auszuschmücken."[10] Holt's Benehmen war tadellos. Pollexfen, der älter war als Holt und Somers, hatte noch ein wenig — und ein wenig war schon zu viel — von dem Tone der schlechten Schule beibehalten, in der er gebildet war. Aber obwohl er einigemal das strenge Decorum seiner Stellung vergaß, kann man ihn doch keiner Verletzung der materiellen Gerechtigkeit bezichtigen. Die Gefangenen selbst scheinen über die Unparteilichkeit und Milde, mit der sie behandelt wurden, erstaunt gewesen zu sein. „Ich versichere Ihnen," sagte Holt zu Preston, „daß ich die Jury nicht irreleiten, noch Eurer Lordschaft überhaupt im entferntesten Unrecht thun werde." — „Ja, Mylord," entgegnete Preston, „ich sehe es deutlich genug, daß Eure Lordschaft dies nicht wollen." — „Welches auch mein Schicksal sein mag," sagte Ashton, „ich muß bekennen, daß mein

Prozeß mit Unparteilichkeit geführt worden ist."

Die Angeklagten gewannen indeß nichts durch die Mäßigung des Generalprokurators oder durch die Unparteilichkeit des Gerichtshofes, denn die Beweise waren unumstößlich. Die Bedeutung der von Billop aufgefangenen Papiere war so klar, daß auch der beschränkteste Geschworne sie nicht mißverstehen konnte. Es war vollständig erwiesen, daß ein Theil dieser Papiere von Preston's Hand herrührte. Ein andrer Theil war von Ashton's Hand, aber dies konnten die Anwälte der Krone nicht beweisen. Sie gründeten daher die Anklage gegen Ashton auf die unbestreitbare Thatsache, daß das verrätherische Packet auf seiner Brust gefunden worden war und daß er Aeußerungen gethan hatte, welche keinen Sinn gehabt haben würden, wenn er nicht eine strafbare Kenntniß des Inhalts gehabt hätte.[11]

[A s h t o n ' s H i n r i c h t u n g .]

Preston und Ashton wurden Beide überführt und zum Tode verurtheilt. Ashton wurde bald hingerichtet. Er hätte sein Leben retten können, wenn er Enthüllungen gemacht hätte. Aber obgleich er erklärte, daß, wenn man ihm seine Strafe erließe, er stets ein treuer Unterthan Ihrer Majestäten sein würde, war er doch fest entschlossen, die Namen seiner Mitschuldigen nicht zu nennen. In diesem Entschlusse wurde er durch die eidverweigernden Geistlichen bestärkt, die ihn in seiner Zelle besuchten. Durch sie hatte er sich auch wahrscheinlich dazu bestimmen lassen, noch auf dem Schaffot den Sheriffs eine Erklärung einzuhändigen, die er abgeschrieben und unterzeichnet, aber, wie man hoffen darf, weder verfaßt, noch aufmerksam erwogen hatte. In diesem Schriftstücke ließ man ihn sich über die Parteilichkeit seines Prozesses beschweren, von dem er selbst öffentlich anerkannt hatte, daß er im höchsten Grade unparteiisch geführt worden sei. Auch ließ man ihn auf das Wort eines Sterbenden versichern, daß er den Inhalt der bei ihm gefundenen Papiere nicht kenne. Unglücklicherweise erwies sich bei genauer Untersuchung die Handschrift seiner Erklärung als genau übereinstimmend mit der eines der wichtigsten von jenen Papieren. Er starb mit männlicher Standhaftigkeit.[12]

[P r e s t o n ' s U n s c h l ü s s i g k e i t u n d s e i n e G e s t ä n d n i s s e .]

Elliot wurde nicht zur Untersuchung gezogen. Die gegen ihn vorliegenden Beweise waren nicht ganz so klar wie die, auf welche hin seine Genossen verurtheilt worden waren, und überdies war er des Zornes der Regierung nicht werth. Preston's Schicksal war lange unentschieden. Die Jakobiten stellten sich als ob sie fest überzeugt wären, daß die Regierung es nicht wagen würde, sein Blut zu vergießen. Er sei, sagten sie, ein Günstling von Versailles und sein Tod werde furchtbare Repressalien zur Folge haben. Sie vertheilten in den Straßen London's Papiere, in denen versichert wurde, daß, wenn ihm ein

Leid geschähe, Mountjoy und alle anderen angesehenen Engländer, die als Gefangene in Frankreich lebten, gerädert werden würden.[13] Diese lächerlichen Drohungen würden die Hinrichtung nicht um einen einzigen Tag verzögert haben. Aber Die, welche Preston in ihrer Gewalt hatten, waren nicht abgeneigt, ihn unter gewissen Bedingungen frei ausgehen zu lassen. Er war in alle Geheimnisse der mißvergnügten Partei eingeweiht und konnte höchst werthvolle Aufschlüsse geben. Er wurde benachrichtigt, daß sein Schicksal in seiner Hand liege. Der Kampf war lang und schwer. Auf der einen Seite Stolz, Gewissen und Parteigeist, auf der andren die heftige Liebe zum Leben. Eine Zeit lang schwankte er unschlüssig hin und her. Hörte er seine jakobitischen Genossen, so stieg sein Muth; hörte er die Agenten der Regierung, so sank ihm das Herz in der Brust. Wenn er des Abends gut gegessen und seinen Claret getrunken hatte, fürchtete er nichts. Er wollte lieber wie ein Mann sterben, als seinen Kopf durch eine Schurkerei retten. Aber seine Stimmung war eine ganz andre, wenn er am folgenden Morgen erwachte, wenn der Muth, den er aus Wein und Gesellschaft geschöpft, verflogen, wenn er wieder allein war mit seinen Eisengittern und seinen steinernen Mauern und wenn der Gedanke an den Block, das Beil und die Sägespäne in ihm aufstieg. Eine Zeit lang setzte er regelmäßig jeden Vormittag, während er nüchtern war, ein Bekenntniß auf, das er am Abend, wenn er aufgeheitert war, wieder verbrannte.[14] Seine eidverweigernden Freunde entwarfen den Plan, Sancroft zu einem Besuch im Tower zu bewegen, wahrscheinlich in der Hoffnung, daß die Ermahnungen eines so angesehenen Prälaten und eines so großen Heiligen die erschütterte Standhaftigkeit des Gefangenen wieder kräftigen würden.[15] Ob dieser Plan Erfolg gehabt haben würde, steht zu bezweifeln; er kam nicht zur Ausführung, die verhängnißvolle Stunde rückte heran, und Preston's Festigkeit wich. Er bekannte sich für schuldig und nannte Clarendon, Dartmouth, den Bischof von Ely und Wilhelm Penn als seine Complicen. Außerdem gab er eine lange Liste von Personen, denen er selbst nichts zur Last legen könne, die aber, wenn er Penn's Versicherungen glauben dürfe, mit König Jakob auf freundschaftlichem Fuße ständen. Unter diesen Personen befanden sich Devonshire und Dorset.[16] Es ist nicht der geringste Grund zu der Annahme vorhanden, daß einer von diesen beiden vornehmen Edelleuten jemals direct oder indirect mit Saint-Germains verkehrt habe. Doch kann man deshalb Penn nicht absichtlicher Unwahrheit beschuldigen. Er war leichtgläubig und geschwätzig. Der Obersthofmeister und der Lord Kammerherr hatten den Verdruß getheilt, mit welchem ihre Partei die Hinneigung Wilhelm's zu den Tories bemerkt, und wahrscheinlich hatten sie diesen Verdruß unbesonnenerweise geäußert. Ein so schwacher Mann wie Penn, der überall Jakobiten zu finden wünschte und der stets geneigt war zu glauben was er wünschte, konnte leicht Invectiven, zu deren Aeußerung der stolze und reizbare Devonshire nur zu bereit war, und Sarkasmen, wie sie in Augenblicken übler Laune den Lippen des witzigen Dorset nur zu leicht entschlüpften, eine falsche Deutung geben. Caermarthen, ein Tory, und ein Tory, den die Whigs unbarmherzig verfolgt hatten, war geneigt, diese leeren Gerüchte nach Möglichkeit auszubeuten. Aber er wurde darin von seinem Gebieter nicht ermuthigt, der unter allen großen Staatsmännern, von denen uns die Geschichte erzählt, am wenigsten argwöhnisch war. Als Wilhelm nach England zurückkam, wurde Preston vor ihn geführt und ihm geheißen das Geständniß zu wiederholen, das er schon den Ministern abgelegt hatte. Der König stand hinter dem Stuhle des Lord Präsidenten und hörte mit ernster Miene zu, während Clarendon, Dartmouth, Turner und Penn genannt wurden. Sobald aber der Gefangene von dem was er selbst bezeugen konnte, zur Wiederholung der Geschichten überging, welche Penn ihm erzählt hatte, berührte Wilhelm Caermarthen's Schulter und sagte zu ihm: „Mylord, wir haben nur zuviel schon gehört."[17] Diese einsichtsvolle Großmuth fand den verdienten Lohn. Devonshire und Dorset widmeten sich von diesem Augenblicke an eifriger als je der Sache des Gebieters, der trotz der Verleumdung, zu der ihre Unbesonnenheit vielleicht einigen Grund geliefert hatte, nach wie vor Vertrauen in ihre Loyalität setzte.[18]

[Nachsicht gegen die Verschwörer. Clarendon.]

Selbst Diejenigen, welche unzweifelhaft strafbar waren, wurden im allgemeinen mit großer Milde behandelt. Clarendon saß ungefähr sechs Monate im Tower. Seine Schuld war vollkommen erwiesen, und eine Partei unter den Whigs verlangte laut und ungestüm seinen Kopf. Er wurde jedoch durch die dringenden Bitten seines Bruders Rochester, durch die Fürsprache des menschenfreundlichen und edelmüthigen Burnet und durch Mariens Pietät für das Andenken ihrer Mutter gerettet. Die Haft des Gefangenen war nicht streng, und er durfte seine Freunde in seiner Zelle bewirthen. Als endlich seine Gesundheit zu leiden begann, erhielt er die Erlaubniß, unter Aufsicht eines Kerkermeisters aufs Land zu gehen; der Aufseher wurde bald zurückgerufen und Clarendon benachrichtigt, daß man ihn nicht behelligen werde, so lange er ein ruhiges Landleben führe.[19]

[Dartmouth.]

Dartmouth's Verrath war von nicht gewöhnlicher Art. Er war ein englischer Seemann, hatte den Anschlag gemacht, Portsmouth den Franzosen zu überliefern und hatte sich erboten, das Commando eines französischen Geschwaders gegen sein Vaterland zu übernehmen. Seine Schuld wurde dadurch noch bedeutend erschwert, daß er einer der Ersten gewesen war, welche Wilhelm und Marien den Huldigungseid geleistet hatten. Er ward verhaftet und vor den Geheimen Rath gestellt. Eine von ihm selbst geschriebene Erzählung dessen was dort vorging, ist uns erhalten worden. In dieser Erzählung giebt er zu, daß er mit großer Artigkeit und Rücksicht behandelt wurde. Er betheuerte mit Heftigkeit seine Unschuld und erklärte, daß er nie mit Saint-Germains correspondirt habe, daß er kein Günstling des dortigen Hofes sei und daß besonders Marie von Modena einen alten Groll gegen ihn hege. „Mylords," sagte er, „ich bin ein Engländer und habe jederzeit, selbst als das Ansehen des Hauses Bourbon hier am größten war, die Franzosen, Männer sowohl als Frauen, gemieden. Ich würde eher den letzten Tropfen meines Blutes hingeben, als Portsmouth in der Gewalt von Fremden sehen. Ich bin kein solcher Thor, daß ich glauben könnte, König Ludwig wollte unser Land nur für König Jakob erobern. Ich weiß gewiß, daß mir mit Grund nichts zur Last gelegt werden kann als höchstens einige übereilte Aeußerungen bei der Flasche." Seine Versicherungen scheinen einigen Eindruck gemacht zu haben, denn man gestattete ihm anfangs die sehr milde Haft unter der Obhut des schwarzen Stabes. Im weiteren Verlaufe der Untersuchung jedoch beschloß man ihn in den Tower zu schicken. Nach einer Haft von wenigen Wochen starb er an einem Schlaganfall, aber er lebte noch lange genug, um das Maß seiner Schande voll zu machen, indem er der neuen Regierung seinen Degen anbot und in glühenden Worten die Hoffnung aussprach, daß die Güte Gottes und Ihrer Majestäten ihm eine Gelegenheit geben möchte zu beweisen wie sehr er die Franzosen hasse.[20]

[T u r n e r .]

Turner schwebte in keiner ernsten Gefahr, denn die Regierung war entschieden abgeneigt, einen von den Sieben, welche die denkwürdige Petition unterzeichnet hatten, aufs Schaffot zu bringen. Es wurde indessen ein Verhaftsbefehl gegen ihn erlassen, und seine Freunde hatten wenig Hoffnung, daß er entkommen würde, denn er war im Besitz einer Nase, die Niemand vergessen konnte, wenn er sie einmal gesehen, und es half ihm nur wenig, daß er eine wallende Perrücke trug und sich den Bart wachsen ließ. Die Verfolgung wurde jedoch wahrscheinlich nicht sehr eifrig betrieben, denn nachdem er sich einige Wochen in England verborgen gehalten, gelang es ihm über den Kanal zu entkommen, und er blieb einige Zeit in Frankreich.[21]

[P e n n .]

Auch gegen Penn wurde ein Verhaftsbefehl erlassen, und er entging mit genauer Noth den Staatsboten. Gerade an dem Tage, an welchem sie ausgeschickt wurden, um auf ihn zu fahnden, wohnte er einer großen Feierlichkeit in der Nähe seines Wohnorts bei. Es war ein Ereigniß eingetreten, das der Geschichtsschreiber, der sich das Ziel gesteckt hat, das wirkliche Leben einer Nation darzustellen, nicht unerwähnt lassen darf. Während London noch durch die Nachricht aufgeregt war, daß ein Complot entdeckt worden sei, starb Georg Fox, der Gründer der Quäkersecte.

[Tod Georg Fox; sein Character.]

Mehr als vierzig Jahre waren verstrichen, seitdem Fox angefangen hatte, Visionen zu sehen und Teufel auszutreiben.[22] Er war damals ein Jüngling von reinen Sitten und ernstem Wandel, begabt mit einem eigensinnigen Temperament, mit der Bildung eines Handwerksmannes und mit einem Verstande, der sich in der unglücklichsten Verfassung von der Welt befand, und zwar deshalb, weil er zu verworren war für die Freiheit und doch nicht verworren genug für das Irrenhaus. Die Verhältnisse, in die er versetzt wurde, waren aber auch von der Art, daß sie die Verkehrtheiten seines Geistes nothwendig in der stärksten Form zum Ausbruch bringen mußten. Zu der Zeit als seine Verstandeskräfte zu reifen begannen, kämpften Episkopalen, Presbyterianer, Independenten und Baptisten um die Herrschaft und widerlegten und schmähten einander in jedem Winkel des Reichs. Er wanderte von Gemeinde zu Gemeinde, hörte Priester gegen Puritaner und Puritaner gegen Priester haranguiren und wendete sich vergebens um geistlichen Rath und Trost an Gelehrte beider Parteien. Ein jovialer alter Geistlicher der anglikanischen Gemeinschaft rieth ihm Tabak zu rauchen und Psalmen zu singen, ein andrer sagte ihm, er solle sich ein wenig Blut abzapfen lassen.[23] Der junge Forscher wendete sich mit Abscheu von diesen Rathgebern ab zu den Dissenters und fand auch in ihnen blinde Führer.[24] Nach einiger Zeit gelangte er zu dem Schlusse, daß kein menschliches Wesen befähigt sei, ihn in göttlichen Dingen zu belehren und daß die Wahrheit ihm durch unmittelbare Inspiration vom Himmel mitgetheilt worden sei. Aus dem Umstande, daß die Spaltung der Sprachen in Babel begonnen und daß die Verfolger Christi eine lateinische, griechische und hebräische Inschrift an das Kreuz setzten, folgerte er, daß die Kenntniß der Sprachen, ganz besonders der lateinischen, griechischen und hebräischen, einem christlichen Geistlichen nutzlos sein müsse.[25] Er war allerdings so weit entfernt, viele Sprachen zu verstehen, daß er gar keine verstand; die corrupteste hebräische Stelle kann dem Ungelehrten nicht unverständlicher sein, als sein Englisch oft dem scharfsinnigsten und aufmerksamsten Leser ist.[26] Eine der kostbaren Wahrheiten, welche diesem neuen Apostel auf göttlichem Wege offenbart wurden, war, daß es Falschheit und Schmeichelei sei, sich der zweiten Person im Plural, anstatt der zweiten Person im Singular zu bedienen. Eine andre war, daß, wer vom Monat März spreche, den blutdürstigen Gott Mars verehre, und wer vom Montag spreche, dem Monde eine abgöttische Huldigung darbringe. Guten Morgen und guten Tag sagen war höchst verwerflich, denn in diesen Phrasen lag offenbar der Sinn, daß Gott auch schlechte Tage und schlechte Nächte gemacht habe.[27] Ein Christ war verbunden, eher dem Tode entgegenzugehen, als vor dem Vornehmsten der Menschen den Hut zu ziehen.

Als Fox aufgefordert wurde, zur Unterstützung dieses Dogmas eine biblische Autorität anzuführen, citirte er die Stelle, wo geschrieben steht, daß Shadrach, Mesach und Abednego mit den Hüten auf dem Kopfe in den feurigen Ofen geworfen wurden, und wenn man seiner eigenen Erzählung glauben darf, wußte der Oberrichter von England auf dieses Argument mit nichts weiter zu antworten als mit dem Ausrufe: „Führt ihn ab, Kerkermeister!"[28] Fox legte auch viel Werth auf das nicht minder gewichtige Argument, daß die Türken ihren Vorgesetzten nie das entblößte Haupt zeigen, und er fragte mit großer Lebhaftigkeit, ob Die, welche den hehren Namen Christen trügen, die Türken an Tugend nicht übertreffen müßten.[29] Das Verbeugen verbot er auf's Strengste und schien es wirklich als die Aeußerung eines satanischen Einflusses zu betrachten, denn wie er bemerkte, wurde das Weise im Evangelium, das von einem Krankeitsteufel besessen war, zusammengekrümmt, was aber sogleich aufhörte, als göttliche Macht sie von der Tyrannei des Bösen befreit hatte.[30] Seine Erklärungen der heiligen Schriften waren höchst wunderlich. Stellen, welche alle Leser der Evangelien seit sechzehn Jahrhunderten bildlich verstanden, legte er wörtlich aus, und andere Stellen, die kein Mensch vor ihm anders als im wörtlichen Sinne verstanden hatte, legte er bildlich aus. So leitete er aus den rhetorischen Ausdrücken, welche bei Beleidigungen die Pflicht der Geduld einschärfen, die Lehre ab, daß Selbstvertheidigung gegen Räuber und Mörder unerlaubt sei. Dagegen erklärte er die einfachen und klaren Gebote, mit Wasser zu taufen und zum Gedächtniß der Erlösung der Menschheit Brot und Wein zu genießen, für allegorisch. Er zog lange von Ort zu Ort und lehrte diese wunderliche Theologie, zitterte in seinen Anfällen fanatischer Aufregung wie Espenlaub, drängte sich mit Gewalt in die Kirchen, denen er den Spottnamen Thurmhäuser gab, unterbrach die Gebete und Predigten durch Geschrei und Verhöhnungen[31] und peinigte die Rectoren und Richter mit Episteln, welche große Aehnlichkeit mit Parodien der erhabenen Oden hatten, in denen die hebräischen Propheten die Drangsale von Babylon und Tyrus vorhersagten.[32] Er erlangte durch diese Thaten bald ein großes Renommée. Sein sonderbares Gesicht, seine sonderbare Sprache, sein unbeweglicher Hut und seine Lederhosen waren im ganzen Lande bekannt, und er rühmte sich, daß, sobald sich das Gerücht verbreitete: „der Mann mit den Lederhosen kommt," heuchlerische Professoren von Entsetzen ergriffen wurden und feile Priester ihm eiligst aus dem Wege gingen.[33] Er wurde zu wiederholten Malen eingesperrt, bald mit Recht, weil er den öffentlichen Gottesdienst störte, bald mit Unrecht, bloß weil er Unsinn schwatzte. Indessen sammelte er bald eine Anzahl Schüler um sich, von denen manche ihn an Albernheit noch übertrafen. Er erzählt uns, daß einer seiner Freunde nackend durch Skipton ging, die Wahrheit erklärend,[34] und daß ein Andrer aus göttlicher Anregung mehrere Jahre hindurch nackend auf Marktplätze und in die Häuser von

Gentlemen und Geistlichen ging.[35] Fox beklagt sich bitter, daß diese vom heiligen Geiste eingegebenen frommen Handlungen von einer verkehrten Generation mit Rippenstößen, Steinwürfen und Peitschenhieben belohnt wurden. Obgleich er aber den Eifer der Dulder lobte, ging er doch nicht ganz so weit wie sie. Zuweilen fühlte er allerdings das Bedürfniß, sich theilweis zu entkleiden. So zog er einmal seine Schuhe aus und ging mit dem Ausrufe: „Wehe der blutigen Stadt!" barfuß durch Lichfield.[36] Er scheint sich jedoch nie für verpflichtet gehalten zu haben, vor dem Publikum ohne das anständige Kleidungsstück zu erscheinen, dem seine volksthümliche Bezeichnung entlehnt war.

Beurtheilen wir Georg Fox einfach nach seinen Thaten und Schriften, so werden wir keinen Grund sehen, ihn in moralischer oder geistiger Hinsicht über Ludwig Muggleton oder Johanna Southcote zu stellen. Allein es würde höchst ungerecht sein, wollte man die Secte, die ihn als ihren Gründer betrachtet, mit den Muggletonianern oder Southcotianern auf eine Stufe stellen. Unter den Tausenden, die von seinem Fanatismus angesteckt wurden, befanden sich einige Personen, deren Geistesgaben und Bildung ganz andrer Art waren, als die seinigen. Robert Barclay war ein Mann von bedeutenden Talenten und Kenntnissen. Wilhelm Penn, obwohl Barclay an natürlichen und erworbenen Geistesvorzügen nachstehend, war ein Gentleman und Gelehrter. Daß solche Männer Anhänger Georg Fox' werden konnten, wird Den nicht Wunder nehmen, der bedenkt, welche scharfsinnigen und hochgebildeten Geister selbst in unsrer Zeit durch die unbekannten Zungen getäuscht worden sind. Es ist ausgemacht, daß keine noch so hohe geistige Begabung gegen Verirrungen dieser Art schützt. In Bezug auf Gott und seine Wege vermag auch der gebildetste menschliche Verstand wenig mehr zu ergründen als der ungebildetste. In der Theologie ist in der That nur ein geringer Unterschied zwischen Aristoteles und einem Kinde, zwischen Archimedes und einem nackten Wilden. Es ist daher kein Wunder, wenn selbst einsichtsvolle Männer, des Grübelns müde, von Ungewißheit gequält, von dem Drange beseelt, etwas zu glauben, und doch gegen Alles Einwendungen erblickend, sich endlich blindlings Lehrern in die Arme werfen, die sich mit festem und zweifellosem Glauben für vom Himmel Gesandte halten. So sehen wir oftmals forschende und ruhelose Köpfe sich vor ihrem eignen Skepticismus in den Schooß einer Kirche flüchten, welche Anspruch auf Unfehlbarkeit macht, und es über sich gewinnen eine Oblate anzubeten, nachdem sie an der Existenz einer Gottheit gezweifelt haben. So kam es, daß auch Fox einige Convertiten machte, die in Allem, außer in der Energie seiner Ueberzeugungen, unendlich höher standen als er. Diese Convertiten brachten seine rohen Lehren in eine den gesunden Verstand und den guten Geschmack etwas weniger verletzende Form. Keine Behauptung, die er aufgestellt, wurde zurückgenommen, keine unschickliche oder lächerliche Handlung, die er verrichtet oder gebilligt, wurde verdammt; aber das Absurdeste in seinen Theorien und Handlungen wurde gemildert oder wenigstens dem Publikum nicht aufgedrängt; Alles was dem Auge annehmbar gemacht werden konnte, wurde in das beste Gewand gekleidet; sein Kauderwälsch wurde ins Englische übersetzt; seinen Phrasen wurde ein Sinn untergelegt, den er nicht begriffen haben würde und sein System, das auf diese Art so sehr verbessert worden, daß er es nicht wieder erkannt haben würde, wurde durch zahlreiche Citate aus heidnischen Philosophen und christlichen Kirchenvätern vertheidigt, deren Namen er nie gehört hatte.[37] Gleichwohl legten Diejenigen, die seine Theologie umgeformt, nach wie vor eine tiefe Ehrfurcht vor ihm an den Tag, die sie auch ohne Zweifel wirklich empfanden, und seine unsinnigen Episteln wurden fortwährend in den Quäkerversammlungen des ganzen Landes mit Achtung aufgenommen und verlesen. Sein Tod machte ein Aufsehen, das sich nicht auf seine Schüler beschränkte. Am Morgen des Leichenbegängnisses versammelte sich eine große Menschenmenge vor dem Bethause in Gracechurch Street. Von da wurde der Leichnam nach dem Gottesacker der Seele unweit Bunhill Fields getragen. Mehrere Redner sprachen zu der Menge, welche den Friedhof füllte. Unter den Jüngern, die den ehrwürdigen Leichnam der Erde übergaben, bemerkte man Penn. Die Ceremonie war kaum zu Ende, als er erfuhr, daß Verhaftsbefehle gegen ihn erlassen waren. Er ergriff augenblicklich die Flucht und verbarg sich viele Monate lang vor den Augen der Oeffentlichkeit.[38]

[U n t e r r e d u n g z w i s c h e n P e n n u n d S i d n e y.]

Kurze Zeit nach seinem Verschwinden erhielt Sidney eine sonderbare Mittheilung von ihm. Penn bat um eine Unterredung, verlangte aber das Versprechen, daß er unangefochten in sein Versteck zurückkehren dürfe. Sidney erhielt die königliche Erlaubniß, unter dieser Bedingung die nöthige Veranstaltung zu treffen. Penn kam an den ihm bezeichneten Ort und sprach ausführlich zu seiner Vertheidigung. Er erklärte, daß er ein treuer Unterthan des Königs Wilhelm und der Königin Marie sei und daß er, wenn ihm ein Anschlag gegen sie bekannt wäre, denselben enthüllen würde. Er ging diesmal von seinem Ja und Nein ab und betheuerte vor Gott, daß er von keinem Complot wisse und daß er überhaupt gar nicht an die Existenz eines Complots glaube, es sei denn, daß man die ehrgeizigen Projecte der französischen Regierung so nennen wolle. Sidney, wahrscheinlich erstaunt, einen Mann, der einen solchen Abscheu vor dem Lügen hatte, daß er die gewöhnlichen Formen der Höflichkeit nicht beobachtete, und einen solchen Abscheu vor Eiden, daß er vor Gericht das Evangelium nicht küßte, etwas einer Lüge sehr Aehnliches sagen und mit etwas einem Eide sehr Aehnlichen bekräftigen zu hören, fragte ihn, wie man sich die Existenz der bei Ashton gefundenen Briefe und Notizen erklären solle, wenn wirklich kein Complot bestehe. Dieser Frage wich Penn aus. „Wenn ich nur mit dem Könige sprechen könnte," sagte er, „so würde ich ihm Alles offen gestehen. Ich würde ihm Vieles sagen, was ihm zu wissen wichtig sein würde. Nur auf diese Weise kann ich ihm nützlich werden. Ein Kronzeuge kann ich nicht sein, denn mein Gewissen erlaubt mir nicht zu schwören." Er versicherte Sidney, daß die gefährlichsten Feinde der Regierung die unzufriedenen Whigs seien. „Die Jakobiten sind nicht gefährlich, denn es ist kein Einziger unter ihnen, der gesunden Verstand hat. Einige von Denen, die mit dem Könige aus Holland herübergekommen, sind weit mehr zu fürchten." Namen scheint Penn nicht genannt zu haben. Man ließ ihn ungehindert wieder gehen und es wurden auch keine thätigen Nachforschungen nach ihm angestellt. Er blieb noch einige Monate in London verborgen, stahl sich dann nach der Küste von Sussex und entkam nach Frankreich. Nachdem er ungefähr drei Jahre im Verborgenen umhergestreift war, söhnte er sich durch Vermittelung einiger hochgestellter Männer, die seine Fehler um seiner guten Eigenschaften willen übersahen, mit der Regierung aus und wagte es wieder seine geistlichen Functionen zu verrichten. Die Art und Weise jedoch, wie er die gegen ihn geübte Milde vergalt, gereicht seinem Character nicht zu großer Ehre. Kaum hatte er wieder angefangen, öffentlich über die Unrechtmäßigkeit des Kriegs zu haranguiren, so schickte er eine Botschaft ab, durch die er Jakob dringend aufforderte, mit dreißigtausend Mann unverzüglich eine Landung in England zu unternehmen.[39]

[P r e s t o n b e g n a d i g t .]

Es vergingen noch einige Monate, ehe Preston's Schicksal entschieden wurde. Nach wiederholten Aufschiebungen setzte die Regierung, welche überzeugt war, daß er, obwohl er viel gesagt hatte, noch mehr sagen könne, einen Tag zu seiner Hinrichtung fest und befahl den Sheriffs, die Todesmaschinerie in Bereitschaft zu halten.[40] Er erlangte jedoch einen abermaligen Aufschub und nach Verlauf einiger Wochen erhielt er seine Begnadigung, die sich indeß nur auf sein Leben erstreckte, sein Vermögen aber allen Consequenzen der Verurtheilung unterwarf. Kaum war er in Freiheit gesetzt, so gab er neue Ursache zu Aergerniß und Verdacht und wurde abermals verhaftet, verhört und eingesperrt.[41] Endlich gestattete man ihm, sich, verfolgt von dem Hohngeschrei und den Verwünschungen beider Parteien, auf ein einsames Landhaus im nördlichen Bezirke von Yorkshire zurückzuziehen. Hier hatte er wenigstens nicht die zornigen Blicke ehemaliger Parteigenossen zu ertragen, die ihn einst für einen Mann von furchtlosem Muthe und makelloser Ehre gehalten hatten, die aber jetzt erklärten, daß er im besten Falle ein Feigling sei, und den Verdacht äußerten, daß er von Anfang an ein Spion und Verführer gewesen.[42] Er verwendete den kurzen und traurigen Rest seines Lebens dazu, den Trost des Boethius ins Englische zu übersetzen. Die Uebersetzung erschien nach dem Tode des Uebersetzers im Druck. Sie ist hauptsächlich wegen einiger völlig mißlungener Versuche, unsren Versbau mit neuen Metren zu bereichern und wegen der Anspielungen, mit denen die Vorrede angefüllt ist, interessant. Unter einem dünnen Schleier bildlicher Redensarten legte Preston dem Mitleid oder der Verachtung des Publikums seinen befleckten Ruf und sein gebrochenes Herz dar. Er beklagte sich, daß das Tribunal, das ihn zum Tode verurtheilt, milder gegen ihn gehandelt habe als seine früheren Freunde, und daß Viele, die niemals durch Versuchungen wie die seinigen geprüft worden seien, sich sehr wohlfeil den Ruf des Muthes erworben hätten, indem sie über seine Aengstlichkeit gespöttelt und von ferne Schrecken getrotzt, welche in der Nähe gesehen selbst einen standhaften Geist besiegen müßten.

[Freude der Jakobiten über den Fall von Mons.]

Der Muth der Jakobiten, der auf einige Zeit durch die Entdeckung des Preston'schen Complots gebeugt worden war, wurde durch den Fall von Mons wieder aufgerichtet. Die Freude der ganzen Partei war grenzenlos. Die eidverweigernden Priester liefen zwischen Sam's Kaffeehaus und Westminster Hall hin und her, Ludwig preisend und über den kläglichen Ausgang der Berathungen des Congresses lachend. Im Park zeigten die Mißvergnügten ihre stolzesten Mienen und predigten mit ihrer lautesten Stimme Aufruhr. Der Hervorragendste unter diesen Großsprechern war Sir Johann Fenwick, der unter der vorigen Regierung in großer Gunst gestanden und ein hohes militärisches Commando bekleidet hatte und jetzt ein unermüdlicher Agitator und Verschwörer war. In seinem Freudentaumel vergaß er die Artigkeit, die der Mann dem andren Geschlecht schuldig ist. Schon mehr als einmal hatte er sich durch seine Impertinenz gegen die Königin bemerkbar gemacht. Jetzt trat er ihr absichtlich in den Weg, wenn sie ihre Erholungspromenade machte, und während Alles um ihn her das Haupt entblößte und sich tief verbeugte, sah er sie starr an und drückte vor ihren Augen den Hut tiefer über die Stirn. Die Beleidigung war nicht nur roh, sondern feig, denn das Gesetz hatte keine Strafe für bloße Impertinenz und der König war der einzige Gentleman und Offizier im Königreiche, der seine Gemahlin nicht mit dem Degen gegen Insulten schützen konnte. Die Königin konnte weiter nichts thun als den Parkhütern befehlen, daß sie Sir John nicht wieder einließen. Lange nach ihrem Tode kam eine Zeit, wo er Ursache hatte zu wünschen, daß er seine Unverschämtheit gezügelt haben möchte. Er erhielt fühlbare Beweise, daß er von allen Jakobiten, die verzweifeltsten Mörder nicht ausgenommen, der einzige war, gegen den Wilhelm einen heftigen persönlichen Widerwillen empfand.[43]

[Die erledigten Bisthümer werden besetzt.]

Einige Tage nach diesem Ereignisse begann die Wuth der Mißvergnügten heftiger aufzulodern als je. Die Entdeckung der Verschwörung, deren Haupt Preston gewesen war, hatte eine Krisis in den kirchlichen Angelegenheiten herbeigeführt. Die eidverweigernden Bischöfe hatten während des Jahres, das auf ihre Absetzung folgte, die Amtswohnungen innebehalten, welche einst ihr Eigenthum gewesen waren. Burnet hatte sich auf Mariens Ansuchen bemüht, einen Vergleich zu Stande zubringen. Seine directe Intervention würde wahrscheinlich mehr geschadet als genützt haben, und er bediente sich daher der Vermittelung Rochester's, der in der Achtung der Eidverweigerer höher stand als irgend ein Staatsmann und kein Eidverweigerer war, und Trevor's, der bei aller seiner Unwürdigkeit doch einen beträchtlichen Einfluß bei der

Hochkirchenpartei hatte. Sancroft und seine Collegen wurden benachrichtigt, daß, wenn sie sich dazu verstehen wollten, ihre geistlichen Functionen zu verrichten, zu ordiniren, zu installiren, zu confirmiren und den Glauben und die Moralität der Priesterschaft zu überwachen, eine Bill im Parlamente eingebracht werden sollte, die sie der Eidesleistung entband.[44] Dieses Anerbieten war unvorsichtig liberal, und doch konnten Diejenigen, denen es gemacht wurde, consequenterweise nicht darauf eingehen. Denn in dem Ordinationsdienste wie überhaupt in fast jedem kirchlichen Dienste waren Wilhelm und Marie als König und Königin bezeichnet. Das einzige Versprechen, das von den ihres Amtes entsetzten Prälaten erlangt werden konnte, war, daß sie sich ruhig verhalten wollten, und selbst dieses Versprechen hatten sie nicht alle gehalten. Einer von ihnen wenigstens hatte sich eines durch Gottlosigkeit erschwerten Hochverraths schuldig gemacht. Er hatte aus Angst von dem Pöbel zerrissen zu werden erklärt, daß er den Gedanken, die Hülfe Frankreich's nachzusuchen, verabscheue, und hatte Gott zum Zeugen angerufen, daß diese Erklärung aufrichtig gemeint sei. Kurze Zeit nachher jedoch war man dahinter gekommen, daß er im Geheimen darauf hinarbeitete, eine französische Armee nach England zu bringen, und er hatte an den Hof von Saint-Germains geschrieben, um ihm zu versichern, daß im Einverständniß mit seinen Collegen, insbesondere mit Sancroft handle. Die Whigs forderten laut Strenge. Selbst die toryistischen Räthe Wilhelm's gestanden ein, daß die Nachsicht aufs Äußerste getrieben worden sei. Indessen machten sie noch einen letzten Vermittelungsversuch. „Wollen Sie und Ihre Collegen," sagte Trevor zu Lloyd, dem eidverweigernden Bischofe von Norwich, „jede Verbindung mit Doctor Turner desavouiren und erklären, daß das was er in seinen Briefen Ihnen zur Last legt, falsch ist?" Lloyd wich der Frage aus. Es lag jetzt klar am Tage, daß Wilhelm durch seine Nachsicht die Gegner, die er zu gewinnen gehofft, nur kühner gemacht hatte. Selbst Caermarthen, selbst Nottingham erklärten, es sei hohe Zeit, die erledigten Bischofsstühle zu besetzen.[45]

[T i l l o t s o n , E r z b i s c h o f v o n C a n t e r b u r y.]

Tillotson wurde zum Erzbischof ernannt und am Pfingstsonntage in der Kirche St. Mary Le Bow geweiht. Compton, der sich schwer gekränkt fühlte, weigerte sich, irgend welchen Antheil an der Ceremonie zu nehmen. Anstatt seiner fungirte Mew, Bischof von Winchester, dem Burnet, Stillingfleet und Hough assistirten. Die Versammlung war die glänzendste, die man seit der Krönung in einem Gotteshause gesehen hatte. Das Empfangszimmer der Königin war an diesem Tage verödet. Die meisten von den in der Stadt anwesenden Peers versammelten sich am Morgen in Bedford House und zogen von dort in Prozession nach Cheapside. Man bemerkte unter ihnen Norfolk, Caermarthen und Dorset. Devonshire, der es nicht erwarten konnte, seine Waldungen in Chatsworth in ihrer Sommerpracht zu sehen, hatte gleichwohl seine Abreise verschoben, um Tillotson seine Achtung zu bezeigen. Die Volksmenge, welche die Straßen füllte, begrüßte den neuen Primas mit lebhaftem Zurufe, denn er hatte seit vielen Jahren in der City gepredigt, und seine Beredtsamkeit, seine Rechtschaffenheit und die seltene Sanftmuth seines Characters und seiner Manieren hatten ihn zum Liebling der Londoner gemacht.[46] Aber die Glückwünsche und Beifallsbezeigungen seiner Freunde konnten die lauten Verwünschungen nicht übertäuben, welche die Jakobiten erhoben. In ihren Augen war er ein Dieb, der nicht durch die Thür hereingekommen, sondern über den Zaun gestiegen war. Er sei ein Miethling, sagten sie, dem die Schafe nicht eigenthümlich gehörten, der sich den Stab des guten Hirten widerrechtlich angemaßt habe und von dem man sicher erwarten dürfe, daß er die Heerde den Klauen jedes Wolfes preisgeben werde. Er sei ein Arianer, ein Socinianer, ein Deist, ein Atheist. Er habe die Welt durch schöne Redensarten und durch einen Anschein von guten Sitten getäuscht; eigentlich aber sei er ein viel gefährlicherer Feind der Kirche, als er es hätte sein können, wenn er sich offen für einen Schüler Hobbes' erklärt und so locker wie Wilmot gelebt hätte. Er habe die eleganten Herren und Damen, die seinen Styl bewunderten und die man beständig um seine Kanzel versammelt sehe, gelehrt, daß sie sehr gute Christen sein und doch den im ersten Buche Mosis erzählten Sündenfall für allegorisch halten könnten. Sie könnten in der That leicht so gute Christen sein wie er, denn er sei niemals getauft worden, seine Eltern seien Anabaptisten, er habe schon als Knabe ihre Religion verloren und nie eine andre gefunden. In gemeinen Pasquillen wurde er der „nicht eingetauchte Johann" (undipped John) genannt. Umsonst wurde sein Taufzeugniß vorgelegt; seine Feinde klagten fortwährend, daß sie es erleben müßten, Väter der Kirche zu sehen, die nicht ihre Kinder seien. Sie erfanden eine Geschichte, daß die Königin das große Verbrechen, durch welches sie einen Thron erlangt, bitter bereut, daß sie sich in ihrer Angst an Tillotson gewendet und daß dieser sie mit der Versicherung getröstet habe, die Strafe der Sünder in einer zukünftigen Welt werde nicht ewig sein.[47] Das Gemüth des Erzbischofs war von Natur von fast weiblicher Sanftheit und war durch die Gewohnheiten eines langen Lebens, während dessen die streitenden Sekten und Parteien einstimmig von seinen Talenten mit Bewunderung und von seinem Character mit Achtung gesprochen hatten, eher noch weicher als härter geworden. Die Fluth von Schmähungen und Vorwürfen, die er in einem Alter von mehr als sechzig Jahren zum ersten Male auszuhalten hatte, war zuviel für ihn. Sein Lebensmuth sank, seine Gesundheit wurde erschüttert; und doch wich er weder vom Pfade seiner Pflicht ab, noch versuchte er es, sich an seinen Verfolgern zu rächen. Einige Tage nach seiner Consecration wurden mehrere Personen dabei ergriffen, wie sie gegen ihn gerichtete Schmähschriften vertheilten. Die Kronanwälte schlugen vor, gegen die

Betroffenen gerichtliche Untersuchung einzuleiten; aber er bestand darauf, daß Niemand um seinetwillen verfolgt werden solle.[48] Als er eines Tages Gesellschaft hatte, wurde ihm ein versiegeltes Packet überbracht; er öffnete es und eine Maske fiel heraus. Seine Freunde waren empört und erbittert über diese rohe Beleidigung; aber der Erzbischof bemühte sich, seinen Schmerz unter einem Lächeln zu verbergen, zeigte auf die Pamphlets, mit denen sein Tisch bedeckt war, und sagte, der Vorwurf, den das Emblem der Maske ausdrücken solle, müsse im Vergleich zu anderen Vorwürfen, die er täglich zu erdulden habe, gelind genannt werden. Nach seinem Tode fand man ein Packet heftiger Schmähschriften, welche die Eidverweigerer gegen ihn in Umlauf gesetzt hatten, unter seinen Papieren, mit der Aufschrift: „Ich bitte Gott, daß er ihnen vergeben möge, wie ich ihnen vergebe."[49]

[Benehmen Sancroft's.]

Die Gemüthsstimmung des abgesetzten Primas war eine ganz andre. Er scheint in Bezug auf seine Wichtigkeit in einem vollständigen Irrwahn begriffen gewesen zu sein. Die große Popularität, die er drei Jahre früher genossen, die Gebete und Thränen der Volksmassen, die in die Themse gewatet waren, um seinen Segen zu erflehen, die Begeisterung, mit der die Schildwachen des Tower unter den Fenstern seines Kerkers auf seine Gesundheit getrunken, das ungeheure Freudengeschrei, das am Morgen seiner Freisprechung im Palasthofe ertönt war, die Triumphnacht, in welcher an jedem Fenster von Hyde Park bis Mile End sieben Lichter geglänzt, deren mittelstes und längstes ihn vorgestellt hatte, waren bei ihm noch in frischem Andenken, und er besaß nicht so viel Einsicht, um zu erkennen, daß alle diese Huldigungen nicht seiner Person, sondern der Religion und den Freiheiten gegolten hatte, deren Repräsentant er auf einen Augenblick war. Die ungemeine Rücksicht, mit der ihn die neue Regierung noch lange behandelt, scheint ihn in seinem Irrthum bestärkt zu haben. Daß ihm von Kensington eine Reihe versönlicher Botschaften zukam; daß ihm so liberale Bedingungen angeboten wurden, wie sie sich kaum mit der Würde der Krone und mit dem Wohle des Staats vertrugen; daß seine kalten und unhöflichen Antworten die königliche Langmuth nicht erschöpfen konnten; daß er trotz des lauten Geschreis der Whigs und der täglichen Provocationen von Seiten der Jakobiten noch funfzehn Monate nach seiner Amtsentsetzung den erzbischöflichen Palast bewohnte: dies Alles schien ihm nicht die Nachsicht, sondern die Furcht der herrschenden Gewalten zu verrathen. Er schmeichelte sich, daß sie es nicht wagen würden, ihn zu vertreiben. Daher versetzte ihn die Nachricht, daß sein Stuhl besetzt sei, in eine Wuth, die bis an sein Lebensende dauerte und die ihn zu manchen thörichten und unpassenden Handlungen verleitete. Tillotson begab sich sogleich nach seiner Ernennung nach Lambeth, in der Hoffnung, daß es ihm gelingen werde, durch Artigkeit und Freundlichkeit die Gereiztheit zu beschwichtigen, deren unschuldige Ursache er war. Er wartete lange im Vorzimmer und ließ sich durch mehrere Diener anmelden; aber Sancroft würdigte ihn nicht einmal einer Antwort.[50] Drei Wochen vergingen und noch immer machte der abgesetzte Erzbischof keine Miene das Feld zu räumen. Da erhielt er endlich einen Befehl, der ihm die königliche Willensmeinung kund that, daß er die Wohnung verlassen solle, die schon längst nicht mehr die seinige sei und in der er nur als Gast sich aufgehalten. Dieser Befehl verdroß ihn heftig und er erklärte, daß er demselben nicht nachkommen werde. Er werde so lange bleiben, bis die Beamten des Sheriffs ihn mit Gewalt vertrieben, und er werde sein Recht vor Gericht suchen soweit er dies könne, ohne die Autorität der Usurpatoren anzuerkennen.[51] Die Sache war so klar, daß er durch kein Mittel der Chikane mehr erlangen konnte als einen kurzen Aufschub. Als das gegen ihn lautende Erkenntniß gesprochen war, verließ er zwar den Palast, befahl aber seinem Intendanten, den Besitz desselben zu behaupten. Die Folge davon war, daß der Intendant verhaftet und zu einer bedeutenden Geldstrafe verurtheilt wurde. Tillotson ließ seinem Vorgänger die freundliche Benachrichtigung zukommen, daß die Geldbuße nicht eingefordert werden würde. Sancroft aber hatte sich vorgenommen, einen Grund zur Beschwerde zu haben, und er wollte das Geld bezahlen.[52]

[Uneinigkeit zwischen Sancroft und Ken.]

Von diesem Augenblicke an war das ganze Bestreben des engherzigen und eigensinnigen alten Mannes darauf gerichtet, die Kirche, deren erster Diener er gewesen war, in Stücke zu zerreißen. Umsonst machten einige von denjenigen Eidverweigerern, deren Tugenden, Talente und Gelehrsamkeit der Stolz ihrer Partei waren, Vorstellungen gegen seinen Plan. „Unsre Amtsentsetzung” — so argumentirte Ken — „ist in den Augen Gottes null und nichtig. Wir sind die wahren Bischöfe unserer Stühle und werden es bleiben, bis wir sterben oder selbst resigniren. Diejenigen, die sich unsere Titel und Functionen anmaßen, werden die Schuld eines Schisma's auf sich laden. Mit uns aber wird, wenn wir so handeln wie es uns geziemt, das Schisma aufhören, und unter der nächsten Generation wird die Einheit der Kirche wiederhergestellt sein. Weihen wir dagegen Bischöfe zu unseren Nachfolgern, so kann die Spaltung Jahrhunderte dauern, und wir werden zwar nicht für die Entstehung, wohl aber für die Fortdauer derselben mit Recht verantwortlich gemacht werden.” Diese Betrachtungen hätten Sancroft's eigenen Grundsätzen zufolge in seinen Augen ein entscheidendes Gewicht haben sollen; aber seine zornigen Leidenschaften behielten die Oberhand. Ken verließ ruhig den ehrwürdigen Palast von Wells. Er habe das Streiten aufgegeben, sagte er, und werde fortan seinen Gefühlen nicht mehr in Disputationen, sondern in Hymnen Luft machen. Seine Mildthätigkeit gegen

Unglückliche aller Glaubensrichtungen, insbesondere gegen die Gefährten Monmouth's und gegen die verfolgten Hugenotten, war so groß gewesen, daß sein ganzes Privatvermögen noch in siebenhundert Pfund Sterling und einer Bibliothek bestand, welche zu verkaufen er sich nicht entschließen konnte. Aber Thomas Thynne, Viscount Weymouth, machte sich, obgleich er kein Eidverweigerer war, eine Ehre daraus, dem tugendhaftesten der Eidverweigerer ein ruhiges und würdiges Asyl in dem fürstlichen Schlosse Longleat anzubieten. Hier verlebte Ken ein glückliches und geehrtes Greisenalter, während welchem er nie das Opfer bedauerte, das er seiner vermeintlichen Pflicht gebracht, und doch immer nachsichtiger gegen Diejenigen wurde, deren Begriffe von Pflicht von den seinigen abwichen.[53]

[Sancroft's Haß gegen die Landeskirche. Er bestimmt die bischöfliche Succession unter den Eidverweigerern.]

Sancroft war von ganz andrem Character. Er hatte sich eigentlich so wenig zu beklagen wie nur irgend Einer, der durch eine Revolution von einer hohen Stellung herabgestürzt wird. Er besaß in Fressingfield in Suffolk ein Erbgut, das ihn in Verbindung mit dem, was er sich während seines zwölfjährigen Primats erspart hatte, in den Stand setzte, wenn auch nicht so, wie er gelebt hatte, als er der erste Peer des Parlaments war, doch aber auf dem Fuße eines reichen Landedelmanns zu leben. Er zog sich auf seinen erblichen Landsitz zurück und verbrachte hier den Rest seiner Tage über das ihm zugefügte Unrecht brütend. Der Widerwille gegen die Landeskirche wurde in ihm eben so stark, als er in Martin Marprelate gewesen war. Er betrachtete Alle, die mit ihr in Gemeinschaft blieben, als Heiden und Zöllner. Tillotson gab er den Spottnamen Mufti. In dem Zimmer, das er in Fressingfield als Kapelle benutzte, durfte Niemand, der die Eide geleistet oder dem Gottesdienste eines Geistlichen, der die Eide geleistet, beigewohnt hatte, am Genusse des geweihten Brotes und Weines Theil nehmen. Es wurde jedoch ein Unterschied zwischen zwei Klassen von Sündern gemacht. Einem Laien, der noch in Gemeinschaft mit der Landeskirche blieb, war es erlaubt zugegen zu sein, so lange Gebete verlesen wurden; nur von dem höchsten der christlichen Mysterien war er ausgeschlossen. Mit Geistlichen aber, welche den im Besitze des Thrones befindlichen Souverainen Treue geschworen hatten, wollte Sancroft nicht einmal beten. Er sorgte dafür, daß die Siegel, die er eingeführt hatte, in weiten Kreisen bekannt wurde und lehrte seine Anhänger durch Vorschrift und durch Beispiel, auch den Rechtgläubigsten, Frömmsten und Tugendhaftesten von Denen, welche Wilhelm's Autorität anerkannt hatten, mit einem Gefühle betrachten, ähnlich dem, mit welchem der Jude den Samariter betrachtete.[54] Eine solche Intoleranz würde selbst bei einem Manne, der für ein großes Prinzip kämpfte, verwerflich gewesen sein. Sancroft aber kämpfte nur für einen Namen. Er war der Urheber des

Regentschaftsplanes. Er war vollkommen bereit, die ganze königliche Gewalt von Jakob auf Wilhelm zu übertragen. Die Frage, welche diesem engherzigen und mürrischen Charakter wichtig genug dünkte, um das Excommuniciren von zehntausend Priestern und fünf Millionen Laien zu rechtfertigen, war die, ob der Staatsbeamte, auf den die ganze königliche Gewalt übertragen wurde, den Titel König annehmen solle. Auch konnte Sancroft den Gedanken nicht ertragen, daß die Erbitterung, die er hervorgerufen, mit seinem Leben erlöschen sollte. Nachdem er sein Möglichstes gethan, um die Fehde heftig zu machen, beschloß er sie zu verewigen. Er sandte eine Liste der Geistlichen, die aus ihren Aemtern vertrieben worden waren, nach Saint-Germains, mit dem Ersuchen, daß Jakob zwei bezeichnen möchte, welche die bischöfliche Succession aufrechterhalten sollten. Jakob, dem es ohne Zweifel ganz angenehm war, der Menge von Seelen, die er als die Schmach des Protestantismus betrachten gelernt hatte, noch um eine vermehrt zu sehen, ernannte zwei heftige und unversöhnliche Eidverweigerer, Hickes und Wagstaffe, Ersterer von Sancroft, Letzterer von Lloyd, dem abgesetzten Bischof von Norwich empfohlen.[55] Dies war der Ursprung einer schismatischen Hierarchie, welche, nachdem sie eine kurze Zeit lang Besorgniß erweckt hatte, bald in Dunkel und Verachtung sank, die aber trotz Dunkel und Verachtung ihre kümmerliche Existenz noch durch mehrere Generationen schleppte. Die kleine Kirche, ohne Tempel, Einkünfte oder Würden, war durch innere Streitigkeiten sogar noch mehr zerrissen als die im Besitz von Kathedralen, Zehnten und Pairien verbliebene große Kirche. Einige Eidverweigerer neigten sich zu dem römischen Ritual, andere wollten nicht die geringste Abweichung von dem allgemeinen Gebetbuche dulden. Altar wurde gegen Altar aufgerichtet. Ein Schattenprälat erklärte die Consecration eines andren Schattenprälaten für unkanonisch, bis endlich die Hirten gänzlich ohne Heerden waren. Einer dieser geistlichen Lords wurde wohlweislich Arzt; ein andrer verließ seinen sogenannten Bischofssitz und siedelte nach Irland über, und endlich im Jahre 1805 sank der letzte Bischof dieser Gesellschaft, welche mit Stolz auf den Titel der einzig wahren Kirche England's Anspruch gemacht hatte, unbeachtet ins Grab.[56]

[D i e n e u e n B i s c h ö f e .]

Die Stühle der Bischöfe, welche zugleich mit Sancroft vertrieben worden waren, wurden in einer der Regierung zur Ehre gereichenden Weise besetzt. Patrick wurde Nachfolger des Verräthers Turner. Fowler ging nach Gloucester. Richard Cumberland, ein bejahrter Geistlicher, der keine Gönner bei Hofe hatte und dessen einzige Empfehlungen seine Frömmigkeit und Gelehrsamkeit waren, erfuhr mit Erstaunen aus einem Neuigkeitsbriefe, den er auf dem Tische eines Kaffeehauses fand, daß er zum Bischof von Peterborough ernannt war.[57] Beveridge wurde zum Nachfolger Ken's erwählt; er willigte ein und die Ernennung wurde wirklich in der London Gazette angezeigt. Doch Beveridge war wohl ein rechtschaffener Mann, besaß aber keine Seelenstärke. Einige Jakobiten machten ihm Vorstellungen, andere Vorwürfe, der Muth sank ihm, und er nahm seine Zusage zurück. Während die Eidverweigerer über diesen Sieg frohlockten, wurde er wieder andren Sinnes, aber zu spät. Er hatte sich durch seine Unschlüssigkeit Wilhelm's Gunst verscherzt und erhielt erst eine Mitra, als Anna auf dem Throne saß.[58] Das Bisthum Bath und Wells wurde Richard Kidder verliehen, einem Manne von hervorragender Bildung und makellosem Character, der aber in dem Verdacht stand, daß er sich zum Presbyterianismus hinneige. Um die nämliche Zeit nahm Sharp, der Hochkirchlichste, der einen Skrupel deshalb hegte, daß er der Nachfolger eines abgesetzten Prälaten werden sollte, das durch Lamplugh's Tod zur Erledigung gekommene Erzbisthum York an. [59]

[Sherlock Dechant von St. Paul.]

In Folge der Erhebung Tillotson's auf den Stuhl von Canterbury wurde die Dechanei von St. Paul erledigt. Sobald der Name des neuen Dechanten bekannt wurde, brach ein Geschrei los, wie es vielleicht nie eine kirchliche Ernennung veranlaßt, ein Geschrei, zusammengesetzt aus Gebrüll des Hasses, aus Gezisch der Verachtung und aus halb triumphirenden, halb beleidigenden Willkommrufen: denn der neue Dechant war Wilhelm Sherlock.

Die Geschichte seiner Bekehrung verdient ausführlich erzählt zu werden, denn sie wirft ein helles Licht auf den Character der Parteien, welche damals die Kirche und den Staat spalteten. Sherlock war, dem Einflusse und dem Rufe, wenn auch nicht dem Range nach, der bedeutendste Mann unter den Eidverweigerern. Seine Autorität und sein Beispiel hatten einige seiner Collegen, welche anfangs geschwankt hatten, dazu bestimmt, ihre Stellen niederzulegen. Der Tag der Suspension kam, der Tag der Absetzung kam, und noch blieb er fest. Er schien in dem Bewußtsein der Rechtschaffenheit und in der Betrachtung der unsichtbaren Welt reichen Ersatz für alles Verlorene gefunden zu haben. Während er von der Kanzel ausgeschlossen war, wo seine Beredtsamkeit einst die gelehrten und gebildeten Inwohner des Temple entzückt hatte, schrieb er seinen berühmten Treatise on Death, welcher viele Jahre lang auf den Bücherbrettern ernster Arminianer zunächst neben The Whole Duty of Man stand. Bald jedoch begann man zu argwöhnen, daß seine Festigkeit schwanke. Er erklärte, daß er keinen Theil an einem Schisma haben wolle, er rieth Denen, die sich bei ihm Raths erholten, ihre Pfarrkirchen nicht zu verlassen, und da er sah, daß das Gesetz, das ihn seines Amtes enthob, ihm nicht verbot, Gottesdienst zu halten, predigte er sogar in St. Dunstan und betete dort für König Wilhelm und Königin Marie. Die apostolische Vorschrift, sagte er, laute dahin, daß für alle obrigkeitliche Gewalt Habenden gebetet werden solle, und Wilhelm und Marie hätten sichtbar obrigkeitliche Gewalt. Seine jakobitischen Freunde tadelten laut seine Inconsequenz. Wie können Sie, fragten sie, wenn Sie annehmen, daß der Apostel an dieser Stelle von der bestehenden Obrigkeit spricht, behaupten, daß er an anderen ähnlichen Stellen nur von rechtmäßiger Obrigkeit spricht? Oder wie können Sie, ohne zu sündigen, in einer feierlichen Anrede an Gott Jemanden als König bezeichnen, dem Sie nicht als König zu gehorchen versprechen können, ohne zu sündigen? Diese Argumente waren unwiderlegbar, und Sherlock begann bald sie ebenfalls dafür zu halten; der Schluß aber, zu dem sie ihn führten, war dem Schlusse zu dem sie ihn führen sollten, diametral entgegengesetzt. Er schwankte jedoch, bis von einer Seite, von der man wenig Grund hatte etwas Andres als zehnfache Finsterniß zu erwarten, ein neues Licht in seinen Geist fiel. Unter der Regierung Jakob's I. hatte Doctor Johann Overall, Bischof von Exeter, eine gelehrte Abhandlung über die Rechte bürgerlicher und kirchlicher Regenten geschrieben. Diese Abhandlung war von der Convocation von Canterbury und York feierlich gutgeheißen worden und konnte daher als eine Autorität habende Darstellung der Lehre der englischen Kirche betrachtet werden. Sancroft besaß eine Abschrift des Manuscripts und er ließ es bald nach der Revolution durch den Druck veröffentlichen. Er hoffte ohne Zweifel, die Veröffentlichung werde der neuen Regierung schaden; aber er sah sich vollständig getäuscht. Das Buch verwarf zwar jeden Widerstand in eben so starken Ausdrücken, als er selbst sie hätte anwenden können; aber eine Stelle, die seiner Beachtung entgangen war, entschied gegen ihn und seine Mitschismatiker. Overall und die beiden Convocationen, welche Overall's Lehre sanctionirt hatten, erklärten, daß eine Regierung, die aus einem Aufstande hervorgegangen sei, sobald sie vollkommen feststehe, als von Gott angeordnet betrachtet werden und daß die Christen ihr gehorchen müßten.[60] Sherlock las und war überzeugt. Seine ehrwürdige Mutter, die Kirche, hatte gesprochen und er nahm ihr Gebot mit der Folgsamkeit eines Kindes an. Die aus der Revolution hervorgegangene Regierung konnte wenigstens seit der Schlacht am Boyne und der Flucht Jakob's aus Irland mit gutem Grunde eine feststehende Regierung genannt werden, und es gebührte ihr daher passiver Gehorsam, bis sie durch eine neue Revolution gestürzt wurde und eine andre feststehende Regierung auf sie folgte.

Sherlock leistete die Eide und veröffentlichte sofort zur Rechtfertigung seines Schrittes eine Flugschrift, betitelt: The Case of Allegiance to Sovereign Powers stated. Dieses Buch machte ungeheures Aufsehen. Dryden's Hind and Panther hatte keine solche Sensation erregt, Halifax' Letter to a Dissenter hatte nicht so viele Antworten hervorgerufen. Die Repliken wider den Doctor, die Vertheidigungen des Doctors, die Schmähschriften auf den Doctor würden eine ganze Bibliothek füllen. Das Geschrei nahm zu, als es bekannt wurde, daß der Convertit nicht allein wieder zum Vorsteher des Temple ernannt worden war, sondern auch die Dechanei St. Paul angenommen hatte, die in Folge der Absetzung Sancroft's und der Beförderung Tillotson's zur Erledigung gekommen war. Die Wuth der Eidverweigerer steigerte sich fast bis zum Wahnsinn. Sei es nicht genug, fragten sie, die wahre und reine Kirche in dieser ihrer Stunde der Betrübniß und Gefahr zu verlassen, ohne sie auch noch zu verleumden? Es sei leicht zu begreifen, warum ein habgieriger und feiger Heuchler sich weigerte, dem Usurpator die Eide zu leisten, so lange es wahrscheinlich war, daß der rechtmäßige König wieder eingesetzt würde, sich aber nach der Schlacht am Boyne zu schwören beeilte. Ein solches Schwanken in Zeiten bürgerlicher Uneinigkeit sei nichts Neues. Das aber sei etwas Neues, daß der Renegat seine eigne Schuld und Schande auf die englische Kirche zu wälzen versuche und erkläre, sie habe ihn gelehrt, sich gegen den Schwachen zu kehren, der im Recht sei, und vor dem Mächtigen zu kriechen, der im Unrecht sei. Habe sie dies wirklich in schlimmen Tagen gelehrt und danach gehandelt? Habe sie ihren königlichen Märtyrer im Gefängnisse oder auf dem Schaffot verlassen? Habe sie ihren Kindern vorgeschrieben, dem Rumpfe oder dem Protector zu gehorchen? Sei indessen die Regierung des Rumpfs oder des Protector's weniger berechtigt gewesen eine feststehende Regierung genannt zu werden, als die Regierung Wilhelm's und Mariens? Sei die Schlacht bei Worcester nicht ein eben so harter Schlag für die Hoffnungen des Hauses Stuart gewesen, als die Schlacht am Boyne? Seien nicht die Aussichten auf eine Restauration im Jahre 1657 eben so schwach gewesen, als sie jedem einsichtsvollen Mann im Jahre 1691 erscheinen müßten? Doch allen Schmähungen und Sarkasmen stand Overall's Abhandlung und die billigenden Beschlüsse der beiden Convocationen gegenüber, und es war viel leichter, Sherlock zu tadeln, als die Abhandlung oder die Beschlüsse wegzudisputiren. Ein Schriftsteller behauptete, mit einer völlig feststehenden Regierung müsse eine Regierung gemeint gewesen sein, deren Rechtstitel unbestritten sei. So, sagte er, wurde die Regierung der Vereinigten Provinzen eine feststehende Regierung, als sie von Spanien anerkannt war; ohne diese Anerkennung aber würde sie bis ans Ende aller Zeiten niemals eine feststehende Regierung gewesen sein. Ein andrer nicht ganz so strenger Casuist erklärte, daß eine von Haus aus unrechtmäßige Regierung nach Verlauf eines Jahrhunderts eine feststehende Regierung werden könnte. Am 13. Februar 1789, nicht einen Tag früher, würde es daher den Engländern frei stehen, einer aus der Revolution hervorgegangenen Regierung Treue zu schwören. Die Geschichte des erwählten Volks wurde durchstöbert, um Präcedenzfälle zu finden. War Eglon's Regierung eine feststehende, als Ehud ihn erstach? War Joram's Regierung eine feststehende, als Jehu ihn erschoß? Aber der maßgebende Fall war der der Athalia. Es war allerdings ein Fall, der den Mißvergnügten manche glückliche und beißende Anspielungen lieferte. Ein Königreich, verrätherisch an sich gerissen durch einen dem Throne nahe verwandten Usurpator; der rechtmäßige Fürst lange vom Besitze ausgeschlossen; ein Theil des Priesterstandes durch viele unheilvolle Jahre dem königlichen Hause treu; endlich eine Contrerevolution, bewerkstelligt durch den Hohenpriester an der Spitze der Leviten. Wer, fragte man, werde es wagen, den heldenmüthigen Hohenpriester zu tadeln, der den Erben David's wieder eingesetzt? Sei indessen die Regierung der Athalia nicht eben so fest begründet gewesen wie die des Prinzen von Oranien? Hunderte von Seiten, welche damals über die Rechte der Joas und über das kühne Unternehmen des Jojada geschrieben wurden, vermodern in den alten Bücherschränken von Oxford und Cambridge. Während Sherlock so von seinen alten Freunden heftig angegriffen wurde, ließen auch seine alten Feinde ihn nicht in Ruhe. Einige heftige Whigs, unter denen sich Julian Johnson auszeichnete, erklärten, daß selbst der Jakobitismus achtungswerth sei im Vergleich zu der schmählichen Doctrin, die man im Convocation Book entdeckt habe. Daß den Königen passiver Gehorsam gebühre, sei allerdings eine absurde und verkehrte Ansicht. Doch es sei unmöglich, die Consequenz und Standhaftigkeit von Männern nicht zu achten, die sich verpflichtet glaubten, auf jede Gefahr hin einem unglücklichen, entthronten und verbannten Bedrücker treu zu bleiben. Aber die Theorie, welche Sherlock von Overall gelernt habe, sei reine Schlechtigkeit und Schändlichkeit. Eine Sache solle aufgegeben werden, nicht weil sie ungerecht, sondern weil sie mißlungen sei. Ob Jakob ein Tyrann oder der Vater seines Volks gewesen, sei ganz unwesentlich. Wenn er die Schlacht am Boyne gewonnen hätte, wären wir als Christen verbunden gewesen, seine Sklaven zu sein. Da er sie verloren habe, seien wir als Christen verbunden, seine Feinde zu sein. Andere Whigs gratulirten dem Proselyten, daß er, gleichviel auf welchem Wege, zu einem ganz praktischen Schlusse gelangt sei, konnten sich aber eines spöttischen Lächelns über die Geschichte, die er von seiner Bekehrung erzählte, nicht enthalten. Er sei, sagten sie, ein Mann von ausgezeichneter Gelehrsamkeit und Begabung. Er habe die Frage von der Unterthanenpflicht lange und gründlich studirt, und er habe viel darüber geschrieben. Man habe ihm mehrere Monate bewilligt, um zu lesen, zu beten und zu erwägen, dann nochmals mehrere Monate, bevor man ihn abgesetzt habe. Er habe sich eine Meinung gebildet, für die er sich bereit erklärt, den Märtyrertod zu erleiden, er habe Andere diese Meinung gelehrt und sie dann bloß deshalb geändert, weil er entdeckt habe, daß sie vor mehr als achtzig Jahren von den beiden Convocationen nicht widerlegt, aber dogmatisch für irrig erklärt worden sei. Dies heiße gewiß aller Freiheit des persönlichen Urtheils entsagen und den Synoden von Canterbury und York eine Unfehlbarkeit zuschreiben, auf welche nach der Erklärung der englischen Kirche selbst das Oekumenische

Concil keinen begründeten Anspruch habe. Wenn, sagte man sarkastisch, alle unsere Begriffe von Recht und Unrecht in Dingen, welche von wesentlicher Wichtigkeit für das Wohl der Gesellschaft seien, plötzlich durch einige in einem Winkel der Bibliothek von Lambeth gefundene Zeilen Manuscript geändert werden könnten, so sei es um des Seelenfriedens demüthiger Christen willen sicherlich sehr zu wünschen, daß alle die Schriftstücke, denen diese Art von Autorität zustehe, hervorgesucht und so bald als möglich durch den Druck veröffentlicht würden, denn geschähe dies nicht, so könnten wir alle, wie der Doctor, als er voriges Jahr die Eide verweigerte, Sünden begehen in der vollen Ueberzeugung, daß wir Pflichten erfüllten. Es ist in der That schwer zu glauben, daß das Convocation Book Sherlock irgend etwas mehr als einen Vorwand lieferte, um das zu thun, was er zu thun sich vorgenommen hatte. Die vereinigte Kraft der Vernunft und des Interesses hatten ihn ohne Zweifel überzeugt, daß seine Leidenschaften und Vorurtheile ihn zu einem großen Irrthum geführt, diesen Irrthum beschloß er zu widerrufen, und es wurde ihm leichter zu sagen, seine Ansicht sei durch neu entdeckte Beweise geändert worden als er habe sich mit allen Materialien zur Bildung eines richtigen Urtheils sein falsches Urtheil gebildet. Das Volk glaubte, sein Widerruf sei das Resultat der Thränen, Bitten und Vorwürfe seiner Gattin. Die Dame habe aufgeklärte Ansichten, sie genieße in ihrer Familie eine große Autorität und sie kümmere sich weit mehr um ihr Haus und um ihre Equipage, um den Ueberfluß ihrer Tafel und um die Aussichten ihrer Kinder, als um den patriarchalischen Ursprung einer Regierung oder um den Sinn des Wortes Abdankung. Sie habe, behauptete man, ihrem Gatten Tag und Nacht keine Ruhe gelassen, bis er seine Bedenken überwunden gehabt. Ihre Ueberredungs- und Einschüchterungsgabe wurde in zahllosen Briefen, Fabeln, Liedern und Gesprächen höhnisch gerühmt. Sie war Xantippe, die Sokrates Wasser aufs Haupt goß. Sie war Delila, Simson scheerend. Sie war Eva, wie sie Adam zum Genusse der verbotenen Frucht zwang. Sie war Hiob's Weib, wie sie ihren in der Asche sitzenden und sich kratzenden zu Grunde gerichteten Gemahl beschwor, nicht zu verfluchen und zu sterben, sondern zu schwören und zu leben. Während die Balladenmacher den Sieg der Mrs. Sherlock feierten, fiel eine andre Klasse von Gegnern über den theologischen Ruf ihres Gatten her. Bis zu dem Augenblicke wo er die Eide leistete, war er stets als der orthodoxeste Geistliche betrachtet worden. Aber die tadelsüchtige und boshafte Kritik, der man seine Schriften jetzt unterwarf, würde selbst in der Bergpredigt Ketzerei gefunden haben, und er war leider so voreilig, gerade in dem Augenblicke, wo der Unwille über seine politische Unbeständigkeit sich am lautesten äußerte, seine Gedanken über das Mysterium der Dreieinigkeit zu veröffentlichen. Zu einer andren Zeit würde sein Werk von guten Anglikanern wahrscheinlich als eine siegreiche Antwort gegen die Socinianer und Sabellianer begrüßt worden sein.

Unglücklicherweise aber hatte er sich in seinem Eifer gegen Sociner und Sabellianer solcher Ausdrücke bedient, die als Tritheismus ausgelegt werden konnten. Vorurtheilsfreie Richter würden bedacht haben, daß der rechte Weg auf beiden Seiten dicht an den Irrthum grenzte und daß es kaum möglich war, sich auf der einen Seite fern genug von der Gefahr zu halten, ohne sich auf der andren der Gefahr dicht zu nähern. Aber vorurtheilsfreie Richter durfte Sherlock unter den Jakobiten nicht erwarten. Seine früheren Verbündeten behaupteten, daß er alle die furchtbaren Strafen verwirkt habe, die in dem Athanasischen Glaubensbekenntnisse über Diejenigen verhängt werden, welche das Wesen der Gottheit theilen. Dickleibige Quartanten wurden geschrieben, um zu beweisen, daß er an die Existenz dreier getrennter Gottheiten glaubte, und einige humoristische Mißvergnügte, die sich sehr wenig um die katholische Wahrheit kümmerten, erheiterten die Stadt durch englische und lateinische Spottschriften auf seine Heterodoxie. „Wir," sagte einer dieser Witzlinge, „schwören Einem Könige Treue und rufen Einen Gott zum Zeugen eines Gelöbnisses an. Es kann uns nicht auffallend erscheinen, daß der Doctor mehr als Einem Könige Treue geschworen hat, wenn wir erwägen, daß der Doctor mehr als einen Gott hat, bei dem er schwört."[61]

[Verrätherei einiger Diener Wilhelm's.]

Sherlock würde vielleicht gezweifelt haben, ob die Regierung, der er sich unterworfen, berechtigt war, eine feststehende Regierung genannt zu werden, wenn er alle die Gefahren gekannt hätte, von denen sie bedroht war. Preston's Complot war kaum entdeckt, als sich ein neues Complot ganz anderer Art im Lager, bei der Flotte, im Schatzamte, und selbst im Schlafzimmer des Königs bildete. Das Geheimniß dieser Schändlichkeit ist im Laufe von fünf Generationen allmälig entschleiert worden, ganz aber ist es noch jetzt nicht entschleiert. Möglich, daß einige noch dunkle Theile desselben der Nachwelt durch die Entdeckung von Briefen und Tagebüchern, die jetzt unter dem Staube von hundertfunfzig Jahren ruhen, klar werden. Doch sind die Materialien, die uns gegenwärtig zu Gebote stehen, schon genügend, um eine Erzählung zusammenzusetzen, die man nicht ohne Beschämung und Abscheu lesen kann.[62]

Wir haben gesehen, daß Shrewsbury aus Verdruß darüber, daß er seine Rathschläge verworfen und die seiner toryistischen Nebenbuhler befolgt sah, sich in einer unheilvollen Stunde in eine Correspondenz mit der verbannten Königsfamilie verwickeln ließ. Wir haben ferner gesehen, durch welche heftigen Körper- und Seelenleiden er seine Fehler büßte. Von Reue und daraus entstandener Krankheit gequält, hatte er den Hof verlassen; aber es blieben an demselben Männer zurück, deren Grundsätze nicht minder locker als die seinigen, und deren Herzen noch viel härter und kälter waren.

Zu Anfang des Jahres 1691 begannen einige von diesen Männern sich in geheime Verbindung mit Saint-Germains zu setzen. So schändlich und ehrlos ihr Verfahren auch war, es lag nichts Wunderbares darin. Sie handelten nach ihrer Weise. Es waren unruhige Zeiten, eine dichte Wolke verhüllte die Zukunft, der scharfsichtigste und erfahrenste Politiker konnte mit einiger Klarheit nicht drei Monate weit über die Gegenwart hinaussehen. Ein Mann von Tugend und Ehre fragte allerdings darnach nicht viel. Seine Ungewißheit bezüglich dessen, was der morgende Tag bringen würde, konnte ihn wohl besorgt, aber nicht treulos machen. Wenn auch in völliger Unkenntniß über das, was seine Interessen berührte, hatte er doch die feste Richtschnur seiner Grundsätze. Leider aber gab es unter den Höflingen jener Zeit nicht viele Männer von Tugend und Ehre. Whitehall war seit dreißig Jahren eine Pflanzschule jedes öffentlichen und privaten Lasters und wimmelte von niedrigdenkenden, doppelzüngigen und selbstsüchtigen Politikern. Diese Männer handelten jetzt so, wie es von unmoralischen Männern in einer Krisis, deren Ausgang Niemand voraussehen konnte, nicht anders zu erwarten war. Einige von ihnen hatten eine leichte Vorliebe für Wilhelm, Andere hatten eine leichte Vorliebe für Jakob; aber durch keine solche Vorliebe wurde das Verfahren einer dieser Männer geleitet. Hätte es sicher geschienen, daß Wilhelm sich halten würde, so würden sie Alle für Wilhelm gewesen sein. Hätte es sicher geschienen, daß Jakob wieder eingesetzt werden würde, so würden sie Alle für Jakob gewesen sein. Aber was war zu thun, da die Aussichten sich fast genau die Wage zu halten schienen? Es gab rechtschaffene Männer der einen Partei, welche geantwortet haben würden: dem wahren Könige und der wahren Kirche treu zu bleiben und nöthigenfalls für sie zu sterben wie Laud. Es gab rechtschaffene Männer der andren Partei, welche geantwortet haben würden: Fest an den Freiheiten England's und an der protestantischen Religion zu halten und nöthigenfalls für sie zu sterben wie Sidney. Aber eine solche Consequenz war Vielen der Vornehmen und Mächtigen unbegreiflich. Ihr Ziel war, sich für alle Fälle zu sichern. Daher schworen sie öffentlich dem einen Könige Treue und verpfändeten ihr Wort heimlich auch dem andren. Sie waren unermüdlich bestrebt, sich unter dem großen Siegel Wilhelm's Aemter, Peerspatente, Pensionen und Geschenke von Kronländern zu verschaffen, und in ihren geheimen Schubkästen hatten sie Amnestieversprechen von Jakob's Hand.

Unter Denen, welche sich dieser Schändlichkeit schuldig machten, stehen drei Männer: Russell, Godolphin und Marlborough, in erster Reihe. Es konnte kaum drei Menschen geben, die an Geist und Herz einander unähnlicher waren, und die besonderen Eigenschaften jedes derselben verliehen seiner Schurkerei einen besonderen Character. Der Verrath Russell's ist zum Theil dem Grolle, der Verrath Godolphin's lediglich der

Aengstlichkeit zuzuschreiben; Marlborough's Verrath aber war der Verrath eines Mannes von großem Genie und grenzenlosem Ehrgeize.

[R u s s e l l .]

Es mag auffallend scheinen, daß Russell unzufrieden sein konnte. Er hatte eben erst das Commando der vereinigten Flotten England's und Holland's mit dem Range eines Flottenadmirals übernommen; er war Schatzmeister der Flotte, hatte einen Jahrgehalt von dreitausend Pfund Sterling, und es war ihm Kronland in der Nähe von Charing Croß im Werthe von achtzehntausend Pfund verliehen worden. Außerdem müssen seine indirecten Einnahmen enorm gewesen sein. Aber er war noch immer nicht zufrieden. Er war in der That trotz seines unerschrockenen Muthes, trotz bedeutender Talente für den Krieg wie für die Verwaltung, und trotz eines gewissen Gemeinsinns, der sich selbst in den schlimmsten Perioden seines Lebens vorübergehend zeigte, im vollen Umfange des Worts ein schlechter Mensch: übermüthig, boshaft, habsüchtig und treulos. Er meinte, daß die großen Dienste, die er zur Zeit der Revolution geleistet, nicht gebührend belohnt worden seien. Alles was Andere erhielten, betrachtete er als ihm geraubt. Es existirt noch ein Brief von ihm, den er damals an Wilhelm schrieb. Dieser Brief enthält nichts als Selbstruhm, Vorwürfe und Spötteleien. Der Admiral bittet zuvörderst unter ironischen Versicherungen seiner Ergebenheit und Loyalität um die Erlaubniß, seine Beschwerden zu Papiere bringen zu dürfen, da seine Schüchternheit ihm nicht gestatte, sich mündlich darüber auszusprechen. Sein Kummer sei unerträglich. Andere Leute erhielten königliche Domainen, er aber könne fast gar nichts erlangen. Andere Leute könnten ihre Angehörigen versorgen; seine Empfehlungen aber blieben regelmäßig unbeachtet. Das Einkommen, das er der königlichen Gunst verdanke, sehe zwar groß aus; aber er habe arme Verwandte, und die Regierung habe dieselben, anstatt ihre Pflicht gegen sie zu thun, unfreundlicherweise seiner Sorge überlassen. Er habe eine Schwester, die einer Pension bedürfe, denn ohne eine solche könne sie ihren Töchtern keine Aussteuer geben. Er habe einen Bruder, der, weil er keine Stelle habe, in die traurige Nothwendigkeit versetzt worden sei, eine alte Frau wegen ihres Geldes zu heirathen. Russell beklagte sich dann bitter, daß die Whigs vernachlässigt würden, daß die Revolution Männer zu Ansehen und Reichthum gebracht habe, welche die größten Anstrengungen gemacht hätten, sie zu verhindern. Und man hat Grund zu glauben, daß diese Klage aus seinem Herzen kam, denn nächst seinen eigenen Interessen waren die seiner Partei ihm theuer, und selbst als er am meisten dazu geneigt war, ein Jakobit zu werden, hatte er nicht die mindeste Neigung ein Tory zu werden. In der Stimmung, welche dieser Brief verräth, hörte er bereitwillig auf die Einflüsterungen David Lloyd's, eines der gewandtesten und thätigsten Emissäre, welche damals beständig zwischen Frankreich und England hin und her reisten. Lloyd überbrachte Jakob die Versicherung, daß Russell, sobald sich eine günstige Gelegenheit darböte, versuchen würde, vermittelst der Flotte das zu bewerkstelligen, was Monk unter der vorhergehenden Generation vermittelst der Armee bewerkstelligt habe.[63] Bis zu welchem Punkte diese Versicherungen aufrichtig waren, dies war eine Frage, über welche Leute, die Russell und seine Handlungsweise genau kannten, in Zweifel waren. Es ist wahrscheinlich, daß er viele Monate lang mit sich selbst nicht im Klaren war. Es lag in seinem Interesse, so lange als möglich mit beiden Königen auf gutem Fuße zu stehen, und sein reizbares, gebieterisches Temperament trieb ihn beständig an, mit beiden zu hadern. Die eine Woche wurde seine üble Laune durch eine trockene Antwort von Wilhelm, die nächste Woche durch eine alberne Proklamation von Jakob erregt. Zum Glück fand ihn der wichtigste Tag seines Lebens, der Tag, von welchem alle seine späteren Jahre ihre Färbung entlehnten, nicht in bester Stimmung gegen den verbannten König.

[G o d o l p h i n .]

Godolphin hatte keine Ursache sich über die Regierung, der er diente, zu beklagen und er behauptete auch gar keine zu haben. Er war erster Commissar des Schatzes, er war mit Protection, Vertrauen und Gunstbezeigungen überschüttet worden, ja, die ihm bewiesene Gunst hatte sogar viel Murren veranlaßt. Sei es passend, hatten die Whigs unwillig gefragt, daß ein Mann, der während der ganzen vorigen Regierung hohe Aemter bekleidet, der für die Indulgenz zu stimmen versprochen, der mit einem Jesuiten im Staatsrathe und mit zwei Papisten im Schatzamte gesessen, der eine Götzendienerin an ihren Altar begleitet hatte, zu den ersten Ministern eines Fürsten gehörte, dessen Ansprüche auf den Thron aus der Rechtserklärung hergeleitet seien? Aber auf Wilhelm hatte dieses Geschrei keinen Eindruck gemacht, und keiner von seinen Dienern scheint damals sein Vertrauen in größerem Umfange besessen zu haben als Godolphin.

Dessenungeachtet verzweifelten die Jakobiten nicht. Einer der eifrigsten unter ihnen, ein Gentleman Namens Bulkeley, der früher mit Godolphin auf vertrautem Fuße gestanden hatte, übernahm es zu sehen, was er thun könne. Er begab sich ins Schatzamt und bemühte sich, den ersten Lord in ein politisches Gespräch zu ziehen. Dies war kein leichtes Ding, denn Godolphin war nicht der Mann, der sich leicht in Andrer Hände gab. Seine Zurückhaltung war sprüchwörtlich, und er war besonders wegen der Gewandtheit berühmt, mit der er während seines ganzen Lebens die Unterhaltung von Staatsangelegenheiten auf einen Hahnenkampf oder auf den Stammbaum eines Racepferdes zu lenken wußte. Der Besuch endete, ohne daß er ein Wort geäußert hätte, welches verrieth, daß er sich der Existenz

König Jakob's erinnerte.

Bulkeley ließ sich jedoch nicht so leicht abschrecken. Er kam wieder und brachte den Gegenstand, der ihm zunächst am Herzen lag, auf's neue zur Sprache. Godolphin erkundigte sich hierauf nach seinem ehemaligen Gebieter und seiner ehemaligen Gebieterin in dem unmuthigen Tone eines Mannes, der die Hoffnung aufgegeben hatte, je mit ihnen ausgesöhnt zu werden. Bulkeley versicherte ihm, daß König Jakob bereit sei, alles Vergangene zu verzeihen. „Darf ich Sr. Majestät sagen, daß Sie Sich bemühen wollen, seine Gunst zu verdienen?" Bei dieser Frage erhob sich Godolphin, sagte etwas von Amtsfesseln und von dem Wunsche, ihrer ledig zu sein und brach die Unterredung ab.

Bulkeley machte bald einen dritten Versuch. Godolphin hatte inzwischen mancherlei erfahren, was sein Vertrauen zu der Stabilität der Regierung, der er diente, erschütterte. Er begann zu glauben, daß er zu hoch auf die Revolution gewettet, wie er sich ausgedrückt haben würde, und daß es Zeit sei, für und wider zu wetten. Ausweichende Antworten konnten ihm nicht länger genügen. Er sprach sich aus und erklärte sich für einen ergebenen Diener König Jakob's. „Ich werde die nächste Gelegenheit ergreifen, um meine Stelle niederzulegen. Bis dahin aber bin ich gebunden. Ich darf meine Amtspflicht nicht verletzen." Um den Werth des Opfers, das er zu bringen sich vornahm, zu erhöhen, legte er ein höchst freundliches und vertrauliches Schreiben vor, das er kürzlich von Wilhelm erhalten hatte. „Sie sehen, welches unbedingte Vertrauen der Prinz von Oranien in mich setzt. Er sagt mir, daß er mich nicht entbehren könne, und das es keinen Engländer gebe, dem er so zugethan sei; aber dies Alles ist bei mir von keinem Gewicht im Vergleich zu meiner Pflicht gegen meinen rechtmäßigen König."

Wenn der erste Lord des Schatzes wirklich Bedenken hegte, das ihm geschenkte Vertrauen zu verrathen, so wurden diese Bedenken bald so wirksam gehoben, daß er sechs Jahre lang in aller Gemächlichkeit das Brot des einen Herrn aß, während er im Geheimen einem andern Anhänglichkeitsversicherungen und Dienstversprechen sandte.

Die Wahrheit ist, daß Godolphin unter dem Einflusse eines viel gewaltigeren und viel verderbteren Geistes stand als der seinige war. Seine Verlegenheiten waren Marlborough mitgetheilt worden, mit dem er seit langer Zeit durch eine Freundschaft verbunden war, wie zwei völlig characterlose Menschen sie überhaupt für einander zu fühlen vermögen, und mit dem er später noch durch enge häusliche Bande verknüpft wurde.

[Marlborough.]

Marlborough war in einer ganz andern Lage als die anderen Diener

Wilhelm's. Lloyd konnte Russell, Bulkeley konnte Godolphin Eröffnungen machen. Aber alle Agenten des verbannten Hofes hielten sich fern von dem Verräther von Salisbury. Jene schmachvolle Nacht schien den meineidigen Deserteur für immer von dem Fürsten getrennt zu haben, den er in's Unglück gestürzt hatte. Jakob hatte noch in der äußersten Bedrängniß, als seine Armee im vollen Rückzuge begriffen war und sein ganzes Königreich sich gegen ihn erhoben hatte, erklärt, daß er Churchill nie und nimmer vergeben werde. Der Name Churchill war bei allen Jakobiten gründlich verhaßt, und in der Prosa wie in den Versen, welche täglich aus ihren geheimen Pressen hervorgingen, wurde ihm unter den vielen Verräthern der damaligen Zeit bezüglich der Infamie die erste Stelle angewiesen. In der aus der Revolution entsprungenen Ordnung der Dinge war er einer der Großen England's, von hohem Range im Staate wie im Heere. Er war zum Earl creirt worden und spielte eine bedeutende Rolle bei der Militärverwaltung. Die directen und indirecten Emolumente der Stellen und Commandos, die ihm von der Krone verliehen worden waren, schätzte man bei der holländischen Gesandtschaft auf zwölftausend Pfund Sterling jährlich. Im Fall einer Contrerevolution schien er nichts als eine Dachstube in Holland oder ein Schaffot auf Tower Hill zu erwarten zu haben. Man hätte daher denken sollen, daß er seinem neuen Gebieter mit Treue dienen werde, wenn auch nicht mit der Treue Nottingham's, welche die Treue der Gewissenhaftigkeit, nicht mit der Treue Portland's, welche die Treue der Zuneigung war, so doch mit der nicht minder beharrlichen Treue der Verzweiflung.

Die, welche das glaubten, kannten Marlborough nur wenig. Auf seine Fertigkeit im Täuschen vertrauend, beschloß er, da die jakobitischen Agenten ihn nicht mehr aufsuchten, sie aufzusuchen. Zu dem Ende ließ er den Obersten Eduard Sackville um eine Unterredung bitten.

Sackville war über das Ansuchen erstaunt und nicht sonderlich erfreut. Er war ein starrsinniger Cavalier aus der alten Schule. In den Tagen des papistischen Complots war er verfolgt worden, weil er mannhaft sagte, was er über Oates und Bedloe dachte und was jetzt Jedermann über sie denkt.[64] Seit der Revolution hatte er für König Jakob seinen Kopf auf's Spiel gesetzt, war von Beamten mit Verhaftsbefehlen verfolgt und in einer Proklamation, an welcher Marlborough selbst Theil gehabt, als ein Verräther bezeichnet worden.[65] Nicht ohne Widerstreben überschritt der standhafte Royalist die Schwelle des Abtrünnigen. Doch er wurde für seine Ueberwindung durch das erbauliche Schauspiel einer so qualvollen Reue belohnt, wie er sie noch nie gesehen. „Wollen Sie," fragte ihn Marlborough, „mein Fürsprecher beim Könige sein? Wollen Sie ihm sagen, was ich leide? Meine Verbrechen erscheinen mir jetzt in ihrem wahren Lichte und ich schaudere entsetzt vor ihnen zurück. Der Gedanke an sie verfolgt mich Tag und Nacht. Ich setze mich zu Tische, aber ich kann nicht essen. Ich werfe mich auf mein Bett, aber ich kann nicht schlafen. Ich bin bereit Alles zu opfern, Allem zu trotzen, mein ganzes irdisches Glück preiszugeben, wenn ich nur von dem Jammer eines verwundeten Herzens befreit werden kann." Wenn man dem äußeren Anschein trauen durfte, so empfand dieser große Sünder eine ebenso aufrichtige Reue wie David oder Petrus. Sackville berichtete seinen Freunden was geschehen war. Sie mußten anerkennen, daß, wenn der Erzverräther, der bisher seinem Gewissen und der öffentlichen Meinung die nämliche kalte und heitere Unerschrockenheit entgegengestellt hatte, die ihn auf dem Schlachtfelde auszeichnete, wirklich angefangen habe, Reue zu fühlen, es absurd sein würde, seiner Unwürdigkeit halber die unschätzbaren Dienste zurückzuweisen, die er der guten Sache zu leisten vermochte. Er war Mitglied des inneren Rathes; er bekleidete ein hohes Commando in der Armee; er war unlängst mit der Leitung wichtiger militärischer Operationen betraut worden und wurde ohne Zweifel auf's Neue damit betraut. Es war allerdings wahr, daß kein Andrer eine so schwere Schuld auf sich geladen hatte; aber es war nicht minder wahr, daß kein Andrer die Macht hatte, seine Schuld in gleichem Umfange wieder gut zu machen. Wenn er aufrichtig war, konnte er sicherlich die Verzeihung verdienen, nach der ihn so sehr verlangte. Aber war er auch aufrichtig, hatte er nicht noch am Vorabende seines Verbrechens eben so laut seine Loyalität betheuert? Er mußte auf die Probe gestellt werden. Sackville und Lloyd wendeten mehrere Proben an. Marlborough wurde aufgefordert, vollständigen Aufschluß über die Stärke und Vertheilung sämmtlicher Divisionen der englischen Armee zu geben, und er that es. Er wurde aufgefordert, den ganzen Plan des bevorstehenden Feldzuges zu enthüllen, und er that es. Die Häupter der Jakobiten spähten sorgfältig nach Ungenauigkeiten in seinen Berichten, konnten aber keine finden. Man hielt es für einen noch stärkeren Beweis von seiner Treue, daß er werthvolle Auskunft über das gab, was im Bureau des Staatssekretärs vorging. Gegen einen eifrigen Royalisten war eine Aussage beschworen worden. Gegen einen andren war ein Verhaftsbefehl im Werke. Diese Mittheilungen retteten mehrere Mißvergnügte vom Gefängniß, wenn nicht vom Galgen, und sie konnten nicht umhin, einige Nachsicht gegen den erwachten Sünder zu fühlen, dem sie so viel verdankten.

Er jedoch machte in seinen geheimen Unterredungen mit seinen neuen Bundesgenossen keinen Anspruch auf Verdienst. Er verlange kein Vertrauen, sagte er. Wie könne er nach den Schändlichkeiten, die er an dem besten aller Könige begangen, hoffen, daß man ihm je wieder Vertrauen schenken werde? Es sei genug für einen Sünder wie er, wenn man ihm gestatte, mit Gefahr seines Lebens dem gnädigen Gebieter, den er in der That schändlich beleidigt, den er aber nie aufgehört habe zu lieben, wenigstens einen Ersatz zu leisten.

Es sei nicht unwahrscheinlich, daß er im Sommer die englischen Truppen in Flandern befehligen werde. Wünsche man, daß er sie alle mit einem Male in's französische Lager hinüberführe? Wenn dies der Wille des Königs sei, so werde er zusehen, daß er es möglich mache. Im Ganzen aber halte er es für besser, bis zur nächsten Parlamentssession zu warten. Hierauf deutete er einen Plan zur Vertreibung des Usurpators vermittelst der englischen Legislatur und der englischen Armee an, den er später ausführlicher entwickelte. Inzwischen hoffe er, daß Jakob Godolphin nicht befehlen werde, das Schatzamt zu verlassen. Ein Privatmann könne für die gute Sache wenig thun. Ein Mann aber, der die nationalen Finanzen leite und in die wichtigsten Staatsgeheimnisse eingeweiht sei, könne unschätzbare Dienste leisten.

Marlborough's vorgebliche Reue täuschte Diejenigen, welche die Angelegenheiten Jakob's in London leiteten, so vollkommen, daß sie Lloyd mit der frohen Botschaft, daß der verstockteste aller Rebellen wunderbar in einen loyalen Unterthan verwandelt werden sei, nach Frankreich schickten. Die Nachricht erfüllte Jakob mit Entzücken und Hoffnung. Wäre er ein weiser Fürst gewesen, so würde sie nur Widerwillen und Mißtrauen in ihm erweckt haben. Es war thöricht zu glauben, daß ein Mann, dessen Herz wirklich von Reue und Scham über einen Act der Treulosigkeit erfüllt war, sich entschließen würde, sein Gewissen durch einen neuen, eben so abscheulichen und eben so entehrenden Act der Treulosigkeit zu erleichtern. Die versprochene Sühne war so schändlich und erniedrigend, daß sie nie von einem Manne dargeboten werden konnte, der den aufrichtigen Wunsch hegte, vergangene Schändlichkeit und Ehrlosigkeit wieder gut zu machen. Die Wahrheit war, daß Marlborough, als er den Jakobiten sagte, sein Schuldbewußtsein verhindere ihn, am Tage zu essen, und des Nachts zu schlafen, sie im Stillen auslachte. Der Verlust einer halben Guinee würde viel eher im Stande gewesen sein, ihm den Appetit zu verderben und seinen Schlummer zu stören, als alle Schrecken eines bösen Gewissens. Seine Anerbietungen bewiesen in Wirklichkeit nichts weiter, als daß sein früheres Verbrechen nicht aus einem ordnungswidrigen Eifer für die Interessen seines Vaterlandes und seiner Religion, sondern aus einer tiefen und unheilbaren moralischen Verderbtheit entsprungen war, die den ganzen Menschen ergriffen hatte. Jakob aber konnte theils aus Beschränktheit, theils aus Egoismus in keiner Handlung, die ihm Nutzen brachte, etwas Unmoralisches erblicken. Gegen ihn conspiriren, ihn verrathen, einen ihm geschworenen Eid der Treue brechen, dies waren Verbrechen, für welche keine Strafe, weder in dieser noch in jener Welt, zu streng sein konnte. Aber seine Feinde umbringen, das seinen Feinden gegebene Wort brechen, war nicht nur etwas Unschuldiges, sondern etwas Lobenswerthes. Der Abfall zu Salisbury war das ärgste Verbrechen gewesen, denn es hatte ihn ins Unglück gestürzt. Ein ähnlicher Abfall in Flandern wäre etwas Ehrenvolles gewesen, denn er konnte ihn wieder auf den Thron bringen.

Der Bußfertige wurde von seinen jakobitischen Freunden benachrichtigt, daß ihm verziehen sei. Diese Nachricht war ihm zwar höchst willkommen, aber es bedurfte noch etwas mehr, um seinen verlornen Seelenfrieden wiederherzustellen. Dürfe er nicht hoffen, zwei Zeilen von der Hand des Königs zu erhalten, worin ihm Verzeihung zugesichert würde? Er verlange dies natürlich nicht um seinetwillen, sondern er sei überzeugt, daß er mit einem solchen Dokumente in der Hand einige Personen von hohem Ansehen, die nur deshalb zu dem Usurpator hielten, weil sie glaubten, daß sie von dem legitimen Könige keine Gnade zu erwarten hätten, auf den rechten Weg zurückführen könne. Sie würden zu ihrer Pflicht zurückkehren sobald sie sähen, daß selbst dem schwersten aller Verbrecher in Rücksicht auf seine Reue, großmüthig vergeben worden sei. Das Versprechen wurde niedergeschrieben, abgeschickt und sorgfältig aufbewahrt. Marlborough hatte jetzt seinen Zweck erreicht, den er mit Russell und Godolphin gemeinschaftlich verfolgte. Allein er hatte noch andere Zwecke, an die weder Russell noch Godolphin je gedacht. Es ist, wie wir nachher sehen werden, starker Grund zu der Annahme vorhanden, daß dieser kluge, tapfere und gewissenlose Mann auf einen Plan sann, der seines fruchtbaren Geistes und seines tollkühnen Muthes nicht minder würdig war als seines völlig verderbten Herzens, einen Plan, der, wenn er nicht auf sonderbare Weise vereitelt worden wäre, Wilhelm, ohne Nutzen für Jakob, in's Verderben gestürzt und den vom Glück begünstigten Verräther zum Beherrscher England's und zum Schiedsrichter Europa's gemacht haben würde.

[Wilhelm kehrt auf den Continent zurück.]

So standen die Sachen, als Wilhelm nach einem kurzen und vielbeschäftigten Aufenthalte in England im Mai 1690 wieder nach dem Continent aufbrach, wo der regelmäßige Feldzug beginnen sollte. Er nahm Marlborough mit sich, dessen Talente er richtig würdigte und von dessen neuerlichen Unterhandlungen mit Saint-Germains er nicht die leiseste Ahnung hatte. Im Haag wurden mehrere wichtige militärische und politische Berathungen gepflogen, und die ausgezeichnetsten Soldaten und Staatsmänner der Vereinigten Provinzen fühlten bei jeder Gelegenheit die Superiorität des feingebildeten Engländers. Heinsius pflegte noch lange nachher ein Gespräch zu erzählen, das damals zwischen Wilhelm und dem Fürsten von Vaudemont, einem der geschicktesten Heerführer in holländischen Diensten stattfand. Vaudemont sprach sich sehr günstig über mehrere englische Offiziere aus, unter anderen über Talmash und Mackay; Marlborough aber stellte er unvergleichbar hoch über alle anderen. „Er besitzt alle Vorzüge eines Generals, schon sein Blick verräth dies. Es kann nicht fehlen, daß er noch etwas Großes vollbringt.“ — „Ich glaube in der That, Vetter,“ antwortete der

König, „daß Mylord Alles bewahrheiten wird, was Sie von ihm gesagt haben."

Es dauerte noch eine Weile, ehe die militärischen Operationen begannen. Wilhelm brachte diese Pause in seinem geliebten Parke von Loo zu. Marlborough verweilte einige Tage daselbst und wurde dann mit dem Befehle nach Flandern geschickt, alle englischen Streitkräfte zusammenzuziehen, in der Nähe von Brüssel ein Lager zu bilden und Alles für die Ankunft des Königs bereit zu halten.

Jetzt hatte Marlborough Gelegenheit, die Aufrichtigkeit der Versicherungen zu beweisen, durch die er von einem Herzen, das er selbst als härter denn ein marmorner Kaminsims bezeichnet, Verzeihung eines Vergehens erlangt hatte, das selbst ein weiches Gemüth mit tödtlichem Hasse erfüllt haben würde. Er erhielt aus Saint-Germains eine Botschaft, welche die augenblickliche Erfüllung seines Versprechens verlangte, an der Spitze seiner Truppen überzugehen. Man sagte ihm, dies sei der größte Dienst, den er der Krone leisten könne. Er habe sein Wort darauf gegeben, und der gnädige Gebieter, der alle vergangenen Fehler verziehen, erwarte mit Zuversicht, daß er sein Wort halten werde. Der Heuchler wich der Aufforderung mit characteristischer Gewandtheit aus. Er entschuldigte sich in den ehrerbietigsten und liebevollsten Ausdrücken, daß er dem königlichen Befehle nicht sofort nachkomme. Das Versprechen, dessen Erfüllung man von ihm verlange, sei nicht ganz richtig verstanden worden, es habe auf Seiten der Abgesandten ein Mißverständniß stattgefunden. Das Uebergehen eines oder zweier Regimenter würde mehr schaden als nützen; das Uebergehen einer ganzen Armee aber erfordere viel Zeit und große Vorsicht.[66] Während Jakob über diese Entschuldigungen murrte und wünschte, daß er nicht ganz so versöhnlich gewesen sein möchte, kam Wilhelm im Hauptquartier der verbündeten Streitkräfte an und übernahm das Obercommando.

[Der Feldzug von 1691 in Flandern.]

Die militärischen Operationen in Flandern begannen Anfangs Juni wieder und endeten mit dem Schlusse des Septembers. Es fand jedoch kein wichtiger Zusammenstoß statt. Die beiden Armeen machten Märsche und Contremärsche, rückten einander näher und entfernten sich wieder. Eine Zeit lang standen sie sich auf weniger als eine Meile gegenüber. Aber weder Wilhelm noch Luxemburg wollten anders als mit Vortheil losschlagen und Keiner ließ dem Andren einen Vortheil. So ereignißleer der Feldzug war, ist er doch in einer Beziehung interessant. Seit mehr als einem Jahrhundert hatte unser Land keine große Armee abgesandt, um außerhalb der Britischen Inseln Krieg zu führen. Unsere Aristokratie war daher schon längst kein militärischer Stand mehr, die Edelleute Frankreich's, Deutschland's und Holland's waren in der Regel Soldaten. Es würde wahrscheinlich nicht leicht gewesen sein, in dem glänzenden Zirkel, welcher Ludwig in Versailles umgab, einen einzigen Marquis oder Vicomte von vierzig Jahren zu finden, der nicht einer Schlacht oder einer Belagerung beigewohnt hätte. Aber die große Mehrzahl unserer Peers, Baronets und reichen Esquires hatte nie gedient, außer bei der Miliz und hatte nie an einer ernsteren militärischen Action Theil genommen als der Unterdrückung eines Aufstandes oder der Säuberung der Straßen bei einem Aufzuge. Die Generation, welche bei Edgehill und Lansdowne gefochten hatte, war so ziemlich ausgestorben. Die Kriege Karl's II. waren fast nur Seekriege gewesen. Unter seiner Regierung war daher der Seedienst entschieden mehr in der Mode als der Landdienst, und zu wiederholten Malen, wenn unsre Flotte unter Segel ging, um gegen die Holländer zu kämpfen, hatte sich der Adel in solcher Masse an Bord begeben, daß unsere Parks und Theater veröderen. Im Jahre 1691 endlich erschien zum ersten Male seit der Belagerung von Boulogne durch Heinrich VIII. eine englische Armee unter Anführung eines englischen Königs auf dem Continent. Ein Feldlager, das zugleich ein Hoflager war, hatte einen unwiderstehlichen Reiz für viele junge Patrizier, die von natürlichem Muthe und von dem Wunsche beseelt waren, die Gunst zu erlangen, welche Männer von ausgezeichneter Tapferkeit bei den Frauen zu allen Zeiten gefunden haben. Als Freiwilliger in Flandern zu dienen, wurde eine wahre Manie unter den eleganten Herren, die im Saint James-Kaffeehause ihre wallenden Perrücken kämmten und ihre parfümirten Prisen austauschten. Wilhelm's Hauptquartier wurde durch eine Masse glänzender Equipagen und durch eine rasche Aufeinanderfolge prächtiger Bankette belebt. Denn viele von den hochgebornen und tapferen jungen Männern, die zu seiner Fahne eilten, waren zwar vollkommen bereit, dem Feuer einer Batterie zu trotzen, deshalb aber keineswegs geneigt, sich den Luxus zu versagen, der sie in Soho Square umgeben hatte. Nach wenigen Monaten brachte Shadwell diese tapferen Stutzer und Epikuräer auf die Bühne. Die Stadt wurde durch den Character eines muthigen, aber verschwenderischen und verzärtelten Gecken erheitert, der es nicht erwarten kann, mit den besten Männern unter den französischen Haustruppen den Degen zu kreuzen, der aber ganz betrübt ist, als er erfährt, daß es ihm schwer werden wird, jeden Tag während des Sommers seinen Champagner in Eis zu bekommen. Er hat Köche, Zuckerbäcker und Wäscherinnen, eine ganze Wagenladung Silbergeschirr, eine Garderobe betreßter und gestickter Anzüge und eine Menge prächtiger Zeltmöbeln bei sich, deren Muster von einem Kreise schöner Damen ausgewählt worden sind.[67]

Während die feindlichen Armeen in Flandern einander beobachteten, wurden in anderen Gegenden Europa's die Feindseligkeiten etwas energischer betrieben. Die Franzosen errangen in Catalonien und Piemont einige Vortheile. Ihre türkischen Alliirten, welche im Osten die Besitzungen des

Kaisers bedrohten, wurden von Ludwig von Baden in einer großen Schlacht geschlagen. Nirgends aber waren die Ereignisse des Sommers so wichtig als in Irland.

[Der Krieg in Irland.]

Vom October 1690 bis zum Mai 1691 war keine große militärische Operation in diesem Königreiche unternommen worden. Das Gebiet der Insel war während des Winters und Frühjahrs nicht ungleich zwischen die streitenden Volksstämme getheilt. Ganz Ulster, der größte Theil von Leinster und etwa ein Drittel von Munster hatte sich den Engländern unterworfen. Ganz Connaught, der größere Theil von Munster und einige Grafschaften von Leinster waren im Besitz der Irländer. Die gewundene Grenzlinie, welche Wilhelm's Garnison bildete, lief in nordöstlicher Richtung von der Bai von Castlehaven nach Mallow, zog sich dann noch weiter gegen Osten und ging bis Cashel. Von Cashel ging die Linie nach Mullingar, von Mullingar nach Longford und von Longford nach Cavan, zog sich an der Westseite des Ernesees hin und stieß bei Ballyshannon wieder in den Ocean.[68]

[Zustand des englischen Theils von Irland.]

Auf der englischen Seite dieser Grenzmark herrschte eine rohe und unvollkommene Ordnung. Zwei Lords Justices, Coningsby und Porter, denen ein Geheimer Rath zur Seite stand, repräsentirten den König Wilhelm im Schlosse zu Dublin. Richter, Sheriffs und Friedensrichter waren ernannt, und in mehreren Grafschaftsstädten wurden nach langer Zeit wieder Assisen gehalten. Die Colonisten hatten sich inzwischen zu einer starken Miliz formirt unter dem Commando von Offizieren, welche von der Krone ernannt waren. Die Milizen der Hauptstadt bestanden aus zweitausendfünfhundert Mann Infanterie, zwei Schwadronen Reiter und zwei Schwadronen Dragoner, lauter Protestanten und alle wohl bewaffnet und equipirt.[69] Am 4. November, Wilhelm's Geburtstage, und am 5., dem Jahrestage seiner Landung zu Torbay, erschien diese ganze Streitmacht in all' ihrem kriegerischen Pompe. Die besiegten und entwaffneten Eingebornen sahen mit unterdrücktem Aerger und Zorn den Triumph der Kaste, die sie fünf Monate früher ungestraft unterdrückt und ausgeplündert hatten. Die Lords Justices begaben sich in feierlichem Aufzuge nach der Kathedrale St. Patrick; die Glocken läuteten, Freudenfeuer wurden angezündet, auf den Straßen wurden Fässer voll Ale und Claret ausgeschenkt, in College Green wurde Feuerwerk abgebrannt, eine zahlreiche Gesellschaft von Edelleuten und öffentlichen Beamten war im Schlosse zu einem Festmahle vereinigt, und beim zweiten Gange schmetterten die Trompeten und der Herold von Ulster proklamirte in lateinischer, französischer und englischer Sprache Wilhelm und Marien zum König und zur Königin von Großbritannien, Frankreich und Irland von Gottes

Gnaden.[70]

In dem Gebiete, wo der sächsische Volksstamm der herrschende war, hatten Handel und Industrie schon wieder aufzuleben begonnen. Die kupfernen Scheidemünzen, welche das Bild und die Umschrift Jakob's trugen, machten dem Silber Platz. Die Flüchtlinge, die sich nach England begeben hatten, kehrten in Masse zurück, und durch ihre Intelligenz, ihren Fleiß und ihre Sparsamkeit wurde die durch zweijährige Unordnung und Beraubung verursachte Verwüstung bald theilweise wieder gut gemacht. Schwer befrachtete Kauffahrer segelten beständig über den St. Georgskanal hin und her. Die Einnahme der Zollämter auf der Ostküste, von Cork bis Londonderry beliefen sich in sechs Monaten auf siebenundsechzigtausendfünfhundert Pfund, eine Summe, die selbst in den blühendsten Zeiten für außerordentlich gegolten haben würde.[71]

Die innerhalb des englischen Gebiets zurückgebliebenen Irländer waren allesammt der englischen Herrschaft feindlich gesinnt. Sie waren daher einem strengen Polizeisystem unterworfen, der natürlichen, wenn auch beklagenswerthen Folge großer Gefahr und heftiger Provocationen. Ein Papist durfte weder einen Degen noch ein Schießgewehr haben. Er durfte sich nicht weiter als drei Meilen aus seinem Kirchspiele entfernen, außer an einem Markttage in die Marktstadt. Damit er seinen Brüdern, welche die westliche Hälfte der Insel bewohnten, keine Nachrichten oder Beistand zukommen lassen konnte, war ihm verboten, innerhalb zehn Meilen von der Grenze zu wohnen. Damit sein Haus nicht ein Versammlungsort für Mißvergnügte wurde, war ihm untersagt, geistige Getränke im Einzelnen zu verkaufen. Eine Proclamation kündigte an, daß, wenn das Eigenthum eines Protestanten durch Räuber beschädigt würde, sein Verlust ihm auf Kosten seiner papistischen Nachbarn ersetzt werden sollte. Eine andre that kund und zu wissen daß, wenn ein Papist, der nicht seit wenigstens drei Monaten sein Domicil in Dublin habe, daselbst gefunden wurde, als Spion betrachtet werden solle. Nicht mehr als fünf Papisten durften sich unter irgend welchem Vorwande in der Hauptstadt oder deren Umgebung versammeln. Ohne Schutz von Seiten der Regierung war kein Mitglied der römischen Kirche sicher, und die Regierung gewährte diesen Schutz keinem Mitgliede der römischen Kirche, das einen Sohn in der irischen Armee hatte.[72]

Trotz aller Vorsicht und Strenge fanden jedoch die Celten manche Gelegenheiten, heimtückische Rache zu üben. Häuser und Scheunen wurden häufig angezündet, Soldaten wurden nicht selten ermordet, und es war kaum möglich, die Missethäter, welche die Sympathien der ganzen Bevölkerung für sich hatten, zu bestrafen. Bei solchen Gelegenheiten wagte die Regierung zuweilen Maßregeln, welche mehr einer türkischen als einer englischen

Verwaltung angemessen schienen. Eine dieser Maßregeln wurde ein Lieblingsthema für jakobitische Pamphletisten und war der Gegenstand einer ernsten parlamentarischen Untersuchung zu Westminster. Sechs Musketiere wurden nur wenige Meilen von Dublin ermordet aufgefunden. Die Bewohner des Dorfes, in welchem das Verbrechen begangen worden war, wurden, Männer, Frauen und Kinder, wie Schafe in das Schloß getrieben, wo der Geheime Rath Sitzung hielt. Dem einen der Mörder, Namens Gafney, sank der Muth. Er willigte ein, als Zeuge zu dienen, wurde vom Rathe verhört, gestand seine Schuld ein und nannte einige seiner Mitschuldigen. Er wurde dann ins Gefängniß zurückgebracht; aber ein Priester erlangte auf einige Minuten Zutritt bei ihm. Was während dieser wenigen Minuten vorging, zeigte sich als er zum zweiten Male vor den Geheimen Rath gestellt wurde. Er hatte die Frechheit zu leugnen, daß er irgend etwas gestanden, noch irgend Jemanden angeklagt habe. Die Zuhörenden von denen mehrere sein Geständniß niedergeschrieben hatten, waren empört über seine Unverschämtheit. „Ihr seid ein Hallunke! Ihr seid ein Schurke!" riefen die Lords Justices aus; „Ihr sollt gehängt werden! Wo ist der Generalprofoß?" Der Generalprofoß kam. „Nehmt diesen Mann," sagte Coningsby, auf Gafney zeigend, „nehmt diesen Mann und hängt ihn auf." Es war kein Galgen bereit, aber eine Kanonenlaffette vertrat die Stelle, und der Gefangene wurde augenblicklich aufgeknüpft, ohne Untersuchung, ohne nur einen schriftlichen Befehl zur Hinrichtung, und dies obgleich die Gerichtshöfe nur einige hundert Schritt davon versammelt waren. Das englische Haus der Gemeinen resolvirte einige Jahre später nach langer Discussion ohne Abstimmung, daß der Befehl zur Hinrichtung Gafney's willkürlich und ungesetzlich sei, daß aber Coningsby's Fehler durch die Umstände, die dabei obwalteten, so gemildert werde, daß er keinen geeigneten Gegenstand zu einer Anklage abgebe.[73]

Und nicht nur durch die unversöhnliche Feindschaft der Irländer wurde der Sachse des englischen Districts damals beunruhigt. Seine Verbündeten belästigten ihn fast eben so sehr als seine Heloten. Der Hülfe fremder Truppen bedurfte er allerdings sehr nöthig; aber sie war theuer erkauft. Selbst Wilhelm, der die ganze Civil- und Militärgewalt in sich vereinigte, hatte es als schwierig erkannt, in einer Armee, die aus vielen Ländern zusammengebracht war und großentheils aus Söldlingen bestand, welche gewohnt waren, auf Kosten Anderer zu leben, die Disciplin aufrecht zu erhalten. Die Gewalten, die er in sich vereinigt gehabt hatte, waren jetzt getheilt und wiedergetheilt. Die beiden Lords Justices betrachteten die Civilverwaltung als ihr Departement und überließen die Armee der Leitung Ginkell's, welcher commandirender General war. Ginkell hielt vortreffliche Ordnung unter den Hülfstruppen aus Holland, die unter seinem unmittelbaren Commando standen. Aber seine Autorität über die Engländer und die Dänen war minder vollkommen, und unglücklicherweise war ihre Löhnung während eines Theils des Winters in Rückstand. Sie entschädigten sich für den Mangel dessen was ihnen zukam durch Excesse und Erpressungen, und es war nicht gut möglich, Leute deshalb streng zu bestrafen, weil sie nicht Lust gehabt hatten, mit den Waffen in der Hand zu darben. Endlich im Frühjahr kamen große Sendungen von Geld und Kriegsvorräthen an; die Soldrückstände wurden bezahlt, die Rationen waren reichlich und eine strengere Disciplin wurde gehandhabt. Aber nur zu viele Spuren von den schlechten Gewohnheiten, welche die Soldaten angenommen hatten, waren bis ans Ende des Kriegs sichtbar.[74]

[Zustand des Theiles von Irland, welcher Jakob unterthan war.]

Von dem Theile Irland's, welcher Jakob noch als König anerkannte, konnte man inzwischen kaum sagen, daß daselbst Gesetzlichkeit, Eigenthumsrecht und Regierung bestanden. Die Katholiken von Ulster und Leinster waren zu Tausenden westwärts geflohen, einen großen Theil des Viehes, das der Verwüstung zweier Schreckensjahre entgangen war, mit sich führend. Die Zufuhr von Lebensmitteln in das celtische Gebiet hielt jedoch bei weitem nicht gleichen Schritt mit dem Zuströmen der Consumenten. Die Lebensbedürfnisse waren knapp. Bequemlichkeiten, an welche jeder kleine Landwirth oder Bürger in England gewöhnt war, konnten sich kaum Edelleute und Generäle erzeugen. Gemünztes Geld war gar nicht zu sehen, außer Stücken von schlechtem Metall, welche Kronen und Schillinge hießen. Die nominellen Preise waren enorm hoch. Ein Quart Ale kostete zwei Schilling sechs Pence, ein Quart Branntwein drei Pfund. Die einzigen Städte von einiger Bedeutung an der westlichen Küste waren Limerick und Galway, und die Kleinhändler in diesen Städten seufzten unter einem so harten Drucke, daß viele von ihnen sich mit den Ueberresten ihrer Waarenlager auf das englische Gebiet stahlen, wo ein Papist zwar auch mannichfache Beschränkungen und Demüthigungen zu ertragen hatte, aber doch für seine Waaren verlangen durfte was er wollte, und den Kaufpreis dafür in Silber erhielt. Die Kaufleute, welche in dem unglücklichen Gebiete zurückblieben, waren ruinirt. Jedes Waarenlager, das etwas Werthvolles enthielt, wurde von Räubern erbrochen, welche vorgaben, daß sie beauftragt seien, Vorräthe für den Staatsdienst herbeizuschaffen, und die Eigenthümer erhielten für Ballen Tuch und Fässer Zucker einige Bruchstücken von alten Kesseln und Tiegeln, die in London oder Paris kein Bettler genommen haben würde. Sobald ein Kauffahrteischiff in der Galwaybai oder im Shannon ankam, wurde es von diesen Räubern weggenommen. Die Ladung wurde fortgeschafft, und der Eigenthümer mußte sich mit demjenigen Quantum Kuhhäuten, Wolle und Talg begnügen, das die Bande, die ihn ausgeplündert, ihm zu geben Lust hatte. Die Folge davon war, daß, während ausländische Waaren massenhaft in die Häfen von Londonderry, Carrickfergus, Dublin, Waterford und Cork strömten, jeder Seemann Limerick und Galway als Piratennester mied.[75]

Der Unterschied zwischen dem irischen Infanteristen und dem irischen Rapparee war niemals genau markirt gewesen. Jetzt verschwand derselbe ganz. Ein großer Theil der Armee streifte ungehindert umher und lebte vom Maraudiren. Ein unaufhörlicher Raubkrieg wüthete längs der ganzen Linie, welche das Gebiet Wilhelm's von dem Gebiete Jakob's trennte. Jeden Tag stahlen sich Banden von Freibeutern, zuweilen in bloße Strohgeflechte gekleidet, welche die Stelle der Montur vertraten, auf das englische Gebiet, sengten, raubten und plünderten und eilten dann zurück auf ihren eigenen Grund und Boden. Es war nicht leicht, sich gegen diese Einfälle zu schützen, denn das Landvolk des geplünderten Gebiets sympathisirte stark mit den Plünderern. Den Speicher eines Ketzers auszuleeren, ihm sein Haus anzuzünden und sein Vieh wegzutreiben, galt bei jedem schmutzigen Bewohner einer Lehmhütte für ein gutes Werk. Ein darauf ausgehender Trupp durfte mit Sicherheit erwarten, daß er trotz aller Proklamationen der Lords Justices einen Freund fand, der die reichste Beute, den kürzesten Weg und den sichersten Versteck anzeige. Die Engländer klagten, daß es nicht leicht sei, einen Rapparee zu fangen. Zuweilen, wenn er Gefahr im Anzuge sah, legte er sich in das lange Gras des Moors nieder, und dann war er eben so schwer zu finden wie ein sitzender Haase. Andere Male sprang er in einen Fluß und lag darin wie eine Otter, nur den Mund und die Nasenlöcher über dem Wasser. Ja, eine ganze Bande solcher Räuber verwandelte sich in einem Nu in eine Truppe harmloser Arbeiter. Jeder von ihnen nahm sein Gewehr auseinander, verbarg das Schloß in seinen Kleidern, verstopfte die Mündung mit einem Korke, das Zündloch mit einem Stifte und warf die Waffe in den nächsten Teich. Dann sah man nichts als eine Schaar armer Bauern, die nicht einmal einen Rock bei sich hatten und deren demüthiges Aussehen und schleichender Gang zu verrathen schien, daß sie willenlose Sklaven seien. Sobald aber die Gefahr vorüber war und das verabredete Zeichen gegeben wurde, eilte Jeder nach der Stelle, wo er seine Waffen verborgen hatte, und bald waren die Räuber in vollem Marsche nach dem Hause eines Protestanten. Die eine Bande drang in Clonmel ein, eine andre marschirte in die Nähe von Maryborough, eine dritte schlug ihr Lager auf einem bewaldeten Eilande festen Bodens in der Mitte des großen Sumpfes von Allen auf, machte die ganze Grafschaft Wicklow unsicher und beunruhigte selbst die Vorstädte von Dublin. Allerdings fielen diese Expeditionen nicht immer glücklich aus. Zuweilen stießen die Plünderer auf Abtheilungen von Miliz oder auf Detachements englischer Garnisonen unter Umständen, wo Verstellung, Flucht und Widerstand gleich unmöglich waren. In solchen Fällen wurde jeder Kerne, der ergriffen ward, ohne alle Umstände am nächsten Baume aufgeknüpft.[76]

[Uneinigkeit unter den Irländern in Limerick.]

Im Hauptquartier der irischen Armee gab es während des Winters keine Autorität, die im Stande gewesen wäre, sich auch nur in einem Umkreise von einer Meile Gehorsam zu verschaffen. Tyrconnel war am französischen Hofe und er hatte die oberste Verwaltung in den Händen eines aus zwölf Personen bestehenden Regentschaftsrathes zurückgelassen. Das nominelle Commando der Armee hatte er Berwick übertragen; aber Berwick war, obgleich er sich nachmals als ein Mann von nicht gewöhnlichem Muth und Talent erwies, noch jung und unerfahren. Weder die Welt noch er selbst hatte eine Ahnung von seinen Fähigkeiten,[77] und er unterwarf sich ohne Widerstreben der Vormundschaft eines vom Vicekönig ernannten Kriegsrathes. Weder der Regentschaftsrath noch der Kriegsrath war in Limerick beliebt. Die Irländer beklagten sich, daß Leute, die keine Irländer waren, mit einer wichtigen Rolle bei der Verwaltung betraut worden seien. Am lautesten war das Geschrei gegen einen Offizier, Namens Thomas Maxwell. Denn es war ausgemacht, daß er ein Schotte war, es war zweifelhaft, ob er ein Katholik war, und er hatte seine Abneigung gegen das celtische Parlament, welches die Ansiedlungsacte widerrufen und die Confiscationsacte erlassen hatte, nicht verhehlt.[78] Die Unzufriedenheit, genährt durch die Ränke von Intriganten, unter denen der verschlagene und characterlose Heinrich Luttrell der thätigste gewesen zu sein scheint, brach bald in offene Empörung aus. Es wurde ein großes Meeting gehalten, dem viele Offiziere von der Armee, einige Peers, einige angesehene Juristen und einige Prälaten der römisch-katholischen Kirche beiwohnten, und es wurde resolvirt, daß die Verfassung die von dem Vicekönig eingesetzte Regierung nicht kenne. Irland, hieß es, könne in Abwesenheit des Königs gesetzlich nur durch einen Lord Lieutenant, durch einen Lord Stellvertreter oder durch Lords Justices regiert werden. Der König sei abwesend, der Lord Lieutenant sei abwesend und es gebe weder einen Lord Stellvertreter, noch Lords Justices. Die Acte, durch welche Tyrconnel seine Autorität einer aus seinen Creaturen zusammengesetzten Junta delegirt habe, sei null und nichtig. Die Nation sei daher ohne legitimes Oberhaupt und könne temporäre Maßregeln für ihre Sicherheit treffen, ohne die der Krone schuldige Unterthanentreue zu verletzen. Es wurde eine Deputation an Berwick abgeschickt, um ihm anzukündigen, daß er eine ihm nicht zustehende Gewalt übernommen habe, daß aber trotzdem die Armee und das Volk von Irland ihn gern als ihr Oberhaupt anerkennen wollten, wenn er sich dazu verstehe, in Gemeinschaft mit einem wirklichen irischen Rathe zu regieren. Berwick sprach entrüstet sein Erstaunen darüber aus, daß Militärs sich eigenmächtig, ohne die Erlaubniß ihres Generals versammelten und Berathungen hielten. Sie antworteten ihm, es gebe keinen General, und wenn

Se. Gnaden nicht geneigt sei, die Verwaltung unter den proponirten Bedingungen zu übernehmen, so würde ein andrer Führer leicht zu finden sein. Mit großem Widerstreben gab Berwick nach und blieb eine Puppe in einer neuen Klasse von Händen.[79]

Die, welche diese Umwälzung bewerkstelligt hatten, hielten es für klug, eine Deputation nach Frankreich zu schicken, um ihr Verfahren zu rechtfertigen. Mitglieder dieser Deputation waren der katholische Bischof von Cork und die beiden Luttrell. Auf dem Schiffe, das sie von Limerick nach Brest brachte, fanden sie einen Reisegesellschafter, dessen Anwesenheit ihnen keineswegs angenehm war: ihren Feind Maxwell. Sie ahneten, und nicht ohne Grund, daß er ebenfalls nach Saint-Germains ging, aber in ganz andrer Absicht. In der That war Maxwell von Berwick abgesandt, um ihre Schritte zu beobachten und ihre Pläne zu vereiteln. Heinrich Luttrell, der gewissenloseste Mensch von der Welt, schlug vor, die Sache kurz abzumachen, indem man den Schotten ins Meer würfe. Allein der Bischof, der ein gewissenhafter Mann, und Simon Luttrell, der ein Mann von Ehre war, widersetzten sich diesem Gewaltmittel.[80]

Unterdessen gab es in Limerick keine oberste Behörde. Da Berwick sah, daß er keine wirkliche Autorität hatte, vernachlässigte er die Geschäfte gänzlich und gab sich denjenigen Vergnügungen hin, welche der traurige Verbannungsort darbot. Unter den irischen Anführern gab es keinen Mann von hinreichendem Gewicht und Talent, um die Uebrigen im Zaume zu halten. Sarsfield trat eine Zeit lang an die Spitze. Aber Sarsfield war, obgleich im Felde außerordentlich tapfer und thätig, in der Militärverwaltung wenig, und in den Civilgeschäften noch weniger bewandert. Selbst Diejenigen, welche am meisten geneigt waren, seine Autorität zu unterstützen, mußten bekennen, daß sein Character zu vertrauensvoll und nachsichtig war für einen Posten, auf dem man nicht mißtrauisch und streng genug sein konnte. Er glaubte Alles was ihm gesagt wurde, er unterzeichnete Alles was ihm vorgelegt wurde, und die durch seine Nachsicht dreist gemachten Commissare, raubten und betrogen schamloser als je. Tagtäglich zogen sie unter Eskorte von Piken und Feuergewehren aus, um dem Namen nach für den öffentlichen Dienst, in Wahrheit aber für sich selbst, Wolle, Leinwand, Leder, Talg, Haus- und Wirthschaftsgeräthe wegzunehmen, durchsuchten jede Vorrathskammer, jede Garderobe, jeden Keller und vergriffen sich frevelhafterweise selbst an dem Eigenthum von Priestern und Prälaten.[81]

[R ü c k k e h r Ty r c o n n e l ' s n a c h I r l a n d .]

Zu Anfang des Frühjahrs wurde die Regierung, wenn man sie so nennen darf, deren ostensibles Oberhaupt Berwick war, durch Tyrconnel's Zurückkunft aufgelöst. Die beiden Luttrell hatten Jakob im Namen ihrer Landsleute dringend gebeten, ein so loyales Volk nicht unter einen so schändlichen und unfähigen Vicekönig zu stellen. Tyrconnel sei alt und hinfällig, sagten sie; er müsse viel schlafen, er verstehe nichts vom Kriege, er sei langsam, parteiisch und raubsüchtig, die ganze Nation traue ihm nicht und hasse ihn. Die von ihm im Stich gelassenen Irländer hätten tapfer Stand gehalten und die siegreiche Armee des Prinzen von Oranien zum Rückzuge gezwungen. Sie hofften bald wieder in einer Stärke von dreißigtausend Mann ins Feld zu rücken und sie beschwörten ihren König, ihnen einen Feldherrn zu senden, der würdig sei, eine solche Streitmacht zu commandiren. Tyrconnel und Maxwell hingegen schilderten die Delegirten als Meuterer, Demagogen und Verräther und drangen in Jakob, Heinrich Luttrell in die Bastille zu schicken, um Mountjoy Gesellschaft zu leisten. Jakob, ganz verwirrt durch diese Anklagen und Gegenanklagen, war lange unschlüssig, und zog sich endlich mit characteristischer Klugheit dadurch aus der Verlegenheit, daß er allen Streitenden schöne Worte sagte und sie zurückschickte, um in Irland selbst ihre Sache auszufechten. Berwick wurde zu gleicher Zeit nach Frankreich zurückberufen.[82]

Tyrconnel wurde in Limerick, selbst von seinen Feinden, mit gebührender Achtung empfangen. So sehr sie ihn auch haßten, konnten sie doch die Gültigkeit seiner Bestallung nicht in Frage stellen, und obwohl sie noch immer behaupteten, daß sie vollkommen berechtigt gewesen seien, während seiner Abwesenheit die von ihm getroffenen verfassungswidrigen Anordnungen zu annulliren, gaben sie doch zu, daß er, wenn anwesend, ihr rechtmäßiges Verwaltungsoberhaupt sei. Er kam nicht ganz ohne Mittel zurück, welche geeignet waren, sie mit ihm auszusöhnen. Er brachte viele gnädige Botschaften und Versprechungen mit, ein Peerspatent für Sarsfield, etwas Geld, das nicht von Kupfer war, und einige Bekleidungsstücke, die sogar noch willkommener waren als Geld. Die neuen Anzüge waren zwar nicht sehr elegant, aber selbst die Generäle waren schon längst mit ihrer Garderobe zu Ende, und unter den Gemeinen gab es nur wenige, deren Uniformen in einem blühenderen Lande zur Bekleidung einer Vogelscheuche für genügend erachtet worden wären. Jetzt endlich konnte sich seit vielen Monaten zum ersten Male wieder jeder gemeine Soldat rühmen, ein Paar Beinkleider und ein Paar Holzschuhe zu besitzen. Der Vicekönig war außerdem ermächtigt anzukündigen, daß ihm bald mehrere mit Lebensmitteln und Kriegsvorräthen beladene Schiffe folgen würden. Diese Mittheilung war den Truppen, die seit langer Zeit kein Brot und kein stärkeres Getränk als Wasser hatten, höchst willkommen.[83]

Die Zufuhren wurden mehrere Wochen mit Ungeduld erwartet. Endlich war Tyrconnel genöthigt sich einzuschließen, denn sobald er sich öffentlich blicken ließ, liefen ihm die Soldaten nach und schrien um Nahrung. Selbst das

Rindfleisch und Hammelfleisch, das, halb roh und halb verbrannt, ohne Zuspeise und ohne Salz, die Armee bisher erhalten hatte, war selten geworden und die Gemeinen bereits auf Pferdefleischrationen gesetzt, als endlich die verheißenen Segel in der Mündung des Shannon erschienen.[84]

[Ankunft einer französischen Flotte in Limerick; Saint-Ruth.]

Ein ausgezeichneter französischer General, Namens Saint-Ruth, war mit seinem Stabe an Bord. Er brachte ein Patent mit, das ihn zum Oberbefehlshaber der irischen Armee ernannte. Das Patent erklärte zwar nicht ausdrücklich, daß er von der viceköniglichen Autorität unabhängig sein sollte; aber Jakob hatte ihm versichert, daß Tyrconnel geheime Instructionen erhalten werde, sich nicht in die Kriegführung einzumischen. Saint-Ruth war ein andrer General, Namens D'Usson, zur Unterstützung beigegeben. Die französischen Schiffe brachten einige Waffen, etwas Munition, und einen reichen Vorrath von Getreide und Mehl mit. Der Muth der Irländer lebte wieder auf und das Te Deum wurde mit inbrünstiger Andacht in der Kathedrale von Limerick gesungen.[85]

Tyrconnel hatte noch keine Anstalten zu dem bevorstehenden Feldzuge getroffen. Saint-Ruth aber ging, sobald er gelandet war, mit Energie daran, die verlorne Zeit wieder einzubringen. Er war ein Mann von Muth, Thatkraft und Entschlossenheit, aber von barschem und gebieterischem Character. In seinem Lande war er als der unbarmherzigste Verfolger berühmt, der je mit seinen Dragonern die Hugenotten in die Messe getrieben hatte. Englische Whigs behaupteten, er sei in Frankreich unter dem Spottnamen des Henkers bekannt, in Rom hätten selbst die Cardinäle ihren Abscheu vor seinen Grausamkeiten geäußert, und sogar die Königin Christine, die gewiß wenig Ursache habe, über Blutvergießen zu erschrecken, habe sich mit Widerwillen von ihm abgewandt. Er hatte unlängst ein Commando in Savoyen bekleidet, die in französischen Diensten stehenden irischen Regimenter hatten einen Theil seiner Armee gebildet, und sie hatten sich ausgezeichnet benommen. Deshalb traute man ihm ein besonderes Talent zur Führung irischer Truppen zu. Aber es war ein großer Unterschied zwischen den gut gekleideten, gut bewaffneten und gut eingeübten Irländern, die er kannte, und den zerlumpten Räubern, die er in den Straßen von Limerick herumstreichen sah. Gewöhnt an den Glanz und die Disciplin französischer Lager und Garnisonen, sah er mit Ekel, daß in dem Lande, in das er gesandt worden war, ein Infanterieregiment einen Haufen Menschen bedeutete, so nackt, so schmutzig und so verwildert wie die Bettler, die auf dem Kontinent die Thüren eines Klosters belagerten oder einer bergauf fahrenden Diligence nachliefen. Mit schlecht verhehltem Widerwillen ging er indessen kräftig ans Werk, diese wunderlichen Soldaten zu discipliniren, und war Tag und Nacht im Sattel, um von Posten zu Posten, von Limerick nach Athlone, von Athlone nach dem nördlichen Ende des Reasees und vom Reasee nach Limerick zu galoppiren.[86]

[Die Engländer rücken ins Feld.]

Es war in der That auch nothwendig, daß er sich beeilte, denn wenige Tage nach seiner Ankunft erfuhr er, daß auf der andren Seite des sächsischen Gebiets Alles zur Action bereit war. Der größere Theil der englischen Truppen war vor Ende des Monats Mai in der Nähe von Mullingar zusammengezogen. Ginkell war Oberbefehlshaber. Er hatte unter sich die nächst Marlborough zwei besten Offiziere, deren sich unsre Insel damals rühmen konnte: Talmash und Mackay. Der Marquis von Ruvigny, der erbliche Anführer der Refugiés und ältere Bruder des tapferen Caillemot, der am Boyne gefallen war, hatte sich mit dem Range eines Generalmajors der Armee angeschlossen. Der Lord Justice Coningsby, obgleich kein Soldat von Profession, kam von Dublin, um den Eifer der Truppen zu beleben. Das Aussehen des Lagers bewies, daß das vom englischen Parlamente bewilligte Geld nicht gespart worden war. Die Uniformen waren neu, das glänzende Scharlachroth der Reihen blendete das Auge, und der Artillerietrain war so, wie man ihn in Irland noch nie gesehen hatte.[87]

[Fall von Ballymore.]

Am 6. Juni verlegte Ginkell sein Hauptquartier von Mullingar weg und am 7. erreichte er Ballymore. Zu Ballymore stand auf einer von einem sumpfartigen See umgebenen Halbinsel eine alte Festung, welche kürzlich unter Sarsfield's Leitung verstärkt worden war und die von mehr als tausend Mann vertheidigt wurde. Die englischen Geschütze wurden sofort gegen dieselbe aufgefahren, und schon nach wenigen Stunden hatten die Belagerer die Freude, die Belagerten wie Kaninchen von einer Schutzwehr zur andren laufen zu sehen. Der Gouverneur, der zuerst eine sehr trotzige Sprache geführt hatte, bat demüthiglich um Pardon und erhielt ihn. Die ganze Garnison wurde nach Dublin dirigirt. Nur acht von den Siegern waren gefallen.[88]

Ginkell verwendete einige Tage auf die Ausbesserung der Vertheidigungswerke von Ballymore. Diese Arbeit war kaum beendigt, als die dänischen Hülfstruppen unter dem Commando des Herzogs von Würtemberg zu ihm stießen. Die ganze Armee marschirte hierauf westwärts und erschien am 19. Juni vor den Mauern von Athlone.[89]

[Belagerung und Fall von Athlone.]

Athlone war, vom militärischen Gesichtspunkte, vielleicht der wichtigste Platz auf der Insel. Rosen, der den Krieg gut verstand, hatte stets behauptet, daß sich dort die Irländer mit dem meisten Vortheile gegen die Engländer würden halten können.[90] Die von Erdwällen umgebene Stadt lag zum Theil in Leinster und zum Theil in Connaught. Der in Leinster liegende englische Stadttheil hatte einst aus neuen und hübschen Häusern bestanden, war aber vor einigen Monaten von den Irländern in Brand gesteckt worden und lag jetzt in Trümmern. Der in Connaught liegende irische Stadttheil war alt und schlecht gebaut.[91] Der Shannon, der die Grenze zwischen beiden Provinzen bildet, wälzte sich als ein tiefer und reißender Strom durch Athlone und setzte zwei große Mühlen in Bewegung, welche auf den Bögen einer steinernen Brücke standen. Oberhalb der Brücke, auf der Connaughter Seite, erhob sich ein angeblich vom König Johann erbautes Schloß von siebzig Fuß Höhe, das sich zweihundert Fuß am Flusse hin erstreckte. Funfzig bis sechzig Schritt unterhalb der Brücke war eine schmale Furth.[92]

In der Nacht des 19. fuhren die Engländer ihre Geschütze auf. Am Morgen des 20. begann das Bombardement und um fünf Uhr Nachmittags wurde ein Sturm unternommen. Ein tapfrer französischer Refugié war der Erste, der mit einer Granate in der Hand die Bresche erklomm und fiel, mit seinem letzten Athemzuge seine Landsleute zum Sturm anfeuernd. Solcher Art waren die tapfren Männer, welche Ludwig's Bigotterie abgesandt hatte, um in der Zeit seiner äußersten Noth die Armeen seiner bittersten Feinde zu verstärken. Das Beispiel war nicht fruchtlos. Es hagelte Granaten und die Stürmenden erstiegen zu Hunderten die Wälle. Die Irländer wichen und liefen nach der Brücke. Hier wurde das Gedränge so arg, daß einige von den Fliehenden in der engen Passage todtgedrückt und andere über die Brustlehnen in die Fluthen gedrängt wurden, welche unten zwischen den Mühlrädern schäumten. Binnen wenigen Stunden war Ginkell Herr des englischen Stadttheils von Athlone, und dieser Erfolg hatte ihm nicht mehr als zwanzig Todte und vierzig Verwundete gekostet.[93]

Doch sein Werk hatte erst begonnen. Zwischen ihm und der irischen Stadt tobte der reißende Shannon. Die Brücke war so schmal, daß einige entschlossene Männer sie gegen eine Armee vertheidigen konnten. Die auf derselben stehenden Mühlen waren stark besetzt, und sie wurde von den Kanonen des Schlosses beherrscht. Die Stelle des Connaughter Ufers, wo der Fluß zu passiren war, wurde durch Befestigungen vertheidigt, welche der Vicekönig, trotz des Murrens einer mächtigen Partei, Saint-Ruth gezwungen hatte, Maxwell anzuvertrauen. Maxwell war als ein unpopulärerer Mann aus Frankreich zurückgekommen, als er bei seiner Abreise dahin gewesen war. Man munkelte, er habe in Versailles schmähend von der irischen Nation gesprochen, und er war deshalb nur wenige Tage zuvor von Sarsfield öffentlich beschimpft worden.[94] Am 21. Juni waren die Engländer damit beschäftigt, längs des Leinsterschen Ufers Batterien zu errichten, und am 22. bald nach Tagesanbruch begann die Kanonade. Das Feuer dauerte den ganzen

Tag und die ganze darauffolgende Nacht. Als der Morgen wieder anbrach, war eine ganze Seite des Schlosses zusammengeschossen, die mit Stroh gedeckten Häuser der celtischen Stadt lagen in Asche und eine der Mühlen war mit sechzig Soldaten, die sie vertheidigten, verbrannt.[95]

Die Irländer vertheidigten jedoch noch immer entschlossen die Brücke. Mehrere Tage lang fand ein blutiges Handgemenge in der engen Passage statt. Die Angreifenden gewannen Boden, aber sie mußten ihn Zoll für Zoll erkämpfen. Der Muth der Besatzung wurde durch die Hoffnung auf baldigen Succurs aufrechterhalten. Saint-Ruth war endlich mit seinen Vorbereitungen fertig, und die Nachricht, daß Athlone in Gefahr sei, hatte ihn bewogen, an der Spitze einer Armee, die der Armee Ginkell's numerisch überlegen war, ihr aber in wichtigeren Elementen der militärischen Stärke nachstand, eiligst ins Feld zu rücken. Der französische General scheint geglaubt zu haben, daß die Brücke und die Furth leicht vertheidigt werden könnten, bis die Herbstregen und die Krankheiten, welche dieselben gewöhnlich in ihrem Gefolge hatten, den Feind zum Rückzuge zwingen würden. Er begnügte sich daher, nach und nach Detachements zur Verstärkung der Besatzung abzusenden. Die unmittelbare Leitung der Vertheidigung übertrug er seinem Unterbefehlshaber D'Usson und schlug sein eigenes Hauptquartier einige Meilen von der Stadt auf. Er äußerte sein Erstaunen darüber, daß ein so erfahrener Commandeur wie Ginkell auf einem hoffnungslosen Unternehmen beharre. „Sein Gebieter sollte ihn aufhängen lassen, weil er Athlone zu nehmen versucht, und der meinige soll mich aufhängen lassen, wenn ich es verliere."[96]

Saint-Ruth war jedoch keineswegs wohl zu Muthe. Er hatte sich zu seinem großen Verdruß überzeugt, daß er nicht die ganze Autorität besaß, welche die ihm in Saint-Germains gemachten Versprechungen ihn zu erwarten berechtigt hatten. Der Lord Lieutenant war im Lager. Seine körperliche und geistige Hinfälligkeit hatte in den letzten paar Wochen merklich zugenommen. Der langsame und unsichere Schritt, mit dem er, der einst wegen seiner Körperkraft und Behendigkeit berühmt gewesen war, jetzt von seinem Lehnstuhl zu seinem Lager schwankte, war kein unpassendes Bild der trägen und unsicheren Thätigkeit seines Geistes, der einst seine Zwecke mit einer Heftigkeit verfolgte, die weder durch Furcht noch durch Mitleid, weder durch das Gewissen noch durch die Scham gemäßigt wurde. Dennoch klammerte sich der alte Mann noch immer mit unverminderter physischer wie geistiger Kraft an die Gewalt. Wenn er privatim den Befehl erhalten hatte, sich in die Leitung des Kriegs nicht einzumischen, so beachtete er diesen Befehl nicht. Er maßte sich die ganze Autorität eines Souverains an, zeigte sich mit großem Gepränge den Truppen als obersten Anführer und behandelte Saint-Ruth geflissentlich als einen Unterbefehlshaber. Die Einmischung des Vicekönigs erregte bald den heftigen Unwillen der mächtigen Partei im

Heere, die ihn schon längst haßte. Viele Offiziere unterzeichneten ein Instrument, durch welches sie erklärten, daß sie ihm nicht das Recht zugeständen, im Felde Gehorsam von ihnen zu verlangen. Einige von ihnen beleidigten ihn persönlich auf das Gröblichste. Man sagte ihm geradezu, daß, wenn er darauf beharre, zu bleiben, wo man ihn nicht brauche, die Leinen seines Zeltes durchschnitten werden würden. Er hingegen schickte seine Emissäre an alle Lagerfeuer und versuchte unter den gemeinen Soldaten eine Partei gegen den französischen General zu bilden.[97]

Das Einzige, worin Tyrconnel und Saint-Ruth übereinstimmten, war, daß sie Sarsfield fürchteten und haßten. Er war nicht nur bei der großen Masse ihrer Landsleute beliebt, sondern er war auch von einem Häuflein Anhänger umringt, deren Hingebung für ihn der Hingebung der ismaelitischen Mörder für den Alten vom Berge glich. Es war bekannt, daß einer dieser Fanatiker, ein Oberst, eine Sprache geführt, die in dem Munde eines Offiziers von so hohem Range wohl Besorgniß erwecken konnte. „Der König," hatte dieser Mann gesagt, „ist in meinen Augen nichts. Ich gehorche Sarsfield. Wenn Sarsfield mir befiehlt, irgend einen Mann in der ganzen Armee, gleichviel welchen, zu tödten, so thue ich es." Sarsfield war zwar ein zu ehrenhafter Gentleman, als daß er seine ungeheure Gewalt über die Gemüther seiner Verehrer hätte mißbrauchen sollen. Aber der Gedanke, daß seine Ehrenhaftigkeit die einzige Garantie gegen Meuterei und Meuchelmord war, mußte den Vicekönig und den Oberbefehlshaber nothwendig beunruhigen. Die Folge davon war, daß bei dem Wendepunkte des Schicksals Irland's die Dienste des ausgezeichnetsten irischen Soldaten gar nicht oder doch nur mit eifersüchtiger Vorsicht benutzt wurden und daß sein Rath, wenn er einen zu geben wagte, mit geringschätzendem Lächeln oder mit Unmuth aufgenommen wurde.[98]

Ein großes und unerwartetes Unglück machte diesen Streitigkeiten ein Ende. Am 30. Juni berief Ginkell einen Kriegsrath zusammen. Die Fourage ging zur Neige und es war durchaus nothwendig, daß die Belagerer entweder den Uebergang über den Fluß forcirten oder sich zurückzogen. Die Schwierigkeiten, über die zertrümmerten Ueberreste der Brücke ans andre Ufer zu gelangen, waren fast unübersteiglich. Es wurde vorgeschlagen, die Furth zu versuchen. Der Herzog von Württemberg, Talmash und Ruvigny stimmten zu Gunsten dieses Planes und Ginkell gab mit einiger Besorgniß seine Einwilligung.[99]

Es wurde beschlossen, daß der Versuch noch denselben Nachmittag gemacht werden sollte. Die Irländer, welche glaubten, die Engländer schickten sich zum Rückzuge an, hielten nachlässig Wache. Ein Theil der Besatzung war müde, der andre schlief. D'Usson saß bei Tische. Saint-Ruth war in seinem Zelte und schrieb an seinen Gebieter einen Brief voll Beschuldigungen gegen Tyrconnel. Während dem wurden funfzehnhundert Grenadiere, von denen jeder einen grünen Zweig am Hute trug, auf dem Leinster'schen Ufer des Shannon aufgestellt. Viele von ihnen erinnerten sich gewiß, daß sie an demselben Tage vor einem Jahre auf Befehl König Wilhelm's an den Ufern des Boyne grüne Zweige auf ihre Hüte gesteckt hatten. Guineen waren freigiebig unter diese auserlesenen Leute vertheilt worden; aber sie waren von einem so frohen Muthe beseelt, wie kein Gold ihn erkaufen kann. Sechs Bataillone standen bereit, um den Angriff zu unterstützen. Mackay commandirte. Er billigte den Plan nicht, aber er setzte ihn mit einem solchen Eifer und einer solchen Energie ins Werk, als wäre er selbst der Urheber desselben gewesen. Der Herzog von Württemberg, Talmash und mehrere andere tapfere Offiziere, denen keine Rolle bei der Unternehmung zu Theil geworden war, bestanden darauf, an diesem Tage als freiwillige Gemeine zu dienen, und ihr Erscheinen in den Gliedern entflammte die Soldaten zur feurigsten Begeisterung.

Es war sechs Uhr. Eine Glocke auf dem Thurme der Kirche gab das Signal. Prinz Georg von Hessen-Darmstadt und Gustav Hamilton, der tapfere Anführer der Enniskillener, gingen zuerst in den Shannon hinunter. Dann nahmen die Grenadiere den Herzog von Württemberg auf die Schultern und sprangen lautjubelnd zwanzig Mann hoch bis an die Halsbinden ins Wasser. Der Strom war tief und reißend, aber in wenigen Minuten hatte die Spitze der Colonne wieder trocknen Boden unter ihren Füßen. Talmash war der Fünfte, der das Connaughter Ufer erreichte. Die unvermuthet überfallenen Irländer feuerten eine unregelmäßige Salve ab und ergriffen die Flucht, ihren Commandeur Maxwell als Gefangenen zurücklassend. Die Sieger erklommen über die Reste der durch eine zehntägige Kanonade zertrümmerten Wälle das Ufer. Mackay hörte seine Leute fluchen und schwören, während sie über den Schutt stolperten. „Meine Jungen," rief der muthige alte Puritaner inmitten des Getümmels, „Ihr seid brave Burschen, aber fluchet nicht. Wir haben mehr Ursache, Gott für die Güte zu danken, die er uns heute erwiesen hat, als seinen Namen zu mißbrauchen." Der Sieg war vollständig. Ohne den geringsten Widerstand von Seiten der erschreckten Besatzung wurden Bretter über die zerbrochenen Brückenbogen gelegt und Pontons über den Fluß geschlagen. Mit einem Verlust von zwölf Todten und etwa dreißig Verwundeten hatten die Engländer binnen wenigen Minuten den Weg nach Connaught erzwungen.[100]

[Rückzug der irischen Armee.]

Auf den ersten Alarm eilte D'Usson nach dem Flusse; aber der Strom der Fliehenden kam ihm schon entgegen, riß ihn mit sich fort, rannte ihn zu

Boden und tödtete ihn beinahe. Er wurde in einem solchen Zustande ins Lager gebracht, daß man ihm zur Ader lassen mußte. „Genommen!" rief Saint-Ruth außer sich. „Es kann nicht sein! Eine Stadt genommen, und ich mit einer Armee zu ihrem Entsatz dicht dabei!" Von Gram verzehrt, brach er unter dem Schutze der Dunkelheit seine Zelte ab und zog sich in der Richtung von Galway zurück. Bei Tagesanbruch sahen die Engländer von den Zinnen des zertrümmerten Schlosses König Johann's die irische Armee in weiter Ferne sich durch die öde Gegend bewegen, welche den Shannon von dem Suck trennt. Noch vor Mittag war die Nachhut ihren Blicken entschwunden.[101]

Schon vor dem Verluste Athlone's war das celtische Lager von Parteispaltungen zerrissen gewesen. Man kann daher leicht denken, daß nach einem so vernichtenden Schlage nichts zu hören war als Anklagen und Gegenanklagen. Die Feinde des Vicekönigs waren lauter als je. Er und seine Creaturen hätten das Königreich an den Rand des Verderbens gebracht. Er mische sich in Dinge, von denen er nichts verstehe. Er wolle es besser wissen als Männer, die wirkliche Soldaten seien. Er vertraue den wichtigsten aller Posten seinem Werkzeuge, seinem Spione, dem erbärmlichen Maxwell an, der kein geborner Irländer, kein aufrichtiger Katholik, im besten Falle ein Stümper und nur zu wahrscheinlich ein Verräther sei. Man behauptete, Maxwell habe seine Leute nicht mit Munition versehen. Als sie Pulver und Kugeln von ihm verlangt, habe er sie gefragt, ob sie Lerchen schießen wollten. Kurz vor dem Angriffe habe er ihnen befohlen, zu Abend zu essen und sich niederzulegen, da an diesem Tage nichts mehr vorgenommen werden würde. Als er sich gefangen gegeben, habe er einige Worte geäußert, die ein vorgängiges Einverständniß mit den Siegern verrathen hätten. Die wenigen Freunde des Lord Lieutenants erzählten eine ganz andre Geschichte. Nach ihnen hätten Tyrconnel und Maxwell zu Vorsichtsmaßregeln gerathen, die einen Ueberfall unmöglich gemacht haben würden. Aber der französische General, der keine Einmischung geduldet, habe es unterlassen, diese Vorsichtsmaßregeln zu ergreifen. Man habe Maxwell rücksichtslos gesagt: wenn er sich fürchte, thue er besser, sein Commando niederzulegen. Er habe seine Pflicht wacker gethan, er habe Stand gehalten, während seine Leute geflohen seien, in Folge dessen sei er in die Hände des Feindes gefallen, und nun werde er in seiner Abwesenheit von Denen verleumdet, denen seine Gefangennehmung mit Recht zur Last falle.[102] Auf welcher Seite die Wahrheit ist, läßt sich nach so langer Zeit schwer ermitteln. Das Geschrei gegen Tyrconnel war im Augenblicke so laut, daß er das Feld räumte und sich verdrüßlich nach Limerick zurückzog. D'Usson, der von den Verletzungen, die ihm seine eigenen fliehenden Truppen zugefügt hatten, noch nicht genesen war, begab sich nach Galway.[103]

[S a i n t - R u t h b e s c h l i e ß t e i n e S c h l a c h t z u w a g e n.]

Saint-Ruth der jetzt im unbestrittenen Besitz des Oberbefehls war, hatte große Lust, das Glück einer Schlacht zu versuchen. Die Mehrzahl der irischen Offiziere, mit Sarsfield an der Spitze, war ganz andrer Meinung. Man dürfe sich nicht verhehlen, sagte er, daß Ginkell's Armee der ihrigen bei weitem überlegen sei. Das Klügste sei daher augenscheinlich, den Krieg in solcher Weise fortzuführen, daß der Unterschied zwischen dem disciplinirten und dem undisciplinirten Soldaten so gering als möglich sei. Es sei allgemein bekannt, daß rohe Rekruten auf einem Streifzuge, in einem Straßenkampfe, oder bei der Vertheidigung eines Walles oftmals gute Dienste leisteten, daß sie aber im offenen Felde gegen Veteranen wenig Chancen hätten. „Man versammle den größten Theil unsrer Infanterie hinter den Wällen von Limerick und Galway. Die übrigen lasse man in Verbindung mit der Reiterei dem Feinde in den Rücken fallen und ihm seine Zufuhren abschneiden. Wenn er in Connaught eindringt, so fallen wir in Leinster ein. Macht er vor Galway Halt, das leicht zu vertheidigen ist, so machen wir einen Angriff auf Dublin, das gänzlich entblößt ist."[104] Saint-Ruth würde diesen Rath vielleicht für gut gehalten haben, wenn sein Urtheil nicht durch seine Leidenschaften irregeleitet worden wäre. Aber er grämte sich noch über die erlittene demüthigende Niederlage. Angesichts seines Zeltes hatten die Engländer einen reißenden Strom passirt und eine befestigte Stadt erstürmt. Er mußte nothwendig fühlen, daß, wenn auch Andre zu tadeln waren, er selbst nicht vorwurfsfrei war. Er hatte, gelind gesagt, die Dinge zu leicht genommen. Ludwig, der seit vielen Jahren gewohnt war, Befehlshaber in seinem Dienste zu haben, welche nichts dem Zufalle zu überlassen pflegten, was durch Umsicht sicher erreicht werden konnte, ließ es schwerlich als eine genügende Entschuldigung gelten, daß sein General einen so kühnen und plötzlichen Angriff vom Feinde nicht erwartet habe. Der Lord Lieutenant stellte voraussichtlich das Geschehene im ungünstigsten Lichte dar, und Alles was der Lord Lieutenant sagte, fand bei Jakob Wiederhall. Es stand ein scharfer Verweis, vielleicht ein Abberufungsschreiben zu erwarten. Als ein Schuldbeladener nach Versailles zurückzukehren, sich in höchster Bestürzung dem großen Könige zu nahen, ihn die Achseln zucken, die Stirn runzeln und sich abwenden zu sehen, fortgeschickt zu werden, um sich weit von Höfen und Feldlagern auf einem einsamen Landsitze zu langweilen: das war zuviel, um es ertragen zu können, und doch stand es ernstlich zu befürchten. Es gab nur einen Ausweg: zu kämpfen, und zu siegen oder zu sterben.

In solcher Stimmung schlug Saint-Ruth sein Lager ungefähr dreißig Meilen von Athlone auf der Straße nach Galway unweit des zerstörten Schlosses Aghrim auf und beschloß, die Ankunft der englischen Armee zu erwarten.

Sein ganzes Benehmen war verändert. Er hatte bisher die irischen

Soldaten mit geringschätzender Strenge behandelt. Jetzt aber, da er sich entschlossen hatte, Leben und Ruf auf den Muth des verachteten Volks zu setzen, wurde er ein andrer Mensch. Während der wenigen Tage, die ihm noch blieben, bemühte er sich, durch Nachsicht und Freundlichkeit die Herzen Aller zu gewinnen, die unter seinem Commando standen.[105] Zu gleicher Zeit wendete er auf seine Truppen die mächtigsten moralischen Stimulationsmittel an. Er war ein eifriger Katholik, und es ist wahrscheinlich, daß die Strenge, mit der er die Protestanten seines Vaterlandes behandelt hatte, zum Theil dem Hasse zugeschrieben werden muß, den er gegen ihre Glaubenslehren empfand. Er versuchte jetzt, dem Kriege den Character eines Kreuzzuges zu geben. Die Geistlichen waren die Werkzeuge, deren er sich bediente, um den Muth seiner Soldaten aufrecht zu erhalten. Das ganze Lager war in einer religiösen Aufregung. In jedem Regimente waren Priester fortwährend beschäftigt zu beten, zu predigen, zu absolviren und Hostie und Kelch emporzuhalten. Während die Soldaten auf das geweihte Brot schwuren, ihre Fahnen nicht zu verlassen, richtete der General einen Aufruf an die Offiziere, der auch die trägsten und verweichlichtsten Naturen zu heldenmüthiger Anstrengung angespornt haben würde. Sie kämpften, sagte er, für ihren Glauben, für ihre Freiheit und für ihre Ehre. Unglückliche Ereignisse, die nur zu weit und breit bekannt seien, hätten einen Schatten auf den Nationalcharacter geworfen. Das irische Militär würde überall nur mit einem Hohnlächeln erwähnt. Wenn ihnen darum zu thun sei, den guten Ruf ihres Vaterlandes wiederherzustellen, so sei jetzt die Zeit und der Ort dazu. [106]

Die Stelle, wo er das Schicksal Irland's zur Entscheidung zu bringen beschlossen hatte, scheint mit großer Einsicht gewählt gewesen zu sein. Seine Armee war am Abhange eines Hügels aufgestellt, der fast ganz von röthlichem Sumpfboden umgeben war. Vor der Front, nahe am Rande des Moors, befanden sich einige Zäune, aus denen ohne Mühe eine Verschanzung errichtet wurde.

Am 11. Juli nahm Ginkell, nachdem er die Befestigungen von Athlone ausgebessert und daselbst eine Besatzung zurückgelassen hatte, sein Hauptquartier in Ballinasloe, etwa vier Meilen von Aghrim, und ritt vorwärts, um die irische Stellung in Augenschein zu nehmen. Bei seiner Zurückkunft gab er Befehl, daß Munition vertheilt, daß jedes Gewehr und jedes Bajonnet zum Gefecht bereit gemacht und am andren Morgen in aller Frühe jeder Mann ohne Appell unter den Waffen stehen solle. Zwei Regimenter sollten zum Schutze des Lagers zurückbleiben, und die übrigen sollten unbeschwert mit Gepäck gegen den Feind vorrücken.

[S c h l a c h t b e i A g h r i m .]

Am folgenden Morgen bald nach sechs Uhr waren die Engländer auf dem Wege nach Aghrim. Ihr Marsch wurde jedoch zuerst durch einen dichten Nebel, der bis Mittag über dem feuchten Thale des Suck lagerte, und dann wieder durch die Nothwendigkeit, die Irländer aus einigen Vorposten zu vertreiben, etwas aufgehalten, und der Nachmittag war schon weit vorgerückt, als die beiden Armeen einander, nur durch den Sumpf und die Verschanzungen getrennt, endlich gegenüberstanden. Die Engländer und ihre Verbündeten waren unter zwanzigtausend, die Irländer über fünfundzwanzigtausend Mann stark.

Ginkell hielt einen kurzen Kriegsrath mit seinen vornehmsten Offizieren. Sollte er sofort angreifen, oder bis zum nächsten Morgen warten? Mackay war für den sofortigen Angriff, und seine Meinung behielt die Oberhand. Um fünf Uhr begann die Schlacht. Das englische Fußvolk rückte in so guter Ordnung als es auf dem verrätherischen und unebenen Terrain beobachten konnte, bei jedem Schritte tief in den Schlamm einsinkend, gegen die irischen Verschanzungen vor. Aber diese Verschanzungen wurden mit einer Entschlossenheit vertheidigt, die selbst Männern, welche am stärksten gegen den celtischen Stamm eingenommen waren, einige Worte unwilligen Lobes abzwang.[107] Immer und immer wieder kehrten sie zum Kampfe zurück. Einmal wurden sie durchbrochen und über den Morast zurückgetrieben; aber Talmash sammelte sie wieder und zwang die Verfolger zum Rückzuge. Schon zwei Stunden hatte der Kampf gedauert, der Abend brach herein und noch immer war der Vortheil auf Seiten der Irländer. Ginkell begann auf den Rückzug zu denken. Saint-Ruth's Hoffnung wuchs. „Der Sieg ist unser, meine Jungen," rief er, den Hut in der Luft schwenkend. „Wir wollen sie vor uns hertreiben bis unter die Mauern von Dublin." Aber das Glück hatte sich schon zu wenden begonnen. Mackay und Ruvigny war es gelungen, mit der englischen und hugenottischen Reiterei den Sumpf an einer Stelle zu passiren, wo kaum zwei Mann nebeneinander reiten konnten. Saint-Ruth lachte anfangs, als er die Blauen einzeln hintereinander sich unter einem Feuer, das jeden Augenblick einen tapferen Federhut zu Boden streckte, durch den Morast arbeiten sah. „Was wollen sie?" fragte er und setzte dann mit einem Schwure hinzu, daß es doch jammerschade sei, so prächtige Burschen dem sicheren Untergange entgegengehen zu sehen. „Doch laßt sie nur herüberkommen," sagte er weiter; „je mehr ihrer sind, um so mehr werden wir niedermachen." Bald aber sah er sie Schanzkörbe auf dem Sumpfboden aufrichten. Es wurde ein breiterer und festerer Weg hergestellt, Schwadron nach Schwadron erreichte trocknen Boden, und die Flanke der irischen Armee wurde bald geworfen. Der französische General eilte zur Unterstützung herbei, als eine Kanonenkugel ihm den Kopf wegriß. Seine Umgebung hielt es für gefährlich, sein Schicksal bekannt zu machen. Sein Leichnam wurde daher in einen Mantel gehüllt, vom Schlachtfelde getragen und in aller Stille zwischen den Ruinen des ehemaligen Klosters Loughrea in geweihter Erde bestattet. Bis nach beendigtem Kampfe wußte keine der beiden Armeen, daß er nicht mehr war. Seinen Tod den gemeinen Soldaten zu verbergen, mag vielleicht klug gewesen sein. Ihn seinen Offizieren zu verbergen, war Thorheit. Der entscheidende Moment der Schlacht war gekommen, und es war Niemand da, um die Operationen zu leiten. Sarsfield commandirte die Reserve; aber er hatte strenge Weisung von Saint-Ruth, ohne Befehl nicht von der Stelle zu gehen, und der Befehl kam nicht. Mackay und Ruvigny griffen mit ihren Reitern die Irländer in der Flanke an; Talmash und seine Infanterie kehrten mit grimmiger Entschlossenheit nochmals zum Frontangriff zurück. Das Schanzwerk wurde genommen. Die Irländer zogen sich, noch immer fechtend, von Zaun zu Zaun zurück; aber ein Zaun nach dem andren ward genommen und ihre Anstrengungen wurden immer schwächer und schwächer. Endlich lösten sie sich auf und flohen. Und nun folgte ein entsetzliches Blutbad. Die Sieger waren in einer wüthenden Stimmung, denn es hatte sich unter ihnen das Gerücht verbreitet, daß einige englische Gefangene, denen Pardon gegeben worden war, niedergehauen worden seien. Es wurden nur vierhundert Gefangene gemacht. Die Anzahl der Gefallenen war im Verhältniß zu der Zahl der Kämpfenden größer als in irgend einer Schlacht der damaligen Zeit. Wäre nicht eine mondscheinlose Nacht hereingebrochen, die ein feiner Regen noch dunkler machte, so würde kaum ein Mann davon gekommen sein. Die Finsterniß setzte Sarsfield in den Stand, mit einigen wenigen noch zusammenhaltenden Schwadronen den Rückzug zu decken. Die Sieger hatten ungefähr sechshundert Todte und tausend Verwundete.

Die Engländer schliefen diese Nacht auf dem Schlachtfelde. Am folgenden Tage begruben sie ihre Waffengefährten und marschirten dann westwärts. Die Leichen der Besiegten wurden unter freiem Himmel liegen gelassen, ein seltsamer und schauerlicher Anblick! Man zählte viertausend irische Leichname auf dem Schlachtfelde. Hundertfunfzig lagen in einer kleinen Umzäunung, hundertzwanzig in einer andern. Aber das Gemetzel hatte sich nicht auf das Schlachtfeld allein beschränkt. Ein Augenzeuge erzählt uns, daß er auf dem Gipfel des Berges, an dessen Abhange das celtische Lager aufgeschlagen gewesen war, die Umgegend, auf eine Entfernung von beinahe vier Meilen mit den nackten Leichnamen der Erschlagenen bedeckt gesehen habe. Die Ebene, sagt er, sah aus, wie eine mit Schafheerden bedeckte ungeheure Weide. Wie gewöhnlich differirten selbst die Schätzungen von Augenzeugen; aber es ist wahrscheinlich, daß die Zahl der gefallenen Irländer nicht weniger als siebentausend betrug. Bald fanden sich eine Menge Hunde ein, um die Leichen zu verzehren. Diese Thiere wurden dadurch so wild und fanden einen solchen Geschmack an

Menschenfleisch, daß es lange gefährlich war, anders als in Gesellschaft durch diese Gegend zu reisen.[108]

Die geschlagene Armee hatte jetzt ganz und gar das Aussehen einer Armee verloren, und glich einem Pöbelhaufen, der von einer Jahrmarktsschlägerei in wilder Unordnung zurückkehrt. Ein mächtiger Strom von Fliehenden wälzte sich gegen Galway, ein andrer gegen Limerick. Die nach diesen beiden Städten führenden Straßen waren mit weggeworfenen Waffen bedeckt. Ginkell bot sechs Pence für jede Muskete. In kurzer Zeit waren so viel Wagenladungen eingebracht, daß er den Preis auf zwei Pence reducirte, und immer noch kamen große Massen von Gewehren an.[109]

[F a l l v o n G a l w a y.]

Die Sieger marschirten zuerst auf Galway. D'Usson war mit sieben Regimentern dort, welche durch das Gemetzel von Aghrim gelichtet und völlig desorganisirt und entmuthigt waren. Die letzte Hoffnung der Besatzung und der katholischen Einwohner war, daß Baldearg O'Donnel, der verheißene Befreier ihres Stammes, sie zu befreien kommen werde. Aber Baldearg O'Donnel ließ sich durch die abergläubische Verehrung, die man ihm zollte, nicht täuschen. So lange der Ausgang des Kampfes zwischen den Engländern und Irländern zweifelhaft war, hatte er sich abseits gehalten. Am Tage der Schlacht war er mit seiner tumultuarischen Armee in sicherer Entfernung geblieben, und sobald er erfuhr, daß seine Landsleute geworfen waren, floh er, auf dem ganzen Wege plündernd und sengend, in die Gebirge von Mayo. Von dort aus bot er Ginkell seine Unterwerfung und seine Dienste an. Ginkell ergriff mit Freuden die Gelegenheit, eine furchtbare Räuberhorde aufzulösen, und den Einfluß, den der Name einer celtischen Dynastie noch immer auf den celtischen Volksstamm ausübte, zum Guten zu wenden. Die Unterhandlung hatte jedoch ihre Schwierigkeiten. Der fahrende Ritter verlangte zuerst nichts Geringeres als den Earltitel. Nach einigem Feilschen verstand er sich dazu, die Liebe eines ganzen Volks und seine Ansprüche auf die Königswürde für ein Jahrgeld von fünfhundert Pfund zu verkaufen. Dennoch war der Zauber, der seine Anhänger an ihn fesselte, noch nicht ganz gebrochen. Einige Fanatiker aus Ulster waren bereit, unter dem O'Donnel gegen ihre eigne Zunge und gegen ihre eigne Religion zu kämpfen. Mit einer kleinen Schaar dieser ergebenen Anhänger schloß er sich einer Division der englischen Armee an und leistete Wilhelm bei verschiedenen Gelegenheiten nützliche Dienste.[110]

Als es bekannt wurde, daß keine Unterstützung von dem Helden zu erwarten war, dessen Ankunft von so vielen Sehern verkündet worden, verloren die in Galway eingeschlossenen Irländer allen Muth. D'Usson hatte auf die erste Aufforderung der Belagerer eine trotzige Antwort gegeben; aber er sah bald, daß jeder Widerstand unmöglich war, und er beeilte sich daher zu kapituliren. Die Garnison durfte sich mit militärischen Ehren nach Limerick zurückziehen, den Bürgern wurde vollständige Amnestie für frühere Vergehen bewilligt, und stipulirt, daß es den katholischen Priestern innerhalb der Mauern gestattet sein solle, ihre religiösen Gebräuche privatim zu üben. Unter diesen Bedingungen wurden die Thore geöffnet. Ginkell wurde von dem Mayor und den Aldermen mit tiefer Ehrerbietung empfangen und vom Recorder mit einer Ansprache begrüßt. D'Usson marschirte mit ungefähr zweitausenddreihundert Mann ungehindert nach Limerick.[111]

In Limerick, dem letzten Asyl des besiegten Volksstammes, war

Tyrconnel die höchste Autorität. Es gab jetzt keinen General, welcher behaupten konnte, daß seine Bestallung ihn vom Vicekönig unabhängig mache; auch war der Vicekönig jetzt nicht mehr so unpopulär wie er vierzehn Tage früher gewesen war. Nach der Schlacht war ein Umschwung der öffentlichen Meinung eingetreten. Dem Vicekönig konnte keine Schuld an diesem großen Unglück beigemessen werden. Er war in der That dagegen gewesen, das Glück einer Feldschlacht zu versuchen und er konnte mit einem Anschein von Wahrheit behaupten, daß die Nichtbeachtung seiner Rathschläge den Untergang Irland's herbeigeführt habe.[112]

Er traf einige Anstalten zur Vertheidigung Limerick's, besserte die Festungswerke aus und entsendete Truppenabtheilungen, um Lebensmittel herbeizuschaffen. Die Gegend wurde von diesen Detachements auf viele Meilen im Umkreise rein ausgeplündert und eine bedeutende Quantität Vieh und Fourage innerhalb der Mauern aufgehäuft. Außerdem hatte man einen großen Vorrath von Zwieback aus Frankreich. Die in Limerick versammelte Infanterie belief sich auf etwa funfzehntausend Mann. Die irischen Reiter und Dragoner, drei- bis viertausend an der Zahl, campirten auf der Clareseite des Shannon. Die Communication zwischen ihrem Lager und der Stadt wurde durch eine von einem Fort beschützte Brücke, Thomond Bridge genannt, unterbrochen. Diese Vertheidigungsmittel waren nicht zu verachten. Aber der Fall von Athlone und das Gemetzel von Aghrim hatte den Muth der Armee gebrochen. Eine kleine Partei, an deren Spitze Sarsfield und ein tapferer schottischer Offizier, Namens Wauchop standen, nährte die Hoffnung, daß der Siegeszug Ginkell's durch die Mauern aufgehalten werden würde, von denen Wilhelm das Jahr vorher hatte abziehen müssen. Aber viele von den irischen Anführern erklärten laut, daß es Zeit sei an eine Kapitulation zu denken. Heinrich Luttrell, der jederzeit eine dunkle und krumme Politik liebte, trat heimlich in Unterhandlung mit den Engländern. Einer seiner Briefe wurde aufgefangen und er wurde in Arrest gebracht; aber Viele, die seine Treulosigkeit tadelten, stimmten gleichwohl mit ihm darin überein, daß es nutzlos sei, den Kampf zu verlängern. Tyrconnel selbst war überzeugt, daß Alles verloren sei. Seine einzige Hoffnung beruhte noch darauf, daß er im Stande sein werde, den Kampf so lange hinauszuziehen bis er von Saint-Germains die Erlaubniß erhielt zu unterhandeln. Er erbat sich in einem Schreiben diese Erlaubniß und bewog mit einiger Mühe seine verzweifelnden Landsleute, sich durch einen Eid zu verpflichten, nicht zu kapituliren, bis eine Antwort von Jakob anlangte.[113]

[T y r c o n n e l ' s To d .]

Wenige Tage nachdem der Eid geleistet worden, war Tyrconnel nicht mehr. Am 11. August speiste er bei D'Usson. Die Gesellschaft war sehr heiter. Der

Lord Lieutenant schien die Last, die seinen Körper und Geist niederdrückte, abgeschüttelt zu haben; er trank und scherzte und war wieder der Dick Talbot, der mit Grammont gewürfelt und gezecht hatte. Bald nachdem er vom Tische aufgestanden war, beraubte ihn ein Schlaganfall der Sprache und der Besinnung. Am 14. hauchte er seinen Geist aus. Die entseelten Reste des Körpers, der einst Bildhauern zum Modell gedient hatte, wurden unter den Steinplatten der Kathedrale begraben; aber keine Inschrift und keine Tradition bezeichnet der Nachwelt die Ruhestätte.[114]

Sobald der Vicekönig verschieden war, präsentirte Plowden, der die irischen Finanzen verwaltet hatte, so lange es irische Finanzen zu verwalten gab, ein mit dem großen Siegel Jakob's versehenes Vollmachtspatent, durch welches Plowden selbst, Fitton und Nagle für den Fall von Tyrconnel's Tode zu Lords Justices ernannt wurden. Die Bekanntmachung der Namen erregte viel Murren, denn Plowden und Fitton waren Sachsen. Die Bestallung erwies sich jedoch als eine bloße Formalität, denn sie war von Instructionen begleitet, welche den Lords Justices jede Einmischung in die Führung des Kriegs untersagten, und in dem kleinen Raume, auf den Jakob's Gebiet jetzt reducirt war, gab es nichts weiter zu thun als Krieg zu führen. Die Verwaltung war daher thatsächlich in den Händen D'Usson's und Sarsfield's.[115]

[Z w e i t e B e l a g e r u n g v o n L i m e r i c k.]

An dem Tage an welchem Tyrconnel starb kam die Vorhut der englischen Armee vor Limerick an, und Ginkell schlug sein Lager auf dem nämlichen Boden auf, den zwölf Monate früher Wilhelm innegehabt hatte. Die Batterien, welche jetzt aus ganz anderen Kanonen und Mörsern bestanden, als Wilhelm sich ihrer hatte bedienen müssen, spielten Tag und Nacht und bald sah man an allen Ecken und Enden der Stadt Dächer brennen und Mauern einstürzen. Ganze Straßen wurden in Asche gelegt. Mittlerweile kamen mehrere englische Kriegsschiffe den Shannon herauf und gingen ungefähr eine Meile unterhalb der Stadt vor Anker.[116]

Der Platz hielt sich indessen noch immer. Die Besatzung stand der Belagerungsarmee an numerischer Stärke wenig nach, und es schien nicht unmöglich, daß die Vertheidigung verlängert werden könnte, bis die Aequinoctialregen die Engländer zum zweiten Male zwangen, sich zurückzuziehen. Ginkell beschloß, einen kühnen Schlag zu thun. Kein Punkt auf der ganzen Befestigungslinie war wichtiger und kein Punkt schien gesicherter zu sein als die Thomondbrücke, welche die Stadt mit dem Lager der irischen Reiterei auf dem Clareufer des Shannon verband. Der Plan des holländischen Generals ging dahin, die innerhalb der Wälle befindliche Infanterie von der außerhalb liegenden Cavallerie abzuschneiden und er führte diesen Plan mit großer Geschicklichkeit, Energie und gutem Erfolge aus. Er schlug eine Brücke von blechernen Booten über den Fluß, passirte denselben mit einem starken Truppencorps, trieb funfzehnhundert Dragoner, welche schwachen Widerstand leisteten, in Verwirrung vor sich her und marschirte auf die Quartiere der irischen Reiterei zu. Die irischen Reiter machten an diesem Tage dem Rufe, den sie sich am Boyne erworben, keine große Ehre. Dieser Ruf war allerdings mit der fast gänzlichen Vernichtung der besten Regimenter erkauft worden. Rekruten hatte man zwar ohne große Mühe gefunden, aber der Verlust von funfzehnhundert vortrefflichen Soldaten war nicht zu ersetzen. Das Lager wurde ohne Schwertstreich aufgegeben. Ein Theil der Reiter floh in die Stadt, die übrigen zogen sich, soviel Vieh als sie in diesem Augenblicke panischen Schreckens zusammenbringen konnten, vor sich her treibend, in die Berge zurück. Man fand in den Magazinen einen reichen Vorrath von Rindfleisch, Branntwein und Monturstücken, und die sumpfige Ebene des Shannon war mit Gewehren und Granaten bedeckt, welche die Fliehenden weggeworfen hatten.[117]

Die Sieger kehrten im Triumph in ihr Lager zurück. Aber Ginkell war mit dem gewonnenen Vortheile noch nicht zufrieden. Er wollte gern jede Verbindung zwischen Limerick und der Grafschaft Clare abschneiden. Nach einigen Tagen überschritt er zu dem Ende nochmals an der Spitze mehrerer Regimenter den Fluß und griff das Fort an, das die Thomondbrücke deckte. In kurzer Zeit war das Fort erstürmt. Die Soldaten, welche darin gelegen hatten, flohen in Verwirrung in die Stadt. Der Platzmajor, ein französischer Offizier, der am Thomondthore commandirte, ließ aus Besorgniß, daß mit den Fliehenden zugleich auch die Verfolger hereinkommen würden, den der Stadt zunächst gelegenen Theil der Brücke aufziehen. Viele von den Irländern stürzten kopfüber in den Strom und ertranken; andere riefen um Pardon und schwenkten ihre Taschentücher zum Zeichen der Unterwerfung. Aber die Sieger waren rasend vor Wuth, ihr Blutdurst konnte nicht sogleich gezügelt werden und es wurden nicht eher Gefangene gemacht, als bis die Haufen der Leichen bis über die Brustwehren der Brücke gingen. Die Besatzung des Forts hatte aus ungefähr achthundert Mann bestanden. Von diesen entkamen nur hundertzwanzig nach Limerick.[118]

Diese Niederlage schien eine allgemeine Meuterei in der Stadt hervorrufen zu wollen. Die Irländer schrien nach dem Blute des Platzmajors, der angesichts ihrer fliehenden Landsleute die Brücke aufzuziehen befohlen hatte. Seine Vorgesetzten mußten versprechen, daß er vor ein Kriegsgericht gestellt werden solle. Zu seinem Glücke war er beim Verschließen des Thomondthores tödtlich verwundet worden, und der Soldatentod rettete ihn vor der Wuth der Menge.[119]

[Die Irländer wollen kapituliren.]

71

Das Geschrei nach einer Kapitulation wurde so laut und dringend, daß die Generäle demselben nicht widerstehen konnten. D'Usson benachrichtigte seine Regierung, das Gefecht auf der Brücke habe den Muth der Garnison so vollständig vernichtet, daß es unmöglich sei den Kampf länger fortzusetzen. [120] Gegen D'Usson's Aussage muß man vielleicht einiges Mißtrauen hegen, denn er war ohne Zweifel, wie alle Franzosen, die ein Commando in der irischen Armee bekleidet hatten, seiner Verbannung überdrüssig und sehnte sich nach Paris zurück. Es ist jedoch ausgemacht, daß selbst Sarsfield den Muth verloren hatte. Bis zu diesem Augenblicke hatte er beständig für hartnäckigen Widerstand gestimmt. Jetzt war er nicht nur bereit zu unterhandeln, sondern er verlangte sogar ungeduldig darnach.[121] Er hielt die Stadt für unrettbar verloren. Es war keine Hoffnung mehr weder auf einheimische noch auf fremde Hülfe. In jedem Theile Irland's hatten die Sachsen den Fuß auf den Nacken der Eingebornen gesetzt. Sligo war gefallen. Selbst die wüsten Eilande, welche die mächtigen Wogen des atlantischen Oceans von der Galwaybucht abhalten, hatten Wilhelm's Autorität anerkannt. Die Männer von Kerry, welche für den wildesten und unfügsamsten Theil der eingebornen Bevölkerung galten, hatten sich lange gehalten, waren aber doch endlich geschlagen und in ihre Wälder und Berge getrieben worden.[122] Eine französische Flotte, wenn eine solche jetzt an der Küste von Munster angekommen wäre, würde die Mündung des Shannon von englischen Kriegsschiffen bewacht gefunden haben. Die Lebensmittelvorräthe in Limerick gingen bereits zu Ende. Wurde die Belagerung fortgesetzt, so mußte die Stadt aller menschlichen Berechnung nach entweder durch Gewalt oder durch eine Blockade fallen. Und wenn Ginkell durch die Bresche eindringen oder von einer verhungernden Bevölkerung angefleht werden sollte seine eigenen Bedingungen vorzuschreiben, was konnte man dann anders erwarten als eine Tyrannei von noch unerbittlicherer Härte als die eines Cromwell? War es also nicht weise zu versuchen, was für Bedingungen zu erlangen waren so lange die Sieger noch etwas von der Wuth und Verzweiflung der Besiegten zu fürchten hatten, so lange die letzte irische Armee hinter den Wällen der letzten irischen Festung noch einigen Widerstand leisten konnte?

[Unterhandlungen zwischen den irischen Generälen und den Belagerern.]

Am Abend des Tages, welcher auf den Kampf am Thomondthore folgte, gaben die Trommeln von Limerick das Zeichen zum Parlamentiren, Wauchop rief von einem der Thürme die Belagerer an und ersuchte Ruvigny, Sarsfield eine Unterredung zu bewilligen. Der wackere Franzose, der wegen seiner Anhänglichkeit an die eine Religion ein Verbannter war, und der wackere Irländer, der im Begriff stand, wegen seiner Anhänglichkeit an eine andre ein Verbannter zu werden, kamen zusammen und conferirten miteinander, unzweifelhaft mit gegenseitiger Sympathie und Achtung.[123] Ginkell, dem Ruvigny den Verlauf der Unterredung berichtete, willigte gern in einen Waffenstillstand. Denn so andauernd auch sein Erfolg bis jetzt gewesen war, so hatte derselbe ihn doch noch nicht sicher gemacht. Die Chancen waren zwar entschieden auf seiner Seite, allein es war immerhin möglich, daß ein Versuch, die Stadt mit Sturm zu nehmen, scheiterte, wie ein ähnlicher Versuch zwölf Monate früher gescheitert war. Wenn die Belagerung in eine Belagerung verwandelt werden sollte, so war es wahrscheinlich, daß die Seuche, welche der Armee Schomberg's verderblich geworden war, die Wilhelm zum Rückzuge gezwungen hatte und die selbst Marlborough's Genie und Thatkraft beinahe zu Schanden gemacht hätte, das Blutbad von Aghrim sehr bald rächte. Es hatte neuerdings stark geregnet, die ganze Ebene konnte in Kurzem ein ungeheurer Pfuhl stehenden Wassers werden. Es konnte nöthig werden, die Truppen nach einer gesünderen Stellung als am Ufer des Shannon zu versetzen und ihnen ein wärmeres Obdach als das von Zelten zu verschaffen. Dann war der Feind bis zum Frühjahr sicher. Im Frühjahr konnte eine französische Armee in Irland landen, die Eingebornen konnten sich von Donegal bis Kerry aufs Neue bewaffnet erheben und der Krieg, der jetzt so gut wie beendigt war, konnte sich heftiger als je wieder entzünden.

Es wurde daher mit dem beiderseitigen aufrichtigen Wunsche, dem Kampfe ein Ziel zu setzen, eine Unterhandlung eröffnet. Die Anführer der irischen Armee hielten mehrere Berathungen, zu denen einige katholische Prälaten und einige ausgezeichnete Juristen eingeladen wurden. Man legte den Bischöfen eine vorläufige Frage vor, welche zarte Gewissen in Verlegenheit setzte. Der verstorbene Vicekönig hatte die Offiziere der Besatzung überredet zu schwören, daß sie Limerick nicht eher übergeben wollten, als bis sie eine Antwort auf das Schreiben erhalten haben würden, in dem ihre Lage Jakob geschildert worden war. Die Bischöfe waren der Meinung, daß der Eid nicht mehr bindend sei. Er sei zu einer Zeit wo die Communication mit Frankreich noch offen gewesen und in dem festen Glauben geleistet worden, daß Jakob's Antwort binnen drei Wochen eintreffen werde. Jetzt sei mehr als das Doppelte dieser Zeit verstrichen. Jeder Zugang zur Stadt werde vom Feinde streng bewacht. Sr. Majestät getreue Unterthanen hätten im Sinne ihres Versprechens gehandelt, indem sie sich so lange gehalten, bis es ihm unmöglich geworden sei, ihnen seinen Willen kund zu thun.[124]

Die nächste Frage war, welche Bedingungen verlangt werden sollten. Eine Schrift, die Vorschläge enthielt, welche Staatsmänner unsrer Zeit für billig halten werden, welche aber selbst den humansten und liberalsten englischen Protestanten des 17. Jahrhunderts überspannt vorkamen, wurde ins Lager der Belagerer geschickt. Es wurde verlangt, daß alle Vergehen mit dem

Mantel der Vergessenheit bedeckt, daß der eingebornen Bevölkerung vollkommene Freiheit der Gottesverehrung gewährt werden, daß jedes Kirchspiel seinen Priester haben und daß die irischen Katholiken befähigt sein sollten, alle Civil- und Militärämter zu bekleiden und alle municipalen Privilegien zu genießen.[125]

Ginkell kannte die Gesetze und Gesinnungen der Engländer wenig, aber er hatte unter seiner Umgebung Leute, welche befähigt waren, ihn zu leiten. Sie hatten ihn acht Tage vorher abgehalten, einen Rapparee rädern zu lassen, und jetzt gaben sie ihm eine Antwort auf die Vorschläge des Feindes ein. „Ich bin hier fremd," sagte Ginkell, „ich kenne die Verfassung dieses Landes nicht; aber man versichert mir, daß das was Sie verlangen, mit dieser Verfassung unvereinbar ist, und deshalb kann ich mit Ehren nicht einwilligen." Er ließ auf der Stelle eine neue Batterie errichten und mit Kanonen und Mörsern befahren. Aber seine Anstalten wurden sehr bald durch eine neue Botschaft aus der Stadt unterbrochen. Die Irländer baten ihn nun, ihnen zu sagen was er ihnen gewähren wolle, da er ihnen das was sie verlangten, nicht bewilligen könne. Er berief seine Rathgeber zu sich und schickte nach kurzer Besprechung mit ihnen eine Schrift zurück, welche einen Vertrag enthielt, von dem er annehmen zu dürfen glaubte, daß die Regierung, der er diente, ihn billigen werde. Was er anbot war allerdings viel weniger als die Irländer wünschten; aber es war so viel als sie erwarten konnten, wenn sie ihre Lage und die Stimmung der englischen Nation in Betracht zogen. Sie zeigten ihm eiligst ihre Zustimmung an. Es wurde festgesetzt, daß sowohl zu Lande als auch in den Häfen und Buchten von Munster die Feindseligkeiten eingestellt und einer französischen Flotte gestattet werden sollte, unbehindert den Shannon heraufzukommen und unbehindert wieder abzusegeln. Die Unterzeichnung des Vertrags wurde bis zur Ankunft der Lords Justices, welche Wilhelm in Dublin repräsentirten, in Ginkell's Hauptquartier verschoben. Einige Tage lang ließ die militärische Wachsamkeit auf beiden Seiten nach. Gefangene wurden in Freiheit gesetzt. Die Vorposten der beiden Armeen plauderten und aßen zusammen. Die englischen Offiziere sahen sich in der Stadt um, die irischen Offiziere speisten im Lager. Anekdoten über das was bei den freundschaftlichen Zusammenkünften dieser Männer, welche noch kürzlich Todfeinde gewesen waren, vorging, circulirten weit und breit. Besonders eine Geschichte erzählte man sich in ganz Europa. „Hat dieser letzte Feldzug," sagte Sarsfield zu einigen englischen Offizieren, „Ihnen nicht eine bessere Meinung von den irischen Soldaten beigebracht." — „Aufrichtig gesagt," erwiederte ein Engländer, „denken wir von ihnen noch ganz ebenso wie wir immer gedacht haben." — „Wie gering Sie auch von uns denken mögen," versetzte Sarsfield, „lassen Sie uns unsere beiderseitigen Könige vertauschen, und wir werden bereitwillig unser Glück noch einmal mit Ihnen versuchen." Er dachte ohne Zweifel an den Tag, an welchem er die beiden Souveraine an der Spitze zweier großer Armeen gesehen hatte, Wilhelm als den Ersten beim Angriffe, und Jakob als den Ersten auf der Flucht.[126]

[Die Kapitulation von Limerick.]

Am 1. October kamen Coningsby und Porter im englischen Hauptquartiere an. Am 2. wurden die Kapitulationsbedingungen sehr ausführlich berathen und definitiv festgestellt. Am 3. wurden sie unterzeichnet. Sie waren in zwei Theile, einen Militärvertrag und einen Civilvertrag getheilt. Ersterer wurde nur von den beiderseitigen Generälen, letzterer auch von den Lords Justices unterzeichnet.

Durch den Militärvertrag war festgesetzt, daß diejenigen irischen Offiziere und Soldaten, weiche erklärten, daß sie nach Frankreich zu gehen wünschten, dahin gebracht werden und inzwischen unter dem Commando ihrer eigenen Generäle bleiben sollten. Ginkell übernahm es eine beträchtliche Anzahl Transportfahrzeuge zu liefern. Auch französische Schiffe sollten zwischen der Bretagne und Munster hin und her fahren dürfen. Ein Theil von Limerick sollte sofort den Engländern übergeben werden. Aber die Insel, auf welcher die Kathedrale und das Schloß standen, sollte vor der Hand noch im Besitz der Irländer bleiben.

Die Bedingungen des Civilvertrags waren ganz verschieden von denen, welche Ginkell zu bewilligen sich beharrlich geweigert hatte. Es war nicht stipulirt, daß die Katholiken Irland's zur Bekleidung eines bürgerlichen oder militärischen Amtes befähigt sein oder daß sie in eine Corporation zugelassen werden sollten. Aber sie erhielten das Versprechen, daß sie in der Ausübung ihrer Religion diejenigen Privilegien genießen sollten, welche mit dem Gesetz vereinbar waren oder die sie unter der Regierung Karl's II. genossen hatten.

Allen Einwohnern von Limerick und allen Offizieren und Soldaten der jakobitischen Armee, die sich der Regierung unterwarfen und ihre Unterwerfung durch Leistung des Huldigungseides bekundeten, war volle Amnestie versprochen. Sie sollten ihr Eigenthum behalten, sollten jeden Erwerbszweig betreiben dürfen, den sie vor den Unruhen betrieben hatten, sollten wegen keines seit dem Regierungsantritt des vorigen Königs verübten Verraths, Felonie oder Vergehens bestraft werden, ja es sollte sogar kein Entschädigungsanspruch wegen einer Beraubung oder Gewaltthätigkeit, die sie während der drei unruhigen Jahre begangen, gegen sie erhoben werden. Dies war mehr als die Lords Justices nach der Verfassung zu gewähren befugt waren. Es wurde deshalb hinzugesetzt, daß die Regierung ihr Möglichstes thun werde, um die Ratification des Vertrags von Seiten des Parlaments zu erlangen.[127]

Sobald die beiden Instrumente unterzeichnet waren, zogen die Engländer in die Stadt ein und besetzten einen Theil derselben. Ein schmaler, aber tiefer Arm des Shannon trennte sie von dem noch im Besitz der Irländer befindlichen Theile.[128]

Schon nach einigen Stunden entspann sich ein Streit, der eine Erneuerung der Feindseligkeiten hervorzurufen drohte. Sarsfield hatte sich entschlossen, in französischen Diensten sein Glück zu versuchen, und natürlich wünschte er ein Truppencorps mit auf den Continent zu nehmen, das ein wichtiger Zuwachs zur Armee Ludwig's sein würde. Ginkell war eben so natürlich nicht geneigt, die Streitkräfte des Feindes durch Tausende von Leuten zu verstärken. Beide Generäle beriefen sich auf den Vertrag. Jeder legte denselben so aus, wie es seinem Zwecke entsprach und Jeder beschwerte sich, daß der Andre ihn verletzt habe. Sarsfield wurde beschuldigt, einen seiner Offiziere in Arrest geschickt zu haben, weil er sich geweigert, nach dem Continent zu gehen. Ginkell erklärte heftig gereizt, er wolle die Irländer lehren ihm Streiche spielen, und begann Anstalten zu einer Kanonade zu treffen. Sarsfield kam ins englische Lager und versuchte seine Maßregel zu rechtfertigen. Es entspann sich ein heftiger Wortwechsel. „Ich füge mich," sagte Sarsfield endlich, „denn ich bin in Ihrer Gewalt." — „Sie sind durchaus nicht in meiner Gewalt," erwiederte Ginkell; „kehren Sie zurück und thun Sie das Schlimmste was Sie denken." Der verhaftete Offizier wurde in Freiheit gesetzt und dadurch ein blutiger Kampf vermieden, und die beiden Befehlshaber begnügten sich mit einem Wortkriege.[129] Ginkell erließ Proklamationen, worin er den Irländern versicherte, daß, wenn sie ruhig in ihrem Lande leben wollten, sie beschützt und begünstigt, und, wenn sie das militärische Leben vorzögen, in die Armee Wilhelm's aufgenommen werden sollten. Aber es wurde hinzugesetzt, daß Keiner, der diese freundliche Einladung zurückwiese und ein Soldat Ludwig's würde, erwarten dürfe, je wieder die Insel zu betreten. Sarsfield und Wauchop boten ihre Beredtsamkeit für die gegentheilige Ansicht auf. Das jetzige Aussehen der Dinge, sagten sie, sei allerdings trübe, aber hinter den Wolken sei der Himmel heiter. Die Verbannung werde kurz, die Rückkehr triumphirend sein. Binnen einem Jahre würden die Franzosen in England einfallen, und bei einem solchen Einfalle würden die irischen Truppen, wenn sie nur fest zusammenhielten, gewiß eine Hauptrolle spielen. Inzwischen sei es weit besser für sie, in einem benachbarten und befreundeten Lande, unter der väterlichen Fürsorge ihres eignen rechtmäßigen Königs zu leben, als sich dem Prinzen von Oranien anzuvertrauen, der sie wahrscheinlich an das andre Ende der Welt schicken werde, um für seinen Bundesgenossen, den Kaiser, gegen die Janitscharen zu kämpfen.

[Die irischen Truppen werden aufgefordert, zwischen

ihrem Vaterlande und Frankreich zu wählen.]

Der Beistand des katholischen Klerus wurde angerufen. An dem Tage, an welchem Diejenigen, die sich entschlossen hatten nach Frankreich zu gehen, aufgefordert wurden, ihren Entschluß kund zu thun, waren die Priester unermüdlich in Ermahnungen. Vor jedem Regiment wurde eine Predigt gehalten über die Pflicht, der Sache der Kirche treu zu bleiben, und über die Sünde und Gefahr, sich mit Ungläubigen zu verbinden.[130] Jeder, wurde gesagt, der in den Dienst der Usurpatoren trete, würde dies bei Gefahr seines Seelenheils thun. Die Ketzer versicherten, daß dem Auditorium nach der Predigt eine tüchtige Ration Branntwein gereicht worden und daß, nachdem der Branntwein getrunken gewesen sei, ein Bischof den Segen gesprochen habe. So durch physische und moralische Stimulationsmittel gehörig vorbereitet, wurde die aus etwa vierzehntausend Mann Infanterie bestehende Besatzung auf der großen Wiese aufgestellt, die auf dem Clarer Ufer des Shannon lag. Hier wurden Abdrücke von Ginkell's Proklamation in Masse vertheilt und englische Offiziere gingen durch die Reihen, um die Mannschaften zu beschwören, sich nicht dem Verderben preis zu geben, und um ihnen die Vortheile auseinanderzusetzen, welche die Soldaten König Wilhelm's genössen. Endlich kam der entscheidende Augenblick. Die Truppen erhielten Befehl, die Revue zu passiren. Diejenigen, welche in Irland zu bleiben wünschten, mußten an einer bestimmten Stelle umkehren. Von allen denen, die über diese Stelle hinaus marschirten, nahm man an, daß sie sich für Frankreich entschieden hatten. Sarsfield und Wauchop sahen auf der einen Seite, Coningsby und Ginkell auf der andren Seite mit ängstlicher Spannung zu. D'Usson und seinen Landsleuten wurde es schwer, ihre ernste Miene zu bewahren, obgleich das Schauspiel nicht ohne Interesse für sie war. Die Confusion, der Lärm, das groteske Aussehen einer Armee, in der fast kein Hemd und kein Beinkleid, kein Schuh oder Strumpf zu erblicken war, bildete einen so lächerlichen Contrast mit dem geordneten und glänzenden Aussehen der Truppen ihres Gebieters, daß sie einander scherzend fragten, was wohl die Pariser sagen würden, wenn sie auf der Ebene von Grenelle eine solche Armee defiliren sähen.[131]

[Die Mehrzahl der irischen Truppen erklärt sich für den Freiwilligendienst in Frankreich.]

Zuerst marschirte das sogenannte Regiment Royal vierzehnhundert Mann stark. Alle bis auf Sieben überschritten den verhängnißvollen Punkt. Ginkell's Gesicht verrieth einen heftigen Unmuth. Er tröstete sich indeß wieder, als er das nächste Regiment, das aus Eingebornen von Ulster bestand, wie ein Mann Kehrt machen sah. Es war trotz der Gemeinschaft des Bluts, der Sprache und der Religion zwischen den Celten von Ulster und denen der anderen drei

Provinzen eine Antipathie entstanden; auch ist es nicht unwahrscheinlich, daß das Beispiel und der Einfluß Baldearg O'Donnel's einigen Eindruck auf die Bevölkerung des Landes gemacht haben mag, das seine Vorfahren regiert hatten.[132] In den meisten Regimentern waren die Meinungen getheilt; aber die große Mehrheit erklärte sich für Frankreich. Heinrich Luttrell gehörte zu Denen, welche umkehrten. Er wurde für seinen Abfall und vielleicht für noch andere Dienste mit Verleihung der großen Güter seines älteren Bruders Simon, der fest zur Sache Jakob's hielt, mit einem Jahrgelde von fünfhundert Pfund von Seiten der Krone, und mit dem Abscheu der katholischen Bevölkerung belohnt. Nachdem er ein Vierteljahrhundert in Reichthum, Luxus und Schande gelebt, wurde Heinrich Luttrell ermordet, als er sich in seiner Sänfte durch Dublin tragen ließ, und das irische Haus der Gemeinen erklärte, man habe Grund zu vermuthen, daß er als ein Opfer der Rache der Papisten gefallen sei.[133] Achtzig Jahre nach seinem Tode wurde sein Grab unweit Luttrellstown durch die Nachkommen Derer, die er verrathen, gewaltsam geöffnet und sein Schädel vermittelst einer Spitzhacke in Stücken zerschlagen.[134] Der tödtliche Haß, deren Gegenstand er war, ging auch auf seinen Sohn und auf seinen Enkel über und leider hatte weder der Character seines Sohnes noch der seines Enkels Seiten, welche das Gefühl, das der Name Luttrell erweckte, zu mildern geeignet gewesen wären.[135]

Als der lange Zug vorbeidefilirt war, ergab es sich, daß ungefähr tausend Mann bereit waren, in Wilhelm's Dienste zu treten. Etwa zweitausend nahmen Pässe von Ginkell an und begaben sich ruhig in ihre Heimath. Ungefähr elftausend kehrten mit Sarsfield in die Stadt zurück. Einige Stunden nachdem die Besatzung die Revue passirt hatte, wurden auch die einige Meilen von der Stadt lagernden Reiter aufgefordert, ihre Wahl zu treffen, und die meisten von ihnen entschieden sich für Frankreich.[136]

[Viele von den Irländern, die sich für Frankreich erklärt hatten, desertiren.]

Sarsfield betrachtete die Truppen, welche bei ihm blieben, als unwiderruflich verpflichtet, außer Landes zu gehen, und damit sie sich nicht versucht fühlen möchten, ihre Zusage zurückzunehmen, hielt er sie innerhalb der Wälle und ließ die Thore schließen und streng bewachen. Obwohl Ginkell in seinem Aerger einige Drohungen murmelte, scheint er doch eingesehen zu haben, daß eine Einmischung seinerseits nicht gerechtfertigt war. Aber die Vorsichtsmaßregeln des irischen Generals erreichten ihren Zweck bei weitem nicht vollkommen. Es war durchaus nicht zu verwundern, daß ein abergläubischer und reizbarer Kerne, mit einer Predigt und einem Glas Branntwein im Kopfe, bereit war Alles zu versprechen was seine Priester verlangten; eben so wenig war es zu verwundern, daß, als er seinen Rausch ausgeschlafen hatte und keine Anathemen ihm mehr in den Ohren klangen, er peinliche Besorgnisse empfand. Er hatte sich verpflichtet, vielleicht auf Lebenszeit ins Exil zu gehen, weit weg von den traurigen Wasserflächen, die seinem ungebildeten Geiste ein geheimnißvolles Grauen einflößten. Alles was er verlassen sollte, zog an seinen Gedanken vorüber, der wohlbekannte Torfhaufen und das Kartoffelfeld und die Lehmhütte, die bei aller ihrer Aermlichkeit doch immer seine Heimath war. Nie sollte er die wohlbekannten Gesichter wieder um das Torffeuer sitzen sehen, nie die traulichen Klänge der alten celtischen Lieder hören. Der weite Ocean sollte zwischen ihm und dem Herde seiner greisen Eltern und seines blühenden Liebchens wogen. Einige, die den quälenden Gedanken einer solchen Trennung nicht zu ertragen vermochten und die Unmöglichkeit vor Augen sahen, bei den Schildwachen, welche die Thore hüteten, vorbeizukommen, sprangen in den Fluß und erreichten das entgegengesetzte Ufer. Doch war die Zahl dieser kühnen Schwimmer nicht groß, und die Armee würde wahrscheinlich vollzählig über den Kanal gebracht worden sein, wenn sie bis zum Einschiffungstage in Limerick geblieben wäre. Aber viele von den Schiffen auf denen die Ueberfahrt bewerkstelligt werden sollte, lagen in Cork und Sarsfield mußte mit einigen seiner besten Regimenter dahin abgehen. Dies war ein Marsch von nicht weniger als vier Tagen durch eine öde Gegend. Es war unmöglich, gewandte junge Männer, die mit allen Schlichen eines unsteten und räuberischen Lebens vertraut waren, zu verhindern, daß sie sich unter dem Schutze der Dunkelheit nach den Sümpfen und Wäldern fortstahlen. Viele Soldaten waren sogar dreist genug, am hellen Tage davonzulaufen, noch ehe die Kathedrale von Limerick ihren Blicken entschwunden war. Das Regiment Royal, das am Tage der Revue ein so auffallendes Beispiel von treuer Anhänglichkeit an die Sache Jakobs' gegeben hatte, schmolz von vierzehnhundert auf fünfhundert Mann zusammen. Noch vor der Abfahrt des letzten Schiffes kam die Nachricht, daß die mit den ersten Schiffen Abgegangenen in Brest unfreundlich empfangen worden seien. Sie waren kärglich mit Lebensmitteln versehen worden, hatten weder Sold noch Kleidung erlangen können und mußten ohne andres Obdach als Hecken und Zäune auf freiem Felde schlafen, obgleich der Winter vor der Thür war. Man hatte Viele von ihnen äußern hören, es würde weit besser gewesen sein, in Alt-Irland zu sterben als in dem ungastlichen Lande zu leben, in das sie verbannt wären. Die Wirkung dieser Berichte war, daß Hunderte, welche lange in der Absicht auszuwandern beharrt hatten, sich im letzten Augenblicke weigerten an Bord zu gehen, ihre Waffen wegwarfen und in ihre heimathlichen Dörfer zurückkehrten.[137]

[Die letzte Division der irischen Armee segelt von Cork nach Frankreich ab.]

Sarsfield bemerkte, daß eine Hauptursache der Desertion, die seine Armee lichtete, die sehr natürliche Ungeneigtheit der Leute war, ihre Familien in Dürftigkeit zurückzulassen. Cork und die Umgegend war mit den Angehörigen der Fortgehenden angefüllt. Eine große Menge Frauen, von denen viele ihre Kinder führten, trugen oder säugten, bedeckte alle Zugänge zu dem Einschiffungsplatze. Der irische General, der den Eindruck fürchtete, den die Bitten und Klagen dieser armen Geschöpfe unfehlbar hervorbringen mußten, erließ eine Proklamation, in der er seinen Soldaten versicherte, daß es ihnen erlaubt sein solle, ihre Frauen und Familien nach Frankreich mitzunehmen. Es wäre eine Beleidigung für das Andenken eines so tapferen und biederen Mannes, wollte man annehmen, daß er dieses Versprechen mit der Absicht gegeben habe, es nicht zu halten. Viel wahrscheinlicher ist es, daß er die Anzahl Derer, welche die Ueberfahrt verlangen konnten, zu niedrig anschlug, und daß er sich außer Stande sah, sein Wort zu halten, als es bereits zu spät war, andere Einrichtungen zu treffen. Nachdem die Soldaten eingeschifft waren, fand man zwar noch Raum für die Familien Vieler; aber es blieben doch eine große Menge am Lande zurück, welche kläglich baten, an Bord genommen zu werden. Als das letzte Boot abstieß, stürzten sich Viele in die Brandung. Einige Weiber erfaßten die Taue, wurden in tiefes Wasser mit fortgezogen, ließen nicht los, bis ihre Hände zerschnitten waren, und kamen in den Wellen um. Die Schiffe begannen sich in Bewegung zu setzen. Ein wildes, entsetzliches Geschrei erscholl am Ufer und erregte ungewohntes Mitleid in Herzen, welche durch Haß gegen den irischen Volksstamm und gegen den römischen Glauben gestählt waren. Selbst der strenge Cromwellianer, jetzt endlich nach einem dreijährigen verzweifelten Kampfe der unbestrittene Herr der blutgetränkten und verwüsteten Insel, konnte nicht ungerührt den Schmerzensschrei vernehmen, in welchem sich die ganze Wuth und der ganze Kummer einer besiegten Nation aussprach.[138]

Die Segel verschwanden. Der abgezehrte und muthlose Schwarm Derer, die ein härterer Schlag als der Tod zu Wittwen und Waisen gemacht, zerstreute sich, um sich durch ein verwüstetes Land nach Hause zu betteln oder niederzusinken und an der Straße vor Gram und Hunger zu sterben. Die Verbannten gingen, um in fremden Feldlagern die Disciplin zu lernen, ohne welche der natürliche Muth von geringem Werthe ist, und um auf fernen Schlachtfeldern die Ehre wieder zu erkämpfen, welche daheim durch eine lange Reihe von Niederlagen verloren worden war.

[Zustand Irland's nach dem Kriege.]

In Irland war Friede. Die Herrschaft der Colonisten war unumschränkt und die eingeborne Bevölkerung zeigte die grauenvolle Ruhe der Erschöpfung und der Verzweiflung. Gewaltthätigkeiten, Räubereien, Brandstiftungen und

Mordthaten kamen wohl noch immer vor, aber mehr als ein Jahrhundert verging ohne einen allgemeinen Aufstand. Während dieses Jahrhunderts wurden in Großbritannien durch die Anhänger des Hauses Stuart zwei Revolutionen angestiftet. Aber weder als der ältere Prätendent in Scone gekrönt wurde, noch als der jüngere in Holyrood sein Hoflager hielt, wurde das Banner dieses Hauses in Connaught oder Munster aufgepflanzt. Sogar im Jahre 1745, als die Hochländer gegen London marschirten, waren die Katholiken Irland's so ruhig, daß der Vicekönig ohne die mindeste Gefahr mehrere Regimenter zur Verstärkung der Armee des Herzogs von Cumberland über den St. Georgskanal senden konnte. Diese Unterwürfigkeit war jedoch nicht eine Folge der Zufriedenheit, sondern lediglich der Bestürzung und Entmuthigung. Der Stahl war tief ins Herz gedrungen. Die Erinnerung an vergangene Niederlagen, die Gewohnheit, alltäglich Insulten und Bedrückungen zu ertragen, hatten den Muth der unglücklichen Nation gebrochen. Es gab zwar noch irische Katholiken von großer Befähigung, Energie und Ehrgeiz; aber sie waren überall, nur nicht in Irland zu finden: in Versailles und in St. Ildefonso, in den Armeen Friedrich's und in den Armeen Maria Theresia's. Einer der Verbannten wurde Marschall von Frankreich. Ein Andrer wurde Premierminister von Spanien. Wäre er in seinem Vaterlande geblieben, so würden sich alle die unwissenden und unbedeutenden Squires, welche auf das Gedächtniß der glorreichen und denkwürdigen Zeit tranken, ihn als tief unter sich stehend betrachtet haben. In seinem Palaste zu Madrid hatte er das Vergnügen, den Gesandten Georg's II. sich eifrig um seine Gunst bewerben zu sehen und dem Gesandten Georg's III. in stolzen Ausdrücken Trotz bieten zu können.[139] Ueber ganz Europa fand man tapfere irische Generäle, gewandte irische Diplomaten, irische Grafen, irische Barone, irische Ritter des St. Ludwigs- und des St. Leopoldsordens, des weißen Adlers und des goldenen Vließes zerstreut, die, wenn sie im Hause der Knechtschaft geblieben wären, kaum Fähndriche in Infanterieregimentern oder Bürger kleiner Corporationen hätten werden können. Nachdem diese Männer, die natürlichen Oberhäupter ihres Stammes, entfernt worden, waren die noch Zurückgebliebenen gänzlich hülflos und passiv. Eine Erhebung des irischen Elements gegen das englische war eben so wenig zu befürchten, wie eine Erhebung der Frauen und Kinder gegen die Männer.[140]

Es gab zwar damals heftige Streitigkeiten zwischen dem Mutterlande und der Colonie; aber für diese Streitigkeiten interessirte sich die eingeborne Bevölkerung eben so wenig wie die rothen Indianer für den Streit zwischen Altengland und Neuengland über das Stempelgesetz. Die herrschende Minderheit, selbst wenn in Aufruhr gegen die Regierung, kannte keine Gnade für etwas das wie Aufruhr seitens der unterworfenen Mehrheit aussah. Keiner von den römischen Patrioten, welche Julius Cäsar ermordeten, weil er nach dem Königstitel strebte, würde das geringste Bedenken getragen haben, eine ganze Gladiatorenschule zu kreuzigen, die es versucht hätte, sich der abscheulichsten und schimpflichsten Knechtschaft zu entziehen. Keiner der virginischen Patrioten, welche ihre Lostrennung vom britischen Reiche damit rechtfertigten, daß sie es für eine selbstverständliche Wahrheit erklärten, daß der Schöpfer allen Menschen ein unveräußerliches Recht auf die Freiheit gegeben habe, würde das mindeste Bedenken getragen haben, einen Negersklaven niederzuschießen, der auf dieses unveräußerliche Recht Anspruch gemacht hätte. Ebenso waren die protestantischen Herren von Irland, während sie sich prahlerisch zu den politischen Doctrinen Locke's und Sidney's bekannten, der Meinung, daß ein Volk, das celtisch sprach und die Messe hörte, in diesen Lehren nicht mit inbegriffen sei. Molyneux zog die Suprematie der englischen Legislatur in Zweifel. Swift griff mit den schärfsten Waffen des Spottes und Hohnes jeden Theil des Regierungssystems an. Lucas beunruhigte die Verwaltung Lord Harrington's. Boyle stürzte die Verwaltung des Herzogs von Dorset. Aber weder Molyneux noch Swift, weder Lucas noch Boyle dachten jemals daran, an die eingeborne Bevölkerung zu appelliren. Sie würden eben so leicht daran gedacht haben, an die Schweine zu appelliren.[141] Zu einer späteren Zeit stachelte Heinrich Flood die dominirende Klasse auf, eine Parlamentsreform zu verlangen und zur Erlangung dieser Reform selbst revolutionäre Mittel anzuwenden. Aber weder er noch Diejenigen, die ihn als ihren Führer betrachteten und auf sein Geheiß bis dicht an den Rand des Hochverraths gingen, wollten der unterworfenen Klasse auch nur den kleinsten Antheil an der politischen Macht einräumen. Der tugendhafte und gebildete Charlemont, ein Whig unter den Whigs, verbrachte ein langes Leben im Kampfe für das was er die Freiheit seines Vaterlandes nannte. Aber er stimmte gegen das Gesetz, welches katholischen Grundbesitzern das Wahlrecht verlieh, und er starb mit der feststehenden Meinung, daß das Parlamentshaus von katholischen Mitgliedern rein gehalten werden müsse. In der That, während des auf die Revolution folgenden Jahrhunderts stand die Geneigtheit eines englischen Protestanten, das irische Element mit Füßen zu treten, gewöhnlich im Verhältniß zu dem Eifer, den er für die politische Freiheit an sich zur Schau trug. Wenn er ein einziges Wort des Mitleids mit der durch die Minderheit unterdrückten Mehrheit äußerte, konnte er dreist ein bigotter Tory und Hochkirchlicher genannt werden.[142]

Während dieser ganzen Zeit gohr ein durch die Furcht niedergehaltener Haß in der Brust der Kinder des Bodens. Sie waren noch das nämliche Volk, das 1641 auf den Ruf O'Neill's und 1689 auf den Ruf Tyrconnel's zu den Waffen geeilt war. Für sie war jedes vom Staate angeordnete Fest ein Tag der Trauer, jede vom Staate errichtete öffentliche Trophäe ein Denkmal der

Schande. Wir haben die Gefühle einer Nation, welche dazu verurtheilt ist, beständig auf allen ihren öffentlichen Plätzen die Denkmäler ihrer Unterjochung zu sehen, nie gekannt und können uns mit einen schwachen Begriff davon machen. Auf solche Monumente traf das Auge der irischen Katholiken allenthalben. Vor dem Senatshause ihres Landes sahen sie das Standbild ihres Besiegers. Wenn sie eintraten, sahen sie die Wände mit den Niederlagen ihrer Väter bedeckt. Endlich, nach hundert Jahren der Knechtschaft, die ohne einen energischen oder einmüthigen Befreiungskampf ertragen worden waren, weckte die französische Revolution eine wilde Hoffnung im Busen der Bedrückten. Männer, welche alle Prätensionen und alle Leidenschaften des Parlaments geerbt, das Jakob in den King's Inns gehalten hatte, konnten nicht ohne innere Bewegung von dem Sturze einer reichen Staatskirche, von der Flucht eines glänzenden Adels, von der Confiscation eines ungeheuren Ländergebiets hören. Alte Antipathien, welche nie geschlummert hatten, wurden durch die Combination von Anreizungen, die in jeder andren Gesellschaft einander entgegengewirkt haben würden, zu neuer und furchtbarer Energie entflammt. Der Geist des Papismus und der Geist des Jakobitismus, überall anderwärts unversöhnliche Gegner, waren für diesmal zu einer unnatürlichen und entsetzlichen Einigkeit verbunden. Ihr vereinter Einfluß rief die dritte und letzte Erhebung der eingebornen Bevölkerung gegen die Colonie hervor. Die Urenkel der Soldaten Galmoy's und Sarsfield's standen den Urenkeln der Soldaten Wolseley's und Mitchelburn's gegenüber. Wieder schaute der Celte ungeduldig nach den Segeln aus, die ihm von Brest Hülfe bringen sollten, und wieder hatte der Sachse die Gesammtmacht England's zur Stütze. Der Sieg blieb abermals der gebildeten und wohlorganisirten Minderzahl. Glücklicherweise aber fand das besiegte Volk diesmal auf einer Seite Schutz, von wo es früher nichts als unversöhnliche Härte zu erwarten gehabt hätte. Die Philosophie des 18. Jahrhunderts hatte zu dieser Zeit den englischen Whiggismus von dem tiefwurzelnden Fehler der Intoleranz gereinigt, den derselbe während einer langen und innigen Verbindung mit dem Puritanismus des 17. Jahrhunderts angenommen. Aufgeklärte Männer hatten angefangen einzusehen, daß die Argumente, durch welche Milton und Locke, Tillotson und Burnet die Rechte der Ueberzeugung vertheidigt hatten, mit nicht geringerem Gewicht zu Gunsten der Katholiken, wie zu Gunsten der Independenten oder der Baptisten geltend gemacht werden konnten. Die große Partei, deren Entstehung durch die Exclusionisten hindurch bis zu den Rundköpfen zurückgeht, verlangte noch dreißig Jahre lang trotz königlichen Unwillens und Volksgeschreis für diejenigen irischen Papisten, welche die Rundköpfe und die Exclusionisten nur als Jagdwild oder als Lastvieh betrachtet hatten, einen Antheil am Genusse aller Wohlthaten unsrer freien Verfassung. Doch es bleibt einem andren Geschichtsschreiber vorbehalten, die Wechselfälle dieses großen Kampfes und den endlichen Sieg der Vernunft und Humanität zu erzählen. Leider wird dieser Geschichtsschreiber auch zu berichten haben, daß dem durch solche Anstrengungen und solche Opfer errungenen Siege alsbald Enttäuschung folgte, daß es sich als viel schwerer erwies, böse Leidenschaften auszurotten als schlechte Gesetze abzuschaffen, und daß noch lange nachdem jede Spur von nationalem und religiösem Hasse aus dem Gesetzbuche verwischt war, nationaler und religiöser Haß in der Brust von Millionen fortwucherte. Möge er auch berichten können, daß Weisheit, Gerechtigkeit und Zeit allmälig in Irland das bewirkten, was sie in Schottland bewirkt hatten, und daß alle Stämme, welche die britischen Inseln bewohnen, endlich unauflösbar zu einem Volke verschmolzen!

Fußnoten

[1] Relation de la Voyage de Sa Majesté Britannique en Hollande, enrichie de planches très curieuses, 1692; Wagenaar; London Gazette, Jan. 29. 1690/91; Burnet II. 71.

[2] Die Namen dieser beiden großen Gelehrten werden in einem sehr interessanten Briefe von Bentley an Grävius vom 29. April 1698 neben einander gestellt. „Sciunt omnes qui me norunt, et si vitam mihi Deus O. M. prorogaverit, scient etiam posteri, ut te et τὸν πάνυ Spanhemium, geminos hujus aevi Dioscuros, lucida literarum sidera, semper praedicaverim, semper veneratus sim."

[3] Relation de la Voyage de S. M. Britannique en Hollande, 1692; London Gazette, Febr. 2. 1690/91; Le Triomphe Royal, où l'on voit descrits les Arcs de Triomphe, Pyramides, Tableaux et Devises au Nombre de 65, erigez à la Haye à l'honneur de Guillaume Trois, 1692; Le Carneval de la Haye, 1691. Letztere Schrift ist ein heftiges Pasquill gegen Wilhelm.

[4] London Gazette, Febr. 5. 1690/91; His Majesty's Speech to the Assembly of the States General of the United Provinces at the Hague, the 7th of February N. S., together with the Answer of their High and Mighty Lordships, as both are extracted out of the Register of the Resolutions of the States General, 1691.

[5] Relation de la Voyage de S. M. Britannique en Hollande; Burnet II. 72; London Gazette, Febr. 12, 19, 23. 1690/91; Mémoires du Comte de Dohna; William Fuller's Memoirs.

[6] Wagenaar 42; Le Carneval de la Haye, Mars 1691; Le Tabouret des Electeurs, April 1691; Cérémonial de ce qui s'est passé à la Haye entre le Roi Guillaume et les Electeurs de Bavière et de Brandebourg. Diese letztere Abhandlung ist ein Manuscript, das Georg IV. dem Britischen Museum schenkte.

[7] London Gazette vom 23. Febr. 1690/91.

[8] Der geheime Artikel, durch den der Herzog von Savoyen sich verpflichtete, den Waldensern Duldung zu gewähren, findet sich in Dumont's Sammlung. Er wurde unterzeichnet am 8. Febr. 1691.

[9] London Gazette vom 26. März bis 13. April 1691; Monthly Mercury vom März und April; Wilhelm's Briefe an Heinsius vom 18. und 29. März und 7. und 9. April; Dangeau's Memoiren; The Siege of Mons, eine Tragikomödie 1691. In diesem Drama überreden die Geistlichen, welche im französischen Interesse handeln, die Bürger zur Uebergabe der Stadt. Dieser Verrath ruft die Aeußerung des Unwillens hervor:

„O, Priesterthum, o Krämerstand, wie schwächet ihr
Der Menschen Muth!"

[10] Preston's Prozeß in der Collection of State Trials. Ein Anwesender spricht sich folgendermaßen über Somers' Eröffnungsrede aus: „In der die Untersuchung eröffnenden Rede sah man weder absichtliche Uebertreibungen noch ein Prahlen mit gemeinen Beredtsamkeitsfloskeln, wie man sie in früheren Prozessen, dem Geschnatter von Gänsen ähnlich, findet. Man hörte nichts als einfache Facta oder daraus hervorgehende natürliche und treffende Bemerkungen." Die Flugschrift, aus der ich diese Worte anführe, ist betitelt: An Account of the late horrid Conspiracy by a Person who was present at the Trials, 1691.

[11] State Trials.

[12] Paper delivered by Mr. Ashton, at his execution, to Sir Francis Child, Sheriff of London; Answer to the Paper delivered by Mr. Ashton. Die Antwort war von Dr. Eduard Fowler, nachmaligem Bischof von Gloucester, geschrieben. Burnet II. 70; Brief vom Bischof Lloyd an Dodwell im zweiten Bande von Gutch's Collectanea Curiosa.

[13] Narcissus Luttrell's Diary.

[14] Narcissus Luttrell's Diary; Burnet II. 71.

[15] Brief von Collier und Cook an Sancroft unter den Tanner'schen Manuscripten.

[16] Caermarthen an Wilhelm, 3. Febr. 1690/91; Life of James, II. 443.

[17] Daß diese Darstellung im Wesentlichen auf Wahrheit beruht, wird genugsam bewiesen durch S. 443 des 2. Theiles der Lebensbeschreibung Jakob's. Einige geringfügige Umstände habe ich auch Dalrymple entlehnt, der sie meines Wissens aus jetzt unwiederbringlich verlorenen Papieren genommen, welche er im Schottischen Collegium zu Paris gesehen hatte.

[18] Der Erfolg von Wilhelm's „anscheinender Milde" wird von dem Herausgeber der Lebensbeschreibung Jakob's zugegeben. „Die Methode des Prinzen von Oranien," heißt es darin, „hatte so guten Erfolg, daß die von Penn genannten Lords, welches auch damals ihre Gesinnungen gewesen sein mochten, sich nachmals thatsächlich als bittere Feinde der Sache Sr. Majestät erwiesen." — II. 443.

[19] Siehe sein Tagebuch; Evelyn's Tagebuch unterm 25. März, 22. April und 11. Juli 1691; Burnet II. 71; Briefe von Rochester an Burnet vom 21. März und 2. April 1691.

[20] Life of James, II. 443, 450; Legge Papers in der Mackintosh-Sammlung.

[21] Burnet II. 71; Evelyn's Tagebuch, 4. und 18. Jan. 1690/91; Brief von Turner an Sancroft, 19. Jan. 1690/91; Brief von Sancroft an Lloyd von Norwich, 2. April 1692. Diese beiden Briefe befinden sich unter den Tanner'schen Manuscripten in der Bodlejanischen Bibliothek und sind in Life of Ken, by a Layman abgedruckt. Turner's Entkommen nach Frankreich wird in Narcissus Luttrell's Tagebuch, Februar 1690 erwähnt. Siehe auch A Dialogue between the Bishop of Ely and his Conscience, 16th February 1690/91. Das Gespräch wird durch Trompetenstöße unterbrochen. Der Bischof hört sich zum Verräther proklamiren und ruft aus:

„Komm, Bruder Penn, 's ist Zeit, daß wir nun gehn."

[22] Bezüglich einer Probe seiner Visionen siehe sein Tagebuch, Seite 13; über sein Teufelaustreiben Seite 26. Ich führe die Folioausgabe von 1765 an.

[23] Tagebuch, Seite 4.

[24] Tagebuch, Seite 7.

[25] „Was sie wissen, das wissen sie von Natur, die sich von dem Gebete abwenden und von dem Geiste abirren, deren Frucht verdorrt, die da sagen, daß Hebräisch, Griechisch und Latein die Ursprachen seien; bevor Babel war, hatte die Erde nur eine Sprache; und Nimrod der kluge Jäger vor dem Herrn, der aus Ham's verfluchtem Geschlecht abstammte, der Urheber und Erbauer von Babel, das Gott durch viele Sprachen vernichtete, und dies sagen sie, die von dem Geiste und Gebote abirrten, sei der Urtext, und Pilatus hatte sein ursprüngliches Hebräisch, Griechisch und Latein, der Christum kreuzigte und machte ihm eine Zuschrift daraus." A message from the Lord to the Parliament of England, by G. Fox, 1654. Dieselbe Argumentation findet sich in seinem Tagebuche, nur ist sie dort durch den Herausgeber in etwas besseres Englisch übersetzt worden. „Glaubst Du Diener Christi zu machen durch diese natürlichen verworrenen Sprachen, die aus Babel hervorgingen, in Babylon bewundert werden und von einem Verfolger über Christi, des Lebens, Haupt gesetzt wurden?" Seite 64.

[26] Sein Tagebuch wurde, bevor es erschien, noch einmal durch Männer von mehr Verstand und Kenntnissen als er selbst besaß, revidirt und giebt uns daher bei aller seiner Absurdität noch keinen Begriff von seinem echten Style. Nachstehendes ist eine gute Probe. Es ist die Einleitung zu einem seiner Manifeste. „Sie, welche die Welt, die ohne Gottesfurcht ist, spöttischerweise Quäker nennt, leugnen alle Meinungen, sie leugnen alle Ueberzeugungen, sie leugnen alle Secten und leugnen alle Ideen und Begriffe und Urtheile, die aus dem Willen und dem Gedanken entspringen, und sie leugnen die Zauberei und alle Eide und die Welt und ihre Werke, und ihren Gottesdienst und ihre Gebräuche mit dem Licht, und sie leugnen falsche Wege und falsche Gottesverehrung, die Verführer und Betrüger, wie man sie jetzt sieht in der Welt mit dem Licht, und mit ihm sind sie verurtheilt, welches Licht führet zum Frieden und vom Tode zum Leben, was jetzt Tausende bezeugen dem neuen Lehrer Christus, ihm, durch den die Welt gemacht wurde, der regiert unter den Kindern des Lichts, und mit dem Geist und der Macht des lebendigen Gottes sie sehen und unterscheiden läßt die Spreu von dem Weizen und sieht den, der geschüttelt werden muß, neben dem, der nicht geschüttelt noch bewegt werden kann, woraus zu sehen ist, welcher geschüttelt und bewegt ist; so werden Die, welche in den Begriffen, Meinungen, Ideen, Gedanken und Vorstellungen leben, geschüttelt und kommen auf einen Haufen, während Die, welche diese vorerwähnten Dinge geschüttelt und bewegt sehen, in Frieden wandeln, nicht gesehen und erkannt von Denen, welche in diesen Dingen ungeschüttelt und unbewegt wandeln." — A Warning to the World that are Groping in the Dark, by G. Fox, 1655.

[27] Siehe die Schrift betitelt: Concerning Good morrow and Good even, the World's Customs, but by the Light which into the World is come by it made manifest to all who be in the Darkness, by G. Fox, 1657.

[28] Tagebuch, Seite 166.

[29] Epistel aus Harlingen vom 11. des 6. Monats 1677.

[30] Of Bowings, by G. Fox, 1657.

[31] Siehe zum Beispiel das Tagebuch, Seite 24, 26 und 51.

[32] Siehe z. B. die Epistel an Sawkey, einen Friedensrichter, im Tagebuche Seite 86; die Epistel an Wilhelm Lampitt, einen Geistlichen, welche beginnt: „Das Wort des Herrn Dir, o Lampitt," Seite 80, und die Epistel an einem andren Geistlichen, den er Priester Tatham nennt, Seite 92.

[33] Tagebuch, Seite 55.

[34] Ibid. Seite 300.

[35] Ibid. Seite 323.

[36] Ibid. Seite 48.

[37] „Besonders neuerdings," sagt Leslie, der entschiedenste Gegner der Secte, „haben sich einige von ihnen dem Christenthum mehr genähert, als je zuvor, und unter ihnen hat der geistreiche Mr. Penn seit kurzem einige ihrer albernsten Ansichten verbessert und sie in eine gewisse Form gebracht, so das wenigstens Verstand und Englisch aus ihnen spricht, von welchen beiden Dingen Georg Fox, ihr erster und größter Apostel, ganz und gar nichts wußte.... Sie thun Alles was sie können, um ihrer Lehre den Anschein zu geben, als wäre sie sich von Anfang an gleich geblieben und hätte durchaus keine Aenderung erfahren, und deshalb nehmen sie es auf sich, alle Schriften Georg Fox' so wie andrer der ersten Quäker zu vertheidigen, und drehen und winden sich, dieselben (was unmöglich ist) mit dem was sie jetzt lehren, in Einklang zu bringen." (The Snake in the Grass, 3. Ausgabe, 1698. Einleitung.) Leslie war jederzeit artiger gegen seinen jakobitischen Collegen Penn wie gegen irgend einen andren Quäker. Penn selbst sagt von seinem Meister: „So abgerissen und zerstückelt seine Sentenzen über göttliche Dinge zuweilen von ihm kommen, so ist es doch wohl bekannt, daß sie oft vielen besseren Erklärungen als Themata dienten." Das heißt mit anderen Worten: Georg Fox schwatzte Unsinn, und einige seiner Freunde umschrieben diesen Unsinn, so daß er verständlich wurde.

[38] In Penn's Biographie, die seinen Werken vorgedruckt ist, wird uns erzählt, daß die Verhaftsbefehle am 16. Januar 1690/91 in Folge einer Anklage erlassen wurden, die sich auf die eidliche Angabe Wilhelm Fuller's stützte, der mit Recht ein Lump, ein Lügner und ein Betrüger genannt wird, und Mr. Clarkson wiederholt diese Geschichte. Sie ist jedoch sicherlich falsch. Caermarthen sagt in einem Briefe an Wilhelm vom 3. Februar, man habe damals nur einen Zeugen gegen Penn gehabt, und dieser eine Zeuge sei Preston gewesen. Es liegt demnach auf der Hand, daß Fuller nicht der Angeber war, auf dessen eidliche Aussage hin der Verhaftsbefehl gegen Penn erlassen wurde. Aus Fuller's Selbstbiographie geht in der That hervor, das er damals im Haag war. Als Nottingham am 26. Juni an Wilhelm schrieb, war ein zweiter Zeuge aufgetreten.

[39] Sidney an Wilhelm, 27. Febr. 1690/91. Der Brief befindet sich in Dalrymple's Anhang, Theil II. Buch 6. Narcissus Luttrell erwähnt in seinem Tagebuche vom September 1691 Penn's Entkommen von Shoreham nach Frankreich. Unterm 5. December 1693 schreibt Narcissus: „Wilhelm Penn der Quäker tritt jetzt, nachdem er sich einige Zeit verborgen gehalten und das gegen ihn Vorliegende ausgeglichen hat, wieder öffentlich auf und hielt vergangenen Freitag im „Bull and Mouth" in St. Martin's einen Vortrag." Am 18. (28.) December 1693 wurde in Saint-Germains unter Melfort's Leitung eine Schrift aufgesetzt, die eine Stelle enthält, welche in der Uebersetzung lautet: „Mr. Penn sagt, daß Eure Majestät schon mehrere Gelegenheiten gehabt hat, aber noch nie eine so günstige als die gegenwärtige, und er hofft, daß Eure Majestät ernstlich in den Allerchristlichsten König dringen wird, sie nicht zu versäumen; daß eine Landung mit dreißigtausend Mann nicht nur Eure Majestät wieder retabliren, sondern aller Wahrscheinlichkeit nach auch die Ligue auflösen würde." Diese Schrift befindet sich unter den Nairne-Manuscripten und wurde von Macpherson übersetzt.

[40] Narcissus Luttrell's Diary, April 11. 1691.

[41] Narcissus Luttrell's Diary, August 1691; Brief von Vernon an Wharton vom 17. Oct. 1691 in der Bodlejanischen Bibliothek.

[42] Die Meinung der Jakobiten geht aus einem Briefe hervor, der sich in den Archiven des französischen Kriegsministeriums befindet. Derselbe wurde am 25. Juni 1691 in London geschrieben.

[43] Welwood's Mercurius Reformatus, April 11., 24., 1691; Narcissus Luttrell's Diary, April 1691; L'Hermitage an die Generalstaaten, 19. (29.) Juni 1696; Calamy's Life. Die Geschichte von Fenwick's Rohheit Marien gegenüber wird verschieden erzählt. Ich habe mich an die mir am glaubwürdigsten scheinende und gewiß mindest entehrende Version gehalten.

[44] Burnet II. 71.

[45] Lloyd an Sancroft, 24. Jan. 1691. Der Brief befindet sich unter den Tanner-Manuscripten und ist im Life of Ken by a Layman abgedruckt.

[46] London Gazette vom 1. Juni 1691; Birch's Life of Tillotson; Congratulatory Poem to the Reverend Dr. Tillotson on his Promotion, 1691; Vernon an Wharton, 28. und 30. Mai 1691. Diese Briefe an Wharton befinden sich in der Bodlejanischen Bibliothek und gehören zu einer höchst interessanten Sammlung, auf welche Dr. Bandinel so freundlich war mich aufmerksam zu machen.

[47] Birch's Life of Tillotson; Leslie's Charge of Socinianism against Dr. Tillotson considered, by a True Son of the Church, 1695; Hickes's Discourses upon Dr. Burnet and Dr. Tillotson, 1695; Catalogue of Books of the Newest Fashion to be Sold by Auction at the Whig's Coffee House, augenscheinlich 1693 gedruckt. Mehr als sechzig Jahre später spricht Johnson von einem starren Jakobiten, der fest überzeugt gewesen war, daß Tillotson als Atheist gestorben sei; Idler, Nr. 10.

[48] Tillotson an Lady Russell, 23. Juni 1691.

[49] Birch's Life of Tillotson; Memorials of Tillotson, by his pupil John Beardmore; Sherlock's Predigt, beim Tode der Königin Marie 1694/95 in der Tempel-Kirche gehalten.

[50] Wharton's Collectanea, angeführt in Birch's Life of Tillotson.

[51] Wharton's Collectanea, angeführt in D'Oyly's Life of Sancroft; Narcissus Luttrell's Diary.

[52] Das Lambeth-Mspt., angeführt in D'Oyly's Life of Sancroft; Narcissus Luttrell's Diary; Vernon an Wharton, 9., 11. Juni 1691.

[53] Siehe einen Brief von R. Nelson, vom 21. Febr. 1709/10 im Anhange zu N. Marshall's Defence of our Constitution in Church and State, 1717; Hawkin's Life of Ken; Life of Ken, by a Layman.

[54] Siehe eine von ihm am 15. Nov. 1693 dictirte Abhandlung in Wagstaffe's Brief aus Suffolk.

[55] Kettlewells' Life, III. 59.

[56] Siehe D'Oyly's Life of Sancroft, Hallam's Constitutional History und Dr. Lathbury's History of the Nonjurors.

[57] Siehe die Selbstbiographie seines Nachkommen und Namensvetters des Schauspieldichters. Außerdem Onslow's Note zu Burnet II. 76.

[58] A Vindication of Their Majesties Authority to fill the Sees of the deprived Bishops, May 20. 1691; London Gazette vom 27. April und 15. Juni 1691; Narcissus Luttrell's Diary, May 1691. Unter den Tanner-Manuscripten befinden sich zwei Briefe von Jakobiten an Beveridge, der eine mild und anständig, der andre an Rücksichtslosigkeit die gewöhnliche Rücksichtslosigkeit der Eidverweigerer noch übertreffend. Ersteren kann man im Life of Ken, by a Layman nachlesen.

[59] Es ist nicht ganz klar, ob Sharp's Skrupel wegen der abgesetzten Prälaten ein Gewissensskrupel oder nur ein Zartgefühlsskrupel war. Siehe seine Biographie von seinem Sohne.

[60] Siehe Overall's Convocation Book, Kap. 28. Nichts kann klarer und schlagender sein als seine Sprache:

„Wenn, nachdem sie ihre unheiligen Wünsche erreicht, seien es ehrgeizige Könige durch Unterwerfung eines Landes, oder unloyale Unterthanen durch rebellische Erhebung gegen ihre natürlichen Landesherren, sie eine der besagten entarteten Regierungen unter ihrem Volke errichtet haben, so ist die entweder so unrechtmäßig errichtete, oder dem wahren und rechtmäßigen Besitzer gewaltsam entrissene Autorität, da sie immerhin Gottes Autorität ist und durch die Schlechtigkeit Derer, die sie besitzen, nicht beeinträchtigt wird, jederzeit in Ehren zu halten und ihm zu gehorchen, sobald solche Aenderungen sich vollständig befestigt haben, und die Leute aller Art, vom geistlichen wie vom Laienstande, müssen ihr unterthan sein, nicht allein aus Furcht, sondern auch aus Gewissenspflicht."

Dann folgt die Regel:

„Wenn Jemand behaupten wollte, daß, wenn eine solche neue Regierungsform, die mit einem Aufstande begonnen, sich nachmals vollkommen befestigt hat, die ihnen innewohnende Autorität nicht von Gott stamme, oder daß irgend Jemand, der auf dem Gebiete einer solchen Regierung wohnt, nicht verbunden sei, sich der Autorität Gottes, welche daselbst ausgeübt wird, zu unterwerfen, sondern sich gegen dieselbe auflehnen dürfe, der würde sehr irren."

[61] Eine Aufzählung aller der Schriften, die ich über Sherlock's Apostasie gelesen habe, wurde den Leser ermüden. Ich will einige von verschiedenem Character anführen. Parkinson's Examination of D. Sherlock's Case of Allegiance, 1691; Answer to D. Sherlock's Case of Allegiance, by a London Apprentice, 1691; The Reasons of the New Convert's taking thie Oaths to the present Government, 1691; Utrum horum? or God's ways of disposing of Kingdoms, and some Clergymen's ways of disposing of them, 1691; Sherlock and Xanthippe, 1691; Saint Paul's Triumph in his Sufferings for Christ, by Matthew Bryan, L. L. D., dedicated Ecclesiae sub cruce gementi; A word to a wavering Levite; The Trimming Court Divine; Proteus Ecclesiasticus, or Observations on D. Sh — 's late Case of Allegiance; The Weasil Uncased; A Whip for the Weasil; The Anti-Weasils. Zahlreiche Anspielungen auf Sherlock und seine Gattin finden sich in den satyrischen Schriften Tom Brown's, Tom Durfey's und Ned Ward's. Siehe Life of James, II. 318. Mehrere interessante Briefe über Sherlock's Apostasie befinden sich unter den Tanner-Manuscripten. Ich will ein paar Proben von den Versen anführen, welche der Case of Allegiance veranlaßte:

Kaum hatte Eva den Apfel genossen,
So eilte zum Gatten sie unverdrossen
Und zupfte ihn lockend am Kinn.
„Mein Liebster, sprach sie, hier nimm den und koste
Er wird Dir behagen, ich sag' Dir's zum Troste,
Nichts Sündhaftes liegt für Dich drin."

Als Hiob traurig, geknickt, ohne Hemd,
Den trübsel'gen Kopf auf die Hand gestemmt,
Siech lag auf Moder und Schmutz;
Da raunte sein Weib ihm leise ins Ohr:
„Liebst Du mich, wende zu Gott Dich empor,
Vor Kummer bleibt ewig er Schutz."

Er zweifelte erst, deshalb drang sein Gebet
Zum Himmel als Frage, welchen Weg er wohl geht,
Ob Jemmy oder William die Herrschaft zusteht,
Was Niemand wohl leugnen kann.

Der Vorgang am Boyne war entscheidender Grund
Das Gott wich göttlichem Walten zur Stund;
Seine Ansicht zu ändern giebt Schande nicht kund,

Was Niemand wohl leugnen kann.

Doch mit der Schrift hält dies nimmermehr Stich;
Im Achten und Vierten sagt Hoseah für sich:
Sie wählen sich Kön'ge, aber nicht durch mich,
Was Niemand wohl leugnen kann.

[62] Die Hauptquelle für diesen Theil meiner Geschichte ist das Leben Jakob's, besonders die höchstwichtige und interessante Stelle des zweiten Bandes, welche mit Seite 444 beginnt und auf Seite 450 endigt.

[63] Russell an Wilhelm, 10. Mai 1691, in Dalrymple's Anhang, Theil II. Buch 7. Siehe auch die Memoiren von Sir John Leake.

[64] Commons' Journals, March 21. 24. 1679; Grey's Debates; Observator.

[65] London Gazette vom 21. Juli 1690.

[66] Life of James. II. 449.

[67] Shadwell's Volunteers.

[68] Story's Fortsetzung; Proklamation vom 21. Febr. 1690/91; London Gazette vom 12. März.

[69] Story's Fortsetzung.

[70] Story's Impartial History; London Gazette vom 17. Nov. 1690.

[71] Story's Impartial History. Das Jahr 1684 war als eine Zeit besonderer Blüthe betrachtet worden und die Zolleinnahmen waren ungewöhnlich groß gewesen. Aber der Ertrag aus sämmtlichen Häfen Irland's während des ganzen Jahres belief sich auf nur hundertsiebenundzwanzigtausend Pfund. Siehe Clarendon's Memoiren.

[72] Story's Geschichte und Fortsetzung; London Gazette vom 29. Sept. 1690 und vom 8. Jan. und 12. März 1690/91.

[73] Siehe die Protokolle der Lords vom 2. und 7. März 1692/93 und die der Gemeinen vom 16. Dec. 1693 und 29. Jan. 1693/94. Die Geschichte, die im besten Falle schlimm genug ist, wurde von den persönlichen und politischen Feinden der Lords Justices mit Zusätzen erzählt, welche das Haus der Gemeinen augenscheinlich als verleumderisch betrachtete, wofür ich sie auch wirklich halte. Siehe den Gallienus Redivivus. Die Erzählung, welche Oberst Robert Fitzgerald, ein Mitglied des Geheimen Raths und Augenzeuge, unter eidlicher Erhärtung dem Hause der Lords schriftlich einreichte, scheint mir vollkommen glaubwürdig. Es ist sonderbar, daß Story, obgleich er die Ermordung der Soldaten erwähnt, nichts von Gafney sagt.

[74] Burnet II. 66; Leslie's Answer to King.

[75] Macariae Excidium; Fumeron an Louvois vom 31. Jan. (10. Febr.) 1691. Es muß bemerkt werden, daß Kelly, der Verfasser des Macariae Excidium, und Fumeron, der französische Intendant, durchaus unverwerfliche Zeugen sind. Sie befanden sich damals beide innerhalb der Mauern von Limerick. Man hat keinen Grund, die Unparteilichkeit des Franzosen zu bezweifeln, und der Irländer war für seine Landsleute eingenommen.

[76] Story's Impartial History und Fortsetzung, und die London Gazette vom December, Januar, Februar und März 1690/91.

[77] Es ist auffallend, daß Avaux, der doch ein sehr scharfsichtiger Menschenkenner war, Berwick bedeutend unterschätzte. In einem Briefe an Louvois von 15. (25.) Oct. 1689 sagt er: „Je ne puis m'empescher de vous dire qu'il est brave de sa personne, à ce que l'on dit, mais que c'est un aussy mechant officier qu'il en ayt, et qu'il n'a pas le sens commun."

[78] Leslie's Answer to King; Macariae Excidium.

[79] Macariae Excidium.

[80] Macariae Excidium; Life of James, II. 422; Mémoires de Berwick.

[81] Macariae Excidium.

[82] Macariae Excidium; Mémoires de Berwick.

[83] Life of James, II. 433, 451.; Story's Fortsetzung.

[84] Life of James, II. 438; Light to the Blind; Fumeron an Louvois, 22. April (2. Mai) 1691.

[85] Macariae Excidium; Mémoires de Berwick; Life of James, II. 451, 452.

[86] Macariae Excidium; Burnet II. 78; Dangeau; The Mercurius Reformatus, June 5. 1691.

[87] An exact Journal of the victorious progress of their Majesties forces under the command of General Ginckle this summer in Ireland, 1691; Story's Fortsetzung; Mackay's Memoiren.

[88] London Gazette vom 18. und 22. Juni 1691; Story's Fortsetzung; Life of James, II. 452. Der Verfasser des letztgenannten Werks beschuldigt den Gouverneur der Verrätherei oder Feigheit.

[89] London Gazette von 22. und 25. Juni und 2. Juli 1691; Story's Fortsetzung; Exact Journal.

[90] Life of James, II. 373, 376, 377.

[91] Macariae Excidium. Ich muß bemerken, daß dies eine von den vielen Stellen ist, die mich bestimmen, den lateinischen Text für den Urtext zu halten. Im Lateinischen heißt es: „Oppidum ad Salaminium amnis latus recentibus ac sumptuosioribus aedificiis attollebatur; antiquius et ipsa vetustate incultius quod in Paphiis finibus exstructum erat." Die englische Version lautet: „Die Stadt auf der Seite von Salaminia war besser gebaut als auf der von Paphia." Im Lateinischen findet man gewiß die Specialitäten, die wir von einer Person erwarten dürfen, welche Athlone vor dem Kriege gekannt hatte. Die englische Version ist erbärmlich. Ich brauche wohl kaum zu sagen, daß die paphische Seite Connaught, die salaminische Leinster ist.

[92] Ich habe mehrere gleichzeitige Pläne von Athlone zu Rathe gezogen. Einen findet man in Story's Fortsetzung.

[93] Diary of the Siege of Athlone, by an Engineer of the Army, a Witness of the Action, licensed July 11. 1691; Story's Fortsetzung; London Gazette vom 2. Juli 1691; Fumeron an Louvois, 28. Juni (8. Juli) 1691. Die Erzählung dieses Angriffs im Life of James II. 453 ist ein alberner Roman. Sie scheint nicht den Originalmemoiren des Königs entnommen zu sein.

[94] Macariae Excidium. Hier glaube ich abermals einen deutlichen Beweis dafür zu erblicken, daß die englische Version dieses interessanten Werks nur eine schlechte Uebersetzung aus dem Lateinischen ist. Der englische Text sagt blos: „Lysander" (Sarsfield) „beschuldigte ihn einige Tage früher in Gegenwart des Generals," ohne anzugeben, worin die Beschuldigung bestand. Das lateinische Original aber lautet: „Acriter Lysander, paucos ante dies, coram praefecto copiarum illi exprobraverat nescio quid, quod in aula Syriaca in Cypriorum opprobrium effutivisse dicebatur." Der englische Uebersetzer hat durch Weglassung der wichtigsten Worte und durch Anwendung des Imperfectums anstatt des Plusquamperfectums die ganze Stelle bedeutungslos gemacht.

[95] Story's Fortsetzung; Macariae Excidium; Daniel Macneal an Sir Arthur Rawdon vom 28. Juni 1691 in den Rawdon Papers.

[96] London Gazette vom 6. Juli 1601; Story's Fortsetzung; Macariae Excidium; Light to the Blind.

[97] Macariae Excidium; Light to the Blind.

[98] Life of James, II. 460; Life of William, 1702.

[99] Story's Fortsetzung; Mackay's Memoiren; Exact Journal; Diary of the Siege of Athlone.

[100] Story's Fortsetzung; Macariae Excidium; Burnet, II. 78, 79; London Gazette vom 6. und 13. Juli 1689; Fumeron an Louvois, 30. Juni (10. Juli) 1690; Diary of the Siege of Athlone; Exact Account.

[101] Story's Fortsetzung; Life of James, II. 455; Fumeron an Louvois, 30. Juni (10. Juli) 1690; London Gazette vom 13. Juli.

[102] Die Geschichte, wie sie von den Feinden Tyrconnel's erzählt wird, findet sich im Macariae

Excidium und in einem Briefe von Felix O'Neill an die Gräfin von Antrim vom 10. Juli 1691. Dieser Brief wurde nach der Schlacht von Aghrim auf der Leiche Felix O'Neill's gefunden. Er ist in den Rawdon Papers abgedruckt. Die andre Geschichte wird in Berwick's Memoiren und in Light to the Blind erzählt.

[103] Macariae Excidium; Life of James, II. 436; Light to the Blind.

[104] Macariae Excidium.

[105] Story's Fortsetzung.

[106] Burnet, II. 79; Story's Fortsetzung.

[107] „Sie behaupteten das Feld länger als sie es sonst gewohnt waren," sagt Burnet. „Sie benahmen sich wie Männer einer andren Nation," sagt Story. „Man hat nie gehört, daß die Irländer mit größerer Entschlossenheit gekämpft hätten," sagt die London Gazette.

[108] Story's Fortsetzung; London Gazette vom 20. und 23. Juli 1691; Mémoires de Berwick; Life of James, II. 456; Burnet, II. 79; Macariae Excidium; Light to the Blind; Brief aus dem englischen Lager an Sir Arthur Rawdon in den Rawdon Papers; History of William the Third, 1702.

Die Erzählungen, auf die ich verwiesen habe, weichen sehr von einander ab. Auch kann die Verschiedenheit nicht lediglich oder auch nur hauptsächlich der Parteilichkeit zugeschrieben werden. Denn keine anderen zwei Darstellungen weichen mehr von einander ab als die in Jakob's Leben und die in den Memoiren seines Sohnes.

Wahrscheinlich weil Saint-Ruth gefallen und D'Usson abwesend war, findet sich im französischen Kriegsministerium keine Depesche, die einen detaillirten Bericht von der Schlacht enthält.

[109] Story's Fortsetzung.

[110] Story's Fortsetzung; Macariae Excidium; Life of James, II. 464; London Gazette vom 30. Juli und 17. Aug. 1691; Light to the Blind.

[111] Story's Fortsetzung; Macariae Excidium; Life of James, II. 459; London Gazette vom 30. Juli und 3. Aug. 1691.

[112] So äußerte er sich in einem von 5. (15.) August datirten Briefe an Ludwig XIV. Dieser Brief, dessen Handschrift nicht leicht zu entziffern ist, befindet sich im französischen Kriegsministerium. Macariae Excidium; Light to the Blind.

[113] Macariae Excidium; Life of James, II. 461, 462.

[114] Macariae Excidium; Life of James, II. 459, 462; London Gazette vom 31. Aug. 1691; Light to the Blind; D'Usson und Tessé an Barbesieux vom 13. (23.) August.

[115] Story's Fortsetzung; D'Usson und Tessé an Barbesieux, 15. (25.) Aug. 1691. Ein ungedruckter Brief von Nagle an Lord Merion vom 15. Aug. Dieser Brief wird von Mr. O'Callaghan in einer Note zum Macariae Excidium angeführt.

[116] Macariae Excidium; Story's Fortsetzung.

[117] Story's Fortsetzung; London Gazette vom 28. Sept. 1691; Life of James II. 463; Diary of the Siege of Limerick, 1692; Light to the Blind. In dem unter den Archiven des französischen Kriegsministerium befindlichen Bericht über die Belagerung heißt es, daß die irische Reiterei sich schlechter benommen habe als die Infanterie.

[118] Story's Fortsetzung; Macariae Excidium; R. Douglas an Sir A. Rawdon, 28. Sept. 1691, in den Rawdon Papers; London Gazette vom 8. Oct.: Diary of the Siege of Lymerick; Light to the Blind; Account of the Siege of Limerick in den Archiven des französischen Kriegsministeriums.

Der Bericht von dieser Affaire in dem Leben Jakob's, II. 464, verdient bloß wegen seiner besondern Ungereimtheit erwähnt zu werden. Der Verfasser erzählt uns, daß siebenhundert Irländer sich einige Zeit gegen eine viel stärkere Truppenmacht hielten, und er spendet ihrem Heldenmuthe warmes Lob. Er kannte jedoch einen Umstand, der zum Verständniß der Sache sehr wesentlich ist, entweder gar nicht, oder fand nicht für gut denselben zu erwähnen: daß nämlich diese siebenhundert Mann sich in einem Fort befanden. Daß eine Besatzung ein Fort einige Stunden gegen eine Uebermacht vertheidigte, ist sicherlich nichts Wunderbares. Forts werden deshalb gebaut, weil sie von Wenigen gegen Viele vertheidigt werden können.

[119] Account of the Siege of Limerick in den Archiven des französischen Kriegsministeriums; Story's Fortsetzung.

[120] D'Usson an Barbesieux vom 4. (14.) Oct. 1691.

[121] Macariae Excidium.

[122] Story's Fortsetzung; Diary of the Siege of Lymerick.

[123] London Gazette vom 8. Oct. 1691; Story's Fortsetzung; Diary of the Siege of Lymerick.

[124] Life of James, 464. 465.

[125] Story's Fortsetzung.

[126] Story's Fortsetzung; Diary of the Siege of Lymerick; London Gazette vom 15. Oct. 1691.

[127] Die Artikel des Civilvertrags sind oft gedruckt worden.

[128] Story's Fortsetzung; Diary of the Siege of Lymerick.

[129] Story's Fortsetzung; Diary of the Siege of Lymerick.

[130] Story's Fortsetzung. Seine Erzählung wird durch das Zeugniß bestätigt, das ein anwesender irischer Hauptmann uns in schlechtem Latein hinterlassen hat. „Hic apud sacrum omnes advertizantur a capellanis ire potius in Galliam."

[131] D'Usson und Tessé an Barbesieux, 7. (17.) Oct. 1691.

[132] Daß zwischen den Celten von Ulster und denen der südlichen Provinzen geringe Sympathie herrschte, geht aus der interessanten Denkschrift hervor, welche der Agent Baldearg O'Donnel's Avaux übergab.

[133] Briefbuch des Schatzamts, 19. Juni 1696; Protokolle des irischen Hauses der Gemeinen, 7. Nov. 1717.

[134] Dies erzähle ich auf Mr. O'Callaghan's Autorität. History of the Irish Brigades. Anmerkung 47.

[135] „Es giebt," schrieb Junius achtzig Jahre nach der Kapitulation von Limerick, „eine gewisse Familie in diesem Lande, der die Natur eine erbliche Characterschlechtigkeit verliehen zu haben scheint. Soweit man ihre Geschichte kennt, hat der Sohn regelmäßig die Laster des Vaters in verstärktem Grade besessen und hat Sorge getragen, sie rein und unvermindert in die Brust seines Nachfolgers zu verpflanzen." An einer andren Stelle sagt er von dem Mitgliede für Middlesex: „Er hat selbst dem Namen Luttrell Schande gemacht." In Anspielung auf die Verbindung des Herzogs von Cumberland mit Mrs. Horton, die eine geborne Luttrell war, ruft er aus: „Das Parlament habe Acht darauf! Ein Luttrell darf nie die Krone England's erben." Es ist gewiß, daß nur sehr wenige Engländer Junius' Abscheu vor den Luttrell getheilt, ja ihn nur begriffen haben können. Warum brauchte er also Ausdrücke, welche der großen Mehrzahl seiner Leser unverständlich gewesen sein müssen? Meine Antwort darauf ist, daß Philipp Franz in der Nähe von Luttrellstown geboren wurde und die ersten zehn Jahre seines Lebens dort zubrachte.

[136] Story's Fortsetzung; London Gazette vom 22. Oct. 1691; D'Usson und Tessé an Ludwig, 4. (14.) Oct., und an Barbesieux, 7. (17.) Oct.; Light to the Blind.

[137] Story's Fortsetzung; London Gazette, 4. Jan. 1691/92.

[138] Story's Fortsetzung; Macariae Excidium und Mr. O'Callaghan's Note; London Gazette vom 4. Jan. 1691/92.

[139] Einige interessante Facta in Bezug auf Wall, der Minister Ferdinand's IV. und Karl's III. war, findet man in den in Coxe's Memoirs of Spain veröffentlichten Briefen Sir Benjamin Keene's und Lord Bristol's.

[140] Dies ist Swift's Sprache, eine Sprache, die nicht ein Mal, sondern zu wiederholten Malen und in langen Zwischenräumen geführt worden ist. In dem 1708 geschriebenen Letter on the Sacramental Test sagt er: „Wenn wir (die Geistlichkeit) die Papisten dieses Königreichs ernstlich fürchteten, so würde man uns wohl kaum für so kurzsichtig halten, daß wir nicht ebenso besorgt wären wie Andere, da wir doch aller Wahrscheinlichkeit nach am meisten und unmittelbarsten von ihnen zu leiden haben würden; aber im Gegentheil, wir halten sie für ganz eben so unbedeutend wie Weiber und Kinder... Das gemeine Volk, ohne Führer, ohne Disciplin und ohne natürlichen Muth, ist wenig besser als Holzhauer und Wasserträger, und gänzlich unfähig, Unheil anzurichten, wenn es auch noch so große Lust dazu hätte." In dem 1724 geschriebenen Drapier's Sixth Letter sagt er: „Was die Bevölkerung dieses Königreichs betrifft, so besteht sie entweder aus irischen Papisten, welche im Punkte der Macht eben so bedeutungslos sind als Frauen und Kinder, oder aus englischen Protestanten." Ferner sagt er in dem 1731 geschriebenen Presbiterian's Plea of Merit: „Der Güter der Papisten sind nur wenige, sie schmelzen zu kleinen Parcellen zusammen und vermindern sich täglich; ihre niederen Volksklassen sind in Armuth, Unwissenheit und Feigheit versunken und von eben so geringer Bedeutung wie Frauen und Kinder. Ihr Adel und ihre Gentry sind mindestens zur Hälfte ruinirt, verbannt oder bekehrt. Sie empfinden Alle schmerzlich die Nachwehen von dem was sie im letzten irischen Kriege gelitten haben. Einige von ihnen haben sich bereits ins Ausland begeben, Andere sollen die Absicht haben, ihnen zu folgen, und ich glaube wer von den Uebrigen noch etwas Grundeigenthum besitzt, ist fest entschlossen, es nie wieder um der Befestigung ihres Aberglaubens willen aufs Spiel zu setzen."

Ich muß bemerken, daß Swift meines Wissens niemals in irgend einer seiner Schriften das Wort Irländer anwendete, um eine in Irland geborene Person angelsächsischen Stammes zu bezeichnen. Sich selbst betrachtete er eben so wenig als einen Irländer, wie ein in Calcutta geborener Engländer sich als einen Hindu betrachtet.

[141] Im Jahre 1749 war Lucas das Idol der Demokratie seiner Kaste. Es ist interessant zu hören, wie Die, welche seiner Kaste nicht angehörten, von ihm dachten. Eines der Pariahäupter, Karl O'Connor, schrieb folgendermaßen: „Weder ich noch irgend Einer von unsrer unglücklichen Bevölkerung hat ein Interesse an der Sache dieses Lucas. Ein wahrer Patriot würde nicht eine solche Bosheit gegen so unglückliche Sklaven wie wir gezeigt haben." Er setzt nur zu wahr hinzu, diese Prahler, die Whigs, hätten alle Freiheit für sich allein haben wollen.

[142] In diesem Punkte war Johnson der liberalste Politiker seiner Zeit. „Die Irländer," sagt er mit großer Wärme, „befinden sich in einem höchst unnatürlichen Zustande, denn wir sehen bei ihnen die Minorität über die Majorität herrschen." Ich vermuthe Alderman Beckford und Alderman Sawbridge würden weit entfernt gewesen sein, mit ihm zu sympathisiren. Karl O'Connor, dessen ungünstige Meinung von dem Whig Lucas ich angeführt habe, zollt in der Vorrede zu seinen Dissertations on Irish History der Liberalität des Tory's Johnson hohe Anerkennung.

Achtzehntes Kapitel.

Wilhelm und Marie.

[Eröffnung des Parlaments.]

Am 19. October 1691 kam Wilhelm aus den Niederlanden wieder in Kensington an.[1] Drei Tage darauf eröffnete er das Parlament. Der Stand der Dinge war im Ganzen erfreulich. Zu Lande hatte es Gewinne und Verluste gegeben, der Vortheil aber war auf Seiten England's. Dem Falle von Mons konnte die Einnahme von Athlone, der Sieg von Aghrim, die Uebergabe von Limerick und die Pacifirung Irland's wohl gegenübergestellt werden. Zur See war kein großer Sieg erfochten, wohl aber eine große Streitmacht und Thätigkeit entfaltet worden, und wenn auch Viele unzufrieden waren, weil nicht mehr geschehen sei, so konnte doch Niemand in Abrede stellen, daß eine Veränderung zum Besseren eingetreten war. Dem durch Torrington's Schwächen und Fehler herbeigeführten Verfall war wieder abgeholfen und die Flotte gut ausgerüstet worden, es hatte reichliche und gesunde Rationen gegeben, und in Folge dessen war der Gesundheitszustand der Mannschaften für die damalige Zeit ganz vortrefflich gewesen. Russell, der die Seemacht der Verbündeten befehligte, hatte den Franzosen vergebens eine Schlacht angeboten. Die weiße Flagge, welche das Jahr vorher ungehindert von Land's End bis zur Meerenge von Dover im Kanale umhergesegelt war, verließ jetzt, sobald unsere Mastspitzen in einer Entfernung von zwanzig Meilen bemerkt wurden, die offene See und zog sich tief in den Hafen von Brest zurück. Das Erscheinen eines englischen Geschwaders in der Mündung des Shannon hatte das Schicksal der letzten Festung entschieden, die sich noch für König Jakob behauptet, und eine auf vier Millionen Pfund Sterling geschätzte Kauffahrteiflotte aus der Levante war durch Gefahren, welche den Assecuradeurs in Lombard Street manche schlaflose Nacht bereitet, glücklich in die Themse convoyirt worden.[2] Die Lords und Gemeinen hörten mit Zeichen der Zufriedenheit eine Rede an, in der der König sie wegen des Ausgangs des Kriegs in Irland beglückwünschte und die zuversichtliche Erwartung aussprach, daß sie ihn auch fernerhin bei dem Kriege mit Frankreich unterstützen würden. Er sagte ihnen, daß die Ausrüstung einer großen Flotte nöthig sein werde, und daß seiner Ansicht nach der Kampf zu Lande nicht mit weniger als fünfundsechzigtausend Mann erfolgreich fortgeführt werden könne.[3]

[Debatten über die Gehalte und Gebühren der Beamten.]

Man dankte ihm mit herzlichen Worten, die Streitmacht, die er verlangte, wurde bewilligt und bedeutende Summen ohne erhebliche Schwierigkeit zugestanden. Als aber die Mittel und Wege zur Sprache kamen, begannen sich Symptome von Unzufriedenheit zu zeigen. Achtzehn Monate früher, als die Gemeinen sich mit der Feststellung der Civilliste beschäftigten, hatten viele

Mitglieder eine sehr natürliche Geneigtheit, sich über den Betrag der Gehalte und Gebühren der Beamten zu beklagen, an den Tag gelegt. Heftige Reden waren gehalten, und, was bei weitem ungewöhnlicher war, gedruckt worden; außerhalb der Parlamentsräume hatte große Aufregung geherrscht, aber es war nichts geschehen. Der Gegenstand wurde jetzt wieder aufgenommen. Ein Bericht der Commission, welche im vorhergehenden Jahre zur Prüfung der öffentlichen Rechnungen ernannt worden war, hatte einige Facta, welche Unwillen, und andere, welche ernsten Verdacht erweckten, enthüllt. Das Haus schien fest entschlossen, eine umfassende Reform vorzunehmen, und nur die Thorheit und Heftigkeit der Reformers hatte eine solche Reform verhindern können. Es ist allerdings nicht zu verwundern, daß sie aufgebracht waren. Die directen und indirecten hohen Einkünfte der Staatsdiener mehrten sich in ununterbrochener Progression, während der Verdienst jedes Andren sich verringerte. Die Renten fielen, der Handel stockte, Jeder, der von dem Nachlasse seiner Vorfahren oder von den Früchten seines Fleißes lebte, mußte sich einschränken. Nur der Beamte wurde inmitten der allgemeinen Noth wohlhabend. „Man sehe blos den Zollcontroleur," riefen die entrüsteten Squires. „Vor zehn Jahren ging er zu Fuß und wir fuhren. Unser Einkommen hat sich verringert, sein Gehalt ist verdoppelt worden, wir haben unsere Pferde verkauft, er hat sie gekauft, und jetzt gehen wir zu Fuß und werden von dem Kothe seines Sechsgespanns bespritzt." Lowther versuchte es umsonst, sich gegen den Sturm zu erheben. Die Landgentlemen, die ihn vor nicht langer Zeit noch als einen ihrer Führer betrachtet hatten, liehen ihm eben kein geneigtes Ohr. Er hatte sie verlassen und war ein Höfling geworden; er bekleidete zwei einträgliche Stellen, eine im Schatzamt, die andre im Hofstaat, und hatte erst kürzlich von des Königs eigner Hand ein Geschenk von zweitausend Guineen erhalten.[4] Es schien ganz natürlich, daß er Mißbräuche vertheidigte, von denen er Nutzen hatte. Die Schmähungen und Vorwürfe, mit denen er überhäuft wurde, waren seinem reizbaren Character unerträglich. Er verlor den Kopf, fiel fast ohnmächtig auf den Fußboden des Parlamentshauses nieder und sprach davon, sich an einem andren Orte Recht zu verschaffen.[5] Leider erhob sich bei dieser Gelegenheit kein Mitglied, um darauf anzutragen, daß die bürgerlichen Anstalten des Königreichs sorgfältig revidirt, daß Sinekuren abgeschafft, daß exorbitante Diensteinkommen vermindert und daß es keinem Staatsdiener unter irgend einem Vorwande gestattet sein solle, außer seiner bekannten und gesetzlichen Renumeration etwas zu verlangen. Auf diesem Wege würde es möglich gewesen sein, die öffentlichen Lasten zu vermindern und zu gleicher Zeit die ersprießliche Thätigkeit in jedem Zweige der Staatsverwaltung zu erhöhen. Unglücklicherweise aber ermangelten gerade Diejenigen, die sich am lautesten über die herrschenden Mißbräuche beklagten, gänzlich der zur Durchführung der Reform nöthigen Eigenschaften. Am 12. December beantragte ein Thor, dessen Name nicht auf uns gekommen ist, daß kein bei irgend einem Civilamte Angestellter, den Sprecher, die Richter und die Gesandten ausgenommen, mehr als fünfhundert Pfund Sterling jährlich erhalten solle, und dieser Antrag ging nicht nur durch, sondern er wurde sogar ohne eine einzige opponirende Stimme angenommen.[6] Diejenigen welche das meiste Interesse hatten, sich demselben zu widersetzen, sahen ohne Zweifel ein, daß Opposition in diesem Augenblicke die Majorität nur reizen würde, und sparten sie daher für einen günstigeren Zeitpunkt auf. Dieser günstigere Zeitpunkt kam auch bald. Kein verständiger Mann konnte, nachdem sein Blut abgekühlt war, ohne Beschämung daran zurückdenken, daß er für einen Beschluß gestimmt hatte, der keinen Unterschied machte zwischen Inhabern von Sinekuren und fleißigen Staatsdienern, zwischen Schreibern, welche nur Briefe copirten, und Ministern, von deren Einsicht und Rechtschaffenheit das Geschick der Nation abhängen konnte. Der Gehalt des Portiers beim Accisamte war durch einen skandalösen Schacher bis auf fünfhundert Pfund jährlich getrieben worden. Er hätte auf funfzig Pfund herabgesetzt werden müssen. Die Dienste eines Staatssekretärs dagegen, der seinen Posten gut ausfüllte, würden mit fünftausend Pfund wohlfeil bezahlt gewesen sein. Wäre der Beschluß der Gemeinen zur Ausführung gekommen, so würde sowohl der Gehalt, der nicht funfzig Pfund hätte übersteigen sollen, wie der, welcher nicht unangemessen fünftausend Pfund hätte betragen können, auf fünfhundert Pfund normirt worden sein. Ein solcher Unsinn mußte auch dem rohesten und einfältigsten Fuchsjäger im Parlamente empören. Es trat eine Reaction ein, und als nach einem Zeitraum von wenigen Wochen vorgeschlagen wurde, in eine Steuerbewilligungsbill eine mit dem Beschlusse vom 12. December übereinstimmende Klausel aufzunehmen, waren die verneinenden Stimmen sehr laut; der Sprecher war der Meinung, daß sie überwiegend seien, die bejahenden Stimmen wagten es nicht, seine Ansicht zu bestreiten, der unsinnige Plan, der ohne Abstimmung gutgeheißen worden war, wurde ohne Abstimmung verworfen und der Gegenstand kam nicht wieder zur Sprache. So wurde der Fortbestand eines Mißbrauchs, der so skandalös war, daß selbst keiner von Denen, welche Vortheil von demselben hatten, ihn zu vertheidigen wagte, lediglich durch die Verkehrtheit und Maßlosigkeit Derer, die ihn angriffen, gesichert.[7]

[Acte zur Ausschließung der Papisten vom Staatsdienste in Irland.]

Nicht lange nach Eröffnung der Session wurde der Vertrag von Limerick Gegenstand einer ernsten Berathung. Die Gemeinen schickten in Ausübung der höchsten Gewalt, welche die Legislatur über alle Pertinenzien England's ausübte, den Lords eine Bill zu, welche bestimmte, daß Niemand im irischen Parlament sitzen, in Irland ein bürgerliches, militärisches oder geistliches Amt bekleiden oder juristische oder ärztliche Praxis ausüben solle, bevor er nicht den Huldigungs- und den Suprematseid geleistet und die Erklärung gegen die Transsubstantiation unterschrieben habe. Die Lords waren eben so wenig geneigt wie die Gemeinen, die Irländer zu begünstigen. Kein Peer hatte Lust, römischen Katholiken politische Gewalt zu übertragen. Es scheint sogar, als ob kein Peer gegen das Prinzip der albernen und grausamen Verordnung, welche die Katholiken von den freien Künsten ausschloß, etwas einzuwenden gehabt hätte. Man glaubte aber daß diese Vorschrift, wenn auch im Prinzip unverwerflich, ein Bruch eines positiven Uebereinkommens sein würde, wenn man sie ohne Ausnahmen anwendete. Ihre Lordschaften ließen den Vertrag von Limerick kommen, ließen ihn sich vorlesen und erwogen dann, ob das von dem Unterhause entworfene Gesetz sich mit den von der Regierung eingegangenen Verpflichtungen vertrug. Ein Mißklang wurde bemerkt. Es war durch den zweiten Civilartikel festgesetzt, daß es Jedem, der gegenwärtig in einer von einer irischen Garnison besetzten Festung wohnte, wenn er den Huldigungseid leistete, gestattet sein solle, dem Berufe wieder nachzugehen, den er vor der Revolution ausgeübt hatte. Es würde nun ohne alle Widerrede eine Verletzung dieses Uebereinkommens gewesen sein, hätte man von einem Advokaten oder Arzt, der während der Belagerung innerhalb der Mauern von Limerick gewohnt, verlangen wollen, daß er den Suprematseid leiste und die Erklärung gegen die Transsubstantiation unterschreibe, bevor er Gebühren annehmen dürfe. Holt wurde zu Rathe gezogen und mit der Abfassung von Klauseln beauftragt, welche den Bestimmungen der Kapitulation entsprachen.

Die solchergestalt von Holt abgeänderte Bill wurde den Gemeinen wieder zugesandt. Sie verwarfen zuerst das Amendement und verlangten eine Conferenz, die ihnen bewilligt wurde. Rochester überreichte im gemalten Zimmer den Führern des Unterhauses eine Abschrift des Vertrags von Limerick und stellte ihnen mit ernsten Worten vor, wie wichtig es sei, das öffentliche Vertrauen ungeschmälert zu erhalten. Dies war eine Aufforderung, gegen die kein rechtschaffener Mann, mochte er auch von nationalem und religiösem Hasse erfüllt sein, sich auflehnen konnte. Die Gemeinen zogen den Gegenstand nochmals in Erwägung und nachdem sie die Verlesung des Vertrags angehört, traten sie den Vorschlägen der Lords mit einigen unbedeutenden Modificationen bei.[8]

Die Bill wurde zum Gesetz erhoben. Sie erregte damals nur wenig Aufmerksamkeit; nach Verlauf mehrerer Menschenalter aber wurde sie der Gegenstand einer sehr heftigen Polemik. Viele von uns können sich noch sehr gut erinnern, wie stark die öffentliche Meinung in den Tagen Georg's III. und Georg's IV. durch die Frage aufgeregt wurde, ob Katholiken ein Sitz im Parlament gestattet sein solle. Es darf bezweifelt werden, ob irgend ein andrer Streit ärgere Verdrehungen der Geschichte veranlaßt hat. Die ganze

Vergangenheit wurde um der Gegenwart willen falsch dargestellt. Alle großen Ereignisse dreier Jahrhunderte erschienen uns lange entstellt und entfärbt durch einen aus unseren eigenen Theorien und unseren eigenen Leidenschaften entsprungenen Nebel. Einige Freunde der Religionsfreiheit, nicht zufrieden mit dem Vortheile, den sie im ehrlichen Kampfe mit den Waffen der Vernunft besaßen, schwächten ihre Sache, indem sie behaupteten, daß das Gesetz, welches die irischen Katholiken vom Parlamente ausschloß, mit dem Civilvertrag von Limerick in Widerspruch stehe. Der erste Artikel dieses Vertrags, sagte man, garantire dem irischen Katholiken diejenigen Privilegien in der Ausübung seiner Religion, die er zur Zeit Karl's II. genossen hatte. Zur Zeit Karl's II. schloß kein Test die Katholiken vom irischen Parlamente aus. Ein solcher Test, argumentirte man, könne daher nicht ohne einen öffentlichen Wortbruch vorgeschrieben werden. Besonders im Jahre 1828 wurde dieses Argument im Hause der Gemeinen geltend gemacht, als ob es die Hauptstütze einer Sache gewesen wäre, die keiner solchen Stütze bedurfte. Die Vorkämpfer des protestantischen Uebergewichts sahen mit Vergnügen, daß die Debatte von einer politischen Frage, in der sie Unrecht hatten, auf eine historische Frage überging, in der sie Recht hatten. Es wurde ihnen nicht schwer zu beweisen, daß der erste Artikel, wie ihn alle contrahirenden Theile verstanden, nur bedeutete, daß der katholische Gottesdienst wie in früherer Zeit geduldet werden solle. Dieser Artikel war von Ginkell entworfen und unmittelbar vorher, ehe er ihn entwarf, hatte er erklärt, er werde lieber das Glück der Waffen versuchen als seine Einwilligung dazu geben, daß irische Papisten fähig sein sollten, Civil- und Militärämter zu bekleiden, die freien Künste auszuüben und Mitglieder von Municipalkörpern zu werden. Wie kann man glauben, daß er aus eigenem Antriebe versprochen haben würde, das Haus der Lords und der Gemeinen solle Männern offen stehen, denen er keine Kürschner- über Corduanmacherinnung öffnen wollte? Wie kann man ferner glauben, daß die englischen Peers, während sie die gewissenhafteste Achtung vor dem öffentlichen Worte erklärten, während sie den Gemeinen die Pflicht einschärften, das öffentliche Wort zu halten, während sie sich mit den gelehrtesten und rechtschaffensten Juristen des Jahrhunderts über die beste Art und Weise der Aufrechthaltung des öffentlichen Worts beriethen, eine offenbare Verletzung des öffentlichen Worts begangen haben und kein einziger Lord so ehrlich oder so factiös gewesen sein sollte, gegen einen durch Heuchelei noch verschlimmerten Act monströser Perfidie zu protestiren? Oder wenn wir dies glauben könnten, wie können wir glauben, daß sich in keinem Theile der Welt eine Stimme gegen solche Schändlichkeit erhoben, daß der Hof von Saint-Germains und der Hof von Versailles dazu geschwiegen haben, daß kein irischer Verbannter, kein englischer Mißvergnügter darüber gemurrt haben sollte, daß sich in dem ganzen Bereich der jakobitischen Literatur kein schmähendes oder spöttelndes Wort über einen so lockenden Gegenstand gefunden und daß es den Politikern des 19. Jahrhunderts vorbehalten gewesen sein sollte, dahinter zu kommen, daß ein im 17. Jahrhundert geschlossener Vertrag wenige Wochen nach seiner Unterzeichnung im Angesicht von ganz Europa in frecher Weise verletzt worden war?[9]

[D e b a t t e n ü b e r d e n o s t i n d i s c h e n H a n d e l .]

An dem nämlichen Tage, an welchem die Gemeinen zum ersten Male die Bill verlasen, welche Irland der unumschränkten Herrschaft der protestantischen Minorität unterwarf, zogen sie einen andren hochwichtigen Gegenstand in Erwägung. Im ganzen Lande, besonders aber in der Hauptstadt, in den Seehäfen und in den Fabrikstädten waren die Gemüther in gewaltiger Aufregung wegen des Handels mit Ostindien, ein heftiger Federkrieg wüthete seit einiger Zeit, und es waren mehrere constitutionelle und commercielle Fragen angeregt worden, welche die Legislatur allein entscheiden konnte.

Es ist oft wiederholt worden und darf nie vergessen werden, daß unsre Staatsverfassung weit verschieden ist von denjenigen Staatsverfassungen, welche während der letzten achtzig Jahre methodisch construirt, in Artikel abgetheilt und durch constituirende Versammlungen bestätigt worden sind. Sie entstand in einem rohen Zeitalter und ist in kein formelles Instrument vollständig zusammengefaßt. Auf der ganzen Linie, welche die Functionen des Fürsten von denen des Gesetzgebers scheidet, fand sich lange ein streitiges Gebiet. Es wurden fortwährend Uebergriffe begangen, und wenn sie nicht zu frech waren, wurden sie oft geduldet. Einen Eingriff, als solchen, ließ man gewöhnlich ungeahndet hingehen. Nur wenn ein solcher Eingriff einen positiven Nachtheil verursachte, machte der beeinträchtigte Theil sein Recht geltend und verlangte, daß die Grenze genau bezeichnet und die Grenzmarken fortan streng respectirt werden sollten.

Viele von den Punkten, welche zwischen unseren Souverainen und ihren Parlamenten die heftigsten Zwiespalte veranlaßt hatten, waren durch die Rechtsbill endlich festgestellt worden. Eine Frage aber, die kaum minder wichtig war als irgend eine von denen, welche für immer geordnet worden, war noch unentschieden. Diese Frage war in der That, soweit es sich jetzt noch ermitteln läßt, in der Convention nie auch nur erwähnt worden. Der König besaß nach den alten Gesetzen des Reichs unbestreitbar ausgedehnte Befugnisse zur Regulirung des Handels; allein es würde auch dem geschicktesten Richter schwer geworden sein, die genaue Grenze dieser Befugnisse zu bestimmen. Es war allgemein anerkannt, daß der König das Recht hatte, Gewichte und Maße vorzuschreiben und Geld zu schlagen, daß keine Messe und kein Jahrmarkt ohne seine Erlaubniß gehalten werden durfte, daß kein Schiff in einer Bucht oder Flußmündung, die er nicht für einen Hafen erklärt hatte, gelöscht werden konnte. Außer diesem unbestrittenen Rechte, gewissen Plätzen specielle Handelsvorrechte zu gewähren, beanspruchte er lange auch das Recht besonderen Gesellschaften und besonderen Individuen specielle Handelsvorrechte zu bewilligen, und unsere Vorfahren hielten es, wie gewöhnlich, nicht der

Mühe werth, dieses Recht zu bestreiten, bis es ernste Nachtheile herbeiführte. Endlich, unter der Regierung Elisabeth's, begann die Befugniß, Monopole zu creiren, gröblich gemißbraucht zu werden, und sobald sie gemißbraucht zu werden begann, fing sie auch an, in Zweifel gezogen zu werden. Die Königin vermied es wohlweislich, sich mit einem Hause der Gemeinen zu überwerfen, das die ganze Nation zur Stütze hatte. Sie gestand offen zu, daß Grund zur Klage sei, cassirte die Patente, welche den öffentlichen Unwillen erregt hatten, und ihr Volk, erfreut über dieses Zugeständniß und über die Bereitwilligkeit, mit der es gemacht wurde, verlangte von ihr keine ausdrückliche Verzichtleistung auf die bestrittene Prärogative.

Die durch ihre Weisheit beschwichtigte Unzufriedenheit wurde durch die unehrliche und kleinmüthige Politik, die ihr Nachfolger Regierungskunst nannte, wieder hervorgerufen. Er gewährte bereitwillig drückende Monopole, und wenn er des Beistandes seines Parlaments bedurfte, annullirte er sie eben so bereitwillig. Sobald das Parlament seine Session geschlossen hatte, wurde das große Siegel noch gehässigeren Dokumenten angehängt als die, welche er kurz zuvor cassirt hatte. Endlich beschloß das vortreffliche Haus der Gemeinen, welches im Jahre 1623 zusammentrat, ein kräftiges Heilmittel gegen das Uebel anzuwenden. Der König mußte ein Gesetz genehmigen, welches die durch königliche Autorität geschaffenen Monopole für null und nichtig erklärte. Es wurden indessen einige Ausnahmen gemacht, die aber leider nicht genau genug bezeichnet waren. Es war insbesondere bestimmt, daß jede Gesellschaft von Kaufleuten, die sich zu dem Zwecke constituirt hatte, irgend einen Handel zu betreiben, alle ihre legalen Privilegien behalten sollte.[10] Die Frage, ob ein einer solchen Gesellschaft von der Krone ertheiltes Monopol ein legales Privilegium sei oder nicht, war unentschieden gelassen und beschäftigte noch viele Jahre lang den Scharfsinn der Juristen. [11] Die Nation jedoch, welche mit einem Male von einer Menge Auflagen und Plackereien befreit war, die in jeder Familie täglich hart empfunden worden, war nicht in der Stimmung, die Gültigkeit der Patente zu bestreiten, kraft deren einige Gesellschaften in London mit entfernten Welttheilen Handel trieben.

Die bei weitem wichtigste von diesen Compagnien war diejenige, die am letzten Tage des 16. Jahrhunderts von der Königin Elisabeth unter dem Namen Governor and Company of Merchants of London trading to the East Indies incorporirt worden war. Als diese berühmte Gesellschaft ihre Thätigkeit begann, stand die Macht und der Ruhm der Mogulmonarchie im Zenith. Akbar, der talentvollste und beste aller Fürsten des Hauses Tamerlan, war so eben hoch an Jahren und reich an Ehren in ein Mausoleum getragen worden, welches an Pracht jedes andre übertraf, das Europa aufzuweisen hatte. Er hatte seinen Nachfolgern ein Reich hinterlassen, welches mehr als zwanzigmal soviel Einwohner zählte und mehr als zwanzigmal soviel Revenuen abwarf als das England, das unter unsrer großen Königin eine der ersten Stellen unter den europäischen Mächten einnahm. Es ist merkwürdig und interessant, wie wenig die beiden Länder, welche dazu bestimmt waren, dereinst so eng mit einander verbunden zu werden, damals von einander wußten. Die gebildetsten Engländer betrachteten Ostindien mit unwissender Bewunderung, und die gebildetsten Eingebornen Ostindien's wußten kaum, daß England existirte. Unsere Vorfahren hatten nur eine dunkle Ahnung von unermeßlichen Bazars, die von Verkäufern und Käufern wimmelten und von Goldstoffen, bunten Seidengeweben und Edelsteinen glänzten; von Schatzkammern, in denen Haufen von Diamanten und Berge von Zechinen aufgeschichtet lagen; von Palästen, im Vergleich zu denen Whitehall und Hampton Court bloße Hütten waren; von Armeen, zehnmal so groß wie die, welche sie bei Tilbury versammelt gesehen hatten, um die Armada zurückzuschlagen. Auf der andren Seite wußte wahrscheinlich keiner der Staatsmänner im Durbar von Agra, daß es nahe bei der untergehenden Sonne eine große Stadt von Ungläubigen, Namens London gab, wo eine Frau regierte, und daß diese Frau einer Gesellschaft fränkischer Kaufleute das ausschließliche Privilegium ertheilt hatte, Schiffe aus ihren Landen nach den indischen Gewässern zu befrachten. Daß diese Gesellschaft dereinst ganz Indien vom Ocean bis zur Region des ewigen Schnees beherrschen, große Provinzen, die sich niemals der Autorität Akbar's unterworfen, zum unbedingten Gehorsam zwingen, Gouverneurs absenden, um in seiner Hauptstadt zu präsidiren, und seinem Erben ein Monatsgeld aussetzen würde: das würde damals auch der klügste europäische wie orientalische Staatsmann für eben so unmöglich gehalten haben, als daß Bewohner unsres Erdballs auf der Venus oder dem Jupiter ein Reich gründen könnten.

Drei Generationen gingen vorüber, und noch ließ nichts vermuthen, daß die Ostindische Compagnie jemals ein großer asiatischer Potentat werden würde. Obgleich das mongolische Reich durch innere Ursachen des Verfalls unterminirt war und seinem Sturze entgegenwankte, bot es entfernten Nationen noch immer den Anschein unverminderten Gedeihens und ungeschwächter Kraft dar. Aurengzeb, der sich in dem nämlichen Monate, in welchem Oliver Cromwell starb, den stolzen Titel Eroberer der Welt beilegte, fuhr fort zu regieren, bis Anna schon längst auf dem englischen Throne saß. Er beherrschte ein größeres Gebiet, als irgend einem seiner Vorgänger unterthan gewesen war. Sein Name stand selbst in den fernsten Gegenden des Westens in hohem Ansehen. Bei uns in England hatte Dryden ihn zum Helden eines Trauerspiels gemacht, das allein schon hinreichen würde zu beweisen, wie wenig die Engländer jener Zeit von dem großen Reiche wußten, das ihre Enkel erobern und regieren sollten. Die muselmännischen Prinzen des Dichters erklären ihre Liebe im Style Amadis', predigen über Sokrates' Tod und schmücken ihre Reden mit Anspielungen auf die mythologischen Geschichten Ovid's aus. Die Braminische Seelenwanderung wird als ein Artikel des muselmännischen Glaubens dargestellt, und die muselmännischen Sultaninnen verbrennen sich mit ihren Gatten nach braminischer Sitte. Dieses Drama, dem einst gedrängt volle Häuser rauschenden Beifall zollten und das elegante Herren und Damen auswendig konnten, ist jetzt vergessen. Nur eine Stelle lebt noch und wird von Tausenden wiederholt, die nicht wissen, woher sie rührt.[12]

Obgleich noch nichts die hohe politische Bestimmung der Ostindischen Compagnie andeutete, genoß sie doch schon eines großen Ansehens in der City von London. Die Comptoirs, welche nur einen sehr kleinen Theil des Raumes einnahmen, den die gegenwärtigen Lokalitäten bedecken, waren den Verheerungen des Feuers entgangen. Das damalige India House war ein mit dem kunstvollen Schnitz- und Gitterwerk des Zeitalters der Königin Elisabeth reich verziertes Gebäude von Holz und Mörtel. Ueber den Fenstern war ein Gemälde angebracht, welches eine sich auf den Wogen schaukelnde Flotte von Kauffahrern darstellte. Ueber das ganze Gebäude ragte ein colossaler hölzerner Seemann empor, der zwischen zwei Delphinen auf das Menschengewühl von Leadenhall Street herabsah.[13] In diesem Hause, zwar eng und bescheiden im Vergleich zu dem weiten Labyrinth von Gängen und Zimmern, das jetzt denselben Namen trägt, erfreute sich die Gesellschaft während des größeren Theils der Regierung Karl's II. eines Gedeihens, für welches die Geschichte des Handels kaum eine Parallele darbietet und das die Bewunderung, die Habsucht und den neidischen Haß der ganzen Hauptstadt erregte. Wohlstand und Luxus waren damals im raschen Wachsthum begriffen. Die Gewürze, Gewebe und Juwelen des Orients kamen mit jedem Tage mehr und mehr in Aufnahme. Der Thee, der zu der Zeit als Monk die schottische Armee nach London brachte, als eine große Rarität aus China angestaunt und nur mit den Lippen berührt wurde, war acht Jahre später ein regelmäßiger Einfuhrartikel und wurde bald in solchen Massen consumirt, daß die Finanzmänner ihn als einen zur Besteuerung geeigneten Gegenstand betrachteten. Die Fortschritte in der Kriegskunst hatten eine beispiellose

Nachfrage nach den Ingredienzen erzeugt, aus denen das Schießpulver bereitet wird. Man berechnete, daß ganz Europa in einem Jahre kaum soviel Salpeter erzeugen würde, als die Belagerung einer nach Vauban's Grundsätzen erbauten Festung erforderte.[14] Ohne die Einfuhr aus Ostindien, sagte man, würde die englische Regierung nicht im Stande sein, eine Flotte auszurüsten, wenn sie nicht die Keller London's aufgraben wollte, um die Salpetertheilchen von den Wänden zu sammeln.[15] Vor der Restauration hatte kaum ein Schiff aus der Themse je das Delta des Ganges besucht. Während der ersten dreiundzwanzig Jahre nach der Restauration stieg der Werth der Einfuhr aus diesem reichen und dichtbevölkerten Landstriche von achttausend auf dreimalhunderttausend Pfund.

Der Gewinn der Gesellschaft, die sich im ausschließlichen Besitz dieses rasch emporblühenden Handels befand, war fast unglaublich. Das wirklich eingezahlte Kapital überstieg nicht dreihundertsiebzigtausend Pfund; aber die Compagnie erhielt ohne Schwierigkeit Geld zu sechs Procent geliehen und dieses geliehene Geld trug, im Handel angelegt, angeblich dreißig Procent. Der Gewinn war so groß, daß im Jahre 1676 jeder Actieninhaber als Dividende eine gleiche Anzahl Actien erhielt als er bereits besaß. Das so verdoppelte Kapital warf in den nächsten fünf Jahren eine jährliche Dividende von durchschnittlich zwanzig Procent ab. Es hatte eine Zeit gegeben, wo man hundert Pfund des Actienkapitals für sechzig Pfund kaufen konnte, und noch im Jahre 1664 war der Marktpreis nur siebzig Pfund. Aber schon im Jahre 1677 war der Cours auf zweihundertfünfundvierzig gestiegen, im Jahre 1681 betrug er dreihundert; später stieg er auf dreihundertsechzig und es sollen Verkäufe zu fünfhundert abgeschlossen worden sein.[16]

Der enorme Ertrag des ostindischen Handels würde vielleicht wenig Murren erregt haben, wenn er sich auf zahlreiche Actionäre vertheilt hätte. Aber während der Werth der Actien fortdauernd stieg, verminderte sich die Zahl der Actieninhaber. Zu der Zeit, wo die Compagnie in der höchsten Blüthe stand, war die Leitung derselben gänzlich in den Händen einiger weniger Kaufleute von enormem Reichthum. Ein Actionär hatte damals für jede fünfhundert Pfund Actien, die auf seinen Namen lauteten, eine Stimme. In damaligen Flugschriften wird behauptet, daß fünf Personen ein Sechstel und vierzehn Personen ein Drittel der Stimmen besaßen.[17] Von mehr als einem glücklichen Spekulanten sagte man, daß er ein jährliches Einkommen von zehntausend Pfund aus dem Monopol beziehe, und einen reichen Mann kannte man an der Börse, der sich durch umsichtige oder glückliche Actienkäufe in nicht langer Zeit ein Vermögen von zwanzigtausend Pfund jährlicher Einkünfte erworben haben sollte. Dieser Handelsfürst, der es in Reichthum und in dem Einflusse, den der Reichthum giebt, mit den reichsten Edelleuten seiner Zeit aufnahm, war Sir Josias Child. Es gab Leute, die ihn als Lehrling gekannt hatten, wie er ein Comptoir der City fegte. Aber seine Talente hatten ihn aus einer bescheidenen Stellung bald zu Wohlstand, Macht und Ruhm emporgehoben. Zur Zeit der Restauration genoß er in der Handelswelt eines hohen Ansehens. Bald nach diesem Ereignisse veröffentlichte er seine Ideen über die Philosophie des Handels. Seine Ansichten waren nicht immer richtig, aber sie waren die eines scharfsinnigen und denkenden Mannes. In welche Irrthümer er aber als Theoretiker auch hier und da verfallen sein mag, soviel ist gewiß, daß er als praktischer Geschäftsmann wenige seines Gleichen hatte. Fast unmittelbar nachdem er Mitglied des Comites geworden war, das die Angelegenheiten der Compagnie leitete, machte sich sein Einfluß fühlbar. Bald waren viele der wichtigsten Posten in Leadenhall Street wie in den Factoreien von Bombay und Bengalen mit seinen Verwandten und Creaturen besetzt. Sein Reichthum vermehrte sich fort und fort, obgleich er ihn mit prunkender Verschwendung ausgab. Er erhielt den Baronetstitel, kaufte sich einen prächtigen Landsitz in Wanstead und verwendete dort ungeheure Summen auf die Anlage von Fischteichen und auf die Bepflanzung ganzer Quadratmeilen unbebauten Landes mit Wallnußbäumen. Er verheirathete seine Tochter an den ältesten Sohn des Herzogs von Beaufort und gab ihr funfzigtausend Pfund als Mitgift.[18]

Dieses wunderbare Glück blieb jedoch nicht ungestört. Gegen das Ende der Regierung Karl's II. begann die Compagnie von außen heftig angegriffen und gleichzeitig durch innere Spaltungen zerrissen zu werden. Der Gewinn des Handels mit Ostindien war so verführerisch, daß Privatspekulanten schon öfters, dem königlichen Monopole trotzend, Schiffe für die östlichen Meere ausgerüstet hatten. Doch erst im Jahre 1680 wurde die Concurrenz dieser Unberufenen wirklich gefährlich. Die Nation war damals durch den Streit über die Ausschließungsbill heftig aufgeregt. Aengstliche Gemüther sahen einen neuen Bürgerkrieg im Anzuge. Die beiden großen Parteien, seit kurzem Whigs und Tories genannt, bekämpften sich heftig in jeder englischen Stadt und Grafschaft, und die Fehde verbreitete sich bald in jeden Winkel der civilisirten Welt, wo Engländer zu finden waren.

Die Compagnie galt allgemein für eine whiggistische Körperschaft. Unter den Mitgliedern des Directorialausschusses befanden sich einige der heftigsten Exclusionisten der City. Zwei davon, Sir Samuel Barnardistone und Thomas Papillon, zogen sich sogar durch ihren Eifer gegen Papismus und Willkürherrschaft eine strenge gerichtliche Verfolgung zu.[19] Child war ursprünglich durch diese beiden Männer in das Directorium gebracht worden, er hatte lange im Einklange mit ihnen gehandelt und man glaubte, daß er ihre politischen Ansichten theile. Seit vielen Jahren stand er bei den Oberhäuptern der politischen Opposition in hoher Achtung und hatte besonders dem Herzoge von York geschadet.[20] Die ostindischen Schleichhändler beschlossen daher, den Character loyaler Unterthanen zu affectiren, die sich vorgenommen, dem Throne gegen die übermüthigen Tribunen der City beizustehen. Sie verbreiteten in allen Factoreien des Orients das Gerücht, daß in England große Verwirrung herrsche, daß es zum Kampfe gekommen sei oder ehestens dazu kommen werde und daß die Compagnie mit dem Beispiele der Auflehnung gegen die Krone vorangehe. Diese im Grunde nicht unwahrscheinlichen Gerüchte fanden leicht Glauben bei Leuten, welche durch eine damals noch zwölfmonatliche Reise von London getrennt waren. Einige Diener der Compagnie, die mit ihren Vorgesetzten nicht zufrieden waren, und andere, welche eifrige Royalisten waren, schlossen sich den Privathändlern an. In Bombay erklärten die Besatzung und die große Masse der englischen Einwohner, daß sie fernerhin Niemandem gehorchen würden, der nicht dem Könige gehorchte, sie warfen den Gouverneur ins Gefängniß und kündigten an, daß sie die Insel im Namen der Krone behaupteten. In St. Helena gab es einen Aufstand. Die Insurgenten nannten sich die Leute des Königs und entfalteten das königliche Banner. Sie wurden nicht ohne Mühe niedergeworfen und einige von ihnen kriegsrechtlich hingerichtet.[21]

Wäre die Compagnie noch eine whiggistische Gesellschaft gewesen, als die Nachricht von diesen Unruhen in England ankam, so würde die Regierung das Verfahren der Empörer wahrscheinlich gebilligt und der Freibrief, von welchem das Monopol abhing, das Schicksal gehabt haben, das um dieselbe Zeit so viele Freibriefe traf. Aber während die Privatkaufleute in einer Entfernung von mehreren tausend Meilen im Namen des Königs die Compagnie bekriegten, hatte sich die Compagnie mit dem Könige ausgesöhnt. Als das Oxforder Parlament aufgelöst worden war, als viele Zeichen andeuteten, daß eine starke Reaction zu Gunsten der Prärogative bevorstehe, als alle Corporationen, die sich das Mißfallen des Königs zugezogen, für ihre Gerechtsame zu zittern begannen, fand im Ostindischen Hause eine vollständige Umwälzung statt. Child, der damals Gouverneur oder nach der neueren Ausdrucksweise Vorsitzender war, trennte sich von seinen alten Freunden, entfernte sie aus dem Directorium und schloß einen Friedens- und innigen Allianzvertrag mit dem Hofe.[22] Es ist nicht unwahrscheinlich, daß die nahe Verwandtschaft, in die er so eben mit dem vornehmen toryistischen Hause Beaufort getreten, einigen Antheil an diesem Wechsel seiner politischen Gesinnung hatte. Papillon, Barnardistone und ihre Anhänger verkauften ihre Actien; ihre Stellen im Ausschusse wurden mit ergebenen Freunden Child's besetzt, und er war von nun an der Autokrat der Compagnie. Er verfügte unumschränkt über die Gelder der Compagnie und die wichtigsten Papiere wurden nicht im Archive des Comptoirs in Leadenhall Street, sondern in seinem Pulte in Wanstead aufbewahrt. Die unbegrenzte Gewalt, die er im Ostindischen Hause ausübte, setzte ihn in den Stand, ein Günstling in Whitehall zu werden, und die Gunst, die er in Whitehall genoß, befestigte seine Macht im Ostindischen Hause. Ein Geschenk von zehntausend Guineen geruhte Karl huldreichst von ihm anzunehmen. Weitere zehntausend Pfund wurden von Jakob angenommen, der sich bereitwillig herbeiließ, Actieninhaber zu werden. Alle die bei Hofe nützen oder schaden konnten, Minister, Maitressen und Priester, wurden durch Geschenke von Shawls und Seidenstoffen, Vogelnestern und Rosenöl, Beuteln voll Diamanten und Säcken voll Guineen bei guter Stimmung erhalten.[23] Ueber die Ausgaben des Dictators verlangten seine Collegen keine Rechenschaft und er scheint das Vertrauen, das sie in ihn setzten, wirklich verdient zu haben. Seine mit wohlangebrachter Freigebigkeit gespendeten Geschenke trugen bald reiche Früchte. Gerade als der Hof allmächtig im Staate wurde, wurde er allmächtig am Hofe. Jeffreys fällte ein Erkenntniß zu Gunsten des Monopols und der stärksten Acte, welche zum Schutze des Monopols erlassen worden waren. Jakob ließ sein Siegel unter einen neuen Freibrief drücken, der alle der Compagnie von seinen Vorgängern ertheilten Privilegien bestätigte und erweiterte. Alle Kapitaine von Ostindienfahrern erhielten Patente von der Krone und bekamen Erlaubniß, die königliche Flagge aufzuziehen.[24] Johann Child, Sir Josias' Bruder und Gouverneur von Bombay, wurde unter dem Namen Sir John Child of Surat zum Baronet ernannt, zum Oberbefehlshaber aller englischen Streitkräfte im Orient erklärt und ermächtigt, den Titel Excellenz zu führen. Die Compagnie auf der andren Seite zeichnete sich unter vielen servilen Corporationen durch willfährige Ergebenheit gegen den Thron aus und ging allen Kaufleuten des Königreichs mit dem Beispiele der bereitwilligen und selbst freudigen Bezahlung der Zölle voran, welche Jakob zu Anfang seiner Regierung ohne Erlaubniß des Parlaments auflegte.[25]

Es schien, daß der ostindische Privathandel jetzt gänzlich unterdrückt und daß das durch die ganze Stärke der königlichen Prärogative beschützte Monopol gewinnbringender als je sein würde. Unglücklicherweise aber entspann sich gerade in diesem Augenblicke ein Streit zwischen den Agenten der Compagnie in Indien und der Regierung des Großmoguls. Die Frage, auf welcher Seite die Schuld sei, wurde damals heftig diskutirt und ist jetzt unmöglich noch zu entscheiden. Die Privatkaufleute schoben alle Schuld auf die Compagnie. Der Gouverneur von Bombay, versicherten sie, sei zwar stets habgierig und gewaltthätig gewesen, aber sein Baronetstitel und sein militärischer Rang hätten ihm vollends den Kopf verrückt. Selbst die in der Factorei angestellten Eingebornen hätten die Veränderung bemerkt und in ihrem gebrochenen Englisch gemurmelt, daß ein seltsamer Fluch an dem Worte Excellenz kleben müsse, denn seitdem das Oberhaupt der Fremden Excellenz genannt werde, sei jederzeit Alles zurückgegangen. Inzwischen, sagte man, habe der Bruder in England alle ungerechten und unklugen Schritte des Bruders in Indien gutgeheißen, bis endlich die der englischen Nation und der christlichen Religion zur Schande gereichende Insolenz und Raubsucht den gerechten Unwillen der einheimischen Behörden erregt hätten. Die Compagnie erhob heftige Gegenanklagen. Im Ostindischen Hause wurde erzählt, daß der Streit einzig und allein das Werk der Privatkaufleute sei, die jetzt nicht nur Schleichhändler, sondern Verräther genannt wurden. Es wurde behauptet, sie hätten durch Schmeichelei, durch Geschenke und durch falsche Anklagen die Viceköníge des Moguls bewogen, die Gesellschaft, welche in Asien die englische Krone repräsentire, zu unterdrücken und zu verfolgen. Und diese Beschuldigung scheint in der That nicht ganz ungegründet gewesen zu sein. Es ist gewiß, daß einer der unversöhnlichsten Feinde der beiden Child sich an den Hof Aurengzeb's begab, sich am Palastthore aufstellte, den großen König anredete, als er eben zu Pferde steigen wollte, und indem er eine Petition hoch emporhielt, im Namen des gemeinschaftlichen Gottes der Christen und Muselmänner Gerechtigkeit verlangte.[26] Ob Aurengzeb den Beschuldigungen, welche ungläubige Franken gegen einander erhoben, besondere Beachtung schenkte, steht zu bezweifeln. Soviel aber ist gewiß, daß ein vollständiger Bruch zwischen seinen Vicekönigen und den Dienern der Compagnie eintrat. Auf der See wurden die Schiffe seiner Unterthanen von den Engländern aufgebracht. Am Lande wurden die englischen Niederlassungen genommen und geplündert. Der Handel stockte, und die hohen Dividenden, welche trotzdem in London noch immer ausgezahlt wurden, flossen nicht mehr aus dem jährlichen Gewinn.

Gerade in dieser Krisis, während jeder in die Themse einlaufende Ostindienfahrer unwillkommene Nachrichten aus dem Orient mitbrachte, wurde die ganze Politik Sir Josias' durch die Revolution völlig über den Haufen geworfen. Er hatte sich geschmeichelt, daß er die Gesellschaft, deren Oberhaupt er war, gegen die Machinationen der Schleichhändler gesichert habe, indem er sie innig mit der stärksten Regierung verband, die es, soweit er zurückdenken konnte, je gegeben hatte. Und diese Regierung war gestürzt und Alles was sich an das zertrümmerte Gebäude lehnte, begann zu wanken. Die Bestechungen waren unnütz weggeworfen; die Verbindungen, welche die Stärke und der Stolz der Gesellschaft gewesen, waren jetzt ihre Schwäche und ihre Schande; der König, welcher Mitglied derselben gewesen, war ein Verbannter; der Richter, der alle ihre exorbitantesten Ansprüche für rechtmäßig erklärt hatte, saß im Gefängniß. Alle alten Feinde der Compagnie, verstärkt durch die großen whiggistischen Kaufleute, welche Child aus dem Directorium entfernt hatte, verlangten Gerechtigkeit und Rache von dem whiggistischen Hause der Gemeinen, das so eben Wilhelm und Marien auf den Thron gesetzt. Keine Stimme war lauter im Anklagen als die Stimme Papillon's, der einige Jahre vorher eifriger als irgend Jemand in London für das Monopol gewesen war.[27] Die Gemeinen tadelten in harten Ausdrücken Diejenigen, welche auf St. Helena kriegsrechtliche Todesurtheile gefällt hatten, und erklärten sogar, daß einige dieser Uebelthäter von der Indemnitätsacte ausgeschlossen werden sollten.[28] Die wichtige Frage, wie der Handel mit dem Orient in Zukunft betrieben werden sollte, wurde einem Ausschusse überwiesen. Der Bericht sollte am 27. Januar 1690 erstattet werden; aber gerade an diesem Tage hörte das Parlament auf zu existiren.

Die ersten beiden Sessionen des nächstfolgenden Parlaments waren so kurz und geschäftsreich, daß in beiden Häusern wenig über Indien gesprochen wurde. Außerhalb des Parlaments aber wurden alle Mittel der Polemik sowohl wie der Intrigue angewendet. Es erschienen über den ostindischen Handel fast eben so viele Flugschriften wie über die Eide. Der Despot von Leadenhall Street wurde mit Schmähschriften in Prosa und in Versen verfolgt und schlechte Wortspiele auf seinen Namen gemacht. Er wurde mit Cromwell, mit dem Könige von Frankreich, mit Goliath von Gath, mit dem Teufel verglichen, und es wurde mit Heftigkeit für nöthig erklärt, daß Sir Josias in jeder Acte, welche zur Regulirung unsres Handelsverkehrs mit den östlichen Meeren erlassen werden möchte, von aller Betheiligung ausdrücklich ausgeschlossen bleibe.[29]

Es herrschte jedoch große Meinungsverschiedenheit unter Denen, welche in dem Hasse gegen Child und gegen die Gesellschaft, deren Oberhaupt er war, übereinstimmten. Die Fabrikanten von Spitalfields, von Norwich, von Yorkshire und den westlichen Grafschaften betrachteten den Handel mit den östlichen Meeren eher als nachtheilig denn als nutzbringend für das Königreich. Die Einfuhr von indischen Spezereiwaaren wurden zwar als unschädlich, die Einfuhr von Salpeter sogar als nothwendig zugegeben, die Einfuhr von Seidenstoffen und Bengals aber, wie man die Shawls damals nannte, als ein Fluch für das Land erklärt. Die Folge des zunehmenden Geschmacks für solchen Flitterstaat sei, daß unser Gold und Silber außer Landes ginge und daß viele vortreffliche englische Stoffe in unseren Waarenmagazinen von den Motten gefressen würden. Das seien glückliche Tage für die Bewohner unserer Viehzuchtdistricte und unserer Fabrikstädte gewesen, wo jedes Kleid, jedes Behänge, jeder Bettüberzug aus Materialien verfertigt worden sei, die unsere eigenen Heerden, unsere eigenen Webstühle lieferten. Wo seien jetzt die guten alten Tapeten, welche zu den Zeiten Elisabeth's die Wände herrschaftlicher Wohnhäuser schmückten? Sei es nicht eine Schande, einen Gentleman, dessen Vorfahren nur Stoffe getragen, welche englische Arbeiter aus englischer Wolle verfertigt, in einem Callicohemd und seidenen Strümpfen einherstolziren zu sehen? Aehnliche Beschwerden hatten einige Jahre früher dem Parlamente die Acte abgezwungen, welche vorschrieb, daß die Todten in wollene Gewänder eingehüllt werden sollten, und einige sanguinische Tuchmacher hofften, daß die Legislatur durch Ausschließung aller indischen Gewebe von unseren Häfen den Lebenden das Nämliche zur Pflicht machen werde.[30]

Diese Ansicht beschränkte sich jedoch auf eine Minorität. Das Publikum war in der That geneigt, die Vortheile, welche England aus dem ostindischen Handel erwachsen konnten, eher zu hoch als zu gering anzuschlagen. Die Frage, auf welche Weise diesem Handel am besten eine größere Ausdehnung zu geben sei, erregte allgemeines Interesse und wurde sehr verschieden beantwortet.

Eine kleine Partei, welche hauptsächlich aus Kaufleuten von Bristol und anderen Provinzialseehäfen bestand, behauptete, das beste Mittel zur Ausdehnung des Handels sei, daß man ihn freigebe. Sie führten die wohlbekannten Argumente an, welche beweisen, daß jedes Monopol dem Handel nachtheilig ist, und nachdem sie die allgemeine Regel festgestellt, fragten sie, warum der Handel zwischen England und Indien als eine Ausnahme von dieser Regel betrachtet werden solle. Es müsse, sagten sie, jedem Kaufmanne gestattet sein, aus jedem Hafen eine Waarenladung nach Surate oder nach Canton zu senden, wie er jetzt eine solche nach Hamburg oder Lissabon sendete.[31] In unseren Tagen werden diese Ansichten nicht nur als richtig, sondern als allgemein anerkannt und in die Augen springend betrachtet werden; im 17. Jahrhundert aber wurden sie für paradox gehalten. Damals hielt man es allgemein für eine unumstößliche und fast selbstverständliche Wahrheit, daß unser Handel mit den Ländern jenseit des Caps der guten Hoffnung nur durch eine Actiengesellschaft vortheilhaft betrieben werden könne. Unser europäischer Handel, sagte man, habe keine Aehnlichkeit mit unsrem indischen Handel. Mit den europäischen Staaten stehe unsre Regierung in diplomatischen Beziehungen, und es könne, wenn nöthig, leicht eine Flotte von hier nach der Mündung der Elbe oder des Tajo geschickt werden. Am Hofe von Agra oder Peking aber hatten die Könige von England keinen Gesandten, und es befinde sich nur selten ein englisches Kriegsschiff innerhalb zehntausend Meilen von der Bai von Bengalen oder dem Golf von Siam. Da unsere Kaufleute in diesen entfernten Meeren von ihrem Souverain nicht beschützt werden könnten, so müßten sie sich selbst beschützen und zu dem Ende einige Souverainetätsrechte ausüben. Sie müßten Forts, Garnisonen und bewaffnete Schiffe haben, sie müßten Gesandtschaften abschicken und empfangen, mit dem einen asiatischen Fürsten einen Allianzvertrag schließen, mit dem andren Krieg führen dürfen. Daß aber jeder einzelne Kaufmann diese Befugniß unabhängig von den anderen haben könne, sei offenbar unmöglich. Die nach Ostindien Handel treibenden Kaufleute müßten daher zu einer Corporation verbunden werden, die wie ein Mann handeln könne. Zur Unterstützung dieser Argumente wurde das Beispiel der Holländer angeführt und allgemein für entscheidend gehalten. Denn der unermeßliche Reichthum Holland's wurde damals allenthalben mit Bewunderung betrachtet, die um so aufrichtiger war, als sich Neid und Haß in reichem Maße damit verbanden. In Allem was sich auf den Handel bezog, galten seine Staatsmänner für Orakel und seine Institutionen für Muster.

Die große Mehrzahl Derer, welche die Compagnie angriffen, griff sie daher nicht deshalb an, weil sie mit einem Actienkapital arbeite und ausschließende Privilegien besitze, sondern weil sie von einem einzelnen Manne geleitet werde und weil dessen Leitung dem Publikum nachtheilig und nur für ihn selbst und seine Creaturen gewinnbringend gewesen sei. Das naheliegende Mittel zur Beseitigung der Uebelstände, die seine Mißverwaltung erzeugt habe, sei, das Monopol einer neuen Corporation zu ertheilen, welche so constituirt werden müsse, daß sie nicht in Gefahr kommen könne, der Herrschaft eines Despoten oder einer kleinen Oligarchie anheimzufallen. Viele Personen, welche gern Mitglieder einer solchen Corporation werden wollten, traten zu einer Gesellschaft zusammen, unterzeichneten einen Societätsvertrag und übertrugen die Wahrung ihrer Interessen einem Ausschusse, in welchem sich einige der vornehmsten

Kaufleute der City befanden. Obwohl diese Gesellschaft in den Augen des Gesetzes keine Persönlichkeit war, so wurde sie doch sehr bald im Publikum als die Neue Compagnie bezeichnet, und die Feindseligkeiten zwischen der Neuen Compagnie und der Alten Compagnie verursachten wenigstens in dem geschäftigen Bienenstocke, dessen Mittelpunkt die Börse war, fast eben so große Aufregung und Spannung wie die Feindseligkeiten zwischen den Verbündeten und dem Könige von Frankreich. Das Hauptquartier der jungen Compagnie war in Dowgate, die Rauchwaarenhändler liehen derselben ihre stattliche Halle, und die Verhandlungen wurden in einem Zimmer gehalten, das wegen des Wohlgeruchs berühmt war, den das prächtige Wandgetäfel von Cedernholz ausströmte.[32]

Während der Streit am heftigsten war, kamen wichtige Nachrichten aus Ostindien und wurden in der London Gazette als im höchsten Grade befriedigend angekündigt. Es sei zwischen dem Großmogul und den Engländern Friede geschlossen worden, und dieser mächtige Potentat habe nicht nur seine Truppen aus den Factoreien zurückgezogen, sondern auch der Compagnie Privilegien ertheilt, die sie nie zuvor besessen. Bald jedoch erschien eine ganz andre Version der Geschichte. Child's Feinde hatten ihn schon vor dieser Zeit der systematischen Verbreitung falscher Nachrichten beschuldigt. Jetzt, sagten sie, habe er sich im Lügen selbst übertroffen. Sie hatten sich eine authentische Abschrift des Fermans verschafft, der dem Kriege ein Ende gemacht, und sie druckten eine Uebersetzung desselben ab. Es ergab sich daraus, daß Aurengzeb den Engländern in Anbetracht ihrer Reue und eines großen Tributs in geringschätzender Weise Verzeihung für ihre früheren Vergehen gewährt, sie ermahnt, sich in Zukunft besser zu benehmen, und ihnen im Tone eines Gebieters befohlen hatte, den Hauptsünder, Sir John Child, von Macht und Vertrauensstellung zu entfernen. Sir John starb zu so gelegener Zeit, daß dieser Befehl nicht befolgt werden konnte. Aber es war nur zu augenscheinlich, daß der Friedensschluß, den die Directoren des Ostindischen Hauses als vortheilhaft und ehrenvoll dargestellt hatten, in Wirklichkeit unter Bedingungen stattgefunden, welche den englischen Namen zur Schande gereichten.[33]

Die zwischen der Compagnie in Leadenhall Street und der Compagnie in Dowgate über diesen Gegenstand fortwüthende Polemik erhielt während des Sommers 1691 die City in beständiger Aufregung. Im Herbste war das Parlament nicht sobald zusammengetreten, als auch beide streitende Parteien dem Hause der Gemeinen Petitionen einreichten.[34] Die Petitionen wurden sogleich in ernste Erwägung gezogen und Beschlüsse von hoher Wichtigkeit gefaßt. Die erste Resolution lautete, daß der Handel mit Ostindien dem Königreiche Nutzen bringe, die zweite, daß der Handel mit Ostindien am besten durch eine mit ausschließenden Privilegien versehene

Actiengesellschaft betrieben werden könne.[35] Es war demnach klar, daß weder die Fabrikanten, welche den Handel verbieten, noch die Kaufleute in den Hafenstädten, die ihn frei geben wollten, die geringste Aussicht hatten, ihren Zweck zu erreichen. Die Frage drehte sich nur noch um die Alte und die Neue Compagnie. Siebzehn Jahre verflossen, ehe diese Frage aufhörte, die politischen wie commerciellen Kreise zu beunruhigen. Sie wurde der Ehre und Macht eines großen Ministers verderblich und vernichtete den Frieden und das Glück vieler Privatfamilien. Die Schriften, welche die beiden rivalisirenden Gesellschaften gegen einander vom Stapel ließen, sind nicht zu zählen. Wenn man der dramatischen Literatur jener Zeit glauben darf, war die Fehde zwischen dem Indischen Hause und der Kürschnerhalle in London zuweilen ein eben so ernstes Hinderniß für den glücklichen Verlauf von Liebesverhältnissen, wie es in Verona die Fehde zwischen den Capuleti und den Montechi gewesen war.[36] Welche von den beiden streitenden Parteien die stärkere war, ist nicht leicht zu sagen. Die neue Compagnie wurde von den Whigs, die alte von den Tories unterstützt. Die neue Compagnie war populär, denn sie machte große Versprechungen und man konnte sie noch nicht beschuldigen, ihre Versprechungen nicht gehalten zu haben; sie erzielte noch keine Dividenden und wurde daher nicht beneidet; sie besaß noch nicht die Macht zu tyrannisiren, und hatte sich daher noch keiner Tyrannei schuldig gemacht. Die alte Compagnie dagegen hatte, obgleich das Publikum sie im allgemeinen nicht mit günstigem Auge betrachtete, den großen Vortheil, daß sie im Besitz war und nur in der Defensive zu verharren brauchte. Die schwere Aufgabe, einen Plan zur Regulirung des Ostindischen Handels zu entwerfen und zu beweisen, daß dieser Plan besser sei als der bisher befolgte, lastete auf der neuen Compagnie. Die alte Compagnie brauchte nur Einwendungen gegen jede vorgeschlagene Veränderung zu machen, und solche Einwendungen waren eben nicht schwer zu finden. Die Mitglieder der neuen Compagnie waren schlecht versehen mit den Mitteln, sich bei Hofe und im Parlamente Unterstützung zu erkaufen, sie hatten keine corporative Existenz, keine gemeinsame Kasse. Wenn einer von ihnen eine Bestechungssumme gab, so gab er sie aus seiner Tasche mit geringer Aussicht, sie ersetzt zu bekommen. Die alte Compagnie aber war, wenn auch von Gefahren umgeben, noch immer im Besitz ihrer ausschließenden Privilegien und verdiente noch immer enorme Summen. Ihre Actien waren zwar seit den goldenen Tagen Karl's II. bedeutend gefallen; aber hundert Pfund wurden noch immer mit hundertzweiundzwanzig verkauft.[37] Nachdem den Actionären eine hohe Dividende ausgezahlt war, blieb noch immer ein Ueberschuß, der damals vollkommen hingereicht haben würde, das halbe Cabinet zu bestechen, und dieser Ueberschuß stand zur unumschränkten Verfügung eines geschickten, entschlossenen und nicht skrupulösen Mannes, der den Kampf mit wunderbarer Gewandtheit und Beharrlichkeit fortführte.

Die Majorität der Gemeinen wünschte einen Vergleich zu Stande zu bringen, die alte Compagnie beizubehalten, sie aber zu reorganisiren, ihr neue Bedingungen zu stellen und ihr die Mitglieder der neuen Compagnie einzuverleiben. Zu dem Ende wurde nach langen und heftigen Debatten und mehrfachen Abstimmungen beschlossen, daß das Kapital auf anderthalb Millionen erhöht werden solle. Um zu verhindern, daß ein Einzelner oder eine kleine Junta die ganze Gesellschaft dominire, wurde beschlossen, daß fünftausend Pfund Actien der höchste Betrag sein solle, den ein einzelner Actionär besitzen dürfe, und daß Die, welche noch mehr besaßen, aufgefordert werden sollten, den Mehrbetrag zu jedem Preise nicht unter Pari zu verkaufen. Als Entgelt für das ausschließliche Privilegium, nach den östlichen Meeren Handel zu treiben, sollte die Compagnie der Krone jährlich fünfhundert Tons Salpeter zu einem niedrigen Preise liefern und jährlich für zweihunderttausend Pfund englische Manufacturwaaren ausführen.[38]

Eine auf diese Resolutionen basirte Bill wurde eingebracht, zweimal gelesen und einem Ausschusse überwiesen, aber fallen gelassen in Folge der bestimmten Weigerung Child's und seiner Genossen, die angebotenen Bedingungen anzunehmen. Er hatte gegen jeden Theil des Planes etwas einzuwenden, und seine Einwendungen sind höchst interessant und ergötzlich. Der große Monopolist stellte sich auf den Standpunkt der Freihandelsprinzipien und setzte in einer äußerst scharfsinnig und gewandt geschriebenen Abhandlung die Absurdität der von den Gemeinen ersonnenen Auswege auseinander. Den Betrag der Actien zu beschränken, die in einer Hand vereinigt sein dürften, sei höchst unvernünftig, sagte er. Ein Actionär, dessen ganzes Vermögen bei dem Erfolge des ostindischen Handels auf dem Spiele stehe, werde sicherlich weit eher alle seine Fähigkeiten zur Beförderung dieses Handels aufbieten als einer, der nur soviel riskirt habe, als er ohne großen Nachtheil verlieren könne. Dem Verlangen, daß der Krone Salpeter für einen bestimmten Preis geliefert werden solle, stellte Child die unsrer Generation bekannten Argumente entgegen, welche bewiesen, daß man die Preise sich selbst regeln lassen müsse. Auf das Verlangen, daß die Compagnie sich verpflichten solle, jährlich für zweihunderttausend Pfund englische Manufacturwaaren auszuführen, erwiederte er sehr richtig, daß die Compagnie sehr gern für zwei Millionen ausführen würde, wenn der Markt soviel bedürfe, daß es aber, wenn der Markt überführt sei, reiner Wahnsinn sein würde, gute Zeuge um die halbe Welt zu senden, um von den weißen Ameisen gefressen zu werden. Es habe sich, erklärte er sehr treffend, nie als zweckmäßig erwiesen, dem Handel Fesseln anzulegen, die ihn, anstatt sein Aufblühen und seine Entwicklung zu befördern, entweder vernichten oder in falsche Bahnen drängen müßten.

Durch Child's hartnäckigen Widerstand gereizt, überreichten die

Gemeinen dem Könige eine Adresse, welche ihn ersuchte, die alte Compagnie aufzulösen und einer neuen Compagnie eine Concession unter denjenigen Bedingungen zu ertheilen, welche der Weisheit Sr. Majestät passend erscheinen dürften.[39] Aus dem Wortlaute dieser Adresse ist klar ersichtlich, daß die Gemeinen den König nach der Verfassung für berechtigt hielten, ein ausschließliches Privilegium zum Handel nach Ostindien zu ertheilen.

Der König erwiederte, der Gegenstand sei höchst wichtig, er werde ihn reiflich erwägen und demnächst dem Hause eine bestimmtere Antwort geben. [40] Im Parlament wurde während dieser Session nicht mehr von dem Gegenstande gesprochen; außerhalb des Parlaments aber war der Krieg heftiger als je, und die Kämpfenden nahmen es keineswegs genau mit den Mitteln, deren sie sich bedienten. Die Hauptwaffen der neuen Compagnie waren Schmähschriften, die Hauptwaffen der alten Compagnie waren Bestechungen.

In der nämlichen Woche, in welcher die Bill zur Regulirung des ostindischen Handels fallen gelassen wurde, erfuhr eine andre Bill, die große Aufregung verursacht und eine fast beispiellose Entfaltung parlamentarischer Gewandtheit hervorgerufen hatte, das nämliche Schicksal.

[Debatten über die Bill zur Regulirung des Prozeßverfahrens in Hochverrathsfällen.]

Während der letzten acht Jahre vor der Revolution hatten die Whigs bittere und eben so gerechte als bittere Klage geführt über das harte Verfahren, welches gegen politisch Angeklagte angewendet werde. Sei es nicht empörend, fragten sie, einem Angeklagten die Einsicht in seine Anklage zu verweigern? Oft habe ein unglücklicher Gefangener nicht eher erfahren, welches Vergehens er angeklagt war, als bis er an der Schranke die Hand erhoben habe. Das ihm zur Last gelegte Verbrechen könne ein Anschlag sein, den König zu erschießen oder zu vergiften; je unschuldiger der Angeklagte sei, um so weniger könne er den Character der Anklage, auf welche hin ihm der Prozeß gemacht werde, errathen, und wie könne er Beweise zur Entkräftung einer Anklage in Bereitschaft haben, deren Natur er nicht einmal ahnete? Die Krone habe die Macht, Belastungszeugen zum Erscheinen zu zwingen; der Gefangene habe diese Macht nicht. Wenn Zeugen freiwillig aufträten, um zu seinen Gunsten zu sprechen, so könnten sie nicht vereidigt werden, und ihre Aussage mache daher weniger Eindruck auf eine Jury, als die Aussage der Belastungszeugen, deren Wahrhaftigkeit durch die feierlichsten Sanctionen des Gesetzes und der Religion verbürgt werde. Die Geschwornen, sorgfältig gewählt durch von der Krone ernannte Sheriffs, beständen aus Männern, welche vom heftigsten Parteigeiste beseelt seien und für einen Exclusionisten oder Dissenter so wenig Theilnahme fühlten, wie für einen tollen Hund. Die Regierung habe eine Schaar geschickter, erfahrener und gewissenloser Juristen zu ihrer Verfügung, die auf den ersten Blick jede schwache und jede starke Seite eines Rechtsfalles unterscheiden könnten, die ihre Geistesgegenwart nie verlasse, deren Redefluß unerschöpflich sei und die ihr ganzes Leben damit verbracht hätten, schlechte Gründe so herzurichten, daß sie aussähen wie gute. Sei es nicht entsetzlich, drei oder vier solcher schlauer, gelehrter und herzloser Redner einem Unglücklichen gegenübergestellt zu sehen, der in seinem Leben noch kein Wort öffentlich gesprochen habe, der weder die legale Definition des Wortes Hochverrath noch die ersten Prinzipien des Zeugenbeweises kenne und dessen im besten Falle einem Kampfe mit berufsmäßigen Gladiatoren nicht gewachsener Verstand durch die nahe Aussicht auf einen grausamen und schimpflichen Tod noch mehr in Verwirrung gebracht werde? Dies sei indessen die allgemeine Regel, und selbst für einen Mann, der so durch Krankheit geschwächt sei, daß er die Hand nicht emporhalten könne, selbst für eine arme bejahrte Frau, die von Allem was vorgehe nichts weiter begreife, als daß sie wegen eines Werkes der Barmherzigkeit lebendig gebraten werden solle, dürfe kein Advokat ein Wort der Vertheidigung sprechen. Daß ein so geführter Staatsprozeß nicht viel besser sei als ein Justizmord, war seit der Proscription der Whigpartei ein Fundamentalartikel des whiggistischen Glaubens. Die Tories dagegen, obwohl sie nicht in Abrede stellen konnten, daß einige harte Beispiele vorgekommen waren, behaupteten, es sei im Ganzen materielle Gerechtigkeit geübt worden. Einige wenige Aufwiegler, die der Grenze des Hochverraths sehr nahe gekommen seien, sie aber nicht wirklich überschritten hätten, könnten vielleicht als Hochverräther bestraft worden sein. Aber sei dies ein hinreichender Grund, die Häupter des Ryehousecomplots und des Aufstandes im Westen in den Stand zu setzen, sich durch bloße Schikanen der verdienten Strafe zu entziehen? Warum sollte der Hochverräther Aussichten zum Entrinnen haben, die dem gemeinen Verbrecher nicht zugestanden würden? Der eines Eigenthumsvergehens Angeklagte unterliege ebenfalls allen Nachtheilen, welche bei Königsmördern und Rebellen für so ungerecht gehalten würden, und doch bedaure ihn kein Mensch. Niemand halte es für monströs, daß er keine Zeit habe, eine Abschrift seiner Anklage zu studiren, daß seine Zeugen vernommen würden, ohne vereidigt zu sein, daß er sich selbst ohne den Beistand eines Rechtsanwalts, gegen die besten Talente, welche die Inns of Courts liefern konnten, vertheidigen müsse. Die Whigs sparten, wie es scheine, all' ihr Mitleid für diejenigen Verbrechen auf, welche die Regierung umstürzten und das ganze Gebäude der menschlichen Gesellschaft zerstörten. Guy Faux solle mit einer Nachsicht behandelt werden, die auf einen Einbrecher nicht ausgedehnt werden solle. Bradshaw solle Vorrechte haben, welche einem

Burschen, der einen Hühnerstall bestohlen, verweigert werden sollten.

Die Revolution brachte, wie zu erwarten stand, einige Veränderung in den Gesinnungen der beiden großen Parteien hervor. Zu den Zeiten wo nur Rundköpfe und Nonconformisten des Hochverraths angeklagt wurden, waren selbst die humansten und rechtschaffensten Cavaliere der Meinung, daß die Gesetze, welche das Bollwerk des Thrones bildeten, kaum zu hart sein könnten. Sobald aber loyale Torygentlemen und ehrwürdige Väter der Kirche in Gefahr waren, wegen Correspondirens mit Saint-Germains zur Verantwortung gezogen zu werden, ging in vielen Köpfen, welche in dem Verfahren gegen Algernon Sidney und Alice Lisle nicht die mindeste Ungerechtigkeit zu entdecken vermocht hatten, ein neues Licht auf. Die Behauptung, daß einem des Hochverraths Angeklagten billigerweise einige Vortheile eingeräumt werden könnten, die einem gemeinen Verbrecher vorenthalten werden müßten, wurde nicht mehr für so ganz ungereimt erklärt. War es wohl wahrscheinlich, daß ein Sheriff eine Jury bestechen, daß ein Advokat alle Kunstgriffe der Sophistik und Rhetorik aufbieten würde, um einen Unschuldigen eines Einbruchs oder Schafdiebstahls zu überführen? In einem Hochverrathsprozesse aber mußte ein freisprechendes Verdict jederzeit als eine Niederlage für die Regierung betrachtet werden, und es war nur zu viel Grund zu der Befürchtung vorhanden, daß viele Sheriff's, Advokaten und Richter durch Parteigeist oder durch noch niedrigere Motive bewegen werden würden, etwas zu thun, was der Regierung den Nachtheil und die Schande einer Niederlage ersparte. Der allgemeine Ruf der Tories war, daß das Leben guter Engländer, welche zufällig den bestehenden Gewalten entgegen wären, nicht hinlänglich geschützt sei, und dieser Ruf wurde durch die Stimmen einiger Juristen verstärkt, die sich durch den böswilligen Eifer und die schimpfliche Gewandtheit ausgezeichnet, mit denen sie in den Tagen Karl's und Jakob's Staatsprozesse geleitet hatten.

Die Gesinnung der Whigs hatte zwar nicht, wie die der Tories, eine vollständige Umwandlung erfahren, war aber doch auch nicht mehr ganz die nämliche wie früher. Einige, die es für höchst ungerecht gehalten hatten, daß Russell keinen Vertheidiger und Cornish keine Abschrift seiner Anklage haben sollte, begannen jetzt zu murmeln, daß die Zeiten sich geändert hätten, daß der Staat von den größten Gefahren bedroht sei, daß Freiheit, Eigenthum, Religion und nationale Unabhängigkeit auf dem Spiele ständen, daß viele Engländer mit Anschlägen beschäftigt seien, welche bezweckten, England zum Sklaven Frankreich's und Rom's zu machen, und daß es höchst unklug sein würde, in einem solchen Augenblicke die Gesetze gegen politische Vergehen zu mildern. Allerdings habe die Ungerechtigkeit, mit der Staatsprozesse unter den letzten Regierungen geführt worden seien, großes Aergerniß erregt; aber diese Ungerechtigkeit müsse den schlechten Königen und den schlechten Richtern zugeschrieben werden, mit denen das Land heimgesucht gewesen sei. Jetzt aber sei Wilhelm auf dem Throne, Holt sitze auf Lebenszeit auf der Richterbank, und Wilhelm werde so schimpfliche und ruchlose Dienste wie die, für welche der verbannte Tyrann Jeffreys mit Reichthümern und Ehrentiteln belohnt habe, ebensowenig je verlangen, wie Holt sie jemals leisten werde. Diese Sprache führten jedoch anfangs nur Wenige. Die Whigs in ihrer Gesammtheit scheinen eingesehen zu haben, daß sie in der Zeit des Glücks ehrenhafterweise nicht etwas vertheidigen konnten, was sie in der Zeit ihrer Bedrängniß stets als ein schreiendes Unrecht bezeichnet hatten. Eine Bill zur Regulirung des Verfahrens in Hochverrathsfällen wurde im Hause der Gemeinen eingebracht und mit allgemeinem Beifall begrüßt. Treby hatte den Muth, einige Einwendungen zu machen, aber es fand keine Abstimmung statt. Die Hauptbestimmungen waren, daß Niemand wegen eines Hochverraths verurtheilt werden solle, den er mehr als drei Jahre vor seiner Versetzung in den Anklagestand begangen, daß es jedem des Hochverraths Angeklagten gestattet sein solle, sich eines Rechtsbeistandes zu bedienen, und daß ihm zehn Tage vor Eröffnung der Gerichtsverhandlungen eine Abschrift der Anklage sowie eine Liste der Angesessenen, aus deren Mitte die Jury zu erwählen war, geliefert werden solle; daß ferner seine Zeugen vereidigt und daß sie durch das nämliche Verfahren vorgeladen werden sollten, durch welches das Erscheinen der gegen ihn auftretenden Belastungszeugen gesichert wurde.

Die Bill wurde dem Oberhause vorgelegt und kam mit einem wichtigen Amendement zurück. Die Lords hatten sich schon längst über die anomale und unbillige Einrichtung des Tribunals beklagt, das in Fällen, wo es sich um Leben und Tod handelte, die Jurisdiction über sie hatte. Wenn eine große Jury eine gegen einen weltlichen Peer wegen eines schweren Vergehens erhobene Anklage für begründet erfunden hat, so ernennt die Krone einen Lord High Steward und vor dem Gerichtshofe des Lord High Steward wird der Fall verhandelt. Dieser Gerichtshof wurde früher auf zwei verschiedene Arten gebildet. Wenn das Parlament gerade versammelt war, bestand er aus sämmtlichen Mitgliedern des Oberhauses; war es nicht versammelt, so berief der Lord High Steward zwölf oder mehr Peers, je nach seinem Belieben, um eine Jury zu bilden. Die Folge davon war, daß ein Peer, der während eines Parlamentsabschiedes wegen Hochverraths angeklagt war, durch eine Jury abgeurtheilt wurde, die seine Ankläger so zusammengesetzt hatten, wie sie es ihren Zwecken dienlich hielten. Jetzt verlangten die Peers, daß jeder des Hochverraths angeklagte Peer während eines Parlamentsabschiedes wie während einer Session durch sämmtliche Peers abgeurtheilt werden sollte.

Das Haus der Gemeinen widersetzte sich dem Verlangen mit einer Heftigkeit und Hartnäckigkeit, welche Männer der gegenwärtigen Generation schwer begreifen werden. Das kam daher, weil einige gehässige Privilegien der Pairie, welche seitdem abgeschafft worden und einige andere, welche ganz außer Gebrauch gekommen sind, damals noch in voller Kraft waren und täglich ausgeübt wurden. Kein Gentleman, der mit einem Nobleman einen Streit gehabt, konnte sich ohne Unwillen der Vortheile erinnern, welche die begünstigte Kaste genoß. Wurde Se. Lordschaft gerichtlich belangt, so setzte ihn sein Privilegium in den Stand, den Gang der Justiz zu hemmen. Wurde ein hartes Wort über ihn geäußert, ein Wort, wie er selbst es völlig ungestraft aussprechen durfte, so konnte er sein verletztes Ansehen durch Civil- und Criminalklagen rächen. Wenn ein Advokat bei Ausübung seiner Pflicht gegen einen Clienten sich mit Strenge über das Benehmen eines hochadeligen Verführers aussprach, wenn ein rechtschaffener Squire auf der Rennbahn die Kniffe eines hochgebornen Schwindlers beim rechten Namen nannte, so brauchte der beleidigte Patrizier nur bei der stolzen und mächtigen Körperschaft, deren Mitglied er war, Klage zu führen. Seine Standesgenossen machten die Sache zu ihrer eignen, der Beleidiger wurde in Gewahrsam des schwarzen Stabes gebracht, vor die Schranke geführt, ins Gefängniß geworfen und so lange darin gelassen, bis er froh war, durch die erniedrigendsten Unterwürfigkeitsbezeigungen Vergebung zu erlangen. Es konnte daher nichts natürlicher sein, als daß ein Versuch der Peers, ein neues Vorrecht für ihren Stand zu erlangen, von den Gemeinen mit der heftigsten Eifersucht betrachtet wurde. Es ist starker Grund zu der Vermuthung vorhanden, daß einige geschickte whiggistische Politiker, die es für gefährlich hielten, die Gesetze gegen politische Vergehen in diesem Augenblicke zu mildern, die aber, ohne den Vorwurf der Inconsequenz auf sich zu laden, sich nicht jeder Milderung abgeneigt erklären konnten, die Hoffnung hegten, daß sie durch Anschürung des Streits wegen des Gerichtshofes des Lord High Steward, die Annahme einer Bill, die ihnen mißfiel, der sie sich aber schicklicherweise nicht widersetzen durften, um wenigstens ein Jahr würden hinausschieben können. Wenn dies wirklich ihr Plan war, so gelang derselbe vollkommen. Das Unterhaus verwarf das Amendement, das Oberhaus bestand darauf; es ward eine freie Conferenz gehalten und die Frage wurde auf beiden Seiten mit großem Geschick und Scharfsinn discutirt.

Die Gründe zu Gunsten des Amendements sind in die Augen springend und scheinen auf den ersten Anblick unwiderlegbar. Es war gewiß nicht leicht, ein System zu vertheidigen, nach welchem der Souverain ein Conclave seiner eigenen Creaturen ernannte, um das Schicksal von Männern zu entscheiden, die er als seine Todfeinde betrachtete. Konnte es wohl etwas Widersinnigeres geben, als daß ein des Hochverraths angeklagter Cavalier berechtigt sein sollte, durch die Gesammtheit seiner Peers abgeurtheilt zu werden, wenn seine Anklage zufällig eine Minute vor einer Prorogation ins

Haus der Lords kam, daß er aber, wenn seine Anklage eine Minute nach der Prorogation eintraf, der Gewalt einer durch die nämliche Behörde, die ihn anklagte, ernannten kleinen Junta preisgegeben sein sollte? Es scheint unglaublich, daß etwas für die andre Seite gesagt werden konnte; aber die Vertreter der Gemeinen bei der Conferenz waren keine gewöhnlichen Menschen und boten bei dieser Gelegenheit ihren ganzen Scharfsinn auf. Unter ihnen zeichnete sich besonders Karl Montague aus, der sich rasch zu einer der ersten Stellen unter den Rednern der damaligen Zeit emporschwang. Ihm scheint bei dieser Gelegenheit die Wortführung überlassen worden zu sein, und seiner Feder verdanken wir einen Bericht über die Discussion, der eine hohe Meinung von seinen Talenten zur Debatte giebt. „Wir haben" — so lautete in der Hauptsache sein Raisonnement — „ein Gesetz entworfen, das nichts Ausschließendes in sich hat, ein Gesetz, das für alle Klassen, von der höchsten bis zur niedrigsten, eine Wohlthat sein wird. Die neuen Schutzmittel, welche wir der durch Macht unterdrückten Unschuld zu gewähren vorschlagen, kommen dem vornehmsten Peer wie dem ärmsten Tagelöhner zu Gute. Die Klausel, welche einen Verjährungstermin für Anklagen festsetzt, schützt uns alle gleichmäßig. Jedem des größten Verbrechens gegen den Staat angeklagten Engländer, welchen Standes er auch sei, bewilligen wir das Privilegium, seine Anklage einzusehen, das Privilegium, sich durch einen Rechtsanwalt vertheidigen zu lassen, das Privilegium, daß seine Zeugen unter Strafandrohung vorgeladen und auf das Evangelium vereidigt werden. So lautete die Bill, die wir Euren Lordschaften zugeschickt haben, und Sie senden uns dieselbe mit einer Klausel zurück, welche bezweckt, Ihrem edlen Stande auf Kosten der alten Prärogativen der Krone gewisse Vortheile zu geben. Bevor wir einwilligen, dem Könige irgend eine Befugniß zu entziehen, die seine Vorgänger seit Jahrhunderten besessen haben, und sie Euren Lordschaften zu geben, müssen wir doch sicherlich erst überzeugt sein, daß wir von Ihnen eher eine gute Anwendung derselben erwarten dürfen als von ihm. Etwas müssen wir wagen, Jemandem müssen wir vertrauen, und da wir ganz gegen unsren Willen gezwungen sind, einen Vergleich zu ziehen, der nothwendig ein gehässiges Ansehen haben muß, so gestehen wir Ihnen, daß wir keinen Grund zu dem Glauben zu entdecken vermögen, daß einem Fürsten weniger zu trauen sei als einer Aristokratie. Ist es billig, fragen Sie, daß Sie durch einige wenige von der Krone erwählte Mitglieder Ihres Hauses auf Leben und Tod abgeurtheilt werden sollen? Ist es billig, fragen wir dagegen, daß Sie das Privilegium haben sollen, durch alle Mitglieder Ihres Hauses, das heißt durch Ihre Brüder, Ihre Oheime, Ihre Vettern, Ihre Schwiegerväter, Ihre Schwäger und Ihre intimsten Freunde abgeurtheilt zu werden? Ihre Familien verheirathen sich so vielfach mit einander, Sie leben soviel in gegenseitiger Gesellschaft, daß es kaum einen Nobleman giebt, der nicht durch Blutsverwandtschaft oder Verschwägerung mit mehreren anderen verbunden wäre und nicht außerdem mit mehreren auf freundschaftlichem Fuße stände. Es hat vornehme Männer gegeben, deren Tod ein Dritttheil oder ein Viertheil der Barone England's in Trauer versetzte. Auch ist keine große Gefahr vorhanden, daß selbst diejenigen Peers, die mit einem angeklagten Lord nicht verwandt sind, geneigt sein werden, ihn aufs Schaffot zu bringen, wenn sie mit Anstand sagen können: „Nichtschuldig, auf meine Ehre." Denn der schimpfliche Tod eines einzigen Mitgliedes einer kleinen aristokratischen Kaste läßt nothwendig einen Flecken auf dem Rufe seiner Standesgenossen zurück. Wenn Eure Lordschaften vorschlügen, daß jeder der Ihrigen gezwungen sein sollte, zu erscheinen und seine Stimme abzugeben, dann würde die Krone vielleicht einige Aussicht haben, gegen einen schuldigen Peer, so zahlreiche Verbindungen er auch haben möchte, Gerechtigkeit zu erlangen. Aber Sie schlagen vor, daß das Erscheinen freiwillig sein soll. Kann Jemand in Zweifel darüber sein, was die Folge sein wird? Alle Verwandten und Freunde des Gefangenen werden sich einfinden, um für ihn zu stimmen. Gutmüthigkeit und die Furcht sich mächtige Feinde zu machen, wird Viele zurückhalten, denen ihr Gewissen und ihre Ehre gebieten würde, gegen ihn zu stimmen. Das von Ihnen vorgeschlagene neue System würde daher offenbar ungerecht gegen die Krone sein, und Sie führen keinen Grund an, aus welchem hervorginge, daß sich das alte System in der Praxis als ungerecht gegen Sie erwiesen hätte. Wir können fest behaupten, daß selbst unter einer weniger gerechten und milden Regierung als die, unter der wir zu leben das Glück haben, ein unschuldiger Peer von irgend einer Auswahl von Peers, die in Westminster Hall zusammentreten kann, um über ihn abzuurtheilen, wenig zu fürchten hat. Wo ist ein Factum? In welchem einzelnen Falle ist durch das Verdict dieser parteiisch gewählten Jury ein schuldloses Haupt gefallen? Es würde leicht sein, eine lange Liste von Squires, Kaufleuten, Advokaten, Aerzten, Freisassen, Handwerkern und Landleuten aufzustellen, deren in den jüngstvergangenen schlimmen Zeiten barbarisch vergossenes Blut zum Himmel um Rache schreit. Aber welches Mitglied Ihres Hauses erlitt in unseren Tagen, oder in den Tagen unserer Väter, oder in den Tagen unserer Großväter durch einen Ausspruch des Gerichtshofes des Lord High Steward ungerechterweise den Tod? Hunderte aus dem Volke wurden durch gewöhnliche Juries wegen des Ryehousecomplots und des Aufstandes im Westen zum Galgen geschickt. Ein Peer, und nur ein einziger, Mylord Delamere, wurde damals vor den Gerichtshof des Lord High Steward gestellt und freigesprochen. Ja, wird man sagen, weil die gegen ihn vorliegenden Beweise gesetzlich ungenügend waren. Mag sein. Aber eben so war es mit den Beweisen gegen Sidney, gegen Cornish und gegen Alice Lisle, und doch genügten sie, um diese zu verderben. Aber, wird man sagen, die Peers, vor welche Mylord Delamere gestellt wurde, waren vom König Jakob und von Jeffreys mit schamloser Parteilichkeit ausgewählt. Zugegeben. Aber dies beweist nur, daß unter dem möglichst schlechten Könige und unter dem möglichst schlechten Oberrichter ein von Lords gerichteter Lord immer noch mehr Aussicht hat, mit dem Leben davon zu kommen, als ein gemeiner Mann, der an sein Vaterland appellirt. Wir können daher unter der milden Regierung, die wir jetzt besitzen, keine große Besorgniß wegen der Sicherheit eines unschuldigen Peers hegen. Möchten wir eben so unbesorgt wegen der Sicherheit dieser Regierung sein können! Aber es ist notorisch, daß die Ordnung der Dinge, mit der unsere Freiheiten untrennbar verbunden sind, zu gleicher Zeit von fremden und von einheimischen Feinden angegriffen wird. Wir können unter so kritischen Verhältnissen uns nicht dazu verstehen, die Zügel zu lockern, die sich, wie wir mit gutem Grunde fürchten, schon als zu locker erwiesen haben, um einige hochgestellte Männer abzuhalten, Anschläge auf den Untergang ihres Vaterlandes zu machen. Um Alles noch einmal zusammenzufassen, so verlangt man von uns, daß wir einwilligen sollen, eine gewisse Gewalt von Ihren Majestäten auf Ihre Lordschaften zu übertragen. Unsre Antwort darauf ist: daß Ihre Majestäten unsrer Meinung nach gegenwärtig nicht zuviel Gewalt und Ihre Lordschaften vollkommen genug haben."

Obwohl diese Argumente ungemein scharfsinnig und nicht ohne wirkliches Gewicht waren, vermochten sie doch nicht, das Oberhaus zu überzeugen. Die Lords bestanden darauf, daß jeder Peer berechtigt sein sollte, als Mitglied des Gerichtshofes zu fungiren. Die Gemeinen wurden mit Mühe bewogen, darein zu willigen, daß die Anzahl der Mitglieder des Gerichtshofes nie weniger als sechsunddreißig sein solle, und weigerten sich auf das Bestimmteste, irgend ein weiteres Zugeständniß zu machen. Die Bill wurde deshalb fallen gelassen.[41]

Es ist gewiß, daß Diejenigen, welche in der Conferenz über diese Bill die Gemeinen vertraten, die Gefahren, denen die Regierung ausgesetzt war, nicht übertrieben. Während die Einrichtung des Gerichtshofes, der über des Hochverraths angeklagte Peers aburtheilen sollte, discutirt wurde, kam ein mit seltener Geschicklichkeit von einem Peer geschmiedeter Hochverrathsplan beinahe zur Ausführung.

[Complot Marlborough's gegen die Regierung Wilhelm's.]

Marlborough hatte nie aufgehört, dem Hofe von Saint-Germains zu versichern, daß das große Verbrechen, welches er begangen, ihm beständig vorschwebe und daß er keinen andren Lebenszweck mehr habe, als es zu bereuen und wieder gut zu machen. Er hatte nicht allein sich selbst, sondern auch die Prinzessin Anna bekehrt. Im Jahre 1688 hatten die Churchill sie mit geringer Mühe bewogen, aus dem Palaste ihres Vaters zu entfliehen. Im Jahre

1691 bewogen sie sie mit eben so geringer Mühe, einen Brief abzuschreiben und zu unterzeichnen, in welchem sie ihre innige Theilnahme an seinem Unglück und den ernsten Wunsch aussprach, ihre Pflichtverletzung wieder gut zu machen.[42] Zu gleicher Zeit nährte Marlborough die Hoffnung, daß es in seiner Macht stehen werde, die Wiedereinsetzung seines früheren Gebieters auf dem bestmöglichen Wege, ohne den Beistand eines einzigen fremden Soldaten oder Seemannes, durch die Beschlüsse der englischen Lords und Gemeinen und durch die Unterstützung der englischen Armee zu bewerkstelligen. Wir sind über die Einzelnheiten seines Planes nicht vollkommen unterrichtet; die Umrisse desselben aber kennen wir aus einer von Jakob geschriebenen höchst interessanten Abhandlung, von der sich eine Copie in der Bodlejanischen Bibliothek und eine andre in den Archiven des französischen Ministeriums des Auswärtigen befindet.

Die Eifersucht mit der die Engländer die Holländer betrachteten, war damals sehr heftig. Eine herzliche Freundschaft hatte niemals zwischen den beiden Nationen bestanden. Sie waren zwar nahe verwandt mit einander; sie sprachen zwei Dialecte einer weitverbreiteten Sprache, beide rühmten sich ihrer politischen Freiheit, beide huldigten dem reformirten Glauben, beide wurden von dem nämlichen Feinde bedroht, und konnten nur so lange vor ihm sicher sein als sie einig waren. Gleichwohl herrschte keine aufrichtige Zuneigung zwischen ihnen. Sie würden einander wahrscheinlich mehr geliebt haben, wenn sie einander in mancher Beziehung weniger geglichen hätten. Sie waren die beiden großen Handelsnationen und die beiden großen Seevölker. Ihre Flaggen fand man in allen Meeren beisammen, im baltischen wie im mittelländischen, im Golf von Mexico wie in der Meerenge von Malakka. Ueberall bemühten sich der Kaufmann von London und der Kaufmann von Amsterdam einander zu überflügeln und Concurrenz zu machen. In Europa war der Kampf nicht blutig. In barbarischen Ländern aber, wo kein andres Gesetz als das Recht des Stärkeren herrschte, waren die beiden Nebenbuhler, von Habsucht und Haß erfüllt, zum Kampfe gerüstet, jeder dem andren feindselige Absichten zutrauend und jeder entschlossen, dem andren keinen Vortheil zu gönnen, nur zu oft aneinander gerathen. Daß unter solchen Umständen viele Gewaltthätigkeiten und Grausamkeiten verübt wurden, ist nicht zu verwundern. Man konnte in Europa selten genau erfahren, was in jenen entfernten Gegenden geschehen war. Alles wurde durch vage Gerüchte und durch das Nationalvorurtheil übertrieben und entstellt. Bei uns glaubte das Volk, daß die Engländer stets vorwurfsfrei seien und daß jeder Streit der Habsucht und Unmenschlichkeit der Holländer zugeschrieben werden müsse. Beklagenswerthe Vorfälle, die sich auf den Gewürzinseln ereignet hatten, wurden wiederholt auf unsre Bühne gebracht. Die Engländer waren alle Heilige und Helden, die Holländer durchgehends

Teufel in Menschengestalt, lügend, raubend, schändend, mordend und quälend. Die zornigen Leidenschaften, welche diese Theaterstücke verriethen, hatten sich mehr als ein Mal im Kriege Luft gemacht. Dreimal im Zeitraume eines Menschenlebens hatten diese beiden Nationen mit gleichem Muthe und mit wechselndem Glücke um die Herrschaft auf dem deutschen Ocean gestritten. Die Tyrannei Jakob's hatte, wie sie die Tories mit den Whigs und die Hochkirchlichen mit den Nonconformisten aussöhnte, auch die Engländer mit den Holländern ausgesöhnt. Während unsere Vorfahren aus dem Haag Befreiung erwarteten, hatte es den Anschein gehabt, als ob das Gemetzel von Amboina und die große Demüthigung von Chatham vergessen gewesen wären. Aber seit der Revolution war das alte Gefühl wiedererwacht. Obwohl England und Holland jetzt durch einen Vertrag eng mit einander verbunden waren, waren sie doch so wenig als je durch Zuneigung verbrüdert. Einmal, unmittelbar nach der Schlacht bei Beachy Head, schienen unsere Landsleute geneigt, gegen die Holländer gerecht zu sein; aber es trat sehr bald eine heftige Reaction ein. Torrington, der erschossen zu werden verdiente, wurde ein Liebling des Volks, und die Bundesgenossen, die er schändlicherweise im Stich gelassen, wurden beschuldigt, daß sie ihn ohne Ursache verfolgten. Die Parteilichkeit, welche der König für die Gefährten seiner Jugend an den Tag gelegt, war das Lieblingsthema der Aufwiegler. Die einträglichsten Stellen in seinem Hofstaate, sagte man, würden von Holländern bekleidet; das Haus der Lords fülle sich rasch mit Holländern; die schönsten Domänen der Krone würden Holländern verliehen; die Armee werde von Holländern befehligt. Daß Wilhelm klug gethan haben würde, wenn er seine lobenswerthe Vorliebe für sein Vaterland etwas weniger auffallend an den Tag gelegt und seine alten Freunde etwas sparsamer belohnt hätte, ist vollkommen wahr. Aber es wird nicht leicht zu beweisen sein, daß er bei irgend einer wichtigen Gelegenheit während seiner ganzen Regierung die Interessen unserer Insel den Interessen der Vereinigten Provinzen nachstellte. Die Engländer waren jedoch in diesem Punkte zu Anfällen von Eifersucht geneigt, die sie ganz unfähig machten, der Vernunft Gehör zu geben. Einer der heftigsten dieser Anfälle trat im Jahre 1691 ein. Die Antipathie gegen die Holländer war zu der Zeit in allen Klassen stark, nirgends aber stärker als im Parlament und in der Armee.[43]

Diese Antipathie beschloß Marlborough zu benutzen, um, wie er Jakob und dessen Anhängern versicherte, eine Restauration herbeizuführen. Die Stimmung beider Häuser war von der Art, daß sie durch geschickte Behandlung nicht unwahrscheinlich bestimmt werden konnten, eine gemeinschaftliche Adresse zu überreichen, welche darum ersuchte, daß alle Ausländer aus dem Dienste Ihrer Majestäten entfernt werden möchten. Marlborough unternahm es, eine solche Adresse bei den Lords zu beantragen, und es würde nicht schwer gehalten haben, einen Gentleman von großem

Gewicht zu finden, der einen gleichen Antrag bei den Gemeinen gestellt hätte.

Wenn die Adresse durchging, was konnte Wilhelm dann thun? Würde er nachgeben und alle seine theuersten, ältesten und zuverlässigsten Freunde aus seiner Nähe entfernen? Es war kaum möglich zu glauben, daß er eine so schmerzliche und so demüthigende Concession machen würde. Fügte er sich nicht, so entstand ein Bruch zwischen ihm und dem Parlament und des Parlament hatte das Volk zur Stütze. Selbst ein kraft eines erblichen Titels regierender König hätte wohl vor einem solchen Kampfe mit den Ständen des Reichs zurückschrecken können. Einem Könige aber, dessen Rechtstitel auf einem Beschlusse der Stände des Reichs beruhten, mußte ein solcher Kampf fast unvermeidlich zum Verderben gereichen. Die letzte Hoffnung Wilhelm's war dann die Armee. Diese zu bearbeiten nahm Marlborough ebenfalls auf sich, und es ist höchst wahrscheinlich, daß ihm auch hier sein Plan gelungen sein würde. Sein Muth, seine Talente, seine noblen und gewinnenden Manieren, der glänzende Erfolg, den er bei jeder Gelegenheit wo er das Commando geführt, errungen, hatten ihn ungeachtet seiner schmutzigen Laster zum Liebling seiner Waffenbrüder gemacht. Sie waren stolz darauf, einen Landsmann zu haben, der bewiesen hatte, daß ihm nur die Gelegenheit fehlte, um es mit dem geschicktesten Marschall von Frankreich aufzunehmen. Bei den englischen Truppen waren die Holländer noch weniger beliebt als bei der Nation überhaupt. Wäre daher Marlborough, nachdem er sich die Mitwirkung einiger hoher Offiziere gesichert, im kritischen Augenblicke vor den Regimentern erschienen, die er in Flandern und in Irland zum Siege geführt, hätte er sie aufgefordert, sich um ihn zu schaaren, das Parlament zu beschützen und die Fremden zu vertreiben, so ist starker Grund zu der Annahme vorhanden, daß seinem Aufrufe Folge geleistet worden wäre. Es würde dann in seiner Macht gestanden haben, die Versprechungen zu erfüllen, die er seinem früheren Gebieter so feierlich gegeben.

Von allen Plänen, welche je zur Restauration Jakob's oder seiner Nachkommen entworfen wurden, versprach dieser der beste zu sein. Der Nationalstolz und der Haß gegen Willkürgewalt, welche bisher auf Wilhelm's Seite gewesen waren, würden sich jetzt gegen ihn gewendet haben. Hunderttausende, die ihr Leben aufs Spiel gesetzt haben würden, um eine französische Armee zu verhindern, den Engländern eine Regierung aufzudringen, würden keine Lust gezeigt haben, eine englische Armee am Hinaustreiben der Holländer zu hindern. Selbst die Whigs konnten, ohne ihre alten Grundsätze aufzugeben, kaum einen Fürsten unterstützen, der sich hartnäckig weigerte, den ihm durch sein Parlament kund gegebenen allgemeinen Wunsch seines Volks zu erfüllen. Das Complot lief sich ganz gut an. Es wurden eifrig Stimmen geworben, und viele Mitglieder des Hauses der Gemeinen, die nicht die entfernteste Ahnung davon hatten, daß ein weitergehender Plan dahinter steckte, versprachen gegen die Fremden zu stimmen. Marlborough war unermüdlich, die Mißstimmung der Armee zu nähren. Sein Haus war beständig mit Offizieren angefüllt, die sich durch Schmähen der Holländer bis zur Wuth erhitzten. Noch ehe aber die Vorbereitungen beendigt waren, stieg in einem der Jakobiten ein sonderbarer Verdacht auf. Daß der Urheber dieses kühnen und schlauen Planes die bestehende Regierung stürzen wollte, konnte kaum einem Zweifel unterliegen. Aber war es auch ganz gewiß, welche andre Regierung er einzusetzen gedachte? Konnte er nicht Wilhelm absetzen, ohne Jakob einzusetzen? War es nicht möglich, daß ein so kluger, so ehrgeiziger und so gewissenloser Mann einen doppelten Verrath im Sinne haben konnte, einen Verrath, den die großen italienischen Politiker des 15. Jahrhunderts ein Meisterstück der Staatskunst genannt, um den ihn ein Borgia beneidet, den ein Machiavel bis in den Himmel erhoben haben würde? Wie, wenn dieser vollendete Heuchler beide rivalisirende Könige betrog? Wie, wenn er als Befehlshaber der Armee und als Protector des Parlaments die Prinzessin Anna zur Königin proklamirte? War es nicht möglich, daß die ermüdete und gehetzte Nation sich eine solche Einrichtung willig gefallen ließ? Jakob war unpopulär, weil er ein unter dem Einflusse papistischer Priester stehender Papist war. Wilhelm war unpopulär, weil er ein ausländischen Günstlingen zugethaner Ausländer war. Anna war zu gleicher Zeit Protestantin und Engländerin. Unter ihrer Regierung konnte das Land nicht in die Gefahr kommen, entweder mit Jesuiten oder mit Holländern überschwemmt zu werden. Daß Marlborough die stärksten Gründe hatte, sie auf den Thron zu setzen, lag auf der Hand. Am Hofe ihres Vaters konnte er nie etwas Andres als ein reuiger Sünder sein, dessen Dienste durch einen Pardon mehr als bezahlt waren. An ihrem Hofe aber wäre der Gatte ihrer geliebten Freundin das geworden, was Pipin Heristall und Karl Martell den Chilperich und Childebert gewesen waren. Die oberste Leitung der Civil- und Militärverwaltung wäre in seine Hände gekommen, er hätte über die ganze Macht England's verfügt, er hätte die Wagschale Europa's gehalten, große Könige und Republiken hätten um seine Gunst gebuhlt und ihre Staatskassen erschöpft in der eitlen Hoffnung, seine Habsucht zu befriedigen. Es war daher anzunehmen, daß, wenn er die englische Krone in seine Gewalt bekam, er sie der Prinzessin aufsetzen würde. Welche Beweise die Richtigkeit dieser Annahme unterstützten, ist nicht bekannt; soviel aber ist gewiß, daß sich etwas ereignete, was einige der ergebensten Freunde der verbannten Familie überzeugte, daß er eine neue Perfidie im Sinne habe, welche selbst das noch übertraf, was er in Salisbury gethan. Sie fürchteten daß, wenn es ihnen in diesem Augenblicke gelang, Wilhelm los zu werden, Jakob's Situation hoffnungsloser als je sein würde.

[Marlborough's Complot durch die Jakobiten verrathen.]

Sie waren von der Falschheit ihres Complicen so fest überzeugt, daß sie sich nicht nur weigerten, in der Ausführung des von ihm entworfenen Planes weiter zu gehen, sondern den ganzen Anschlag Portland entdeckten.

Wilhelm scheint durch diese Mittheilung in einem bei ihm ganz ungewöhnlichen Grade beunruhigt und aufgebracht worden zu sein. Er war sonst nachsichtig, ja sogar absichtlich blind für die Schlechtigkeit der englischen Staatsmänner, die er in seinem Dienste verwendete. Er ahnete, er wußte sogar, daß einige seiner Diener mit seinem Nebenbuhler in Correspondenz standen, und doch bestrafte er sie nicht, verabschiedete sie nicht und zeigte ihnen nicht einmal ein finstres Gesicht. Er schätzte das ganze Geschlecht von Staatsmännern, welches die Restauration gebildet und der Revolution hinterlassen hatte, gering, und er hatte nur zu guten Grund, sie gering zu schätzen. Er kannte sie zu gut, als das er sich hätte darüber beklagen sollen, daß er bei ihnen keine Wahrhaftigkeit, Treue, Consequenz und Uneigennützigkeit fand. Das Aeußerste was er von ihnen erwartete, war, daß sie ihm dienen würden, soweit als sie ihm ohne Gefahr für sich selbst dienen konnten. Wenn er hörte, daß sie, während sie in seinem Staatsrathe saßen und von seiner Freigebigkeit reich wurden, sich in Saint-Germains einen Einfluß zu verschaffen suchten, der ihnen im Falle einer Contrerevolution von Nutzen sein konnte, so war er eher geneigt ihnen das geringschätzende Lob zu ertheilen, das vor Alters der weltlichen Klugheit des ungerechten Hausverwalters gezollt wurde, als sie zu strenger Rechenschaft zu ziehen. Aber Marlborough's Verbrechen war von ganz andrer Art. Sein Verrath war nicht der eines Kleinmüthigen, der sich für alle Fälle eine Hinterthür offen halten will, sondern der eines Mannes von furchtlosem Muthe, großer Klugheit und maßlosem Ehrgeize. Wilhelm war nicht zur Furcht geneigt; aber wenn es irgend etwas in der Welt gab was er fürchtete, so war es Marlborough. Den Verbrecher so zu behandeln wie er es verdiente, war allerdings unmöglich, denn Die, welche seine Absichten der Regierung verrathen hatten, würden sich nie dazu verstanden haben, gegen ihn in der Zeugenloge zu erscheinen; aber ihm das Obercommando der Armee zu lassen, die er eben zu verführen beschäftigt war, würde Wahnsinn gewesen sein.

[Marlborough's Ungnade.]

Spät am Abend des 9. Januar hatte die Königin eine peinliche Unterredung mit der Prinzessin Anna. Am andern Morgen in der Frühe wurde Marlborough benachrichtigt, daß Ihre Majestäten seiner Dienste ferner nicht bedürften und daß er sich nicht beikommen lassen solle, wieder vor dem Könige oder der Königin zu erscheinen. Er war mit Ehren, und, was ihm noch viel lieber gewesen war, mit Reichthümern überschüttet worden. Dies Alles wurde ihm plötzlich entzogen.

[Verschiedene Gerüchte über die Ursache von Marlborough's Ungnade.]

Die wahre Geschichte dieser Vorgänge war nur Wenigen bekannt. Evelyn, der gewöhnlich vortreffliche Erkundigungsquellen hatte, glaubte, daß die Bestechlichkeit und die Erpressung, deren Marlborough sich notorisch schuldig gemacht hatte, den königlichen Unwillen erregt hätten. Die holländischen Minister konnten den Generalstaaten nur sagen, daß Marlborough's Feinde sechs verschiedene Geschichten in Umlauf gebracht hätten. Einige sagten, er habe sich indiscreterweise ein wichtiges militärisches Geheimniß entschlüpfen lassen; Andere, er habe unehrerbietig von Ihren Majestäten gesprochen; Andere, er habe zwischen der Königin und der Prinzessin Unfrieden gestiftet; Andere, er habe in der Armee Cabalen geschmiedet; Andere, er habe unbefugterweise mit der dänischen Regierung über die allgemeine europäische Politik correspondirt; noch Andere endlich, er habe mit den Agenten des Hofes von Saint-Germains verkehrt.[44] Seine Freunde widersprachen allen diesen Geschichten und behaupteten, sein einziges Verbrechen bestehe in seiner Abneigung gegen die Fremden, die über seine Landsleute dominirten, und er sei ein Opfer der Machinationen Portland's geworden, von dem man wußte, daß er ihn nicht leiden konnte und den er eben nicht sehr artig einen hölzernen Patron genannt hatte. Das von Anfang an über der Geschichte von Marlborough's Ungnade schwebende Dunkel wurde nach Verlauf von funfzig Jahren durch die schamlose Lügenhaftigkeit seiner Wittwe noch undurchdringlicher. Jakob's gedrängte Darstellung zerreißt den Geheimnißschleier und giebt nicht nur darüber Aufklärung, warum Marlborough in Ungnade fiel, sondern auch darüber, wie mehrere von den Gerüchten über die Ursache seiner Ungnade entstanden sind. [45]

[Bruch zwischen Marien und Anna.]

Wenn auch Wilhelm dem Publikum keinen Grund angab, warum er durch Entlassung seines Dieners seine unbestrittene Prärogative ausübte, so war doch Anna von dem wahren Sachverhalt unterrichtet worden, und man hatte es ihr überlassen zu beurtheilen, ob ein Offizier, der sich eines schändlichen

Verraths schuldig gemacht, ein passender Bewohner des Palastes sei. Drei Wochen vergingen. Lady Marlborough behielt noch immer ihren Posten und ihre Gemächer zu Whitehall inne, ihr Gatte wohnte noch immer bei ihr, und noch immer gaben der König und die Königin kein Zeichen von Mißfallen. Endlich beschloß die übermüthige und rachsüchtige Gräfin, durch ihre Langmuth dreist gemacht, ihnen offen zu trotzen, und begleitete ihre Gebieterin eines Abends in den Abendzirkel nach Kensington. Das war selbst der sanften Marie zu stark. Sie würde ihren Unwillen vor der ganzen Gesellschaft, welche die Spieltische umgab, geäußert haben, hätte sie nicht bedacht, daß ihre Schwester sich in einem Zustande befand, in welchem die Frauen Anspruch auf besondere Schonung haben. Sie sagte daher diesen Abend nichts; am folgenden Tage aber wurde der Prinzessin ein Brief von der Königin überbracht. Marie erklärte, daß sie eine Schwester, die sie liebe und bei der sie leicht über jeden gewöhnlichen Fehler hinwegsehen könne, ungern betrübe; aber die Sache sei zu ernst. Lady Marlborough müsse entlassen werden. So lange sie Whitehall bewohne, würde auch ihr Gatte daselbst wohnen. Sei es aber schicklich, daß ein Mann in seiner Lage den Palast seines beleidigten Gebieters bewohnen dürfe? Se. Majestät sei indessen so entschieden abgeneigt, selbst gegen den schlimmsten Uebelthäter mit Strenge zu verfahren, daß er auch dies sich habe gefallen lassen und es sich noch langer würde gefallen lassen haben, hätte nicht Anna die Gräfin veranlaßt, dem Könige und der Königin in ihrem eigenen Gesellschaftszimmer zu trotzen. „Es war unfreundlich von einer Schwester," schrieb Marie; „es würde unartig von einer Gleichstehenden gewesen sein, und ich brauche wohl nicht zu sagen, daß ich mehr beanspruchen darf." Die Prinzessin versuchte es in ihrer Antwort nicht, Marlborough zu rechtfertigen oder zu entschuldigen, sprach aber die feste Ueberzeugung aus, daß seine Gattin unschuldig sei, und beschwor die Königin, nicht auf einer so herzzerreißenden Trennung zu bestehen. „Es giebt kein Unglück," schrieb Anna, „das ich nicht eher würde ertragen können als den Gedanken, mich von ihr zu trennen."

Die Prinzessin ließ ihren Oheim Rochester kommen und bat ihn dringend, ihren Brief nach Kensington zu überbringen und dort ihr Fürsprecher zu sein. Rochester lehnte das Amt des Boten ab und zeigte sich, obwohl er die Eintracht zwischen seinen Verwandten herzustellen versuchte, durchaus nicht geneigt, zu Gunsten der Churchill zu sprechen. Er sah in der That schon seit langer Zeit mit höchstem Mißfallen die unbedingte Herrschaft, welche dieses characterlose Ehepaar über seine jüngere Nichte ausübte. Anna's Schreiben wurde sonach der Königin durch einen Diener übersandt. Die einzige Antwort darauf war ein Handbillet von dem Lord Kammerherrn, Dorset, welches Lady Marlborough befahl, den Palast zu verlassen. Mrs. Morley wollte sich nicht von Mrs. Freeman trennen, und Mr.

Morley war jeder Aufenthaltsort recht, wo er seine drei Gänge und seine drei Flaschen haben konnte. Die Prinzessin zog sich daher mit ihrer ganzen Familie nach Sion House, einer dem Herzoge von Somerset gehörenden, am Ufer der Themse gelegenen Villa zurück. In London bewohnte sie Berkeley House, das in Piccadilly in der Gegend stand, wo sich jetzt Devonshire House befindet.[46] Ihr Einkommen war ihr durch eine Parlamentsacte gesichert, aber keine Strafe, welche die Krone über sie zu verhängen die Macht hatte, wurde gespart. Ihre Ehrenwache wurde ihr entzogen. Die fremden Gesandten machten ihr nicht mehr die Aufwartung. Wenn sie nach Bath ging, schrieb der Staatssekretär an den dortigen Mayor, um ihn aufzufordern, sie nicht mit den Ehrenbezeigungen zu empfangen, mit denen königliche Besucher bewillkommnet zu werden pflegten. Wenn sie in der St. James-Kirche dem Gottesdienste beiwohnte, bemerkte sie, daß es dem Rector untersagt worden war, ihr die üblichen Achtungsbezeigungen zu erweisen, sich auf der Kanzel vor ihr zu verbeugen und eine Abschrift des Predigttextes auf ihr Kissen legen zu lassen. Selbst der Nachtwächter von Piccadilly, sagte man, vielleicht fälschlich, habe Ordre gehabt, nicht mehr unter ihren Fenstern von Berkeley House ihr Lob in seinen holprigen Versen zu singen.[47]

Daß Anna Unrecht hatte, war klar; nicht ganz so klar aber war es, ob der König und die Königin Recht hatten. Sie hätten ihr Mißfallen entweder ganz verbergen, oder die wahren Gründe desselben offen erklären sollen. Leider jedoch ließen sie Jedermann die Strafe sehen, aber kaum irgend Jemanden die Veranlassung dazu erfahren. Sie hätten bedenken sollen, daß bei mangelnder Kenntniß der Ursache eines Streits das Publikum von vornherein geneigt ist, für den schwächeren Theil Partei zu nehmen und daß diese Geneigtheit in dem Falle ganz besonders stark sein muß, wenn eine Schwester ohne sichtbaren Grund von einer Schwester hart behandelt wird. Sie hätten ferner auch bedenken sollen, daß sie die einzige verwundbare Seite von Mariens Character Angriffen preisgaben. Ein hartes Geschick hatte sie mit ihrem Vater verfeindet. Ihre Verleumder sprachen ihr jede natürliche Kindesliebe ab und selbst ihre Lobredner mußten, wenn sie von der Art und Weise sprachen, wie sie sich ihrer Kindespflichten entledigte, einen gedämpften und apologetischen Ton annehmen. Es konnte sich daher nicht unglücklicher treffen, als daß sie zum zweiten Male der Bande des Bluts uneingedenk erschien. So lag sie also nun im offenen Kriege mit den beiden Personen, die ihr nach dem Verwandtschaftsgrade am nächsten standen. Viele, welche ihr Benehmen gegen ihren Vater durch die dringende Gefahr, die ihr Vaterland und ihre Religion bedroht hatte, für gerechtfertigt hielten, vermochten nicht, ihr Verfahren gegen ihre Schwester zu vertheidigen. Während Marie, der man in dieser Angelegenheit thatsächlich nichts Schlimmeres zur Last legen konnte als Unbesonnenheit, von der Welt als eine Tyrannin betrachtet wurde, spielte Anna, die so strafbar war, als sie ihren geringen Fähigkeiten nach es nur immer sein konnte, die Theilnahme erweckende Rolle einer sanften, ergebenen Dulderin. In den vertrauten Briefen, welche mit dem Namen Morley unterschrieben waren, sprach die Prinzessin zwar die Gesinnungen einer Furie im Style eines Fischweibes aus, schimpfte maßlos auf die ganze holländische Nation und nannte ihren Schwager bald eine Ausgeburt, bald ein Monstrum, bald einen Caliban.[48] Aber die Nation hörte von ihrer Sprache und sah von ihrem Benehmen nur was anständig und unterwürfig war. Das Wahre scheint gewesen zu sein, daß die hämische und niedrigdenkende Gräfin den Ton der vertraulichen Correspondenz Ihrer Hoheit angab, während der liebenswürdige, ruhige und kluge Earl das Verfahren vorschreiben durfte, das der Oeffentlichkeit gegenüber zu beobachten war. Eine kurze Zeit lang wurde die Königin allgemein getadelt. Aber der Zauber ihres Characters und ihres Benehmens war unwiderstehlich, und binnen wenigen Monaten erlangte sie die verlorene Popularität wieder.[49]

[Fuller's Complot.]

Es war ein für Marlborough sehr glücklicher Umstand, daß gerade zu der Zeit als ganz London von seiner Ungnade sprach und die Ursache von des Königs plötzlichem Zorn gegen einen Mann, der stets ein Günstling gewesen zu sein schien, zu errathen suchte, durch Wilhelm Fuller eine Anklage auf Hochverrath erhoben, genau untersucht und als böswillige Erdichtung erwiesen wurde. Die Folge davon war, daß das Publikum, das selten streng unterscheidet, in diesem Augenblicke nicht leicht dahin gebracht werden konnte, an die Existenz einer jakobitischen Verschwörung zu glauben.

Daß Fuller's Complot weniger berühmt ist als das papistische Complot, ist mehr Schuld der Geschichtsschreiber als Fuller's, der sein Möglichstes that, um sich einen hervorragenden Platz unter den Schurken zu sichern. Jeder, der in der Geschichte wohl bewandert ist, muß die Bemerkung gemacht haben, daß die Verderbtheit ihre temporären Moden hat, welche aufkommen und wieder verschwinden wie Kleider- und Möbelmoden. Es darf bezweifelt werden, ob in unsrem Lande vor dem Jahre 1678 irgend Jemand eine gänzlich erdichtete umständliche Geschichte von einem hochverrätherischen Complot zu dem Zwecke erfand und eidlich erhärtete, um sich dadurch einen Namen zu machen, daß er Männer, die ihm nichts gethan hatten ins Verderben stürzte. Im Jahre 1678 aber wurde dieses abscheuliche Verbrechen Mode und blieb es während der nächstfolgenden zwanzig Jahre. Prediger bezeichneten es als unsre characteristische Nationalsünde und prophezeiten, daß es ein furchtbares nationales Gericht über uns bringen werde. Gesetzgeber schlugen neue Strafen von äußerster Strenge für diese neue Schändlichkeit vor.[50] Doch es wurde nicht für nöthig befunden, diese Strafen anzuwenden. Die

Mode wechselte, und während der letzten hundertfunfzig Jahre ist vielleicht kein einziger Fall von dieser eigenthümlichen Art von Schlechtigkeit mehr vorgekommen.

Die Erklärung ist sehr einfach. Oates war der Gründer einer Schule. Sein Erfolg beweist, daß kein Roman so unsinnig sein kann, um nicht bei Menschen, deren Verstand durch Furcht und Haß verwirrt ist, Glauben zu finden. Seine Verleumdungen waren empörend, aber sie waren der Zeit angepaßt, er sprach zu Leuten, die ihre Leidenschaften leichtgläubig machten, und so erhob er sich durch unverschämtes und herzloses Lügen binnen einer Woche aus Armuth und Dunkel zu Luxus, Berühmtheit und Macht. Er hatte einst die geringen Zehnten eines dürftigen Vicariats dadurch vermehrt, daß er seinen Pfarrkindern die Ferkel und das Geflügel stahl.[51] Jetzt bewohnte er einen Palast, bewundernde Volkshaufen begleiteten ihn auf der Straße, das Vermögen und das Leben eines Howard und eines Herbert waren in seiner Gewalt. Alsbald tauchte ein Heer von Nachahmern auf. Es schien durch Denunciren einer erdichteten Verschwörung viel mehr zu verdienen und viel weniger zu riskiren zu sein, als durch Straßenraub oder durch Beschneiden des Geldes. In Folge dessen beeilten sich die Bedloe, die Dangerfield, die Dugdale und die Turbervile, ihre Industrie einer Beschäftigung zuzuwenden, die zugleich einträglicher und minder gefährlich war als irgend eine, an die sie gewöhnt waren. Bis zur Auflösung des Oxforder Parlaments waren papistische Complots der Hauptfabrikationszweig. Dann waren sieben Jahre lang whiggistische Complots die einzigen, die etwas abwarfen. Nach der Revolution kamen die jakobitischen Complots auf; aber das Publikum war vorsichtig geworden, und obgleich die neuen falschen Zeugen in keiner Hinsicht minder geschickt waren als ihre Vorgänger, so fanden sie doch weit weniger Aufmunterung. Die Geschichte des ersten großen Schlages, das dem Treiben dieser verworfenen Race von Menschen versetzt wurde, verdient wohl ausführlich erzählt zu werden.

Im Jahre 1689 und zu Anfang des Jahres 1690 hatte Wilhelm Fuller der Regierung Dienste geleistet, wie auch die beste Regierung ihrer zuweilen bedarf, wie sie aber nur von den schlechtesten Menschen geleistet werden. Seine nützliche Verrätherei war von denen, die ihn gebraucht hatten, gebührenderweise mit Geld und mit Verachtung bezahlt worden. Ihre Freigebigkeit setzte ihn in den Stand, einige Monate wie ein eleganter Gentleman zu leben. Er nannte sich Oberst, miethete Bedienten, kleidete sie in prachtvolle Livreen, kaufte schöne Pferde, wohnte in Pall Mall und zeigte seine freche Stirn, über der eine Perrücke für funfzig Guineen thronte, in den Vorzimmern des Palastes und in der Prosceniumsloge des Theaters. Er gab sich sogar das Ansehen eines königlichen Günstlings und, als ob er geglaubt hätte Wilhelm könne ohne ihn nicht leben, folgte er Sr. Majestät zuerst nach

Irland und dann zum Fürstencongreß im Haag. Fuller rühmte sich nachmals, er sei im Haag mit einem eines Gesandten würdigen Gefolge aufgetreten, habe zehn Guineen die Woche für eine Wohnung bezahlt und die schlechteste Weste, die er zu tragen sich herabgelassen habe, sei von Silberstoff zu vierzig Schilling die Yard gewesen. Eine solche Verschwendung machte ihn natürlich wieder arm. Bald nach seiner Rückkehr nach England flüchtete er sich vor den Gerichtsdienern nach Axe Yard, einem im Bezirk von Whitehall gelegenen Platze. Seine Finanzen waren trostlos; er schuldete große Summen, an die Regierung hatte er keine Ansprüche mehr; seine vergangenen Dienste waren überreichlich bezahlt worden und zukünftige Dienste erwartete man nicht von ihm; nachdem er als Kronzeuge in der Zeugenloge gestanden hatte, konnte er ferner nicht mehr als Spion bei den Jakobiten verwendet werden, und von jedem Ehrenmanne, welcher Partei er auch angehören mochte, wurde er verabscheut und gemieden.

Gerade zu dieser Zeit, als er sich in der Stimmung befand, in der der Mensch den schlimmsten Versuchungen zugänglich ist, begegnete er dem schlimmsten Versucher, dem Teufel in Menschengestalt. Oates hatte seine Freiheit, seine Begnadigung und eine Pension erhalten, die ihn zu einem reicheren Manne machten als neunzehn Zwanzigstel der Mitglieder des Standes, dessen Schande er war. Aber er war noch nicht zufrieden. Er beklagte sich, daß er jetzt nur dreihundert Pfund jährlich habe, während er in den goldenen Tagen des Complots dreimal so viel bekommen, eine prächtige Wohnung im Palaste gehabt, auf Silbergeschirr gespeist und sich in Seide gekleidet habe. Er verlangte eine Erhöhung seines Gehalts, ja er war sogar unverschämt genug, um ein geistliches Amt nachzusuchen und hielt es für hart, daß, während so viele Mitren verliehen würden, er keine Dechanei, keine Präbende, nicht einmal eine Pfarre erlangen könne. Er versäumte keine Gelegenheit, um seine Ansprüche geltend zu machen. Er trieb sich in den öffentlichen Bureaux und in den Vorzimmern der Parlamentshäuser umher. Jeden Tag konnte man ihn sehen und hören, wie er so schnell als seine ungeraden Beine ihn tragen wollten, zwischen Charing Croß und Westminster Hall hin und her lief, von Hast und Selbstgefühl aufgebläht, wie er von seinen Thaten für die gute Sache schwatzte und im Tone eines Ruderknechtes auf alle die Staatsmänner und Geistlichen schimpfte, von denen er argwöhnte, daß sie ihn bei Hofe anschwärzten und ihn um ein Bisthum brächten. Als er sah, daß bei der Landeskirche keine Hoffnung mehr für ihn war, wendete er sich zu den Baptisten. Sie nahmen ihn anfangs sehr kalt auf; aber er entwarf so rührende Schilderungen von dem wunderbaren Gnadenwerke, das in seiner Seele vorgegangen sei und gelobte so feierlich bei Jehova und den heiligen Engeln, fortan ein brennendes und leuchtendes Licht zu sein, daß es einfachen und gutherzigen Leuten schwer wurde, ihn für einen vollständigen Heuchler zu halten. Er traure, sagte er, wie eine Turteltaube. An einem Sonntage habe er gemeint, er müsse vor Gram sterben, daß er von der Gemeinschaft mit den Heiligen ausgeschlossen bleiben solle. So wurde er endlich in die Gemeinde aufgenommen; noch ehe er aber ein Jahr unter seinen neuen Freunden zugebracht, kamen sie hinter seinen wahren Character und stießen ihn feierlich als einen Heuchler aus. Von diesem Augenblicke an wurde er der Todfeind der Baptistenhäupter und verfolgte sie mit der nämlichen Heimtücke, der nämlichen Lügenhaftigkeit, der nämlichen Frechheit und der nämlichen schwarzen Bosheit, welche viele Jahre früher berühmtere Opfer ins Verderben gestürzt hatten. Die, welche noch unlängst durch die Schilderung seiner heiligen Erfahrungen erbaut worden waren, hörten ihn mit Entsetzen ausrufen, daß er sich rächen werde, daß Rache ein gottselig köstlich Ding sei, daß die Schurken, die ihn excommunicirt hätten, zu Grunde gerichtet, daß sie gezwungen werden sollten, aus ihrem Vaterlande zu flüchten, daß sie bis auf den letzten Schilling ausgezogen werden sollten. Seine Pläne wurden endlich durch ein sehr vernünftiges Decret des Kanzleigerichtshofes vereitelt, ein Decret, das auf dem Rufe eines gewöhnlichen Menschen einen tiefen Schandfleck zurückgelassen haben würde, das aber die Infamie des Titus Oates nicht erheblich vermehrte.[52] Durch alle Wechselfälle jedoch war er von einer kleinen Schaar hitzköpfiger und lästerzüngiger Agitatoren umringt, die sich, obwohl von jedem ehrenwerthen Whig verabscheut und verachtet, Whigs nannten und die sich zurückgesetzt glaubten, weil sie für Gemeinheiten und Verleumdungen nicht mit den besten Kronstellen belohnt wurden.

Im Jahre 1691 hatte Titus, um dem Mittelpunkte der politischen Intriguen und Parteiumtrieben nahe zu sein, ein Haus innerhalb des Bezirks von Whitehall bezogen. In diesem Hause erlangte Fuller, der dicht nebenan wohnte, Zutritt. Das böse Werk, das die Memoiren Dangerfield's in ihm begonnen hatten, als er noch ein Knabe war, wurde jetzt durch die Unterhaltung mit Oates vollendet. Der Salamancadoctor war als Zeuge nicht mehr furchtbar; aber er wurde theils durch die hämische Bosheit, die er gegen Alle empfand, die er für seine Feinde hielt, theils durch eine bloße affenartige Ruhelosigkeit und Liebe zum Unheilstiften angetrieben, das was er persönlich nicht mehr thun konnte, durch die Vermittlung Anderer zu thun. In Fuller hatte er das verdorbene Herz, die gewandte Zunge und die schamlose Stirn gefunden, welche die ersten Erfordernisse für das Amt eines falschen Anklägers sind. Es entstand eine Freundschaft, wenn man sich dieses Wortes hier bedienen darf, zwischen dem Paare. Oates öffnete Fuller sein Haus und sogar seine Börse. Der erfahrene Sünder gab dem Neulinge, theils direct, theils durch seine Anhänger, zu verstehen, daß nichts einen Mann zu solcher Bedeutung erhebe, als die Entdeckung eines Complots und daß jetzt eine Zeit sei, in der ein junger Mensch, der vor nichts zurückschrecke und Niemanden fürchte, Wunder thun könne. Die Revolution — so lautete die Sprache, welche Titus und seine Parasiten beständig führten — habe nicht viel Gutes gebracht. Die Feuerköpfe Shaftesbury's seien nicht nach ihren Verdiensten belohnt worden. Selbst der Doctor, so weit gehe die Undankbarkeit der Menschen, werde an dem neuen Hofe mit Kälte behandelt. Schurkische Tories säßen im Staatsrathe und hätten Zutritt im königlichen Cabinet. Es würde eine edle That sein, wenn man ihre Köpfe unter das Beil brächte. Vor Allem würde es eine Lust sein, Nottingham's langes, feierliches Gesicht auf Tower Hill zu sehen. Denn der Haß dieser schlechten Menschen gegen Nottingham kannte keine Grenzen und wurde wahrscheinlich weniger durch seine politischen Ansichten, an denen allerdings Manches auszusetzen war, als durch seinen moralischen Character erweckt, in welchem auch die strengste Untersuchung wenig finden wird, was nicht Beifall verdiente. Oates hielt seinen Schüler mit der wichtigen Miene, welche Erfahrung und Erfolg einen Lehrer anzunehmen berechtigen, eine Vorlesung über die Kunst, falsches Zeugniß abzulegen. „Sie hätten," sprach er unter zahlreichen Schwüren und Flüchen „aus dem was Sie in Saint-Germains hörten und sahen, viel größeren Nutzen ziehen können. Nie gab es eine schönere Grundlage zu einem Complot. Aber Sie sind ein Thor, Sie sind ein Narr, ich könnte Sie prügeln. Ich würde es anders gemacht haben. Ich ging zu Karl und machte ihm die Hölle heiß. Ich nannte Lauderdale ins Gesicht einen Schurken. Der König, die Minister, die Lords und die Gemeinen hatten Furcht vor mir. Aber Sie junger Mann haben keine Courage." Fuller war höchst erbaut durch diese Reden. Indessen wurde ihm durch einige seiner Genossen angedeutet, daß, wenn er das Geschäft betreiben wolle, Leute durch seine Zeugenaussagen an den Galgen zu bringen, er wohl thun würde, sich nicht so oft in Titus' Gesellschaft in Kaffeehäusern zu zeigen. „Der Doctor," sagte einer von der Bande, „ist ein vortrefflicher Mann und hat zu seiner Zeit Großes bewirkt, aber viele Leute haben ein Vorurtheil gegen ihn, und wenn sie wirklich im Begriff sind ein Complot zu entdecken, so wird es um so besser für Sie sein, je seltener man Sie in seiner Gesellschaft sieht." Fuller stellte in Folge dessen seine Besuche in Oates' Hause ein, erhielt aber noch immer in der Stille Instructionen von seinem großen Meister.

Man muß Fuller die Gerechtigkeit widerfahren lassen, daß er das Geschäft eines falschen Zeugen erst ergriff, als er sich nicht mehr durch Bettelei oder Schwindelei zu erhalten vermochte. Eine Zeit lang lebte er von der Mildthätigkeit der Königin. Dann erhob er Contributionen, indem er sich für ein Mitglied der vornehmen Familie Sidney ausgab. Er schwatzte Tillotson etwas Geld ab und vergalt die Gefälligkeit des guten Erzbischofs damit, daß er sich als den Lieblingsneffen Sr. Gnaden gerirte. Allein im

Herbst 1691 waren alle diese Hülfsquellen erschöpft. Nachdem Fuller in mehreren Schuldgefängnissen gesessen hatte, wurde er endlich im Gefängnisse der King's Bench einquartirt, und jetzt hielt er es für Zeit anzukündigen, daß er ein Complot entdeckt habe.[53]

Er wendete sich zuerst an Tillotson und Portland; aber Beide bemerkten bald, daß er log. Seine Aussagen wurden jedoch dem Könige mitgetheilt, der, wie sich erwarten ließ, die Denunciation sowohl als den Denuncianten mit kalter Verachtung behandelte. Es blieb nun weiter nichts übrig, als zu versuchen, ob im Parlament eine Flamme angefacht werden könnte.

Bald nachdem die Häuser sich versammelt hatten, petitionirte Fuller bei den Gemeinen um Anhörung dessen was er zu sagen habe, und versprach wunderbare Enthüllungen. Er wurde aus seinem Kerker vor die Schranke des Hauses gebracht und wiederholte hier einen langen Roman. Jakob, sagte er, habe die königliche Autorität sechs Commissaren übertragen, deren erster Halifax sei. Mehr als funfzig Lords und Gentlemen hätten eine Adresse an den französischen König unterzeichnet, worin sie ihn dringend bäten, eine große Anstrengung zur Restauration des Hauses Stuart zu machen. Fuller erklärte, daß er die Adresse gesehen habe, und nannte mehrere der unterzeichneten Namen. Einige Mitglieder äußerten sich sehr stark über die Unwahrscheinlichkeit der Geschichte und über den Character des Angebers. Er sei, meinten sie, einer der größten Schurken auf Gottes Erdboden und erzähle Dinge, die man kaum glauben könne, wenn er ein Engel vom Himmel wäre. Fuller machte sich mit frecher Stimme anheischig, Beweise beizubringen, die auch dem Ungläubigsten genügen würden. Er behauptete er stehe mit einigen von Jakob's Agenten in Verbindung, welche bereit seien wieder gut zu machen, was sie gegen ihr Vaterland verschuldet. Ihr Zeugniß werde entscheidend sein, denn sie seien im Besitz schriftlicher Beweise, welche die Schuldigen niederschmettern würden. Sie hielten damit nur deshalb zurück, weil sie einige der Verräther auf hohen Posten und in der Nähe des Königs sahen und fürchteten, sich die Feindschaft so mächtiger und so böser Menschen zuzuziehen. Fuller schloß damit, daß er eine Summe Geldes verlangte und den Gemeinen versicherte, er werde es nutzbringend verwenden.[54] Wäre sein unverschämtes Verlangen erfüllt worden, so würde er wahrscheinlich seine Schulden bezahlt, seine Freiheit erlangt und sich aus dem Staube gemacht haben; aber das Haus bestand wohlweislich darauf, seine Zeugen erst zu sehen. Da begann er Ausflüchte zu machen. Die Herren seien auf dem Continent und könnten ohne Pässe nicht herüberkommen. Es wurden ihm Pässe gegeben; aber er erklärte dieselben für ungenügend. Da die Gemeinen sich fest vorgenommen hatten, der Sache auf den Grund zu gehen, überreichten sie dem Könige eine Adresse, worin sie ihn ersuchten, Fuller einen Blancogeleitsbrief in weitester Ausdehnung zu senden.[55] Der König schickte den Geleitsbrief. Es vergingen sechs Wochen, und man hörte nichts von den Zeugen. Die Freunde der angeklagten Lords und Gentlemen drangen energisch darauf, daß das Haus sich für den Sommer nicht trennen dürfe, ohne über so schwere Beschuldigungen zu einer Entscheidung gekommen zu sein. Fuller wurde citirt. Er schützte Krankheit vor und behauptete, nicht zum ersten Male, die Jakobiten hätten ihn vergiftet. Aber alle seine Pläne wurden durch die lobenswerthe Eil und Energie, mit der die Gemeinen zu Werke gingen, vereitelt. Es wurde ein Ausschuß an sein Bett geschickt, mit der Weisung zu ermitteln, ob er wirklich Zeugen habe und wo diese Zeugen sich aufhielten. Die zu diesem Zwecke abgeordneten Mitglieder begaben sich in das Gefängniß der King's Bench und fanden ihn an einer Unpäßlichkeit leidend, welche aller Wahrscheinlichkeit nach durch ein Brechmittel verursacht war, das er verschluckt hatte, um sie zu täuschen. In Antwort auf ihre Fragen gab er an, daß zwei von seinen Zeugen, Delaval und Hayes in England seien und im Hause eines katholischen Apothekers in Holborn wohnten. Sobald der Ausschuß seinen Bericht erstattet hatte, schickten die Gemeinen einige Mitglieder nach dem bezeichneten Hause. Dieses so wie alle Nebenhäuser wurden durchsucht, aber Delaval und Hayes wurden nicht gefunden und kein Mensch in der Nachbarschaft hatte je von Leuten dieses Namens etwas gesehen noch gehört. Das Haus faßte daher am letzten Sessionstage, kurz ehe der schwarze Stab an die Thür klopfte, den einstimmigen Beschluß, daß Wilhelm Fuller ein Betrüger und falscher Ankläger sei, daß er die Regierung und das Parlament beleidigt, daß er ehrenwerthe Männer verleumdet habe und daß dem Throne eine Adresse überreicht werden solle, welche darum ersuchte, ihm wegen seiner Schurkerei den Prozeß zu machen.[56] Er wurde demgemäß in Untersuchung gezogen, für schuldig befunden und zu Geldstrafe, Gefängnißhaft und Ausstellung am Pranger verurtheilt. Die Ausstellung, einem Menschen in dem nicht alles Schamgefühl erstickt ist, schrecklicher als der Tod, ertrug er mit einem seiner beiden Lieblingsvorbilder, Dangerfield und Oates, würdigen Gleichmuth. Er hatte die Unverschämtheit, noch Jahre lang zu behaupten, daß er als ein Opfer der Machinationen des vorigen Königs gefallen sei, der es sich sechstausend Pfund Sterling habe kosten lassen, um ihn ins Verderben zu stürzen. Delaval und Hayes — so lautete diese Fabel — seien von Jakob persönlich instruirt gewesen. Sie hätten auf seinen Befehl Fuller überredet, sich für ihr Erscheinen mit seinem Worte zu verbürgen und dann hätten sie sich aus dem Staube gemacht und ihn dem Zorne des Hauses der Gemeinen überlassen.[57] Die Geschichte wurde so aufgenommen wie sie es verdiente. Fuller sank in ein Dunkel zurück, aus dem er noch einige Male in langen Zwischenräumen zu neuer Schande auftauchte.

[Schluß der Session; Bill zur Feststellung der

140

Am 24. Februar 1692, ungefähr eine Stunde nachdem die Gemeinen Fuller für einen Betrüger erklärt hatten, wurden sie in den Saal der Lords beschieden. Der König dankte den beiden Häusern für ihre Loyalität und Liberalität, benachrichtigte sie, daß er bald nach dem Continent reisen müsse, und befahl ihnen, sich zu vertagen. Er ertheilte an diesem Tage vielen Bills, öffentlichen wie privaten, seine Genehmigung, als aber der Sekretär der Krone den Titel einer Bill, welche im Unterhause ohne eine einzige Abstimmung und im Oberhause ohne einen einzigen Protest angenommen worden war, vorgelesen hatte, erklärte der Sekretär der Parlamente der alten Form gemäß, der König und die Königin würden sich die Sache überlegen. Diese Worte waren vor Wilhelm's Thronbesteigung selten ausgesprochen worden, und seit seinem Tode hat man sie nur ein Mal gehört. Von ihm aber wurde die Befugniß, gegen Gesetze, welche die Stände des Reichs angenommen hatten, sein Veto einzulegen, bei mehreren wichtigen Gelegenheiten ausgeübt. Seine Verleumder behaupteten ganz richtig, daß er eine größere Anzahl wichtiger Bills verworfen habe als alle Könige des Hauses Stuart zusammengenommen, und zogen daraus den albernen Schluß, daß er die Ansicht der Stände des Reichs weit weniger respectirt habe als seine Oheime und sein Großvater. Einem verständigen Geschichtsforscher wird es nicht schwer werden zu entdecken, warum Wilhelm zu wiederholten Malen eine Prärogative ausübte, zu welcher seine Vorfahren höchst selten ihre Zuflucht nahmen und die seine Nachfolger ganz außer Gebrauch haben kommen lassen.

Seine Vorgänger genehmigten leicht Gesetze, weil sie dieselben auch leicht brachen. Karl I. gab seine Zustimmung zu der Petition des Rechts und unmittelbar darauf verletzte er jede Klausel dieses wichtigen Gesetzes. Karl II. gab seine Zustimmung zu einer Acte, welche bestimmte, das mindestens alle drei Jahre ein Parlament gehalten werden sollte; aber als er starb, war das Land bereits nahe an vier Jahre ohne Parlament. Die Gesetze, welche den Gerichtshof der hohen Commission abschafften, die Gesetze, welche den Sakramentstest einführten, wurden ohne die geringste Schwierigkeit genehmigt; aber sie hielten Jakob II. nicht ab, den Gerichtshof der Hohen Commission wieder zu errichten und den Geheimen Rath, die öffentlichen Aemter, die Gerichtshöfe und die Municipalcorporationen mit Personen zu füllen, welche den Test niemals geleistet hatten. Nichts konnte natürlicher sein als daß ein König es nicht der Mühe werth hielt, seine Genehmigung einem Gesetz vorzuenthalten, dessen er sich entäußern konnte sobald er es für gut fand.

Wilhelm's Situation war eine ganz andre. Er konnte nicht wie Die, welche vor ihm regiert hatten, im Frühjahr ein Gesetz genehmigen und es im

Sommer verletzen. Er hatte, indem er der Rechtsbill seine Zustimmung ertheilte, der Dispensationsgewalt feierlich entsagt, und Klugheit sowohl wie Gewissenhaftigkeit und Ehrgefühl hielten ihn ab, den Vertrag zu brechen, kraft dessen er seine Krone trug. Ein Gesetz konnte ihm persönlich nachtheilig sein, es konnte ihm schädlich für sein Volk scheinen; aber sobald er es genehmigt hatte, war es in seinen Augen etwas Geheiligtes. Er hatte daher einen Grund, den frühere Könige nicht hatten, zu überlegen, ehe er ein solches Gesetz genehmigte. Sie gaben ihr Wort bereitwillig, weil sie kein Bedenken trugen es zu brechen. Er gab sein Wort schwer, weil er nie verfehlte es zu halten.

Obgleich indessen seine Lage weit verschieden war von der der Fürsten des Hauses Stuart, so war sie doch auch nicht genau die der Fürsten des Hauses Braunschweig. Ein Fürst des Hauses Braunschweig wird bezüglich der Ausübung jeder königlichen Prärogative von dem Rathe eines verantwortlichen Ministeriums geleitet, und dieses Ministerium muß aus der Partei genommen sein, die in den beiden Häusern, oder wenigstens im Unterhause die überwiegende ist. Es sind kaum Umstände denkbar, unter denen ein so gestellter Souverain sich weigern kann, eine Bill zu genehmigen, die von beiden Zweigen der Legislatur gebilligt worden ist. Einer solchen Weigerung würde nothwendig eines von den zwei Dingen zum Grunde liegen: daß der Souverain im Widerspruch mit dem Rathe des Ministeriums handelte, oder daß das Ministerium über eine Frage von wesentlicher Bedeutung mit einer Majorität der Gemeinen sowohl als der Lords im Streit lag. Unter jeder dieser beiden Voraussetzungen würde das Land in einer höchst kritischen Lage sein, in einer Lage, die, wenn sie lange dauerte, mit einer Revolution endigen müßte. Aber während des ersten Theils der Regierung Wilhelm's gab es kein Ministerium. Die Spitzen der ausübenden Verwaltung waren nicht ausschließlich einer der beiden Parteien entnommen. Einige waren eifrige Whigs, andere eifrige Tories. Die aufgeklärtesten Staatsmänner hielten es nicht für verfassungswidrig, daß der König seine höchsten Prärogativen bei den wichtigsten Gelegenheiten ohne eine andre Leitung als die seines eignen Urtheils ausübt. Seine Weigerung, eine Bill zu genehmigen, welche von beiden Häusern angenommen war, verrieth daher nicht, wie eine solche Weigerung jetzt thun würde, daß die ganze Regierungsmaschine in einem Zustande gefährlicher Unordnung war, sondern nur, daß bezüglich der Zweckmäßigkeit eines besonderen Gesetzes zwischen ihm und den beiden anderen Zweigen der Legislatur eine Meinungsverschiedenheit stattfand. Eine solche Meinungsverschiedenheit konnte existiren und existirte, wie wir nachher sehen werden, wirklich zu einer Zeit, als er mit den Ständen des Reichs nicht bloß auf freundlichem, sondern auf sehr herzlichem Fuße stand.

Die Umstände, unter denen er sein Veto zum ersten Male einlegte, sind nie genau dargestellt worden. Es war ein gutgemeinter, aber ungeschickter Versuch gemacht worden, eine Reform zu vervollständigen, welche die Rechtsbill unvollständig gelassen hatte. Dieses hochwichtige Gesetz hatte der Krone die Befugniß entzogen, die Richter willkürlich abzusetzen, hatte diese aber noch nicht ganz unabhängig gemacht. Ihre Besoldungen bestanden theils in Gebühren, theils in festen Gehalten. Ueber die Gebühren hatte der König keine Gewalt, die Gehalte aber konnte er nach Belieben reduciren oder ganz entziehen. Daß Wilhelm diese Befugniß je gemißbraucht habe, wurde nicht behauptet; aber es war unzweifelhaft eine Befugniß, die kein Fürst besitzen durfte, und dies war die Ansicht beider Häuser. Es wurde daher eine Bill eingebracht, welche jedem der zwölf Richter einen Jahrgehalt von tausend Pfund sicherte. Soweit war Alles gut. Unglücklicherweise aber wurde das erbliche Einkommen mit diesen Gehalten belastet. Jetzt würde im Hause der Gemeinen kein solcher Vorschlag aufrecht erhalten werden, ohne daß vorher die königliche Genehmigung durch ein Mitglied des Geheimen Raths angezeigt worden wäre. Aber diese heilsame Regel war damals noch nicht eingeführt, und Wilhelm konnte die Eigenthumsrechte der Krone nur dadurch vertheidigen, daß er sein Veto gegen die Bill einlegte. Damals wurden, soweit es sich jetzt noch ermitteln läßt, keine Stimmen dagegen laut. Selbst die jakobitischen Pasquillanten blieben fast ganz still. Erst als die Bestimmungen der Bill vergessen waren und man sich nur ihres Namens noch erinnerte, wurde Wilhelm beschuldigt, daß er sich von dem Wunsche habe leiten lassen, die Richter in einem Zustande von Abhängigkeit zu erhalten.[58]

[Ministerielle Veränderungen in England.]

Die Häuser gingen auseinander und der König traf Anstalten zur Reise nach dem Continent. Vor seiner Abreise nahm er noch einige Veränderungen in seinem Hofstaate und in mehreren Departements der Regierung vor, Veränderungen jedoch, welche keine entschiedene Bevorzugung einer der beiden großen politischen Parteien erkennen ließen. Rochester wurde in den Geheimen Rath vereidigt. Wahrscheinlich hatte er diesen Beweis der königlichen Gunst dem Umstande zu verdanken, daß er in dem unglücklichen Streite zwischen der Königin und ihrer Schwester die Partei der Ersteren genommen hatte. Pembroke übernahm das Geheimsiegel und erhielt bei der Admiralität Lord Charles Cornwallis, einen gemäßigten Tory, zum Nachfolger; Lowther nahm einen Sitz in demselben Collegium an und wurde im Schatzamte durch Sir Eduard Seymour ersetzt. Viele toryistische Landgentlemen, welche Seymour als ihren Führer in dem Kampfe gegen Angestellte und Holländer betrachtet hatten, waren ganz entrüstet als sie erfuhren, daß er ein Höfling geworden war. Sie erinnerten sich, daß er für eine Regentschaft gestimmt hatte, daß er die Eide mit Widerstreben geleistet, daß er ziemlich unehrerbietig von dem Souverain gesprochen hatte, dem er jetzt bereit war um eines Einkommens willen zu dienen, das kaum der Mühe werth war, von einem Manne seines Reichthums und seines parlamentarischen Ansehens angenommen zu werden. Es war sonderbar, daß der stolzeste Mensch von der Welt der schmutzigste sein sollte, daß ein Mann, der nichts auf Erden zu verehren schien als sich selbst, sich um eines festen Gehalts willen erniedrigen sollte. Aber solche Reflexionen kümmerten ihn wenig. Er fand jedoch bald, daß ein unangenehmer Umstand mit seinem neuen Amte verbunden war. Im Schatzamte mußte er unter dem Kanzler der Schatzkammer sitzen. Der erste Lord, Godolphin, war Peer des Reichs und sein Recht auf den Vorrang konnte nach den Regeln der Herolde nicht in Zweifel gezogen werden. Aber Jedermann wußte wer der erste englische Commoner war. Was war Richard Hampden, daß er den Platz eines Seymour, des Oberhauptes der Seymour einnehmen sollte? Mit vieler Mühe wurde der Streit beigelegt, indem man Sir Eduard's empfindlichem Stolze einige Zugeständnisse machte. Er wurde in den Geheimen Rath vereidigt, wurde zum Mitglide des Cabinets ernannt, und der König nahm ihn bei der Hand und stellte ihn der Königin mit den Worten vor: „Ich bringe Ihnen einen Gentleman, der in meiner Abwesenheit ein werthvoller Freund sein wird." Auf diese Weise wurde

Sir Eduard so besänftigt und geschmeichelt, daß er ferner nicht mehr darauf bestand, sich zwischen den ersten Lord und den Kanzler der Schatzkammer zu drängen.

In der nämlichen Schatzcommission, in welcher der Name Seymour figurirte, kam auch der Name eines viel jüngeren Staatsmannes vor, der sich während der letzten Session im Hause der Gemeinen zu hoher Auszeichnung emporgeschwungen hatte: Karl Montague. Mit dieser Ernennung waren die Whigs sehr zufrieden, in deren Achtung Montague jetzt höher stand als ihre Veteranenhäupter Sacheverell und Littleton und in der That darin nur von Somers übertroffen wurde.

Sidney gab die Siegel ab, die er über ein Jahr geführt hatte, und wurde zum Lord Lieutenant von Irland ernannt. Es vergingen einige Monate, bis der Platz, den er verlassen, wieder besetzt wurde, und in dieser Zwischenzeit besorgte Nottingham die ganzen Geschäfte, die sich gewöhnlich die beiden Staatssekretäre getheilt hatten.[59]

[Ministerielle Veränderungen in Schottland.]

Während diese Ernennungen stattfanden, geschahen in einem entlegenen Theile der Insel Ereignisse, die in den bestunterrichteten Zirkeln London's erst nach vielen Monaten bekannt wurden, die aber nach und nach eine entsetzliche Notorietät erlangten und welche noch jetzt, nach einem Zeitraum von mehr als hundertsechzig Jahren, nie ohne Schaudern erwähnt werden.

Bald nachdem die Stände von Schottland sich, im Herbste des Jahres 1690 getrennt hatten, wurde in der Verwaltung dieses Königreichs eine Aenderung getroffen. Wilhelm war mit der Art und Weise, wie er im Parlamentshause vertreten worden war, nicht zufrieden. Er war der Meinung, daß die vertriebenen Curaten hart behandelt worden seien. Er hatte nur sehr ungern das Gesetz, welches das Patronat abschaffte, mit seinem Scepter berühren lassen. Was ihm aber ganz besonders mißfiel, war daß die Acte, welche eine neue Kirchenverfassung feststellten, nicht von einer Acte begleitet gewesen waren, die den Anhängern der alten Kirchenverfassung Gewissensfreiheit gewährte. Er hatte seinen Commissar Melville beauftragt, den Episkopalen in Schottland gleiche Duldung zu erwirken, wie sie die Dissenters in England genossen.[60] Aber die presbyterianischen Priester eiferten laut und heftig wider die Milde gegen Amalekiter. Melville besaß bei all' seinen nützlichen Talenten und seinen vielleicht redlichen Absichten weder einen weitreichenden Blick noch einen unerschrockenen Muth. Er scheute sich, ein den theologischen Demagogen seines Vaterlandes so verhaßtes Wort wie Toleranz auszusprechen. Durch schonende Nachsicht gegen ihre Vorurtheile beschwichtigte er das in Edinburg sich erhebende Geschrei; aber die Folge seiner ängstlichen Vorsicht war, daß im Süden der Insel bald ein noch viel lauteres Geschrei gegen die Bigotterie der im Norden dominirenden Schismatiker und gegen die Zaghaftigkeit der Regierung ausbrach, die nicht den Muth gehabt hatte, dieser Bigotterie entgegenzutreten. In diesem Punkte waren der Hochkirchliche und der Niederkirchliche eines Sinnes, oder der Niederkirchliche war vielmehr der am meisten Aufgebrachte von Beiden. Ein Mann wie South, der schon seit vielen Jahren prophezeite, daß, wenn die Puritaner aufhören sollten, bedrückt zu werden, sie Bedrücker werden würden, war im Herzen gar nicht böse darüber, daß seine Prophezeiung sich erfüllte. In der Brust eines Mannes wie Burnet aber, dessen erster Lebenszweck von jeher die Milderung des Hasses der Priester der anglikanischen Kirche gegen die Presbyterianer gewesen war, konnte das intolerante Verfahren der Presbyterianer kein andres Gefühl als Unwillen, Scham und Schmerz erwecken. Es gab daher Niemanden am englischen Hofe, der ein gutes Wort für Melville einlegte. Unter solchen Umständen konnte er unmöglich an der Spitze der schottischen Verwaltung bleiben. Er wurde indessen sehr schonend von seiner hohen Stellung herabgezogen. Er blieb noch über ein Jahr Staatssekretär, aber es wurde ein zweiter Sekretär ernannt, der in der Nähe des Königs residiren und die Hauptleitung der Geschäfte erhalten sollte. Der neue Premierminister für Schottland war der geschickte, beredtsame und hochgebildete Sir Johann Dalrymple. Sein Vater, der Lordpräsident des Court of Session, war vor kurzem mit dem Titel Viscount Stair zur Peerswürde erhoben worden, und Sir Johann Dalrymple wurde daher nach dem alten schottischen Brauche Master von Stair genannt. Nach einigen

Monaten legte Melville seine Stelle als Staatssekretär nieder und nahm ein Amt von einigem Ansehen und Einkommen, aber keiner politischen Bedeutung an.[61]

[Z u s t a n d d e r H o c h l a n d e .]

Die schottischen Niederlande waren während des auf die Parlamentssession von 1690 folgenden Jahres so ruhig, als sie es seit Menschengedenken je gewesen; der Zustand der Hochlande aber machte die Regierung sehr besorgt. Der Bürgerkrieg in dieser wilden Region hatte, nachdem er aufgehört zu brennen, noch einige Zeit unter der Asche fortgeglüht. Endlich, zu Anfang des Jahres 1691 benachrichtigten die rebellischen Häuptlinge den Hof von Saint-Germains, daß sie sich von allen Seiten bedrängt, ohne den Beistand Frankreich's nicht länger halten könnten. Jakob hatte ihnen eine kleine Quantität Mehl, Branntwein und Tabak geschickt und ihnen geradezu gesagt, daß er mehr nicht thun könne. Das Geld war bei ihnen so rar, daß sechshundert Pfund ein sehr willkommener Zuwachs zu ihren Fonds gewesen sein würden, aber selbst eine so unbedeutende Summe konnte er nicht entbehren. Unter solchen Umständen durfte er kaum erwarten, daß sie im Stande sein würden, seine Sache gegen eine Regierung zu vertheidigen, die eine reguläre Armee und große Revenüen hatte. Er sagte ihnen daher, daß er es ihnen nicht übel nehmen würde, wenn sie mit der neuen Dynastie Frieden schlössen, vorausgesetzt immer, daß sie bereit wären sich zu erheben, sobald er sie dazu auffordern würde.[62]

Unterdessen hatte man in Kensington trotz der Opposition des Masters von Stair beschlossen, den Plan zu versuchen, den Tarbet zwei Jahre früher empfohlen und der, wenn er damals gleich versucht worden wäre, wahrscheinlich viel Blutvergießen und Unordnung verhütet haben würde. Es wurde beschlossen, zwölf- bis funfzehntausend Pfund Sterling zur Pacifirung der Hochlande zu verwenden. Dies war eine Summe, die einem Bewohner von Appin oder Lochaber beinahe fabelhaft vorkam und die auch in der That zu dem Einkommen eines Keppoch oder Glengarry in einem größeren Verhältnisse stand als funfzehnhunderttausend Pfund zu dem Einkommen eines Lord Bedford oder Lord Devonshire. Die Summe war reichlich groß, aber der König war nicht glücklich in der Wahl eines Agenten.[63]

[B r e a d a l b a n e   b e a u f t r a g t ,   m i t   d e n   a u f s t ä n d i s c h e n   C l a n s   z u   u n t e r h a n d e l n .]

Johann, Earl von Breadalbane, das Oberhaupt einer jüngeren Linie des großen Hauses Campbell, nahm unter den Miniaturfürsten des Gebirges einen hohen Rang ein. Er konnte siebenzehnhundert Claymores ins Feld stellen, und zehn Jahre vor der Revolution war er wirklich mit dieser bedeutenden Streitmacht in das Niederland eingerückt, um die prälatistische Tyrannei zu unterstützen.

[64] Damals hatte er Eifer für die Monarchie und das Episkopat geheuchelt, in der That aber war ihm jede Regierung und jede Religion gleichgültig. Er scheint zwei verschiedene Klassen von Lastern in sich vereinigt zu haben, die Erzeugnisse zweier verschiedener Gegenden und zweier verschiedener Stadien des gesellschaftlichen Fortschritts. In seinem Schlosse zwischen den Bergen hatte er den barbarischen Stolz und die Wildheit eines Hochländerhäuptlings gelernt, und im Rathssaale zu Edinburg hatte er sich den tiefwurzelnden Hang zur Verrätherei und Bestechlichkeit angeeignet. Nach der Revolution hatte er sich, wie nur zu viele seiner adeligen Standesgenossen, nach und nach jeder Partei angeschlossen und jede hintergangen, hatte Wilhelm und Marien Treue geschworen und gegen sie conspirirt. Es würde ermüdend sein, wollte man alle Wendungen und Winkelzüge während des Jahres 1689 und des ersten Theils von 1690 verfolgen.[65] Etwas weniger krumm wurde diese Laufbahn, als die Schlacht am Boyne den Muth der Jakobiten gebrochen hatte. Es schien jetzt wahrscheinlich, daß der Earl ein loyaler Unterthan Ihrer Majestäten sein würde, so lange kein großes Unglück über sie kam. Niemand, der ihn kannte, konnte ihm trauen, aber damals war überhaupt wenigen schottischen Staatsmännern zu trauen, und doch mußte man sich schottischer Staatsmänner bedienen. Seine Stellung und seine Verbindungen bezeichneten ihn als einen Mann, der, wenn er wollte, für die Pacifirung der Hochlande viel thun konnte, und sein Interesse schien eine Gewähr für seinen Eifer zu sein. Er hatte, wie er mit allem Anschein von Aufrichtigkeit erklärte, gewichtige persönliche Gründe, um die Wiederherstellung der Ruhe zu wünschen. Die Lage seiner Besitzungen war von der Art, daß seine Vasallen, so lange der Bürgerkrieg dauerte, nicht in Ruhe ihre Heerden weiden oder ihren Hafer säen konnten. Seine Ländereien wurden täglich verwüstet, sein Vieh wurde täglich weggetrieben, und eines seiner Häuser war schon niedergebrannt worden. Es war daher wahrscheinlich, daß er sein Möglichstes thun würde, um den Feindseligkeiten ein Ende zu machen.[66]

Er wurde demgemäß beauftragt, mit den jakobitischen Oberhäuptern zu unterhandeln und erhielt das Geld, das unter sie vertheilt werden sollte. Er lud sie zu einer Conferenz auf seinem Wohnsitze in Glenorchy ein. Sie kamen, aber mit dem Vertrage ging es nur sehr langsam vorwärts. Jedes Oberhaupt eines Stammes verlangte einen größeren Antheil an dem englischen Golde als zu erlangen war. Man argwöhnte, daß Breadalbane die Clans und auch den König betrügen wolle. Bald gesellte sich zu dem Streite zwischen den Rebellen und der Regierung ein andrer noch mißlicherer Streit. Die Camerons und Macdonalds lagen eigentlich nicht mit Wilhelm, sondern mit Mac Callum More in Krieg, und kein Arrangement, an welchem Mac Callum More nicht Theil hatte, konnte zum wirklichen Frieden führen. Es entstand daher die wichtige Frage, ob das Breadalbane anvertraute Gold unmittelbar an die mißvergnügten Häuptlinge bezahlt oder zur Befriedigung der Ansprüche, welche Argyle an sie hatte, verwendet werden sollte. Lochiel's Schlauheit und Glengarry's anmaßende Prätensionen trugen dazu bei, die Verhandlungen in die Länge zu ziehen. Aber kein celtischer Potentat war so unlenksam als Macdonald von Glencoe, im Gebirge unter dem erblichen Namen Mac Ian bekannt.

[G l e n c o e .]

Mac Ian wohnte am Eingange einer nicht weit vom südlichen Ufer des Lochleven, eines Armes des Meeres, das tief in die Westküste Schottland's einschneidet und Argyleshire von Inverneßshire trennt, gelegenen Schlucht. In der Nähe seines Hauses lagen zwei oder drei von seinem Stamme bewohnte kleine Ortschaften. Die ganze Bevölkerung, über die er herrschte, wurde auf nicht mehr als zweihundert Seelen geschätzt. In der Umgegend der paar Dörfer befand sich etwas Buschholz und etwas Weideland; aber ein wenig höher hinauf in dem Engpasse war keine Spur von Bevölkerung oder Fruchtbarkeit zu sehen. In der gälischen Sprache bedeutet Glencoe Schlucht des Weinens, und dieser Paß ist in der That der traurigste und einsamste von allen schottischen Gebirgspässen, das wahre Thal des Todesschattens. Nebel und Stürme lagern den größten Theil des schönsten Sommers darüber und selbst an den wenigen Tagen, wo die Sonne hell scheint und keine Wolke am Himmel steht, macht die Landschaft einen düsteren und unheimlichen Eindruck. Der Weg führt am Rande eines Bergstromes hin, der aus der ödesten und einsamsten Gebirgslache kommt. Mächtige Abgründe von nacktem Gestein gähnen zu beiden Seiten, und in der Nähe des Gipfels sieht man noch im Juli Streifen von Schnee in den Spalten. Ueberall an den Abhängen der Felsen bezeichnen Haufen von Gerölle die steilen Pfade der Gießbäche. Meilenweit sieht sich der Wanderer vergebens nach dem Rauche einer Hütte, nach einer in einen Plaid gehüllten menschlichen Gestalt um und lauscht umsonst auf das Gebell eines Schäferhundes oder auf das Geblök eines Lammes. Meilenweit ist der einzige Laut, der eine Spur von Leben verräth, der schwache Schrei eines Raubvogels auf einer sturmgepeitschten Felsspitze. Die Fortschritte der Civilisation, welche so viele Wüsten in lachende Gefilde voll goldener Aehren oder blühender Obstbäume verwandelt, haben Glencoe nur noch verödeter gemacht. Alle Wissenschaft und Industrie einer friedlichen Zeit vermag dieser Wildniß nichts Werthvolles zu entreißen; aber in einem Zeitalter der Gewaltthätigkeit und des Raubes hatte die Wildniß selbst einen Werth, weil sie den Räubern und ihrer Beute Schutz gewährte. Nichts konnte natürlicher sein, als daß der Clan, dem diese rauhe Wüstenei gehörte, wegen seiner räuberischen Gewohnheiten bekannt war. Denn bei den Hochländern im Allgemeinen galt Raub für eine mindestens eben so ehrenvolle Beschäftigung wie der Ackerbau, und von allen Hochländern hatten die Macdonalds von Glencoe den mindest ergiebigen Boden und die bequemste und sicherste Räuberhöhle. Mehrere aufeinanderfolgende Regierungen hatten es versucht diesen wilden Stamm zu züchtigen; aber es war zu diesem Zwecke nie eine starke Truppenmacht aufgeboten worden, und einem kleinen Corps konnten Leute, die jeden Winkel und jeden Ausgang der natürlichen Festung kannten, in der sie geboren und aufgewachsen waren, leicht Widerstand leisten oder ausweichen. Die Leute von Glencoe würden wahrscheinlich nicht so friedenstörende Nachbarn gewesen sein, wenn sie unter ihren Stammverwandten gelebt hätten. Aber sie waren eine von jedem andern Zweige ihrer Familie getrennte Nebenlinie des Clan Donald und fast rings umgeben von dem Gebiete des feindlichen Stammes Diarmid.[67] Durch erbliche Feindschaft sowohl als durch Noth wurden sie angetrieben, auf Unkosten des Stammes Campbell zu leben. Breadalbane's Eigenthum hatte von ihren Räubereien viel zu leiden gehabt, und sein Character war nicht von der Art, daß er solche Beleidigungen hätte vergeben können. Als daher der Häuptling von Glencoe beim Congreß in Glenorchy erschien, wurde er unfreundlich empfangen. Der Earl, der sich sonst mit dem würdevollen Anstande eines castilischen Granden zu benehmen pflegte, vergaß im Zorne seine gewohnte Grandezza, seinen öffentlichen Character und die Gesetze der Gastfreundschaft und verlangte mit heftigen Vorwürfen und Drehungen Entschädigung für die Heerden, welche Mac Ian's Anhänger aus seinem Gebiete fortgetrieben hatten. Mac Ian fürchtete ernstlich eine persönliche Gewaltthätigkeit und war froh, als er seine heimathliche Schlucht wohlbehalten wieder erreicht hatte.[68] Sein Stolz war verletzt, und mit den Regungen des gekränkten Stolzes verbanden sich die des Interesses. Als das Oberhaupt eines Volkes, das vom Plündern lebte, hatte er starke Gründe zu wünschen, daß das Land in einem ungeordneten Zustand bleiben möchte. Er hatte wenig Aussicht, eine einzige Guinee von dem Gelde zu bekommen, das unter die Unzufriedenen vertheilt werden sollte; denn sein Antheil an diesem Gelde hätte Breadalbane's Entschädigungsforderungen schwerlich befriedigt, und es konnte kaum einem Zweifel unterliegen, daß Breadalbane vor allen Anderen darauf bedacht sein würde, sich bezahlt zu machen. Mac Ian bot daher Alles auf, um seine Verbündeten von der Annahme von Bedingungen, von denen er selbst keinen Nutzen erwarten durfte, abzurathen, und sein Einfluß war nicht gering. Die Zahl seiner eigenen Vasallen war zwar unbedeutend, aber er stammte vom besten Geblüt der Hochländer, hatte stets ein freundschaftliches Verhältniß mit seinen mächtigeren Verwandten aufrecht erhalten, sie waren ihm deshalb weil er ein Räuber war, nicht weniger zugethan, denn sie beraubte er niemals, und daß der Raub an und für sich etwas Böses und Entehrendes sei, war noch keinem celtischen Häuptling je in den Sinn gekommen. Mac Ian stand daher in hoher

Achtung bei seinen Bundesgenossen. Er war von ehrwürdigem Alter, hatte ein majestätisches Aeußere und besaß in hohem Grade die geistigen Eigenschaften, welche in rohen Gesellschaften dem Einzelnen ein großes Uebergewicht über seine Nebenmenschen geben. Breadalbane sah sich bei jedem Schritte der Unterhandlung von seinem alten Feinde überlistet, und der Name Glencoe wurde ihm mit jedem Tage mehr und mehr verhaßt.[69]

Die Regierung verließ sich jedoch nicht einzig und allein auf Breadalbane's diplomatische Gewandtheit. Die Behörden zu Edinburg erließen eine Proklamation, in der sie die Clans aufforderten, sich dem Könige Wilhelm und der Königin Marie zu unterwerfen, und jedem Rebellen, der bis zum 31. December 1691 sich eidlich verpflichtete, ruhig unter der Regierung Ihrer Majestäten zu leben, Verzeihung anboten. Diejenigen aber, welche nach diesem Tage noch im Widerstande beharrten, sollten als Feinde und Verräther behandelt werden.[70] Zu gleicher Zeit wurden kriegerische Anstalten getroffen, welche bewiesen, daß die Drohung ernstlich gemeint war. Die Hochländer bekamen Angst und hielten es, obgleich die pekuniären Bedingungen nicht befriedigend geordnet waren, für rathsam, das von ihnen verlangte Versprechen zu geben. Kein Häuptling hatte jedoch Lust mit dem Beispiele der Unterwerfung voranzugehen. Glengarry bramarbasirte und rief aus, daß er sein Haus befestigen werde.[71] „Ich will nicht die Bahn brechen," sagte Lochiel; „dies ist bei mir eine Ehrensache. Aber meine Tacksmen[72] und Leute mögen sich ihrer Freiheit bedienen."[73] Seine Tacksmen und Leute verstanden ihn und begaben sich zu Hunderten zu dem Sheriff, um die Eide zu leisten. Die Macdonalds von Sleat, Clanronald, Keppoch und selbst Glengarry folgten dem Beispiele der Camerons, und die Häuptlinge folgten, nachdem sie versucht hatten einander im Ausharren zu übertreffen so lange sie es wagen durften, dem Beispiele ihrer Vasallen.

Der 31. December erschien, und noch waren die Macdonalds von Glencoe nicht zur Eidesleistung gekommen. Wahrscheinlich fühlte sich der sehr empfindliche Stolz Mac Ian's durch den Gedanken befriedigt, daß er fortfuhr der Regierung zu trotzen, nachdem der prahlerische Glengarry, der grimmige Keppoch und der hochherzige Lochiel nachgegeben hatten; aber er sollte diese Genugthuung theuer bezahlen.

Endlich, am 31. December, begab er sich, von seinen angesehensten Vasallen begleitet, nach Fort William und erbot sich die Eide zu leisten. Zu seinem Schrecken erfuhr er, daß sich Niemand in dem Fort befand, der befugt gewesen wäre, ihm dieselben abzunehmen. Oberst Hill, der Gouverneur, war kein Magistratsbeamter und es war auch kein solcher näher als in Inverary. Mac Ian, der jetzt vollkommen die Thorheit erkannte, die er begangen, indem er einen Act, von dem sein Leben und sein Vermögen abhingen, bis zum letzten Augenblicke verschoben hatte, brach in großer Angst nach Inverary auf. Er hatte einen Brief bei sich von Hill an den Sheriff von Argyleshire, Sir Colin Campbell von Ardkinglaß, einen achtbaren Gentleman, der unter der vorigen Regierung wegen seiner whiggistischen Grundsätze viel gelitten hatte. In diesem Briefe sprach der Oberst die wohlmeinende Hoffnung aus, daß ein verlorenes Schaf und noch dazu ein so schönes, selbst nach Ablauf der bestimmten Frist noch mit Freuden aufgenommen werden würde. Mac Ian eilte so sehr er nur konnte und hielt nicht einmal in seinem eigenen Hause an, obgleich es nahe an der Straße lag. Doch eine Reise durch Argyleshire mitten im Winter ging damals natürlich langsam von Statten. Der Marsch des alten Mannes über steile Gebirge und sumpfige Thäler wurde durch Schneestürme aufgehalten, und erst am 6. Januar erschien er vor dem Sheriff zu Inverary. Der Sheriff war unschlüssig. Seine Befugniß, sagte er, gehe nicht über die Bestimmungen der Proklamation hinaus, und er sehe nicht ein, wie er einen Rebellen schwören lassen könne, der sich nicht innerhalb der vorgeschriebenen Zeit unterworfen habe. Mac Ian bat dringend und mit Thränen in den Augen, daß er vereidigt werden möchte. Seine Leute, sagte er, würden seinem Beispiele folgen. Wenn einer von ihnen sich widerspenstig erweisen sollte, würde er ihn selbst ins Gefängniß schicken oder nach Flandern einschiffen. Seine Bitten und Hill's Schreiben besiegten endlich Sir Colin's Skrupel, der Eid wurde abgenommen und dem Staatsrathe zu Edinburg ein Certifikat übersandt, welches die besonderen Umstände auseinandersetzte, durch die sich der Sheriff habe bewegen lassen etwas zu thun, was, wie er wohl gewußt, nicht streng in der Ordnung gewesen sei.[74]

Die Nachricht, daß Mac Ian sich nicht innerhalb der vorgeschriebenen Zeit unterworfen habe, wurde von drei mächtigen Schotten, die sich damals am englischen Hofe befanden, mit boshafter Schadenfreude aufgenommen. Breadalbane war zu Weihnachten nach London gegangen, um Bericht über seine Amtsführung abzustatten. Dort traf er mit seinem Vetter Argyle zusammen. Argyle war hinsichtlich seiner persönlichen Eigenschaften einer der unbedeutendsten von der langen Reihe von Edelleuten, welche diesen berühmten Namen getragen haben. Er war der Nachkomme ausgezeichneter Männer und der Vater ausgezeichneter Männer. Er war der Enkel eines der geschicktesten schottischen Staatsmänner, der Sohn eines der tapfersten und aufrichtigsten schottischen Patrioten, der Vater eines Mac Callum More, der als Krieger und Redner, als das Muster vornehmer Eleganz und als einsichtsvoller Beschützer der Künste und Wissenschaften berühmt war, und eines andren Mac Callum More, der sich durch Talent für Staatsgeschäfte wie für militärisches Commando und durch Kenntniß der exacten Wissenschaften auszeichnete. Argyle war solcher Vorfahren und solcher Nachkommen gleich unwürdig. Er hatte sich sogar des Verbrechens schuldig gemacht, das zwar unter den schottischen Staatsmännern ziemlich allgemein, bei ihm aber ganz besonders schmachvoll war, heimlich mit den Agenten Jakob's zu verkehren, während er Loyalität für Wilhelm zur Schau trug. Bei alledem hatte Argyle die von hohem Range, großem Grundbesitz, ausgedehnten Lehnsrechten und fast unbegrenzter patriarchalischer Autorität untrennbare Bedeutung. Ihm sowohl wie seinem Vetter Breadalbane war die Nachricht, daß der Stamm Glencoe außerhalb des Schutzes der Gesetze stehe, sehr angenehm und der Master von Stair empfand mehr als Sympathie mit ihnen beiden.

Das Gefühl Argyle's und Breadalbane's ist vollkommen begreiflich. Sie waren die Oberhäupter eines großen Clans und sie hatten Gelegenheit, einen Nachbarclan zu vernichten, mit dem sie in erbitterter Fehde lagen. Breadalbane war besonders gereizt worden. Seine Güter waren zu wiederholten Malen verwüstet und ihm eben erst bei einer wichtigen Unterhandlung ein Strich durch die Rechnung gemacht worden. Leider gab es kaum ein Uebermaß von Grausamkeit, für das sich in celtischen Traditionen nicht ein Präcedenzfall auffinden ließ. Bei allen kriegerischen Barbaren gilt die Rache für die heiligste Pflicht und für den höchsten Genuß, und dafür galt sie auch bei den Hochländern seit langer Zeit. Die Geschichte der Clans ist reich an grauenvollen Erzählungen von Metzeleien und Meuchelmorden aus Rache, die zum Theil fabelhaft und übertrieben sein mögen, zum Theil aber auch gewiß auf Wahrheit beruhen. So umzingelten zum Beispiel die Macdonalds von Glengarry, als sie einmal von den Leuten von Culloden beleidigt worden waren, eines Sonntags die Kirche von Culloden, verschlossen die Thüren und verbrannten die ganze Gemeinde lebendig. Während die Flammen wütheten, verhöhnte der erbliche Musikant der Mörder das Wehgeschrei der umkommenden Menge durch die Töne seiner Sackpfeife.[75] Eine Bande Macgregors legte den abgeschnittenen Kopf eines Feindes, nachdem sie ihm den Mund mit Brot und Käse gefüllt, auf den Tisch seiner Schwester, und hatte die Genugthuung, sie vor Entsetzen über den Anblick wahnsinnig werden zu sehen. Dann trugen sie die fürchterliche Trophäe im Triumph zu ihrem Häuptlinge. Der ganze Clan versammelte sich unter dem Dache einer alten Kirche und jeder Einzelne legte die Hand auf den Kopf des Ermordeten und gelobte, die Mörder zu vertheidigen.[76] Die Bewohner von Eigg ergriffen einige Macleods, banden ihnen Hände und Füße und stießen sie in einem Boote in die offene See hinaus, um von den Wellen verschlungen zu werden oder vor Hunger umzukommen. Die Macleods rächten sich dafür, indem sie die Bewohner von Eigg in eine Höhle trieben, am Eingange derselben ein Feuer anzündeten und den ganzen Stamm, Männer, Frauen und Kinder, ersticken ließen.[77] Es ist bei weitem nicht so wunderbar, daß die beiden mächtigen Earls aus dem Hause Campbell, von den Leidenschaften hochländischer Häuptlinge erfüllt, auf eine hochländische

Rache sannen, als daß sie in dem Master von Stair einen Complicen, und noch etwas mehr als einen Complicen fanden.

Der Master von Stair war einer der ersten Männer seiner Zeit, ein Jurist, ein Staatsmann, ein tüchtiger Gelehrter und ein gewandter Redner. Sein feines Benehmen und seine lebendige Conversation machten ihn zu einem Liebling der aristokratischen Zirkel, und wer ihn in einer solchen Gesellschaft sah, würde es nicht für möglich gehalten haben, daß er bei einem abscheulichen Verbrechen die Hauptrolle spielen könne. Seine politischen Grundsätze waren lax, doch nicht laxer als die der meisten schottischen Staatsmänner jener Zeit. Grausamkeit hatte man ihm nie vorwerfen können. Selbst Diejenigen, die ihm am wenigsten gewogen waren, ließen ihm die Gerechtigkeit widerfahren zuzugestehen, daß er, wo seine politischen Pläne nicht ins Spiel kämen, ein sehr gutherziger Mann sei.[78] Man hat nicht den geringsten Grund anzunehmen, daß er durch die That, die seinen Namen mit Schande bedeckt hat, ein einziges Pfund Schottisch gewann. Er hatte keinen persönlichen Grund, den Leuten von Glencoe Böses zu wünschen. Es hatte keine Fehde zwischen ihm und seiner Familie bestanden. Seine Güter lagen in einem Districte, wo ihr Tartan nie gesehen wurde. Und dennoch haßte er sie mit einem so heftigen und unversöhnlichen Hasse, als hätten sie seine Felder verwüstet, sein Haus angezündet, sein Kind in der Wiege ermordet.

Welcher Ursache sollen wir eine so sonderbare Antipathie zuschreiben? Diese Frage setzte schon des Masters Zeitgenossen in Verlegenheit, und jede Antwort, die sich jetzt darauf geben läßt, muß mit Vorsicht gegeben werden. [79] Die wahrscheinlichste Vermuthung ist die, daß er von einem überspannten, rücksichtslosen, ungezügelten Eifer für das was ihm das Interesse des Staats dünkte, getrieben wurde. Diese Erklärung wird Diejenigen in Erstaunen setzen, welche nie erwogen haben, ein wie großer Theil der schwärzesten Verbrechen, von denen uns die Geschichte erzählt, einem verkehrten Gemeinsinne zugeschrieben werden muß. Wir sehen täglich Leute für ihre Partei, für ihre Secte, für ihr Vaterland, für ihre politischen und socialen Lieblingsreformpläne Dinge thun, die sie nicht thun würden, um sich zu bereichern oder zu rächen. Bei einer Versuchung, die sich direct an unsre persönliche Habgier oder an unsren Privathaß richtet, wird alle Tugend, die wir besitzen, alarmirt. Aber die Tugend selbst kann zum Falle Desjenigen beitragen, der da glaubt, es stehe in seiner Macht, durch Verletzung einer allgemeinen Vorschrift der Moral einer Kirche, einem Staate, oder der ganzen Menschheit einen wichtigen Dienst zu leisten. Er bringt die Mahnungen seines Gewissens zum Schweigen und verhärtet sein Herz gegen die erschütterndsten Scenen des Elends, indem er sich beständig wiederholt, daß seine Absichten lauter, daß seine Zwecke edel sind, daß er eine kleine Sünde um eines großen Guten willen thut. So gelangt er nach und nach dahin, daß er die Schändlichkeit der Mittel über die Vortrefflichkeit des Zweckes gänzlich vergißt, und verübt schließlich ohne einen Gewissensbiß Thaten, vor denen ein Seeräuber zurückbeben würde. Man hat keinen Grund anzunehmen, daß Dominicus um des besten Erzbisthums der Christenheit halber wilde Räuber angereizt haben würde, eine friedliche und betriebsame Bevölkerung auszuplündern und niederzumetzeln, daß Eberhard Digby für ein Herzogthum eine zahlreiche Versammlung von Menschen in die Luft gesprengt, oder daß Robespierre für Geld einen Einzigen von den Tausenden gemordet haben würde, die er aus Philanthropie mordete.

Der Master von Stair scheint einen wahrhaft großen und edlen Zweck in Auge gehabt zu haben: die Pacifirung und Civilisirung der Hochlande. Er war, wie selbst Diejenigen zugaben, die ihn am meisten haßten, ein Mann von weitgreifenden Plänen. Er hielt es mit Recht für monströs, daß ein Dritttheil von Schottland sich in einem kaum minder rohen Zustande befand als Neuguinea, daß Brand- und Mordbriefe in einem Dritttheil von Schottland Jahrhunderte lang als eine Art gesetzlichen Verfahrens betrachtet wurden und daß Niemand den Versuch machte, ein radikales Heilmittel gegen solche Uebelstände anzuwenden. Die Unabhängigkeit, die sich ein Haufe kleiner Souveraine anmaßen wollte, der hartnäckige Widerstand, den sie der Autorität der Krone und des Court of Session zu leisten pflegten, ihre Kriege, ihre

Räubereien, ihre Brandstiftungen, ihre Gewohnheit, friedlichere und nützlichere Leute als sie zu brandschatzen: dies Alles mußte nothwendig den Abscheu und den Unwillen eines aufgeklärten und einsichtsvollen Mannes des Friedens erwecken, der sowohl seinem Character als den Gewohnheiten seines Berufs nach ein Freund des Gesetzes und der Ordnung war. Sein Zweck war nichts Geringeres als eine vollständige Auflösung und Umgestaltung der Gesellschaft in den Hochlanden, eine Auflösung und Umgestaltung, wie sie zwei Generationen später auf die Schlacht von Culloden folgte. In seinen Augen waren die Clans so wie sie zur Zeit bestanden, die Plage des Landes, und der schlimmste von allen Clans war der, welcher Glencoe bewohnte. Ein haarsträubendes Beispiel von der Gesetzlosigkeit und Grausamkeit dieser Räuber sollte ihn besonders ergriffen haben. Einer von ihnen, der an irgend einem Acte der Gewaltthätigkeit oder des Raubes Theil genommen, hatte seine Genossen angezeigt. Er war an einen Baum gebunden und ermordet worden. Der alte Häuptling hatte ihm den ersten Stoß gegeben und der Körper des Unglücklichen war dann von mehr als zwanzig Dolchen durchbohrt worden.[80] Der Gebirgsbewohner betrachtete einen solchen Act wahrscheinlich als eine rechtmäßige Ausübung patriarchalischer Justiz. Der Master von Stair aber war der Meinung, daß Leute, unter denen solche Dinge geschahen und zugelassen wurden, wie eine Heerde Wölfe behandelt, durch jede List in die Falle gelockt und ohne Gnade niedergemetzelt werden müßten. Er war wohl belesen in der Geschichte und wußte wahrscheinlich, wie große Regenten in seinem eignen und in anderen Ländern mit solchen Banditen verfahren sind. Er wußte wahrscheinlich mit welcher Energie und mit welcher Strenge Jakob V. die Straßenräuber des Grenzlandes unterdrückt hatte, wie der Häuptling von Henderland über dem Thore des Schlosses, in welchem er ein Gastmahl für den König hergerichtet hatte, aufgeknüpft worden war, wie Johann Armstrong und seinen sechsunddreißig Reitern, als sie herbeikamen, um ihren Souverain zu bewillkommnen, kaum so viel Zeit gelassen wurde, um ein einziges Gebet zu sprechen, bevor sie alle aufgehängt wurden. Ebenso waren dem Sekretär wahrscheinlich die Mittel nicht unbekannt, durch welche Sixtus V. den Kirchenstaat von Banditen gesäubert hatte. Die Lobredner dieses großen Pontifex erzählen uns von einer gefürchteten Bande, die aus einer Feste in den Apenninen nicht zu vertreiben war. Es wurden daher Saumthiere mit vergifteten Speisen und Wein beladen und auf einem nahe bei der Festung vorüberführenden Wege abgeschickt. Die Räuber kamen heraus, bemächtigten sich der Beute, schmausten und starben, und der greise Papst freute sich höchlich als er erfuhr, daß die Leichen von dreißig Räubern, die der Schrecken vieler friedlicher Dörfer gewesen waren, unter den Maulthieren und Packereien umherliegend gefunden worden waren. Die Pläne des Masters von Stair waren im Geiste Jakob's und Sixtus' entworfen, und die Empörung der Gebirgsbewohner bot anscheinend eine vortreffliche Gelegenheit zur Ausführung dieser Pläne. Bloße Empörung hätte er allerdings leicht vergeben können. Gegen die Jakobiten als solche zeigte er niemals irgend Lust, hart zu verfahren. Er haßte die Hochländer nicht als Feinde dieser oder jener Dynastie, sondern als Feinde des Gesetzes, der Industrie und des Handels. In seiner Privatcorrespondenz wendete er auf sie die kurze und schreckliche Phrase an, mit der der unversöhnliche Römer den Fluch über Karthago aussprach. Sein Plan bestand in nichts Geringerem, als daß das ganze Gebirgsland von einer Meeresküste zur andren, sowie die benachbarten Inseln durch Feuer und Schwert verwüstet, daß die Camerons, die Macleans und alle Zweige des Stammes Macdonald vertilgt werden sollten. Er betrachtete daher Aussöhnungspläne nicht mit freundlichem Auge, und während Andere hofften, daß etwas Geld Alles ordnen werde, deutete er sehr verständlich seine Meinung an, daß das Geld, welches man auf die Clans verwenden wolle, besser in der Gestalt von Kugeln und Bajonetten verwendet werden würde. Bis zum letzten Augenblicke schmeichelte er sich, daß die Rebellen unbeugsam bleiben und ihm dadurch einen Vorwand liefern würden, die große sociale Revolution zu bewerkstelligen, die er sich in den Kopf gesetzt hatte.[81] Der Brief ist noch vorhanden, in welchem er die Befehlshaber der Truppen in Schottland instruirt, was sie zu thun hätten, wenn sich die jakobitischen Häuptlinge nicht vor Ende December zur Vereidigung stellen sollten. Es liegt etwas Grauenhaftes in der Ruhe und bündigen Kürze, mit der die Instructionen ertheilt wurden. „Ihre Truppen werden den District Lochaber, Lochiel's, Keppoch's, Glengarry's und Glencoe's Ländereien, gänzlich verwüsten. Ihr Corps wird stark genug sein. Ich hoffe, die Soldaten werden die Regierung nicht mit Gefangenen beschweren."[82]

Diese Depesche war kaum abgesandt, als in London die Nachricht eintraf, daß die widerspenstigen Häuptlinge, nachdem sie lange fest geblieben, endlich vor den Sheriffs erschienen waren und die Eide geleistet hatten. Lochiel, der angesehenste unter ihnen, hatte nicht nur erklärt, daß er als ein treuer Unterthan König Wilhelm's leben und sterben wolle, sondern hatte auch die Absicht angekündigt, England zu besuchen, in der Hoffnung, daß es ihm gestattet werde, Sr. Majestät die Hand zu küssen. In London wurde mit Jubel verkündet, daß alle Clans, ohne Ausnahme, sich rechtzeitig unterworfen hätten, und die Ankündigung wurde allgemein für höchst befriedigend gehalten.[83] Aber der Master von Stair war schmerzlich enttäuscht. Die Hochlande sollten also bleiben was sie gewesen waren, die Schande und der Fluch Schottland's. Eine kostbare Gelegenheit, sie dem Gesetze zu unterwerfen, hatte man sich entgehen lassen, und sie kehrte vielleicht nie wieder. Wenn nur die Macdonalds ausgehalten hätten; wenn nur wenigstens an den beiden schlimmsten Macdonalds, Keppoch und Glencoe, ein Exempel hätte statuirt werden können, so wäre es doch etwas gewesen. Aber selbst Keppoch und Glencoe, Räuber, die in jedem wohl regierten Lande schon vor dreißig Jahren aufgehängt worden wären, seien, wie es scheine, in Sicherheit.[84] Während der Master über solche Gedanken brütete, brachte ihm Argyle einigen Trost. Die Nachricht, daß Mac Ian die Eide innerhalb der vorgeschriebenen Zeit geleistet, war irrig. Der Sekretär war getröstet. Also war doch ein Clan in den Händen der Regierung, und dieser Clan war der gesetzloseste von Allen. Ein großer Act der Gerechtigkeit, nein der Barmherzigkeit, konnte vollzogen, ein furchtbares und denkwürdiges Exempel konnte statuirt werden.

Eine Schwierigkeit gab es indeß noch. Mac Ian hatte die Eide geleistet. Er hatte sie zwar zu spät geleistet, um den Buchstaben des königlichen Versprechens zu seinen Gunsten geltend machen zu können; aber die Thatsache, daß er die Eide geleistet, durfte offenbar Denen nicht verschwiegen werden, die über sein Schicksal zu entscheiden hatten. Durch eine schwarze Intrige, deren Geschichte nur unvollkommen bekannt ist, die aber aller Wahrscheinlichkeit nach vom Master von Stair geleitet wurde, ward der Beweis von Mac Ian's verspäteter Unterwerfung beseitigt. Das Certificat, welches der Sheriff von Argyleshire dem Geheimen Rathe zu Edinburg übersandt, wurde der Behörde nie vorgelegt, sondern nur privatim einigen hochgestellten Personen, insbesondere dem Lordpräsidenten Stair, dem Vater des Sekretärs, mitgetheilt. Diese Personen erklärten das Certifikat für ordnungswidrig, ja für durchaus nichtig, und es wurde cassirt.

Unterdessen entwarf der Master von Stair in Gemeinschaft mit Breadalbane und Argyle einen Plan zur Vernichtung der Leute von Glencoe. Es war nöthig, die Bewilligung des Königs einzuholen, zwar nicht bezüglich der Einzelheiten dessen was geschehen sollte, wohl aber in Betreff der Frage, ob Mac Ian und seine Leute als Rebellen behandelt werden sollten, die außer dem Bereiche des ordentlichen Gesetzes standen, oder ob nicht. Der Master von Stair stieß im königlichen Cabinet auf keine Schwierigkeit. Wilhelm hatte aller Wahrscheinlichkeit nach die Leute von Glencoe nie anders als Banditen nennen hören. Er wußte, daß sie sich bis zu dem vorgeschriebenen Tage nicht gestellt hatten; aber daß sie sich nach diesem Tage noch gestellt hatten, wußte er nicht. Wenn er der Sache einige Aufmerksamkeit schenkte, so mußte er der Meinung sein, daß man eine so günstige Gelegenheit, den Verwüstungen und Räubereien, von denen eine friedliche und betriebsame Bevölkerung soviel gelitten hatte, ein Ende zu machen, nicht unbenutzt vorübergehen lassen dürfe.

Es wurde ihm ein Befehl zur Unterzeichnung vorgelegt. Er unterzeichnete denselben, aber, wenn man Burnet glauben darf, ohne ihn zu lesen. Wer einige Kenntniß von den Staatsgeschäften hat, weiß, daß Fürsten und Minister täglich Schriftstücke unterzeichnen und in der That unterzeichnen müssen, die sie nicht gelesen haben, und von allen Schriftstücken war eines, das sich auf einen kleinen Stamm Gebirgsbewohner bezog, der eine auf keiner Karte angegebene Wildniß bewohnte, am wenigsten geeignet, einen Souverain zu interessiren, dessen Kopf mit Plänen angefüllt war, von denen das Geschick Europa's abhängen konnte.[85] Aber selbst wenn man annimmt, daß er den Befehl gelesen, unter den er seinen Namen setzte, ist kein Grund vorhanden, ihn zu tadeln. Der an den Commandeur der Truppen in Schottland gerichtete Befehl lautet folgendermaßen: „Anlangend Mac Ian von Glencoe und diesen Stamm, so wird es, wenn sie von den anderen Hochländern streng unterschieden werden können, angemessen sein, diese Räuberbande zur Behauptung der öffentlichen Gerechtigkeit zu vertilgen." Der Sinn dieser Worte ist an sich völlig unschuldig und sie würden ohne das entsetzliche Ereigniß welches folgte, allgemein in diesem Sinne verstanden worden sein. Es ist unzweifelhaft eine der ersten Pflichten jeder Regierung Räuberbanden auszurotten. Damit ist aber nicht gesagt, daß jeder Räuber meuchlings im Schlafe ermordet, ja nicht einmal, daß jeder Räuber nach einer ordentlichen Untersuchung öffentlich hingerichtet werden müsse, sondern nur daß jede Bande als solche vollständig aufzulösen und jede zur Erreichung dieses Zweckes unerläßlich nothwendig erscheinende Strenge anzuwenden sei. Hätte Wilhelm die Worte, die ihm sein Sekretär unterbreitete, gelesen und erwogen, so würde er sie wahrscheinlich so verstanden haben, daß Glencoe von Truppen besetzt, daß Widerstand, wenn solcher versucht würde, mit kräftiger Hand niedergeworfen, daß die vornehmsten Mitglieder des Clans, welche großer Verbrechen überführt werden könnten, streng bestraft, daß einige thätige junge Freibeuter, die mehr gewohnt waren, mit dem Breitschwerte umzugehen als mit dem Pfluge, und von denen nicht zu erwarten stand, daß sie sich entschließen würden, als friedliche Arbeiter zu leben, zur Armee in den Niederlanden versetzt, daß andere nach amerikanischen Pflanzungen transportirt und daß diejenigen Macdonalds, die man in ihrem heimathlichen Thale ließe, entwaffnet und angehalten werden sollten, für ihre Aufführung Geißeln zu stellen. Ein diesem sehr ähnlicher Plan war wirklich in den politischen Kreisen Edinburg's vielfach berathen worden.[86] Es kann kaum einem Zweifel unterliegen, daß Wilhelm sich um sein Volk sehr verdient gemacht haben würde, wenn er in dieser Weise nicht nur den Stamm Mac Ian's, sondern überhaupt jeden hochländischen Stamm, dessen einzige Beschäftigung darin bestand, Vieh zu stehlen und Häuser anzuzünden, ausgerottet hätte.

Die Ausrottung, welche der Master von Stair im Sinne hatte, war ganz andrer Art. Sein Plan war, das ganze fluchwürdige Räubergezücht zu vertilgen. So lautete die Sprache, in der sein Haß sich Luft machte. Er studirte die Geographie der wilden Gegend um Glencoe und traf seine Anordnungen mit teuflischem Scharfsinn. Der Schlag mußte wo möglich rasch, vernichtend und gänzlich unerwartet sein. Wenn Mac Ian aber die Gefahr ahnen und versuchen sollte, auf den Gebieten seiner Nachbarn eine Zufluchtsstätte zu suchen, mußte er jeden Weg versperrt finden. Der Paß von Rannoch mußte besetzt werden. Dem Laird von Weems, der in Strath Tay große Macht hatte, mußte gesagt werden, daß, wenn er die Räuber bei sich aufnehme, er dies auf seine Gefahr thue. Breadalbane versprach, den Fliehenden auf einer Seite den Rückzug abzuschneiden, Mac Callum More auf einer andren. Es sei ein Glück, schrieb der Sekretär, daß Winter sei. Dies sei die rechte Zeit, um die Schurken zu züchtigen. Die Nächte seien so lang, die Berggipfel so kalt und stürmisch, daß auch die abgehärtetsten Männer den Aufenthalt im Freien ohne Obdach oder Feuer nicht lange aushalten könnten. Daß die Frauen und Kinder in dieser Wildniß Schutz fänden, sei ganz unmöglich. Während er so schrieb, kam ihm nicht im Entferntesten der Gedanke, daß er eine große Abscheulichkeit begehe. Er war glücklich in der Billigung seines eigenen Gewissens. Pflicht, Gerechtigkeit, ja Nächstenliebe und Erbarmen waren die Namen, die er seiner Grausamkeit als Mantel umhing, und es ist durchaus nicht unwahrscheinlich, daß er sich selbst durch die Maske täuschen ließ.[87]

Hill, welcher die im Fort William versammelten Truppen befehligte, wurde nicht mit der Ausführung des Planes beauftragt. Er scheint ein menschenfreundlicher Mann gewesen zu sein, denn er war tief betrübt, als er erfuhr, daß die Regierung sich zur Strenge entschlossen habe, und man fürchtete wahrscheinlich, daß ihm im entscheidendsten Momente der Muth sinken werde. Er erhielt deshalb die Weisung, ein starkes Detachement unter die Befehle seines Untercommandeurs, des Oberstleutnants Hamilton zu stellen. Diesem wurde sehr verständlich angedeutet, daß er jetzt eine vortreffliche Gelegenheit habe, seinen Ruf in den Augen der am Ruder Stehenden zu befestigen. Ein großer Theil der ihm anvertrauten Truppen waren Campbells und gehörten zu einem unlängst von Argyle errichteten und nach ihm benannten Regimente. Man glaubte wahrscheinlich, daß bei einer solchen Gelegenheit die Humanität sich der bloßen Gewohnheit des militärischen Gehorsams gegenüber als zu stark erweisen möchte und daß man sich wenig auf Herzen würde verlassen können, die nicht durch eine Fehde verhärtet seien, wie sie seit langer Zeit zwischen den Leuten Mac Ian's und den Leuten Mac Callum More's wüthete.

Wäre Hamilton offen gegen die Leute von Glencoe marschirt und hätte sie über die Klinge springen lassen, so würde es seiner That wahrscheinlich nicht an Vertheidigern und sicherlich wenigstens nicht an Präcedenzfällen gefehlt haben. Aber der Master von Stair hatte sehr nachdrücklich ein andres Verfahren empfohlen. Bei dem geringsten Alarm würde man das Nest der Räuber leer finden und in einer so unwirthbaren Gegend Jagd auf sie zu machen, würde selbst mit allem Beistande Breadalbane's und Argyle's ein langwieriges und schweres Stück Arbeit sein. „Besser," schrieb er, „man bindet gar nicht mit ihnen an, als man bindet vergebens mit ihnen an. Wenn die Sache beschlossen ist, muß sie im Geheimen und unverhofft geschehen. [88]" Man folgte seinem Rathe und beschloß, daß die Leute von Glencoe nicht durch militärische Execution, sondern durch die feigste und niederträchtigste Form des Meuchelmordes umkommen sollten.

Am 1. Februar marschirten hundertzwanzig Soldaten von Argyle's Regiment unter den Befehlen eines Hauptmanns Namens Campbell und eines Leutnants Namens Lindsay nach Glencoe. Hauptmann Campbell wurde in Schottland nach dem Gebirgspasse, in welchem seine Besitzung lag, gewöhnlich Glenlyon genannt. Er besaß jede erforderliche Eigenschaft für den Dienst zu dem er verwendet wurde: eine schamlose Stirn, eine glatte, lügnerische Zunge und ein demanthartes Herz. Auch war er einer von den wenigen Campbells, von denen man erwarten durfte, daß die Macdonalds ihnen trauen und sie willkommen heißen würden, denn seine Nichte war mit Alexander, dem zweiten Sohne Mac Ian's, vermählt.

Der Anblick der herannahenden Rothröcke erregte einige Besorgniß unter der Bevölkerung des Thales. Johann, der älteste Sohn des Häuptlings, ging mit zwanzig Clansleuten den Fremden entgegen und fragte sie, was dieser Besuch zu bedeuten habe. Leutnant Lindsay antwortete, die Soldaten kämen als Freunde und verlangten nichts weiter als Quartier. Sie wurden freundlich aufgenommen und unter den Strohdächern der kleinen Commun einlogirt. Glenlyon fand mit mehreren seiner Leute Aufnahme in dem Hause eines Tacksman, der nach dem Häuflein Hütten, das unter seiner Autorität stand, Inverriggen genannt wurde. Lindsay fand näher bei der Wohnung des alten Häuptlings ein Unterkommen. Auchintriater, einer der vornehmsten Männer des Clans, der das kleine Dorf Auchnaion verwaltete, fand daselbst Raum für eine von einem Sergeanten, Namens Barbour, commandirte Abtheilung. Lebensmittel wurden in reichlicher Menge geliefert. Es fehlte nicht an Rindfleisch, das wahrscheinlich auf fremden Weiden fett geworden, und man verlangte keine Bezahlung, denn in der Gastfreundschaft wie in der Raublust wetteiferten die gälischen Banditen mit den Beduinen. Zwölf Tage lang lebten die Soldaten ganz gemüthlich unter den Bewohnern der Schlucht. Der alte Mac Ian, der wegen des Verhältnisses, in dem er zur Regierung stand, anfangs nichts Gutes geahnet hatte, schien jetzt Gefallen an dem Besuche zu finden. Die Offiziere brachten einen großen Theil ihrer Zeit bei ihm und seiner Familie zu. Die langen Winterabende wurden mit Hülfe einiger Spiele

Karten, die sich nach diesem entlegenen Winkel der Welt verlaufen hatten, und etwas Franzbranntwein, der wahrscheinlich ein Theil von Jakob's Abschiedspräsent an seine hochländischen Anhänger war, heiter und vergnügt am Torffeuer hingebracht. Glenlyon schien seiner Nichte und deren Gatten Alexander mit inniger Liebe zugethan. Jeden Tag kam er in ihr Haus, um dort zu frühstücken. Währenddem erforschte er mit der größten Aufmerksamkeit alle Zu- und Ausgänge, auf denen die Macdonalds, wenn das Signal zum Gemetzel erfolgte, versuchen konnten, ins Gebirge zu entkommen, und berichtete Hamilton das Ergebniß seiner Beobachtungen.

Hamilton bestimmte den 13. Februar, fünf Uhr Morgens, zur Ausführung der That. Er hoffte, daß er bis dahin Glencoe mit vierhundert Mann erreichen und alle Baue verstopft haben würde, in die sich der alte Fuchs und seine beiden Jungen — so wurden Mac Ian und seine Söhne spottweise von den Mördern genannt — flüchten konnten. Schlag fünf Uhr aber sollte Glenlyon, mochte Hamilton eingetroffen sein oder nicht, aufbrechen und jeden Macdonald unter siebzig Jahren ermorden.

Die Nacht war rauh. Hamilton und seine Truppen kamen nur langsam vorwärts und verspätigten sich bedeutend. Während sie mit Wind und Schnee kämpften, speiste Glenlyon mit Denen, die er vor Tagesanbruch niederzumetzeln gedachte, und spielte Karten mit ihnen. Er und Leutnant Lindsay hatten versprochen, am folgenden Tage bei dem alten Häuptlinge zu Mittag zu essen.

Spät am Abend erwachte in dem ältesten Sohne des Häuptlings der unbestimmte Verdacht, daß man etwas Böses im Sinne habe. Die Soldaten waren unverkennbar in einer aufgeregten Stimmung und einige von ihnen ließen sonderbare Aeußerungen fallen. Man erzählte sich, daß zwei Mann Folgendes leise mit einander gesprochen haben sollten. „Mir gefällt dieser Streich nicht," flüsterte der Eine. „Ich würde recht gern gegen die Macdonalds kämpfen, aber Leute in ihren Betten umbringen — " „Wir müssen thun was uns befohlen wird," erwiederte eine andre Stimme. „Geschieht etwas Unrechtes, so haben es unsere Offiziere zu verantworten." Johann Macdonald war so beunruhigt, daß er noch kurz nach Mitternacht in Glenlyon's Quartier kam. Glenlyon und seine Leute waren sämmtlich wach und schienen ihre Waffen zum Kampfe in Bereitschaft zu bringen. Johann fragte äußerst besorgt, was diese Vorkehrungen zu bedeuten hätten. Glenlyon erschöpfte sich in Freundschaftsversicherungen. „Einige von Glengarry's Leuten haben die Gegend beunruhigt, und wir machen uns bereit, gegen sie auszurücken. Ihr habt nichts zu fürchten. Glaubt Ihr ich würde Eurem Bruder Sandy und seiner Frau nicht einen Wink gegeben haben, wenn Euch irgend eine Gefahr drohte?" Johann's Verdacht war beschwichtigt. Er kehrte nach

Hause zurück und legte sich zur Ruhe.

Es war fünf Uhr Morgens. Hamilton war mit seinen Leuten noch einige Meilen entfernt, und die Zugänge die er besetzen sollte, noch frei. Glenlyon aber hatte gemessene Befehle, und er begann sie in dem kleinen Dorfe, in welchem er selbst lag, in Vollzug zu setzen. Sein Wirth Inverriggen und neun andere Macdonalds wurden aus ihren Betten gerissen, an Händen und Füßen gefesselt und ermordet. Ein zwölfjähriger Knabe umschlang die Knie des Hauptmanns und bat flehentlich um sein Leben. Er wolle Alles thun, er wolle überallhin mitgehen, er wolle Glenlyon bis ans Ende der Welt folgen. Selbst Glenlyon soll Zeichen von Rührung an den Tag gelegt haben; aber ein Bube, Namens Drummond, schoß den Knaben nieder.

In Auchnaion war der Tacksman Auchintriater diesen Morgen frühzeitig aufgestanden und saß mit acht Mitgliedern seiner Familie am Feuer, als eine Flintensalve ihn und sieben seiner Angehörigen todt oder sterbend zu Boden streckte. Sein Bruder, der allein nicht getroffen worden war, rief den Sergeanten Barbour, der die Mörder commandirte, an und bat ihn um die Vergünstigung, unter freiem Himmel sterben zu dürfen. „Gut," sagte der Sergeant, „ich will Euch den Gefallen thun, weil ich an Eurem Tische gegessen habe." Der verwegene und athletische Bergschotte kam unter dem Schutze der Dunkelheit heraus, stürzte sich auf die Soldaten, die eben auf ihn anschlagen wollten, warf ihnen seinen Plaid über die Köpfe und war in einem Nu auf und davon.

Unterdessen hatte Lindsay an die Thür des alten Häuptlings geklopft und mit freundlichen Worten Einlaß begehrt. Die Thür ward geöffnet. Während Mac Ian sich ankleidete und seine Dienerschaft rief, um seinen Gästen Erfrischungen bringen zu lassen, wurde er durch den Kopf geschossen. Zwei seiner Leute wurden zugleich mit ihm ermordet. Seine Gattin war bereits auf und in dem Staate, den die Fürstinnen der wilden Schluchten der Hochlande zu tragen pflegten. Die Mörder rissen ihr die Kleider und das Geschmeide vom Leibe. Die Ringe ließen sich nicht leicht von den Fingern ziehen; ein Soldat riß sie mit den Zähnen herunter. Sie starb am folgenden Tage.

Der Staatsmann, dem dieses große Verbrechen hauptsächlich zur Last fällt, hatte den Plan dazu mit vollendeter Geschicklichkeit entworfen; aber die Ausführung war nur in Bezug auf Schuld und Schmach vollkommen. Eine Reihe von Fehlgriffen bewahrte drei Viertel der Leute von Glencoe vor dem Schicksale ihres Häuptlings. Alle diejenigen moralischen Eigenschaften, welche den Menschen geschickt machen, bei einem Gemetzel eine Rolle zu spielen, besaßen Hamilton und Glenlyon in höchster Vollendung. Aber keiner von Beiden scheint viel militärisches Talent besessen zu haben. Hamilton hatte seinen Plan entworfen, ohne das schlechte Wetter in Anschlag zu bringen, und dies in einem Lande und zu einer Jahreszeit, wo das Wetter aller Wahrscheinlichkeit nach schlecht sein mußte. Die Folge davon war, daß die Fuchsbaue, wie er sie nannte, nicht zur rechten Zeit verstopft wurden. Glenlyon und seine Leute begingen den Fehler, ihre Wirthe durch Feuerwaffen aus der Welt zu befördern, anstatt sich des kalten Stahles zu bedienen. Der Knall und Blitz der Schüsse verkündete drei verschiedenen Theilen des Thales zu gleicher Zeit, daß gemordet wurde. Aus funfzig Hütten flüchtete das Landvolk halb nackt in die verborgensten Schlupfwinkel seiner unwegsamen Schlucht. Selbst den Söhnen Mac Ian's, welche speciell zur Vernichtung bestimmt waren, gelang es zu entkommen. Sie wurden durch treue Diener geweckt. Johann, welcher durch den Tod seines Vaters der Patriarch des Stammes geworden, verließ seine Wohnung gerade in dem Augenblicke, als zwanzig Soldaten mit aufgesteckten Bajonnetten im Anmarsche waren. Es war längst heller Tag als Hamilton ankam, und er fand das Werk noch nicht halb verrichtet. Ungefähr dreißig Leichen schwammen auf den Düngerhaufen vor den Thüren in ihrem Blute. Darunter sah man auch einige Frauen und ein noch gräßlicherer und erschütternderer Anblick, eine kleine Hand, die im Tumulte des Gemetzels einem Kinde abgehauen worden war. Ein bejahrter Macdonald wurde noch lebend gefunden. Er war wahrscheinlich zu schwach, um fliehen zu können, und da er über siebzig Jahre zählte, erstreckte sich der Befehl, nach welchem Glenlyon gehandelt, nicht mit auf ihn. Hamilton ermordete den alten Mann mit kaltem Blute. Die verödeten Dörfer wurden sodann angezündet und die Soldaten zogen ab, eine Menge Schafe und Ziegen, neunhundert Rinder und zweihundert der kleinen zottigen Ponies der Hochlande mit sich fortführend.

Man sagt, und es ist nur zu glaublich, daß die Leiden der Flüchtlinge entsetzlich gewesen seien. Wie viele Greise, wie viele Frauen mit kleinen Kindern auf den Armen in den Schnee niedersanken, um nie wieder aufzustehen, wie Viele, die von Anstrengung und Hunger erschöpft in Schlupfwinkel an den Bergabhängen gekrochen waren, in diesen finstren Höhlen starben und von den Gebirgsraben bis auf die Knochen verzehrt wurden, ist nicht zu ermitteln. Wahrscheinlich aber war die Zahl Derer, welche durch Kälte, Erschöpfung und Hunger umkamen, nicht geringer als die Zahl Derer, welche von den Mördern hingeschlachtet wurden. Als die Truppen fort waren, kamen die Macdonalds aus den Höhlen von Glencoe hervor, wagten sich zurück zu der Stelle, wo die Hütten gestanden, zogen die halbverbrannten Leichname aus den rauchenden Trümmern und verrichteten einige einfache Beerdigungsceremonien. Die Tradition erzählt, daß der erbliche Barde des Stammes sich auf einen Felsen niedersetzte, der die Stätte des Gemetzels beherrschte, und sich in eine lange Klage über seine gemordeten Brüder und seine verödete Heimath ergoß. Noch achtzig Jahre nachher sang die Bevölkerung des Thales dieses schwermüthige Klagelied.[89]

Die Ueberlebenden hatten alle Ursache zu der Befürchtung, daß sie den Kugeln und Schwertern nur entgangen waren, um durch Hunger umzukommen. Das ganze Gebiet war eine Wüste. Häuser, Scheunen, Mobilien, Wirthschaftsgeräthe, Rinder- und Schafheerden und Pferde, Alles war fort. Viele Monate mußten vergehen, ehe der Clan im Stande war, auf seinem Grund und Boden die Mittel zu gewinnen, um auch nur die dürftigste Existenz zu fristen.[90]

Man wird sich vielleicht wundern, daß diese Ereignisse nicht mit einem Ausrufe des Abscheus in allen Theilen der civilisirten Welt aufgenommen wurden. Aber es ist Thatsache, daß Jahre vergingen, ehe der öffentliche Unwille gründlich erwachte, und Monate, bevor der schwärzeste Theil der Geschichte selbst bei den Feinden der Regierung Glauben fand. Daß das Gemetzel in den Londoner Tagesblättern und in den monatlichen Zeitschriften, welche kaum minder höfisch gesinnt waren als die Zeitungen, oder in den durch officielle Censoren erlaubten Flugschriften nicht erwähnt wurde, ist leicht erklärlich. Daß sich aber auch in Tagebüchern und Briefen von Personen, die von jeder Beschränkung frei waren, keine Notiz davon findet, muß auffällig erscheinen. In Evelyn's Tagebuch kommt kein Wort über den Gegenstand vor. In Narcissus Luttrell's Tagebuche ist fünf Wochen nach dem Gemetzel eine interessante Bemerkung eingezeichnet. Briefe aus Schottland, sagt er, schilderten dieses Land als vollkommen ruhig, ausgenommen daß man sich über kirchliche Fragen noch ein wenig stritte. Die holländischen Minister theilten ihrer Regierung regelmäßig alle schottischen Neuigkeiten mit. Sie hielten es damals der Mühe werth zu erwähnen, daß ein Kaper in der Nähe von Berwick ein Kohlenschiff aufgebracht habe, daß die Edinburger Diligence beraubt worden, und daß bei Aberdeen ein Wallfisch mit einer siebzehn Fuß langen und sieben Fuß breiten Zunge gestrandet sei. Aber in keiner ihrer Depeschen findet sich eine Andeutung, daß die Rede von einem außerordentlichen Ereignisse in den Hochlanden gehe. Es kamen zwar nach ungefähr drei Wochen Gerüchte von der Ermordung einiger Macdonalds über Edinburg nach London. Aber diese Gerüchte waren vag und einander widersprechend, und das Schlimmste derselben war noch weit von der schrecklichen Wahrheit entfernt. Die whiggistische Version der Geschichte lautete, daß der alte Räuber Mac Ian die Soldaten habe in einen Hinterhalt locken wollen, daß er sich aber in seiner eigenen Schlinge gefangen habe und daß er nebst einigen Mitgliedern seines Clans mit dem Schwerte in der Hand gefallen sei. Die jakobitische Version, welche am 23. März von Edinburg abging, erschien am 7. April in der Pariser Gazette. Glenlyon, hieß es darin, sei mit einem Detachement von Argyle's Regiment abgesandt worden, um unter dem Schutze der Dunkelheit die

Bewohner von Glencoe zu überfallen, und habe sechsunddreißig Männer und Knaben und vier Frauen getödtet.[91] Darin lag weder etwas Wunderbares noch etwas Entsetzliches. Ein nächtlicher Angriff auf eine Bande Freibeuter in einer starken natürlichen Festung kann eine durchaus gerechtfertigte militärische Operation sein, und in der Dunkelheit und der Verwirrung eines solchen Angriffs kann auch der Humanste das Unglück haben, eine Frau oder einen Knaben, zu erschießen. Die Umstände, welche dem Gemetzel von Glencoe einen eigenthümlichen Character verleihen, der Wortbruch, die Verletzung der Gastfreundschaft, die zwölf Tage erheuchelter Freundschaft und heiteren Zusammenlebens, der Morgenbesuche, der geselligen Mahlzeiten, des Gesundheittrinkens und des Kartenspiels wurden von dem Edinburger Correspondenten der Gazette de Paris nicht erwähnt, und wir dürfen daraus mit Gewißheit schließen, daß jene Umstände bis dahin selbst nachforschenden und thätigen Mißvergnügten, welche in der Hauptstadt Schottland's, hundert Meilen von der Stelle, wo die That verübt worden, wohnten, völlig unbekannt waren. Im Süden der Insel machte die Sache, so weit es sich jetzt beurtheilen läßt, fast gar kein Aufsehen. Für den Londoner der damaligen Zeit war Appin das, was für uns das Kafferngebiet oder Borneo ist. Die Nachricht, daß einige hochländische Räuber überfallen und getödtet worden wären, machte auf ihn keinen größeren Eindruck als wenn wir hören, daß eine Bande Viehdiebe von Amakosah niedergemacht oder daß ein Fahrzeug voll malayischer Piraten in den Grund gebohrt worden sei. Er hielt es für ausgemacht, daß in Glencoe nichts Schlimmeres geschehen sei als was in vielen anderen Schluchten Schottland's geschah. Es hatte einen nächtlichen Kampf, wie sie zu Hunderten vorkamen, zwischen den Macdonalds und Campbells gegeben, und die Campbells hatten die Macdonalds aufs Haupt geschlagen.

Nach und nach kam jedoch die ganze Wahrheit zum Vorschein. Aus einem ungefähr zwei Monat nach Verübung des Verbrechens in Edinburg geschriebenen Briefe geht hervor, daß die entsetzliche Geschichte unter den Jakobiten dieser Stadt bereits cursirte. Im Sommer wurde Argyle's Regiment nach dem Süden der Insel versetzt, und Einige von der Mannschaft machten bei der Flasche auffällige Bekenntnisse von dem, was sie im vergangenen Winter zu thun gezwungen worden waren. Die Eidverweigerer bemächtigten sich bald des Fadens und verfolgten ihn entschlossen; ihre geheimen Pressen traten in Thätigkeit, und endlich, fast ein Jahr nachdem das Verbrechen begangen worden, wurde es der Welt offenbart.[92] Aber die Welt war noch lange ungläubig. Die gewohnheitsmäßige Lügenhaftigkeit der jakobitischen Pasquillanten hatte ihnen eine wohlverdiente Strafe zugezogen. Jetzt, wo sie zum ersten Mal die Wahrheit sagten, glaubte man wieder sie erzählten nur einen Roman. Sie beklagten sich bitter darüber, daß die Geschichte, obgleich vollkommen authentisch, vom Publikum als eine Parteilüge betrachtet werde. [93] Noch im Jahre 1695 bemerkte Hickes in einer Schrift, in der er sein Lieblingsthema von der Thebanischen Legion gegen das aus dem Stillschweigen der Geschichtsschreiber abgeleitete unwiderlegbare Argument zu vertheidigen suchte, daß man wohl daran zweifeln dürfe, ob irgend ein Geschichtsschreiber das Gemetzel von Glencoe erwähnen werde. Es gebe in England, sagt er, viele Tausend gebildete Leute, welche nie von diesem Gemetzel gehört hätten oder die es für eine bloße Fabel hielten.[94]

Gleichwohl begann die Strafe einiger der Schuldigen sehr bald. Hill, den man eigentlich kaum schuldig nennen kann, war sehr ängstlich. Auch Breadalbane, so verhärtet er war, fühlte den Stachel des Gewissens oder die Furcht vor der Strafe. Wenige Tage nachdem die Macdonalds zu ihrer alten Wohnstätte zurückgekehrt waren, besuchte sein Intendant die Trümmer des Hauses Glencoe und bemühte sich die Söhne des ermordeten Häuptlings zur Unterzeichnung einer Schrift zu überreden, worin sie erklärten, daß sie den Earl für unschuldig an dem vergossenen Blute hielten. Es wurde ihnen versichert, daß, wenn sie diese Erklärung abgäben, Se. Lordschaft seinen ganzen großen Einfluß aufbieten würde, um ihnen volle Amnestie und Zurückerstattung alles dessen was sie verwirkt hätten, zu verschaffen.[95] Glenlyon bemühte sich nach Möglichkeit eine gleichgültige Miene zu heucheln. Er zeigte sich in dem elegantesten Kaffeehause von Edinburg und sprach laut und selbstgefällig von dem wichtigen Dienste, zu welchem er im Gebirge verwendet worden sei. Einige von seinen Soldaten jedoch, die ihn genauer beobachteten, raunten einander zu, daß alle seine Bravaden bloß Schein seien. Er sei nicht mehr der Mann, der er vor jener Nacht gewesen. Sein ganzes Aussehen sei verändert. An jedem Orte, zu jeder Stunde, er möge wachen oder schlafen, stehe Glencoe vor seinen Augen.[96]

Doch welche Besorgnisse Breadalbane beunruhigen, welche Fantome Glenlyon ängstigen mochten, der Master von Stair empfand weder Furcht noch Reue. Er war wohl ärgerlich, aber nur über Hamilton's Mißgriffe und über das Entrinnen so Vieler von dem verdammten Gezücht. „Thue Recht und scheue Niemand", so lautet die Sprache in seinen Briefen. „Kann es eine heiligere Pflicht geben als das Land von Räubern zu befreien? Das Einzige, was ich bedaure, ist, daß welche davongekommen sind."[97]

[W i l h e l m   b e g i e b t   s i c h   a u f   d e n   C o n t i n e n t .]

Am 6. März war Wilhelm, aller Wahrscheinlichkeit nach ohne Kenntniß der Einzelnheiten des Verbrechens, das einen dunklen Schatten auf seinen Ruhm geworfen hat, nach dem Continent abgereist, die Königin als Viceregentin in England zurücklassend.[98]

[L o u v o i s '   T o d .]

Er würde seine Abreise wahrscheinlich aufgeschoben haben, wenn er gewußt hätte, daß die französische Regierung seit einiger Zeit großartige Anstalten zu einer Landung auf unsrer Insel traf.[99] Es war ein Ereigniß eingetreten, das die Politik des Hofes von Versailles geändert hatte. Louvois war nicht mehr. Er hatte ein Vierteljahrhundert lang an der Spitze der Militärverwaltung seines Vaterlandes gestanden, hatte bei der Leitung zweier Kriege, welche das französische Gebiet vergrößert und die Welt mit dem Ruhme der französischen Waffen erfüllt hatten, eine Hauptrolle gespielt und hatte den Anfang eines dritten Krieges erlebt, der die äußerste Anstrengung seines großen Genies in Anspruch nahm. Zwischen ihm und den berühmten Feldherren, die seine Pläne in Ausführung brachten, herrschte wenig Uebereinstimmung. Sein gebieterisches Wesen und sein Selbstvertrauen trieben ihn an, sich zuviel in die Führung der Truppen im Felde zu mischen, selbst wenn diese Truppen von einem Condé, einem Turenne oder einem Luxemburg befehligt wurden. Aber er war der größte Generaladjutant, der größte Generalquartiermeister, der größte Kriegscommissar, den Europa gesehen hatte. Man kann sogar von ihm sagen, daß er in der Kunst, die Armeen zu discipliniren, zu vertheilen, zu equipiren und zu verproviantiren, eine vollständige Revolution herbeigeführt hat. Aber trotz seiner Talente und seiner Dienste war er Ludwig und der Frau, welche Ludwig beherrschte, verhaßt geworden. Das letzte Mal, wo der König und der Minister über Geschäftssachen mit einander verhandelten, kam die Mißstimmung auf beiden Seiten mit Heftigkeit zum Ausbruch. Der Diener warf im Aerger sein Portefeuille auf die Erde, und der Gebieter, welcher vergaß, was ihm selten geschah, daß ein König jederzeit Cavalier sein muß, erhob seinen Stock. Zum Glück war seine Gemahlin anwesend. Sie ergriff mit gewohnter Besonnenheit seinen Arm, führte dann Louvois aus dem Zimmer und bat ihn dringend, den folgenden Tag wiederzukommen, als ob nichts vorgefallen wäre. Er kam wirklich am folgenden Tage wieder, aber mit dem Tode im Gesicht. Der König wurde, obgleich von Groll erfüllt, zu Mitleid gerührt und rieth Louvois nach Hause zu gehen und sich zu pflegen. Noch denselben Abend starb der große Minister.[100]

Louvois hatte sich beständig allen Plänen zur Invasion in England widersetzt. Sein Tod wurde daher in Saint-Germains als ein glückliches Ereigniß betrachtet.[101] Indessen mußte man sich doch betrübt stellen und einen Edelmann mit einigen Worten des Beileids nach Versailles schicken. Der Abgesandte fand den glänzenden Kreis der Höflinge auf der Terrasse über der Orangerie um ihren Gebieter versammelt. „Mein Herr," sagte Ludwig in einem so sorglosen und heiteren Tone, daß alle Anwesenden darüber erstaunten, „bringen Sie dem Könige und der Königin von England meinen Gruß und meinen Dank und sagen Sie ihnen, das weder meine noch ihre Angelegenheiten sich in Folge dieses Ereignisses verschlechtern werden." Diese Worte sollten ohne Zweifel andeuten, daß Louvois seinen Einfluß nicht zu Gunsten des Hauses Stuart angewendet habe.[102] Eine Anerkennung jedoch, aber eine Anerkennung, die Frankreich theuer zu stehen kam, glaubte Ludwig dem Gedächtnisse seines talentvollsten Dieners zollen zu müssen. Der Marquis von Barbesieux, Louvois' Sohn, wurde in seinem fünfundzwanzigsten Jahre an die Spitze des Kriegsdepartements gestellt. Es fehlte dem jungen Manne keineswegs an Befähigung und er war schon seit einigen Jahren zu hochwichtigen Geschäften verwendet worden. Aber er besaß heftige Leidenschaften und kein gereiftes Urtheil, und seine unerwartete Erhebung verrückte ihm den Kopf. Sein Benehmen erregte allgemeinen Unwillen. Alte Offiziere beschwerten sich, daß er sie lange antichambriren lasse, während er sich mit seinen Windspielen und seinen Schmeichlern unterhalte. Wer bei ihm vorgelassen wurde, entfernte sich empört über seine Rücksichtslosigkeit und Anmaßung. Wie es in seinem Alter ganz natürlich war, legte er nur deshalb Werth auf die Macht, weil sie ihm die Mittel bot, sich Vergnügen zu verschaffen. Millionen Laubthaler wurden auf die prachtvolle Villa verwendet, in der er die Sorgen seines Amtes in fröhlicher Gesellschaft, bei leckeren Speisen und schäumendem Champagner zu vergessen liebte. Er schützte oft einen Fieberanfall vor, um sich wegen seines Nichterscheinens im königlichen Cabinet zur bestimmten Stunde zu entschuldigen, während er thatsächlich mit seinen Vergnügungsgefährten und Maitressen die Zeit in Nichtsthun hingebracht hatte. „Der französische König," sagte Wilhelm, „hat einen sonderbaren Geschmack; er wählt eine alte Frau zur Maitresse und einen jungen Mann zum Minister."[103]

Es kann kaum einem Zweifel unterliegen, daß Louvois durch Verfolgung des Weges, durch den er sich bei dem Hofe von Saint-Germains verhaßt gemacht, große Verdienste um sein Vaterland erworben hatte. Er ließ sich von dem jakobitischen Enthusiasmus nicht anstecken, denn er wußte sehr wohl, daß Verbannte die schlechtesten Rathgeber sind. Er war vortrefflich unterrichtet, er besaß einen außerordentlichen Scharfblick und erwog alle Möglichkeiten, und erkannte, daß eine Landung alle Aussicht hatte zu mißlingen, und zwar in sehr unheilvoller und schimpflicher Weise zu mißlingen. Jakob mochte freilich wohl danach verlangen, den Versuch zu machen, obgleich die Chancen wie Zehn zu Eins gegen ihn waren, denn er konnte gewinnen, aber nichts verlieren. Seine Thorheit und Hartnäckigkeit hatte ihm nichts gelassen, was er hätte aufs Spiel setzen können. Speise und Trank, Wohnung und Kleidung verdankte er der Mildthätigkeit. Nichts war natürlicher, als daß er bei der allergeringsten Aussicht, die drei Königreiche, die er von sich geworfen, wieder zu erlangen, geneigt war etwas ihm nicht Gehörendes, die Ehre der französischen Waffen und die Größe und das Wohl der französischen Monarchie, aufs Spiel zu setzen. Einem französischen Staatsmanne aber mußte ein solches Hazardspiel in einem ganz andren Lichte erscheinen. Doch Louvois war nicht mehr. Sein Gebieter gab dem Andringen Jakob's nach und beschloß eine Expedition nach England zu schicken.[104]

[Die französische Regierung beschließt eine Expedition gegen England zu unternehmen.]

Der Plan war in mancher Beziehung gut angelegt. Es war festgesetzt, daß an der Küste der Normandie ein Lager gebildet und daß in diesem Lager sämmtliche in französischen Diensten stehende irische Regimenter unter ihrem Landsmann Sarsfield versammelt werden sollten. Mit ihnen sollten ungefähr zehntausend Mann französischer Truppen vereinigt werden. Die ganze Armee sollte der Marschall Bellefonds commandiren.

Eine stolze Flotte von etwa achtzig Linienschiffen sollte diese Truppenmacht an die Küsten England's begleiten. Auf den Werften der Bretagne und der Provence wurden ungeheure Zurüstungen gemacht. Vierundvierzig Linienschiffe, von denen einige die schönsten waren, welche jemals gebaut worden, waren im Hafen von Brest unter Tourville versammelt. Der Graf von Estrées sollte mit fünfundzwanzig weiteren von Toulon auslaufen. Ushant war als Vereinigungsort bestimmt. Selbst der Tag war festgesetzt. Damit es weder an Seeleuten noch an Schiffen für die beabsichtigte Expedition fehle, war aller Seehandel und alle Kaperei durch einen königlichen Erlaß auf einige Zeit untersagt.[105] Dreihundert Transportschiffe wurden in der Nähe des zur Einschiffung der Truppen bestimmten Punktes versammelt. Man hoffte, daß zu Anfang des Frühjahrs, ehe die englischen Schiffe noch halb aufgetakelt und halb bemannt und ehe ein einziges holländisches Kriegsschiff im Kanal war, Alles bereit sein werde.
[106]

[Jakob glaubt, daß die englische Flotte freundschaftlich gegen ihn gesinnt sei.]

Jakob hatte sich sogar eingeredet, daß, selbst wenn er der englischen Flotte begegnen sollte, sie sich ihm nicht widersetzen würde. Er bildete sich ein, daß er der Liebling der Seeleute jeden Grades sei. Seine Emissäre waren sehr thätig unter den Flottenoffizieren gewesen und hatten einige gefunden, die sich seiner freundlich erinnerten, andere, die mit den jetzt am Ruder befindlichen Männern nicht zufrieden waren. All' das ungereimte Geschwätz einer Klasse, die sich eben nicht durch Schweigsamkeit oder Discretion auszeichnete, wurde ihm mit Uebertreibungen hinterbracht, bis er zu dem Glauben verleitet war, daß er auf den Schiffen, welche unsere Küsten bewachten, mehr Freunde als Feinde habe. Er hätte jedoch wissen können, daß ein rauher Seemann, der sich von der Admiralität übel behandelt glaubte, wenn er durch gewandte Gesellschafter bearbeitet wurde, nach der dritten Flasche die guten alten Zeiten zuruckwünschen, die neue Regierung und sich selbst verfluchen konnte, weil er ein solcher Narr sei, für diese Regierung zu kämpfen, daß er aber deshalb noch keineswegs bereit war, am Tage der Schlacht zu den Franzosen überzugehen. Von den unzufriedenen Offizieren, die nach Jakob's Meinung es nicht erwarten konnten zu desertiren, hatte die große Mehrzahl wahrscheinlich keinen andren Beweis von Zuneigung zu ihm gegeben, als ein in der Trunkenheit herausgestoßenes müßiges Wort, das sie vergessen hatten, sobald sie wieder nüchtern waren. Einer von Denjenigen, deren Beistand sie erwarteten, der Contreadmiral Carter, hatte in der That Alles was die jakobitischen Agenten sagten, gehört und vollkommen begriffen, hatte ihnen schöne Worte erwiedert und dann die ganze Geschichte der Königin und ihren Ministern hinterbracht.[107]

[Verhalten Russell's.]

Am meisten baute Jakob auf Russell. Dieser falsche, arrogante und launenhafte Staatsmann sollte die Kanalflotte befehligen. Er hatte nicht aufgehört den jakobitischen Emissären zu versichern, daß er gern eine Restauration herbeiführen wolle. Die Emissäre rechneten zuversichtlich wenn nicht auf seine unumwundene Mitwirkung, so doch auf seine Connivenz, und es unterlag keinem Zweifel, daß mit seiner Connivenz eine französische Flotte leicht eine Armee an unsere Küsten bringen konnte. Jakob schmeichelte sich mit der Hoffnung, daß er sogleich nach seiner Landung Herr der Insel sein werde. In Wahrheit aber würden nach vollbrachter Ueberfahrt die Schwierigkeiten seines Unternehmens erst begonnen haben. Vor zwei Jahren erst hatte er eine Lection bekommen, aus der er hätte Nutzen ziehen sollen. Er hatte damals sich und Andere in den irrigen Glauben eingewiegt, daß die Engländer ihn zurückwünschten, daß sie sich nach ihm sehnten und daß sie es nicht erwarten könnten, sich zu Tausenden bewaffnet zu erheben, um ihn willkommen zu heißen. Wilhelm war damals wie jetzt nicht anwesend. Damals wie jetzt war die Verwaltung in den Händen einer Frau. Damals wie jetzt waren wenig reguläre Truppen in England. Torrington hatte damals ebensoviel zum Schaden der Regierung gethan, der er diente, als Russell jetzt thun konnte. Die französische Flotte hatte damals, nachdem sie mehrere Wochen lang siegreich und dominirend im Kanal umhergefahren war, einige Truppen auf der Südküste gelandet, und die unmittelbare Folge davon war gewesen, daß ganze Grafschaften, ohne Unterschied von Tory und Whig, Hochkirchlichem oder Dissenter, sich wie ein Mann erhoben hatten, um die Fremden hinauszuwerfen, und daß die Jakobitenpartei, welche noch vor wenigen Tagen anscheinend die Hälfte der Nation bildete, sich mit schweigender Bestürzung niedergeduckt und so klein gemacht hatte, daß sie eine Zeit lang unsichtbar gewesen war. Welchen Grund hatte man nun zu glauben, daß die Massen, welche im Jahre 1690 beim ersten Aufflammen der Lärmfeuer Gewehre, Piken und Sensen ergriffen hatten, um den heimathlichen Boden gegen die Franzosen zu vertheidigen, die Franzosen jetzt als Verbündete begrüßen würden? Und in der Armee, welche Jakob diesmal begleiten solle, bildeten die Franzosen noch den minder verhaßten Theil. Die große Hälfte dieser Armee sollte aus irischen Papisten bestehen und das gemischte Gefühl von Haß und Verachtung, mit dem die irischen Papisten von den englischen Protestanten seit langer Zeit betrachtet wurden, war durch neuere Vorgänge zu einer vorher nicht gekannten Heftigkeit gesteigert worden. Die erblichen Sklaven, sagte man, seien auf einen Augenblick frei gewesen, und dieser Augenblick habe genügt zu beweisen, daß sie ihre Freiheit weder zu gebrauchen noch zu vertheidigen wüßten. Während der kurzen Dauer ihres Uebergewichts hätten sie nichts gethan, als morden und sengen und plündern und zerstören und verurtheilen und confisciren. In drei Jahren hätten sie in ihrem Vaterlande eine Verwüstung angerichtet, welche dreißig Jahre englischer Intelligenz und Betriebsamkeit nicht wiedergutmachen würden. Sie würden ihre Unabhängigkeit gegen die ganze Welt behauptet haben, wenn sie es im Fechten so weit gebracht hätten wie im Stehlen. Aber sie hätten sich schimpflich von den Mauern Londonderry's zurückgezogen und seien wie das Wild vor den Jägern von Enniskillen geflohen. Der Fürst, den sie jetzt mit Waffengewalt auf den englischen Thron setzen zu können wähnten, habe selbst am Morgen nach der Niederlage am Boyne ihnen ihre Feigheit vorgeworfen und ihnen gesagt, daß er sich nie wieder auf ihren Wehrstand verlassen werde. Ueber diesen Punkt waren die Engländer eines Sinnes. Die Tories, die Eidverweigerer und selbst die Katholiken schmähten das unglückliche Volk eben so laut als die Whigs. Es ist daher nicht schwer zu errathen, welchen Eindruck das Erscheinen von Feinden auf unsrem Boden gemacht haben würde, die wir auf ihrem eigenen Boden besiegt und mit Füßen getreten hatten.

Doch Jakob glaubte trotz der neuen und harten Lehre der Erfahrung Alles was seine Correspondenten in England ihm sagten, und sie sagten ihm, daß die ganze Nation ihn ungeduldig erwarte, daß der Westen wie der Norden bereit seien, sich zu erheben, daß er auf dem Wege vom Landungsplatze nach Whitehall eben so wenig Widerstand finden werde, als wenn er in früheren Zeiten von einer Reise zurückkehrte. Ferguson zeichnete sich durch die Zuversichtlichkeit aus, mit der er einen vollständigen und unblutigen Sieg prophezeite. Er und sein Buchdrucker, schrieb er albernerweise, würden die beiden ersten Männer im Reiche sein, die für Se. Majestät zu Pferde stiegen. Viele andere Agenten reisten während des Winters und der ersten Wochen des Frühjahrs geschäftig im Lande umher. In den Grafschaften südlich vom Trent scheinen sie mit geringem Erfolge gearbeitet zu haben. Im Norden aber, besonders in Lancashire, wo die Katholiken zahlreicher und mächtiger waren als in irgend einem andren Theile des Landes und wo sich selbst unter der protestantischen Gentry mehr als die gewöhnliche Anzahl bigotter Katholiken befanden, wurden einige Anstalten zu einer Insurrection getroffen. Waffen wurden im Geheimen gekauft, Offiziere wurden ernannt und Freisassen, kleine Farmer, Reitknechte und Jäger wurden überredet, sich einreihen zu lassen. Die, welche ihre Namen einzeichnen ließen, wurden in acht Cavallerie- und Dragonerregimenter eingetheilt und erhielten Befehl sich bereit zu halten, um auf das erste Signal aufzusitzen.[108]

[Jakob wird eine Tochter geboren.]

Einer von den Umständen, welche Jakob damals mit eitlen Hoffnungen erfüllten, war der, daß seine Gemahlin schwanger und ihrer Entbindung nahe war. Er hoffte, daß selbst die Böswilligkeit sich schämen werde, ferner noch die Geschichte von der Wärmflasche zu erzählen und daß Viele, welche diese Geschichte getäuscht habe, ungesäumt zu ihrer Unterthanenpflicht zurückkehren würden. Er traf diesmal alle die Vorsichtsmaßregeln, die er vier Jahre früher thörichter- und verkehrterweise zu treffen unterlassen hatte. Er wußte Briefe nach England zu befördern, welche viele angesehene Protestantinnen einluden, der bevorstehenden Entbindung beizuwohnen, und er versprach im Namen seines geliebten Bruders, des Allerchristlichsten Königs, daß es ihnen frei stehen solle, in voller Sicherheit zu kommen und zu gehen. Wäre eine von diesen Zeuginnen am Morgen des 10. Juni 1688 in den St. Jamespalast beschieden worden, so würde das Haus Stuart vielleicht heute noch auf unsrer Insel regieren. Aber es ist leichter eine Krone zu behalten als eine wiederzuerlangen. Es konnte wahr sein, daß eine verleumderische Fabel viel dazu beigetragen hatte, die Revolution herbeizuführen. Aber daraus folgte noch keineswegs, daß die vollständigste Widerlegung dieser Fabel eine Restauration herbeiführen würde. Nicht eine einzige Dame fuhr auf Jakob's Einladung über den Kanal. Seine Gemahlin wurde glücklich von einer Tochter entbunden; allein dieses Ereigniß machte keinen bemerkbaren Eindruck auf den Zustand der öffentlichen Meinung in England.[109]

[Anstalten zur Zurückweisung der Invasion in England.]

Unterdessen wurden die Vorbereitungen zu seiner Expedition betrieben. Er stand schon auf dem Punkte, nach dem Einschiffungsorte abzureisen, als die englische Regierung noch nicht die geringste Ahnung von der drohenden Gefahr hatte. Man wußte zwar längst, daß viele Tausend Irländer in der Normandie versammelt waren; aber man glaubte sie seien nur zu dem Zwecke versammelt, um gemustert und eingeübt zu werden, ehe sie nach Flandern, Piemont und Catalonien geschickt würden.[110] Jetzt aber gestatteten die von verschiedenen Seiten eintreffenden Nachrichten keinen Zweifel mehr, daß eine Invasion fast augenblicklich versucht werden würde. Es wurden kräftige Vertheidigungsmaßregeln getroffen. Die Ausrüstung und Bemannung der Schiffe wurde energisch betrieben. Die regulären Truppen wurden zwischen London und dem Meere zusammengezogen. Auf der Anhöhe, welche Portsmouth beherrscht, wurde ein großes Lager gebildet und die Milizen im ganzen Lande aufgeboten. Zwei Westminsterregimenter und sechs Cityregimenter, welche zusammen ein Armeecorps von dreizehntausend Streitern bildeten, wurden in Hydepark aufgestellt und passirten vor der Königin die Revue. Die Milizen von Kent, Sussex und Surrey marschirten nach der Küste. Bei allen Wartfeuern wurden Wächter postirt. Einige Eidverweigerer wurden gefänglich eingezogen, andere entwaffnet, noch andere angehalten Bürgschaft zu stellen. Bei dem Earl von Huntingdon, einem angesehenen Jakobiten, wurde Haussuchung gehalten. Er hatte noch Zeit gehabt, seine Papiere zu verbrennen und seine Waffen zu verbergen; aber seine Ställe hatten ein sehr verdächtiges Aussehen. Sie enthielten Pferde genug, um eine ganze Cavallerieschwadron beritten zu machen, und obgleich dieser Umstand juristisch nicht genügte, um eine Anklage auf Hochverrath zu begründen, so wurde er doch unter den obwaltenden Verhältnissen für ausreichend gehalten, um den Staatsrath zu berechtigen, den Earl in den Tower zu schicken.[111]

[Jakob begiebt sich zu seiner Armee bei La Hogue.]

Inzwischen war Jakob zu seiner Armee abgegangen, welche um das Becken von La Hogue herum an der Nordküste der unter dem Namen des Cotentin bekannten Halbinsel lagerte. Vor seiner Abreise von Saint-Germains hielt er noch ein Kapitel des Hosenbandordens, um seinen Sohn in den Orden aufnehmen zu lassen. Zwei Edelleute wurden ebenfalls mit dieser Auszeichnung beehrt: Powis, der jetzt von seinen Mitverbannten Herzog genannt wurde, und Melfort, der aus Rom zurückgekehrt und wieder Jakob's Premierminister war.[112] Selbst in diesem Augenblicke, wo es von der höchsten Wichtigkeit war, die Mitglieder der anglikanischen Kirche zu gewinnen, wurden nur Mitglieder der römischen Kirche eines Zeichens der königlichen Gunst für würdig erachtet. Powis war allerdings ein ausgezeichnetes Mitglied des englischen Adels und die Aversion seiner Landsleute gegen ihn war so gering wie sie gegen einen angesehenen Papisten nur sein konnte. Melfort aber war nicht einmal Engländer, er hatte nie ein Staatsamt in England bekleidet, hatte nie im englischen Parlament gesessen und hatte daher keinen Anspruch auf eine wesentlich englische Würde. Ueberdies wurde er von allen streitenden Parteien aller drei Königreiche gehaßt. Königliche Handschreiben, von ihm contrasignirt, waren an die Convention zu Westminster und an die Convention zu Edinburg gesandt worden, und in Westminster sowohl wie in Edinburg hatten beim Anblick seines verhaßten Namens und seiner verhaßten Handschrift selbst die eifrigsten Freunde des erblichen Rechts beschämt die Köpfe hängen lassen. Es muß selbst bei Jakob auffallend erscheinen, daß er es unter solchen Umständen für gut fand, der Welt zu verkünden, daß die Männer, die sein Volk am meisten verabscheute, diejenigen waren, die er am liebsten auszeichnete.

[Jakob's Erklärung.]

Noch nachtheiliger für seine Interessen war die Erklärung, in der er seinen Unterthanen seine Absichten kund that. Sie war unter allen von Jakob abgefaßten Staatsschriften diejenige, deren Unverstand am meisten in die Augen fiel. Nachdem sie alle guten Engländer jeder Farbe mit Ekel und Zorn erfüllt hatte, behaupteten die Papisten zu Saint-Germains, sie sei von einem starren Protestanten, Eduard Herbert, entworfen, der vor der Revolution Oberrichter der Common Pleas gewesen war und der jetzt den hohlen Titel eines Kanzlers führte.[113] Es ist jedoch gewiß, daß Herbert nie über etwas Wichtiges zu Rathe gezogen wurde und daß die Erklärung ganz und gar Melfort's Werk war.[114] Die Eigenschaften des Kopfes und Herzens, welche Melfort zum Liebling seines Gebieters gemacht hatten, leuchteten auch in der That aus jedem Satze hervor. Nicht ein Wort war darin zu finden, welches angedeutet hätte, daß der König während einer dreijährigen Verbannung weiser geworden, daß er einen einzigen Fehler bereuete, daß er sich auch nur den kleinsten Theil der Schuld an der Revolution beimaß, die ihn vom Throne gestürzt, oder daß er sich vorgenommen hatte ein Verfahren einzuschlagen, das in irgend einer Beziehung von dem abwich, welches ihm schon verderblich geworden war. Alle gegen ihn erhobenen Beschuldigungen erklärte er für völlig grundlos. Schlechte Menschen hatten Verleumdungen verbreitet und schwache Menschen hätten diese Verleumdungen geglaubt. Er allein sei ohne Tadel gewesen. Er gab keine Hoffnung, daß er sich irgend eine Beschränkung der weitgehenden Dispensationsgewalt, die er früher beansprucht, gefallen lassen würde, daß er nicht wieder, den klarsten Gesetzen zum Trotz, den Geheimen Rath, die Richterbank, die öffentlichen Aemter, die Armee und die Flotte mit Papisten füllen, daß er nicht einen neuen Trupp Regulatoren ernennen würde, um alle Wahlkörper im Königreiche umzugestalten. Er geruhte zwar zu sagen, daß er die legalen Rechte der englischen Kirche aufrecht erhalten werde, aber dies hatte er früher auch schon gesagt, und Jedermann wußte, was diese Worte in seinem Munde bedeuteten. Anstatt seinem Volke Vergebung zuzusichern, drohte er ihm mit einer Proscription, furchtbarer als irgend eine, die unsre Insel je erlebt. Er veröffentlichte eine Liste von Personen, die keine Gnade zu erwarten hatten. Darunter waren Ormond, Caermarthen, Nottingham,

Tillotson und Burnet. Nach dem Verzeichniß Derer, welche mit Namen zum Tode verurtheilt waren, kam eine Reihe von Kategorien. Obenan stand die ganze Masse der Landleute, welche Se. Majestät unsanft behandelt hatten, als er auf seiner Flucht in Sheerneß angehalten wurde. Diese armen unwissenden Leute, einige Hundert an der Zahl, wurden einer zweiten blutigen Assise aufgespart. Dann kamen alle Diejenigen, die an der Bestrafung eines jakobitischen Verschwörers irgend Theil genommen: Richter, Anwälte, Zeugen, Mitglieder der großen und der kleinen Juries, Sheriffs und Untersheriffs, Constabler und Kerkermeister, kurz alle Diener der Justiz, von Holt bis herab auf Ketch. Hierauf wurde allen Spionen und Angebern Rache geschworen, welche den Usurpatoren die Pläne des Hofes von Saint-Germains hinterbracht hatten. Alle Friedensrichter, die sich nicht in dem Augenblicke, wo sie von seiner Landung hörten, für ihren rechtmäßigen Souverain erklärten, alle Kerkermeister, welche die politischen Gefangenen nicht augenblicklich in Freiheit setzten, sollten der äußersten Strenge des Gesetzes anheimfallen. Keine Ausnahme war zu Gunsten eines Friedensrichters oder eines Kerkermeisters gemacht, der sich hundert Schritt von einem der Regimenter Wilhelm's und hundert Meilen von dem nächsten Platze befand, wo es einen einzigen bewaffneten Jakobiten gab.

Man hätte erwarten sollen, daß Jakob, nachdem er in dieser Weise zahlreichen Klassen seiner Unterthanen Rache angedroht, wenigstens den übrigen eine allgemeine Amnestie versprechen würde. Allein er sagte kein Wort von einer allgemeinen Amnestie. Er versprach zwar, daß dem oder jenem Verbrecher, der nicht einer der Proscriptionskategorien angehörte und der sich durch irgend einen ausgezeichneten Dienst der Nachsicht würdig mache, specielle Begnadigung zu Theil werden solle. Aber mit dieser alleinigen Ausnahme wurde den Hunderttausenden von Verbrechern einfach angekündigt, daß das Parlament über ihr Schicksal entscheiden werde.

Die Agenten Jakob's verbreiteten seine Erklärung schleunigst über alte Theile des Landes und erwiesen damit Wilhelm einen großen Dienst. Das allgemeine Urtheil darüber lautete, daß der verbannte Despot die Engländer doch wenigstens offen gewarnt habe und daß sie, wenn sie ihn nach einer solchen Warnung noch zurückriefen, sich nicht würden beklagen dürfen, wenn auch jede Grafschaftshauptstadt durch eine Assise besudelt werden sollte, ähnlich der, welche Jeffreys in Taunton gehalten hatte. Daß einige hundert Menschen — die Jakobiten gaben die Zahl nur auf fünfhundert an — ohne Gnade aufgehängt werden würden, sei gewiß, und Keiner, der bei der Revolution betheiligt gewesen, Keiner der für die neue Regierung zur See oder zu Lande gefochten, kein Soldat, der an der Unterwerfung Irland's Theil genommen, kein Landmann aus Devonshire oder Bergmann aus Cornwall, der zu den Waffen gegriffen, um Weib und Kinder gegen Tourville zu vertheidigen, würde vor dem Galgen sicher sein. Wie verworfen, wie hämisch müsse der Character eines Mannes sein, der, im Begriff, die wichtigste Unternehmung durchzuführen, und nach dem edelsten aller Preise strebend, sich nicht enthalten könne zu proklamiren, daß er nach dem Blute einer Menge armer Fischer lechze, weil sie ihn vor länger als drei Jahren hin und her gestoßen und „Fratzengesicht" genannt hatten. Wenn er in dem Augenblicke, wo er die stärksten Gründe habe, sein Volk durch einen Anschein von Milde zu versöhnen zu suchen, es nicht über sich gewinnen könne, eine andre Sprache gegen dasselbe zu führen als die eines unversöhnlichen Feindes, was könne man von ihm erwarten, wenn er wieder sein Gebieter sein würde? Er habe einen so boshaften Character, daß er in einer Lage, in der andere Tyrannen zu liebreichen Worten und schönen Versprechungen griffen, nur Vorwürfe und Drohungen hervorbringen könne. Die einzigen Worte in seiner Erklärung, welche einen Anstrich von Freundlichkeit hätten, seien die, mit denen er verspreche, die fremden Truppen fortzuschicken sobald seine Autorität wiederhergestellt sein würde, und Viele meinten, daß man bei genauer Untersuchung selbst in diesen Worten einen unheimlichen Sinn entdecken müsse. Man dürfe von ihm nicht erwarten, daß er papistische Truppen fortschicken werde, die seine Unterthanen seien. Seine Absichten lägen auf der Hand. Die Franzosen gingen vielleicht, aber die Irländer würden bleiben. Das englische Volk solle durch diese dreimal unterjochten Barbaren niedergehalten werden. Ein Rapparee, der bei Newton Butler und am Boyne davongelaufen sei, werde ohne Zweifel Muth genug haben, die Schaffotte, auf denen seine Ueberwinder sterben sollten, zu bewachen und unser Land zu verwüsten, wie er sein eignes verwüstet habe.

Anstatt zu versuchen, Jakob's Manifest zu unterdrücken, ließen die Königin und ihre Minister es wohlweislich selbst durch den Druck vervielfältigen und verbreiteten es, mit der Druckerlaubniß des Staatssekretärs und mit eingeschalteten Bemerkungen aus der Feder eines gewandten und scharfsinnigen Commentators versehen. Es wurde in vielen heftigen Pamphlets widerlegt, es wurde in Knittelverse gebracht und selbst die verwegensten und beißendsten Pasquillanten unter den Eidverweigerern wagten es nicht, es zu vertheidigen.[115]

Einige Eidverweigerer waren in der That so beunruhigt, als sie den durch das Manifest hervorgerufenen Eindruck bemerkten, daß sie es geflissentlich als untergeschoben behandelten und eine Schrift voll huldreicher Betheuerungen und Versprechungen als die ächte Erklärung ihres Gebieters veröffentlichten. Sie ließen ihn seinem ganzen Volke, mit Ausnahme von vier großen Verbrechern, vollständige Amnestie zusichern. Sie ließen ihn Hoffnungen auf bedeutende Steuerermäßigungen eröffnen. Sie ließen ihn sein Wort geben, daß er die ganze kirchliche Verwaltung eidverweigernden Bischöfen übertragen werde. Aber dieses Machwerk täuschte Niemanden und war nur deshalb von Wichtigkeit, weil es bewies, daß selbst die Jakobiten sich des Fürsten schämten, auf dessen Wiedereinsetzung sie hinarbeiteten.[116]

Niemand las die Erklärung mit größerem Erstaunen und Unwillen als Russell. Bei aller seiner Schlechtigkeit stand er unter dem Einflusse zweier Gefühle, die, wenn sie auch nicht tugendhaft genannt werden können, doch einige Verwandtschaft mit der Tugend haben und im Vergleich zu bloßer egoistischer Habsucht achtungswerth sind. Er besaß einen starken Berufsgeist und einen starken Parteigeist. Er konnte falsch gegen sein Vaterland sein, nicht aber gegen seine Flagge, und selbst nachdem er Jakobit geworden, hatte er nicht aufgehört ein Whig zu sein. Er war eigentlich nur deshalb ein Jakobit, weil er der intoleranteste und hämischeste Whig war. Er glaubte sich und seine Partei undankbarerweise von Seiten Wilhelm's vernachlässigt und war einige Zeit durch seinen Groll zu sehr verblendet, um einzusehen, daß es von den ehemaligen Rundköpfen reiner Wahnsinn sein würde, Wilhelm dadurch zu bestrafen, daß sie Jakob zurückriefen. Die nahe Aussicht auf eine Invasion und die Erklärung, in der den Engländern klar und deutlich gesagt war, was sie zu erwarten hatten, wenn diese Invasion gelingen sollte, brachte, wie es scheint, eine plötzliche und vollständige Umwandlung in Russell's Gesinnungen hervor, und diese Umwandlung gestand er in bestimmten Ausdrücken ein. „Ich wünsche dem König Jakob zu dienen," sagte er zu Lloyd. „Die Sache würde sich auch thun lassen, wenn er nicht selbst schuld wäre. Aber er schlägt den verkehrten Weg mit uns ein. Vergißt er alles Geschehene, bewilligt er einen Generalpardon, dann will ich sehen was ich für ihn thun kann." Lloyd spielte auf die Russell selbst zugedachten Ehren und Belohnungen an. Aber der Admiral fiel ihm mit einer Gesinnung, die eines besseren Mannes würdig gewesen wäre, ins Wort. „Ich will davon nichts hören. Meine Dienste sind dem Staate gewidmet. Und glauben Sie nicht, daß ich die Franzosen in unseren eigenen Meeren über uns triumphiren lassen werde. Ich gebe Ihnen mein Wort, daß, wenn ich mit ihnen zusammentreffe, ich sie angreife, und wenn Se. Majestät selbst an Bord wäre."

Diese Unterredung wurde Jakob gewissenhaft mitgetheilt; sie scheint ihn aber nicht beunruhigt zu haben. Er war in der That des festen Glaubens, daß Russell, selbst wenn er wollte, die Offiziere und Matrosen der englischen Flotte nicht würde bewegen können, gegen ihren alten König, der auch ihr alter Admiral war, zu kämpfen.

Es gelang Jakob in Gemeinschaft mit seinem Günstling Melfort, die Hoffnungen, die er hegte, Ludwig und dessen Ministern einzuflößen.[117] Ohne diese Hoffnungen würde in der That wahrscheinlich jeder Gedanke, noch im Laufe dieses Jahres in England einzufallen, aufgegeben worden sein. Denn der im Winter entworfene großartige Plan war im Laufe des Frühjahrs durch eine Reihe von unglücklichen Zufällen, wie sie keine menschliche Weisheit voraussehen kann, vereitelt worden. Der zum Zusammentreffen aller französischen Seestreitkräfte bei Ushant festgesetzte Zeitpunkt war längst vorüber und noch war nicht ein einziges Segel auf dem Versammlungsplatze zu sehen. Das atlantische Geschwader wurde noch durch schlechtes Wetter im Hafen von Brest zurückgehalten. Das Geschwader des mittelländischen Meeres kämpfte vergebens gegen einen starken Westwind, um die Herkulessäulen zu passiren. Zwei prächtige Schiffe waren bereits an den Felsen von Ceuta zerschellt.[118] Mittlerweile waren die Admiralitäten der verbündeten Mächte sehr thätig gewesen, und noch vor Ende April war die englische Flotte zum Auslaufen bereit. Drei stolze Linienschiffe, so eben von unseren Werften vom Stapel gelassen, erschienen zum ersten Male auf dem Wasser.[119] Wilhelm hatte die Seerüstungen der Vereinigten Provinzen eilig betrieben, und seine Bemühungen waren von Erfolg gewesen. Am 29. April erschien ein stattliches Geschwader aus dem Texel in den Dünen. Bald darauf kamen auch das nordholländische Geschwader, das Maasgeschwader und das Seelandgeschwader an.[120]

[Die englische und die holländische Flotte vereinigen sich.]

In der zweiten Maiwoche war die gesammte Flotte der verbündeten Mächte, bestehend aus mehr als neunzig Linienschiffen mit einer Bemannung von dreißig- bis vierzigtausend der besten Seeleute der beiden großen maritimen Nationen, bei Saint-Helen versammelt. Russell führte das Obercommando. Ihm zur Seite standen Sir Ralph Delaval, Sir John Ashley, Sir Cloudesley Shovel, Contreadmiral Carter und Contreadmiral Rooke. Unter den holländischen Offizieren war Van Almonde der im Range am höchsten stehende.

[S t i m m u n g d e r e n g l i s c h e n F l o t t e .]

Eine gewaltigere Flotte war noch nie im britischen Kanal erschienen. Man hatte wenig Ursache zu befürchten, daß eine solche Streitmacht in einem ehrlichen Kampfe geschlagen werden könnte. Gleichwohl herrschte in London große Besorgniß. Es war bekannt, daß es eine jakobitische Partei in der Flotte gab. Beunruhigende Gerüchte waren von Frankreich aus in Umlauf gekommen. Man erzählte sich, der Feind habe auf die Mitwirkung einiger von denjenigen Offizieren gerechnet, von deren Treue in dieser kritischen Lage das Wohl des Staats abhängen konnte. Auf Russell hatte man, so weit es sich jetzt ermitteln läßt, noch keinen Verdacht. Aber andere, wahrscheinlich minder Strafbare, waren indiscreter gewesen. In alten Kaffeehäusern wurden Admirale und Kapitäne mit Namen als Verräther bezeichnet, die sofort cassirt, wenn nicht erschossen werden sollten. Es wurde sogar mit Bestimmtheit behauptet, daß einige der Schuldigen in Arrest gebracht, andere aus dem Dienste entfernt worden seien. Die Königin und ihre Rathgeber waren in großer Verlegenheit. Es war schwer zu sagen, ob es gefährlicher sein würde, den verdächtigen Personen zu trauen oder sie zu entlassen. Marie beschloß unter vielen bangen Ahnungen, und die Folge bewies, daß ihr Entschluß sehr weise war, die schlimmen Gerüchte als Verleumdungen zu betrachten, an die Ehre der angeschuldigten Generäle feierlich zu appelliren und dann das Wohl und Wehe des Königreichs ihrem National- und Berufsgeiste anzuvertrauen.

Am 15. Mai wurde eine zahlreiche Versammlung von Offizieren bei Saint-Helen an Bord der „Britannia,” eines schönen Dreideckers, auf welchem Russell's Flagge wehte, berufen. Der Admiral sagte ihnen, daß er eine Depesche erhalten habe, die er ihnen vorzulesen beauftragt sei. Sie war von Nottingham. Die Königin, schrieb der Staatssekretär, habe in Erfahrung gebracht, daß Geschichten circulirten, welche den Ruf der Flotte sehr nahe berührten. Es sei sogar behauptet worden, daß sie sich genöthigt gesehen habe, viele Offiziere zu entlassen. Allein Ihre Majestät sei entschlossen nichts zu glauben, was gegen die Treue dieser wackeren Diener des Staats spreche. Die so schändlich verleumdeten Gentlemen könnten versichert sein, daß sie volles Vertrauen in sie setze. Dieser Brief war vortrefflich berechnet, auf Diejenigen, an die er gerichtet war, einen tiefen Eindruck zu machen. Wahrscheinlich hatten sich nur sehr wenige unter ihnen etwas Schlimmeres zu schulden kommen lassen, als daß sie beim Weine in aufgeregtem Zustande unbesonnene Worte gesprochen. Sie waren bis jetzt nur Mißvergnügte. Hätten sie geglaubt verdächtig zu sein, so wären sie vielleicht aus Nothwehr Verräther geworden. Sie wurden enthusiastisch loyal, sobald sie überzeugt waren, daß die Königin volles Vertrauen in ihre Loyalität setzte. Bereitwilligst unterzeichneten sie eine Adresse, in der sie sie baten zu glauben, daß sie mit der äußersten Entschlossenheit und Freudigkeit ihr Leben zur Vertheidigung ihrer Rechte, der englischen Freiheit und der protestantischen Religion gegen alle fremden und papistischen Feinde aufs Spiel setzen würden. „Gott," setzten sie hinzu, „erhalte Ihre Person, leite Ihre Rathgeber und gebe Ihren Waffen Glück, und möge Ihr ganzes Volk Amen sagen."[121]

Die Aufrichtigkeit dieser Betheuerungen wurde bald auf die Probe gestellt. Wenige Stunden nach der Zusammenkunft an Bord der Britannia sah man von den Klippen von Portland die Masten von Tourville's Geschwader. Ein Bote sprengte mit der Nachricht von Weymouth nach London und weckte Whitehall um drei Uhr Morgens aus dem Schlafe. Ein andrer schlug den Küstenweg ein und brachte die Nachricht Russell. Alles war bereit, und am Morgen des 17. Mai stach die verbündete Flotte in See.[122]

[S c h l a c h t b e i L a H o g u e .]

Tourville hatte nur sein eignes, aus vierundvierzig Linienschiffen bestehendes Geschwader bei sich. Aber er hatte bestimmten Befehl, die Landung in England zu decken und eine Schlacht nicht abzulehnen. Obgleich er diese Befehle erhalten, ehe man in Versailles wußte, daß die holländische und die englische Flotte sich vereinigt, hatte er doch nicht Lust, die Verantwortlichkeit für die Nichtbefolgung derselben auf sich zu nehmen. Er erinnerte sich noch mit Bitterkeit des Verweises, den seine übergroße Vorsicht ihm nach dem Gefecht von Beachy Head zugezogen hatte. Er wollte sich nicht zum zweiten Male sagen lassen, daß er ein zaghafter Commandeur sei und keinen andren Muth habe als den gewöhnlichen Muth eines gemeinen Matrosen. Auch war er überzeugt, daß die Uebermacht, mit der er es zu thun haben sollte, mehr scheinbar als wirklich sei. Er glaubte auf Jakob's und Melfort's Versicherung hin, daß die englischen Seeleute, von den Flaggenoffizieren bis herab zu den Kajütenjungen, Jakobiten seien, daß die, welche kämpften, nur mit halben Herzen kämpfen und daß im entscheidendsten Augenblicke wahrscheinlich viele Desertionen stattfinden würden. Von solchen Hoffnungen erfüllt, segelte er von Brest ab, steuerte zuerst gegen Nordosten, gelangte in Sicht der Küste von Dorsetshire und fuhr dann über den Kanal auf La Hogue zu, wo die Armee, die er nach England convoyiren sollte, bereits angefangen hatte, sich auf den Transportfahrzeugen einzuschiffen. Als er sich noch einige Meilen von Barfleur befand, sah er am Morgen des 19. Mai vor Tagesanbruch die große Flotte der Verbündeten am östlichen Horizont entlang segeln. Er beschloß auf sie abzuhalten. Um acht Uhr waren die beiden Schlachtlinien formirt, das Feuer aber begann erst um elf. Es wurde bald klar, daß die Engländer, vom Admiral abwärts, entschlossen waren, ihre Pflicht zu thun. Russell hatte alle seine Schiffe besucht und eine Ansprache an alle seine Mannschaften gehalten. „Wenn Eure Commandeurs falsches Spiel spielen," sagte er, „dann über Bord mit ihnen, und mit mir zuerst." Es gab keine Desertion und keine Lauheit. Carter war der Erste, der die französische Schlachtlinie durchbrach. Er wurde von einem Splitter einer seiner eigenen Raaen getroffen und fiel sterbend aufs Verdeck nieder. Er wollte nicht hinuntergetragen sein, ja er wollte nicht einmal seinen Degen loslassen. „Kämpft für das Schiff," waren seine letzten Worte, „so lange es schwimmen kann." Die Schlacht währte bis vier Uhr Nachmittags. Der Kanonendonner wurde mehr als zwanzig Meilen weit entfernt ganz deutlich von der Armee gehört, welche an der Küste der Normandie lagerte. Während des ersten Theils des Tages war der Wind den Franzosen günstig; sie hatten es mit der Hälfte der verbündeten Flotte zu thun und gegen diese Hälfte bestanden sie den Kampf mit ihrer gewohnten Tapferkeit und mit mehr als gewohnter seemännischer Tüchtigkeit. Nach einem heißen und zweifelhaften Kampfe von fünf Stunden dachte Tourville es sei genug gethan um die Ehre der weißen Flagge aufrecht zu erhalten, und er begann sich zurückzuziehen. Mittlerweile aber war der Wind umgesprungen und den Alliirten günstig geworden, so daß diese jetzt ihre große Ueberlegenheit an Streitkräften nützen konnten. Sie kamen rasch heran, und der Rückzug der Franzosen verwandelte sich in eine Flucht. Tourville vertheidigte sein eignes Schiff mit verzweifeltem Muthe. Es hieß, in Anspielung auf Ludwig's Lieblingsemblem, der „Soleil Royal" und war weit und breit als das schönste Kriegsschiff der Welt berühmt. Die englischen Seeleute erzählten sich, daß es mit einem Bilde des großen Königs geschmückt und daß er auf demselben so dargestellt sei wie er auf der Place de la Victoire erschien: mit besiegten Nationen in Ketten unter seinen Füßen. Das stolze Schiff lag, von Feinden umringt, wie eine große Festung auf dem Wasser, von allen Seiten aus seinen hundertvier Stückpforten Tod und Verderben ausspeiend. Es war so stark bemannt, daß alle Versuche, es zu entern, scheiterten. Lange nach Sonnenuntergang machte es sich von seinen Angreifern los und segelte, alle seine Speigate von Blut triefend, nach der Küste der Normandie. Es hatte so viel gelitten, daß Tourville seine Flagge schleunigst auf ein Schiff von neunzig Kanonen verlegte, das der „Ambitieux" hieß. Seine Flotte war inzwischen weit über das Meer verstreut. Ungefähr zwanzig seiner kleinsten Schiffe entkamen auf einem Wege, der für jeden andren Muth als den der Verzweiflung zu gefährlich gewesen wäre. Unter dem Schutze der zweifachen Dunkelheit der Nacht und eines dichten Seenebels entflohen sie durch die brausenden Wogen und die verrätherischen Felsen des Strudels von Alderney und erreichten mit merkwürdigem Glück ohne einen einzigen Unfall St. Malo. Bis in diese gefährliche Meerenge, den Schauplatz zahlloser Schiffbrüche, wagten die Verfolger den Fliehenden nicht nachzusetzen.[123]

Diejenigen französischen Schiffe, welche zu groß waren, um sich in den Strudel von Alderney wagen zu können, stoben in die Häfen des Cotentin. Der Soleil Royal nebst zwei anderen Dreideckern kamen glücklich nach Cherbourg. Der Ambitieux und zwölf andere Schiffe, lauter Fahrzeuge ersten und zweiten Ranges, flüchteten sich in die Bai von La Hogue, nahe bei dem Hauptquartiere der Armee Jakob's.

Den drei Schiffen, welche nach Cherbourg flohen, war ein englisches Geschwader unter Delaval's Commando dicht auf den Fersen. Er fand sie in seichtem Wasser liegend, wo kein großes Kriegsschiff ihnen beikommen konnte, und beschloß daher, sie mit seinen Brandern und Booten anzugreifen. Die Operation wurde mit Muth und Erfolg ausgeführt. In kurzer Zeit waren der Soleil Royal und seine beiden Gefährten zu Asche verbrannt. Ein Theil des Schiffsvolks rettete sich ans Land, ein andrer fiel den Engländern in die Hände.[124]

Mittlerweile hatte Russell mit dem größeren Theile seiner siegreichen Flotte die Bai von La Hogue blockirt. Hier, wie bei Cherbourg, waren die französischen Kriegsschiffe in seichtes Wasser gezogen worden. Sie lagen nahe bei dem Lager der Armee, die zur Invasion England's bestimmt war. Sechs von ihnen waren unter einem Fort, Namens Lisset, vor Anker gegangen. Die übrigen lagen unter den Kanonen eines andren Forts, genannt Saint-Vaast, wo Jakob sein Hauptquartier aufgeschlagen hatte und wo die Unionsflagge, mit dem St. Georgs- und dem St. Andreaskreuze geschmückt, neben der weißen Flagge Frankreich's hing. Der Marschall Bellefonds hatte mehrere Batterien aufgefahren, von denen man glaubte, daß sie auch den kühnsten Feind abschrecken würden, sich dem Fort Lisset oder dem Fort Saint-Vaast zu nähern. Jakob indessen, der die englischen Seeleute ein wenig kannte, war nicht ganz unbesorgt und schlug vor, starke Truppencorps an Bord der Schiffe zu bringen. Aber Tourville wollte sich nicht dazu verstehen, eine solche Schmach auf seinen Stand zu laden.

Inzwischen traf Russell Vorbereitungen zu einem Angriffe. Am Nachmittag des 23. Mai war Alles fertig. Eine aus Sloops, Brandern und zweihundert Booten bestehende Flotte wurde dem Commando Rooke's anvertraut. Die ganze Flotte war vom höchsten Muthe beseelt. Die Ruderer, durch den schon errungenen Sieg angefeuert und von dem Gedanken erfüllt, daß sie unter den Augen französischer und irischer Truppen kämpfen sollten, welche gekommen waren, um England zu unterjochen, steuerten muthig und unter lauten Hurrahs auf die sechs gewaltigen hölzernen Kastelle zu, welche dicht bei dem Fort Lisset lagen. Die Franzosen, obgleich ein ausgezeichnet tapferes Volk, sind stets empfänglicher für plötzliche Anfälle von panischem

Schrecken gewesen als ihre phlegmatischen Nachbarn, die Engländer und Deutschen. An diesem Tage bemächtigte sich der Flotte wie der Armee ein panischer Schrecken. Tourville befahl seinen Matrosen ihre Boote zu bemannen, um sie dem Feinde entgegen in die Bai hinaus zu führen. Aber sein Beispiel und seine Ermahnungen blieben erfolglos. Die Boote machten Kehrt und flohen in völliger Verwirrung. Die Schiffe wurden im Stich gelassen, die Kanonade vom Fort Lisset war so schwach und schlecht dirigirt, daß sie keine Wirkung that, und die am Strande lagernden Regimenter zogen sich zurück, nachdem sie aufs Gerathewohl einige Flintenschüsse abgefeuert hatten. Die Engländer enterten die Schiffe, steckten sie in Brand und zogen, nachdem sie diese wichtige Operation ohne den Verlust eines einzigen Menschenlebens ausgeführt, mit der zurückgehenden Fluth wieder ab. Die Bai glich während der ganzen Nacht einem Feuermeere und dann und wann verkündete eine heftige Explosion, daß die Flammen eine Pulverkammer oder eine Reihe geladener Geschütze ergriffen hatten. Am andern Morgen um acht Uhr mit der wiederkehrenden Fluth kamen Rooke und seine zweihundert Boote nochmals in die Bai. Der Feind machte einen schwachen Versuch, die in der Nähe des Forts St. Vaast liegenden Schiffe zu vertheidigen. Wenige Minuten lang spielten die Batterien mit einiger Wirkung gegen die Mannschaften unserer Boote; aber der Kampf war bald vorüber. Die Franzosen stürzten hastig auf der einen Seite aus ihren Schiffen, die Engländer drangen eben so schnell auf der andren Seite hinein und richteten unter lautem Jubel die genommenen Kanonen gegen das Ufer. Die Batterien waren bald zum Schweigen gebracht. Jakob und Melfort, Bellefonds und Tourville sahen in hülfloser Verzweiflung der zweiten Verbrennung zu. Die Sieger ließen die Kriegsschiffe ruhig brennen und drangen in eine innere Bucht vor, in der viele Transportschiffe lagen. Acht von diesen Schiffen wurden ebenfalls in Brand gesteckt, mehrere andere wurden ins Schlepptau genommen und der Rest würde auch noch entweder angezündet oder mit fortgeführt worden sein, wenn nicht die Ebbe eingetreten wäre. Es war unmöglich noch mehr zu thun und die siegreiche Flotille zog sich langsam zurück, das feindliche Lager mit dem donnernden Gesange des God save the king verhöhnend.

So endete am Nachmittage des 24. Mai der große Kampf, der fünf Tage lang in weiter Ausdehnung auf der See und an der Küste gewüthet hatte. Ein englischer Brander war in der Ausübung seiner Pflicht zu Grunde gegangen. Sechzehn französische Kriegsschiffe, lauter prächtige Fahrzeuge, darunter acht Dreidecker, waren versenkt oder bis auf den Kiel niedergebrannt. Die Schlacht wird nach der Stelle, wo sie endigte, die Schlacht von La Hogue genannt.[125]

[F r e u d e i n E n g l a n d .]

183

Die Nachricht wurde in London mit grenzenlosem Jubel aufgenommen. In dem Kampfe auf offener See war die numerische Uebermacht der Alliirten allerdings so groß gewesen, daß sie wenig Ursache hatten, sich auf ihren Sieg etwas einzubilden. Aber der Muth und die Geschicklichkeit, womit die Mannschaften der englischen Boote in einem französischen Hafen, im Angesicht einer französischen Armee und unter dem Feuer französischer Batterien eine imposante französische Flotte zerstört hatten, rechtfertigte vollkommen den Stolz, mit dem unsere Vorfahren den Namen La Hogue aussprachen. Um uns ganz in ihre Gefühle hineindenken zu können, müssen wir uns erinnern, daß dies der erste große Schlag war, der den Waffen Ludwig's XIV. versetzt wurde, und der erste große Sieg, den die Engländer seit der Schlacht von Agincourt über die Franzosen davontrugen. Der Flecken, den die schmachvolle Niederlage bei Beachy Head auf unsren Namen gebracht, war verwischt, und diesmal war der Ruhm ganz unser. Die Holländer hatten zwar ihre Pflicht gethan, wie sie sie im Seekriege jederzeit gethan haben, mochten sie mit uns oder gegen uns fechten, mochten sie siegen oder besiegt werden. Die Engländer aber hatten die Hauptlast des Kampfes getragen. Russell, der das Obercommando führte, war ein Engländer. Delaval, der den Angriff auf Cherbourg leitete, war ein Engländer. Rooke, der die Flotille in die Bai von La Hogue führte, war ein Engländer. Die beiden einzigen hohen Offiziere, welche gefallen waren, Admiral Carter und Kapitain Hastings vom „Sandwich", waren Engländer. Die Freude, mit der die gute Nachricht bei uns aufgenommen wurde, darf indessen nicht ausschließlich, nicht einmal hauptsächlich dem Nationalstolze zugeschrieben werden. Die Insel war außer Gefahr. Die herrlichen Weiden, Kornfelder und Landgüter von Hampshire und Surrey sollten nicht der Schauplatz eines Krieges werden. Die Häuser und Gärten, die Küchen und Milchkammern, die Keller und Geschirrschränke, die Frauen und Töchter unserer Gentry und unserer Geistlichkeit, sollten nicht den Händen irischer Rapparees, die den Engländern von Leinster die Häuser angezündet und das Vieh abgezogen hatten, oder französischen Dragonern, die gewohnt waren, auf Kosten der Protestanten von Auvergne zu leben, preisgegeben werden. Whigs und Tories dankten Gott für die Errettung aus dieser großen Gefahr, und die achtungswertheren Eidverweigerer mußten nothwendig im Herzen froh sein, daß der rechtmäßige König nicht durch eine Armee von Ausländern zurückgebracht werden sollte.

Die öffentliche Freude war demnach fast allgemein. Mehrere Tage lang läuteten die Glocken London's unaufhörlich. Flaggen wehten auf allen Kirchthürmen, Reihen von Lichtern standen in allen Fenstern, Freudenfeuer brannten an allen Straßenecken.[126] Die Meinung, welche die Regierung von den Diensten der Flotte hegte, wurde rasch und in verständiger und angenehmer Weise kund gethan. Sidney und Portland wurden nach Portsmouth zur Flotte abgeschickt, begleitet von Rochester, als Repräsentanten der Tories. Die drei Lords nahmen siebenunddreißigtausend Pfund baares Geld mit, die sie als Geschenk unter die Mannschaften vertheilen sollten.[127] Die Offiziere erhielten goldne Medaillen.[128] Hastings' und Carter's Ueberreste wurden mit allen Ehrenbezeigungen ans Land gebracht; Carter wurde mit großem militärischen Gepränge in Portsmouth begraben;[129] die Leiche Hastings' wurde nach London abgeführt und mit ungewöhnlicher Feierlichkeit unter den Steinplatten von Saint James Church beigesetzt. Die Gardeinfanterie folgte der Bahre mit umgekehrten Gewehren, vier königliche Galawagen, jeder von sechs Pferden gezogen, fuhren im Zuge, eine Menge vornehmer Leute in Trauerkleidung füllte die Kirchenstühle, und der Bischof von Lincoln hielt die Leichenrede.[130] Während man den Gefallenen solche Ehre erzeigte, vergaß man auch der Verwundeten nicht. Funfzig Aerzte, reichlich versehen mit Instrumenten, Bandagen und Medikamenten, wurden schleunigst von Lincoln nach Portsmouth geschickt. [131] Wir können uns nicht leicht einen Begriff davon machen, mit welchen Schwierigkeiten es damals verknüpft war, Hunderten von verstümmelten und zerfleischten Menschen eine bequeme Unterkunft und geschickte Pflege zu verschaffen. Gegenwärtig kann sich jede Grafschaft, jede große Stadt eines geräumigen Palastes rühmen, in welchem der ärmste Arbeiter, der ein Glied gebrochen, ein vortreffliches Bett, einen geschickten Arzt, eine aufmerksame Wärterin, Arzeneien von bester Qualität und die einem Kranken nöthige Kost findet. Damals aber gab es im ganzen Reiche nicht ein einziges durch freiwillige Beiträge unterhaltenes Krankenhaus. Selbst in der Hauptstadt waren die beiden einzigen Gebäude, in denen Verwundete Aufnahme finden konnten, die beiden alten Hospitäler zu St. Thomas und zu St. Bartholomäus. Die Königin gab Befehl, daß in diesen beiden Hospitälern auf Staatskosten Vorkehrungen zur Aufnahme von Kranken von der Flotte getroffen werden sollten.[132] Zu gleicher Zeit wurde bekannt gemacht, daß ein würdiges und dauerndes Erinnerungszeichen der Dankbarkeit England's für den Muth und Patriotismus seiner Seeleute sich bald auf einer vorzüglich geeigneten Stelle erheben werde. Unter den außerhalb der Stadt gelegenen Residenzen unserer Könige nahm die zu Greenwich lange einen ausgezeichneten Platz ein. Karl II. liebte diesen Wohnsitz und er beschloß das Haus umzubauen und die Gärten zu verschönern. Bald nach seiner Restauration begann er an einem Punkte, der bei hochgehender Fluth fast von der Themse bespült wurde, einen Palast von großem Umfange mit bedeutendem Kostenaufwande zu erbauen. Hinter dem Palaste wurden lange Alleen von Bäumen angelegt, welche unter der Regierung Wilhelm's kaum mehr als Schößlinge waren, die aber jetzt mit ihren gigantischen Laubkronen die Lustpartien mehrerer Generationen beschattet haben. An dem Hügelabhange, welcher lange Zeit der Schauplatz der Feiertagsbelustigungen der Londoner gewesen ist, wurden zahlreiche Terrassen angelegt, deren Spuren noch jetzt zu erkennen sind. Die Königin erklärte jetzt öffentlich im Namen ihres Gemahls, daß das von Karl angefangene Gebäude vollendet und eine Zufluchtsstätte für Seeleute werden sollte, die im Dienste für ihr Vaterland invalid geworden waren.[133]

Eine der glücklichsten Wirkungen der erfreulichen Nachricht war die Beruhigung des Volks. Seit ungefähr einem Monate hatte die Nation stündlich eine Invasion und einen Aufstand erwartet und war in Folge dessen beständig in einer reizbaren und argwöhnischen Stimmung gewesen. In vielen Gegenden England's konnte ein Eidverweigerer sich nicht blicken lassen, ohne die größte Gefahr insultirt zu werden. Das Gerücht, daß in einem Hause Waffen verborgen seien, genügte, um einen wüthenden Pöbelhaufen an die Thür zu ziehen. Das Schloß eines jakobitischen Gentleman in Kent war angegriffen und nach einem Kampfe, bei dem mehrere Schüsse fielen, erstürmt und niedergerissen worden.[134] Indessen waren derartige Tumulte noch keineswegs die schlimmsten Symptome des Fiebers, das die ganze Gesellschaft ergriffen hatte. Die Ausstellung Fuller's im Februar schien dem Treiben des schändlichen Gesindels, dessen Patriarch Oates war, ein Ende gemacht zu haben. Einige Wochen lang war die Welt sogar geneigt in Bezug auf Complotte übermäßig ungläubig zu sein. Im April aber trat eine Reaction ein. Die Franzosen und Irländer sollten kommen, und man hatte nur zu guten Grund zu glauben, das es Verräther auf der Insel gebe. Wer da behauptete, daß er diese Verräther bezeichnen könne, der konnte gewiß sein, aufmerksames Gehör zu finden, und es fehlte nicht an einem falschen Ankläger, der sich diese vortreffliche Gelegenheit zu Nutze machte.

[Y o u n g ' s C o m p l o t .]

Dieser falsche Ankläger hieß Robert Young. Seine Geschichte wurde bei seinen Lebzeiten so genau erforscht und es ist von seiner Correspondenz soviel auf uns gekommen, daß der ganze Mensch vor uns steht. Sein Character bietet in der That Stoff zu einem interessanten Studium. Ueber seinen Geburtsort stritten sich drei Nationen. Die Engländer erklärten ihn für einen Irländer, und die Irländer, denen eben nicht viel daran gelegen war, ihn ihren Landsmann nennen zu dürfen, behaupteten wieder, er sei in Schottland geboren. Wo er auch geboren sein mochte, das Land, wo er aufgewachsen war, konnte keinem Zweifel unterliegen, denn seine Phraseologie ist ganz die der Teagues,[135] welche zu seiner Zeit Lieblingscharactere auf unsrer Bühne waren. Er nannte sich einen Priester der Staatskirche; in Wahrheit aber war er nur Diakonus und seine Ordination als solcher hatte er durch Vorlegung falscher Zeugnisse über seine Kenntnisse und seinen moralischen Character erlangt. Schon lange vor der Revolution hatte er in verschiedenen Gegenden

Irland's Curatenstellen bekleidet, war aber an keinem Orte lange geblieben. Die eine Stelle verlor er in Folge des Aergernisses, das seine gesetzwidrigen Liebschaften erregten. Einen andren Ort verließ er auf einem geborgten Pferde reitend, das er nie zurückgab. Er ließ sich in einer dritten Gemeinde nieder und wurde wegen Bigamie eingezogen. Einige Briefe, die er bei dieser Gelegenheit im Gefängnisse von Cavan schrieb, sind uns erhalten worden. Er versicherte jeder seiner Frauen mit den entsetzlichsten Schwüren, daß sie allein der Gegenstand seiner Liebe sei, und es gelang ihm dadurch, die eine zu bewegen, daß sie ihn im Gefängnisse unterhielt, die andre, daß sie bei den Assisen falsch schwor, um ihm das Leben zu retten. Die einzigen auf uns gekommenen Probestücke seiner Methode, religiöse Lehren zu ertheilen, sind in diesen Episteln enthalten. Er vergleicht sich mit David, dem Manne nach dem Herzen Gottes, der sich sowohl des Ehebruchs als auch des Mordes schuldig machte. Er erklärt, daß er seine Sünden bereue, bittet den Allmächtigen um Vergebung derselben und fleht dann sein „süßes Weib" an, um Christi willen einen Meineid zu schwören. Nachdem er mit genauer Noth dem Galgen entgangen war, trieb er sich mehrere Jahre bettelnd, stehlend, betrügend, heuchelnd und fälschend in Irland und England umher und saß unter verschiedenen Namen in verschiedenen Gefängnissen. Im Jahre 1684 wurde er in Bury des Verbrechens überführt, Sancroft's Namensunterschrift in betrügerischer Absicht nachgemacht zu haben, und zu Pranger und Einsperrung verurtheilt. Aus seinem Kerker schrieb er an den Primas, um seine Nachsicht anzuflehen. Man kann diesen Brief noch heute mit all' seiner ursprünglichen schlechten Satzconstruction und Orthographie lesen.[136] Der Schreiber bekannte seine Schuld, erklärte, daß er nie wieder Ruhe finden werde, bis er die bischöfliche Absolution empfangen habe und sprach einen tödtlichen Haß gegen die Dissenters aus. Da alle diese Zerknirschtheit und Rechtgläubigkeit nichts half, sann der Bußfertige auf etwas Andres, nachdem er hoch und theuer geschworen hatte, sich an Sancroft zu rächen. Der Aufstand im Westen war eben ausgebrochen, und die Magistratsbeamten im ganzen Lande waren nur zu bereit, jeder gegen Whigs oder Nonconformisten erhobenen Anklage ein geneigtes Ohr zu leihen. Young erklärte an Eidesstatt, er wisse, daß in Suffolk ein Anschlag gegen das Leben des Königs Jakob geschmiedet worden sei und nannte einen Peer, mehrere Gentleman und zehn presbyterianische Geistliche als Theilnehmer an dem Complot. Einige von den Angeschuldigten wurden in Untersuchung gezogen und Young erschien in der Zeugenloge, aber die Geschichte, die er erzählte, wurde durch unwiderlegliche Beweise als falsch dargethan. Bald nach der Revolution wurde er abermals einer Fälschung überwiesen, zum vierten oder fünften Mal an den Pranger gestellt und in Newgate eingesperrt. Während er hier saß, beschloß er zu versuchen, ob er als Ankläger von Jakobiten glücklicher sein würde, denn als Ankläger von Puritanern. Er wendete sich zuerst an Tillotson, dem er sagte, es sei ein gräßliches Complot gegen Ihre Majestäten im Werke, ein Complot, so schwarz wie die Hölle, und einige der vornehmsten Männer England's seien mit in dasselbe verwickelt. Obgleich Tillotson einer aus solcher Quelle kommenden Mittheilung wenig Vertrauen schenkte, so glaubte er doch, daß der Eid, den er als Mitglied des Geheimen Raths geleistet, es ihm zur Pflicht mache, die Sache gegen Wilhelm zu erwähnen. Wilhelm nahm wie gewöhnlich die Angelegenheit sehr leicht. Ich bin überzeugt, sagte er, es ist eine Schurkerei, und ich mag auf solche Gründe hin Niemandes Ruhe stören. Nach dieser Abfertigung verhielt sich Young einige Zeit still. Als aber Wilhelm auf dem Continent war und die Nation von der Furcht vor einer französischen Invasion und einem jakobitischen Aufstande erfüllt war, durfte ein falscher Ankläger hoffen, Gehör zu finden. Die bloße eidliche Aussage eines Mannes, der den Kerkermeistern von zwanzig Gefängnissen wohl bekannt war, konnte allerdings so leicht Niemandem nachtheilig werden. Aber Young war Meister einer Waffe, die von allen Waffen der Unschuld am gefährlichsten ist. Er hatte mehrere Jahre von Handschriftenfälschung gelebt und hatte es in dieser abscheulichen Kunst endlich zu einer solchen Fertigkeit gebracht, daß selbst erfahrene Schreiber, die sich auf Handschriften verstanden, bei der genauesten Vergleichung kaum einen Unterschied zwischen seinen Nachahmungen und den Originalen zu entdecken vermochten. Es war ihm gelungen, sich eine Sammlung von Schriftstücken von der Hand angesehener Männer, die im Verdacht der Unzufriedenheit standen, zu verschaffen. Einige Autographen hatte er gestohlen, andere hatte er dadurch erlangt, daß er sich unter fingirtem Namen nach der Führung von Dienstleuten und Curaten erkundigte. Er verfertigte jetzt eine Schrift, die einen Associationsvertrag zur Wiedereinsetzung des verbannten Königs vorstellen sollte. In diesem Dokumente verpflichteten sich die Unterzeichner im Angesicht Gottes, für Seine Majestät die Waffen zu ergreifen und sich des Prinzen von Oranien todt oder lebend zu bemächtigen. Unter diesen Vertrag setzte Young die Namen Marlborough's, Cornbury's, Salisbury's, Sancroft's und Sprat's, Bischofs von Rochester und Diakonus von Westminster.

Das Nächste, was geschehen mußte, war, das Papier an einen Versteck im Hause einer der Personen zu bringen, deren Unterschriften nachgemacht worden waren. Da Young Newgate nicht verlassen durfte, mußte er sich zu diesem Zwecke eines Helfershelfers bedienen. Er wählte dazu einen Elenden, Namens Blackhead, der früher einmal wegen Meineids in Untersuchung gewesen und zum Verluste beider Ohren verurtheilt worden war. Die Wahl war nicht glücklich, denn Blackhead besaß keine von den Eigenschaften, welche das Amt eines falschen Zeugen außer der Schlechtigkeit noch erheischt. Er hatte nichts Vertrauenerweckendes. Seine Stimme war rauh; Heimtücke sprach aus allen Zügen seines fahlen Gesichts; er besaß weder

Erfindungsgabe noch Geistesgegenwart, und er konnte nicht viel mehr thun als die ihm von Anderen eingelernten Lügen hersagen.

Dieser Mensch begab sich, nachdem er von seinem Complicen instruirt war, nach Bromley in Sprat's Palast, stellte sich hier als der vertraute Diener eines imaginären Doctors der Theologie vor, überreichte dem Bischofe mit gebeugtem Knie einen von Young sinnreich verfaßten Brief und ließ sich mit anscheinend tiefer Ehrerbietung den bischöflichen Segen geben. Die Dienerschaft nahm den Fremden gastlich auf; er wurde in den Keller geführt, trank auf das Wohl ihres Herrn und bat sie, daß sie ihn im Hause herumführen möchten. Ihm die Privatgemächer des Bischofs zu zeigen, durften sie nicht wagen, und Blackhead mußte sich deshalb, nachdem er dringend, aber vergebens gebeten hatte, wenigstens einen Blick in das Studirzimmer werfen zu dürfen, damit begnügen, den Associationsvertrag in einem Blumentopfe zu verbergen, der in einem Zimmer neben der Küche stand.

Nachdem Alles in dieser Weise vorbereitet war, benachrichtigte Young die Minister, daß er ihnen etwas mittheilen könne, was für das Wohl des Staates von höchster Wichtigkeit sei, und bat dringend um Gehör. Sein Gesuch kam ihnen an dem vielleicht angstvollsten Tage eines angstvollen Monats zu. Tourville war so eben ausgelaufen, Jakob's Armee wurde eingeschifft, und London war durch Gerüchte von der schlechten Gesinnung der Marineoffiziere beunruhigt. Die Königin überlegte eben, ob sie die Verdächtigen cassiren oder die Wirkung einer Appellation an ihre Ehre und ihren Patriotismus versuchen solle. In einem solchen Augenblicke konnten die Minister sich nicht weigern, Jemanden anzuhören, welcher erklärte, ihnen wichtige Mittheilungen machen zu können. Young und sein Complice wurden demnach vor den Geheimen Rath geführt. Hier beschuldigten sie Marlborough, Cornbury, Salisbury, Sancroft und Sprat des Hochverraths. Diese hochgestellten Männer, sagte Young, hätten Jakob zu einer Invasion in England aufgefordert und hätten versprochen sich ihm anzuschließen. Der beredte und geistreiche Bischof von Rochester habe es übernommen, eine Erklärung zu entwerfen, welche die Nation gegen die Regierung des Königs Wilhelm entzünden werde. Die Verschwörer seien durch ein schriftliches Instrument mit einander verbunden und dieses von ihnen eigenhändig unterzeichnete Instrument werde man bei genauer Nachsuchung in Bromley finden. Young verlangte insbesondere, daß die Boten Befehl erhalten sollten, die Blumentöpfe des Bischofs zu untersuchen.

Die Minister waren ernstlich beunruhigt. Die Geschichte ging sehr ins Einzelne und ein Theil derselben klang wahrscheinlich. Marlborough's Verkehr mit Saint-Germains war Caermarthen, Nottingham und Sidney wohl bekannt. Cornbury war ein Werkzeug Marlborough's und der Sohn eines

Eidverweigerers und notorischen Verschwörers. Salisbury war ein Papist. Sancroft hatte erst vor wenigen Monaten in dem allem Anscheine nach nur zu begründeten Verdachte gestanden, daß er die Franzosen aufgefordert habe, in England einzufallen. Von allen Angeschuldigten war Sprat derjenige, von dem es am unwahrscheinlichsten war, daß er sich an einem gefahrvollen Plane betheiligt haben sollte. Er besaß weder Enthusiasmus noch Ausdauer. Sein Ehrgeiz sowohl wie sein Parteigeist waren jederzeit durch seine Liebe zur Behaglichkeit und durch die Besorgniß um sein persönliches Wohl wirksam in Schranken gehalten worden. Er hatte sich in der Hoffnung, Jakob's Gunst zu gewinnen, einiger strafbarer Gefälligkeiten schuldig gemacht, war Mitglied der Hohen Commission gewesen, hatte an mehreren von diesem Gerichtshofe erlassenen ungerechten Decreten Antheil gehabt und hatte mit zitternder Hand und unsicherer Stimme die Indulgenzerklärung im Chore der Abtei verlesen. Weiter aber war er nicht gegangen. Sobald man sich zuzuflüstern begann, daß die bürgerliche und religiöse Verfassung England's bald durch außerordentliche Mittel vertheidigt werden würden, hatte er die Gewalten niedergelegt, die er zwei Jahre lang im Widerspruch mit dem Gesetz ausgeübt, und hatte sich beeilt sich mit seinen geistlichen Amtsbrüdern auszusöhnen. Er hatte in der Convention für eine Regentschaft gestimmt, hatte aber ohne Zögern die Eide geleistet; er hatte bei der Krönung der neuen Souveraine eine hervorragende Rolle gespielt und von seiner geschickten Hand waren der am 5. November gebrauchten Gebetsformel die Sätze hinzugefügt worden, in denen die Kirche für die an diesem Tage bewirkte zweite Befreiung ihren Dank ausspricht.[137] Daß ein solcher Mann, im Besitz eines großen Einkommens, eines Platzes im Hause der Lords, eines angenehmen Hauses unter den Ulmen von Bromley, und eines zweiten im Bezirke von Westminster, sich in die Gefahr des Märtyrertodes begeben werde, war sehr unwahrscheinlich. Er stand allerdings nicht auf vollkommen gutem Fuße mit der Regierung, denn das Gefühl, welches nächst der Sorge für seine Bequemlichkeit und Ruhe den meisten Einfluß auf sein öffentliches Benehmen gehabt zu haben scheint, war seine Abneigung gegen die Puritaner, eine Abneigung, die nicht aus Bigotterie, sondern aus Epikuräismus entsprang. Ihr strenger Wandel war ein Vorwurf für sein träges und üppiges Leben; ihre Phraseologie beleidigte seinen eigensinnigen Geschmack, und wo sie ins Spiel kamen, verließ ihn seine gewohnte Gutmüthigkeit. Bei seinem Widerwillen gegen die Nonconformisten war von ihm kein großer Eifer für einen Fürsten zu erwarten, den die Nonconformisten als ihren Protector betrachteten. Doch Sprat's Fehler boten eine sichere Gewähr dafür, daß er sich nie aus Groll gegen Wilhelm bei einem Complot zur Zurückführung Jakob's betheiligen werde. Warum Young einem ganz besonders fügsamen, vorsichtigen und die Bequemlichkeit liebenden Manne die gefährlichste Rolle bei einem gefährlichen Unternehmen zuertheilte, ist schwer zu sagen.

Der erste Schritt, den die Minister thaten, war, daß sie Marlborough in den Tower schickten. Er war von allen Angeschuldigten der bei weitem am meisten zu Fürchtende, und daß er mit Saint-Germains in hochverrätherischer Correspondenz gestanden hatte, war eine Thatsache, die der Königin und ihren vornehmsten Räthen als wahr bekannt war, mochte Young nun meineidig sein oder nicht. Einer von den Sekretären des Geheimen Raths und mehrere Gerichtsdiener wurden mit einem Verhaftsbefehle von Nottingham nach Bromley gesandt. Sprat wurde festgenommen und alle Zimmer durchsucht, von denen sich vernünftigerweise annehmen ließ, daß er ein wichtiges Dokument darin verborgen haben könnte: die Bibliothek, das Speisezimmer, das Empfangzimmer, das Schlafzimmer und die anstoßenden Cabinette. Seine Papiere wurden genau untersucht und viel gute Prosa, vielleicht auch einige schlechte Verse, aber nichts Hochverrätherisches darunter gefunden. Die Gerichtsdiener durchwühlten jeden Blumentopf, den sie finden konnten, aber vergebens. Es fiel ihnen jedoch nicht ein, in das Zimmer zu sehen, in welchem Blackhead den Associationsvertrag verborgen hatte, denn dieses Zimmer lag in der Nähe der von der Dienerschaft bewohnten Räume und wurde von dem Bischofe und seiner Familie wenig benutzt. Die Beamten kehrten mit ihrem Gefangenen, aber ohne das Dokument nach London zurück, das, wenn es gefunden worden wäre, ihm hätte verderblich werden können.

Noch spät in der Nacht wurde er nach Westminster gebracht, wo er in seiner Dechanei schlafen durfte. Alle seine Bücherschränke und Schubladen wurden durchsucht und Schildwachen an die Thür seines Schlafzimmers gestellt, die aber strenge Ordre hatten, sich höflich gegen ihn zu benehmen und die Familie nicht zu belästigen.

Am folgenden Tage wurde er vor den Geheimen Rath geführt. Das Verhör wurde von Nottingham mit großer Humanität und Artigkeit geleitet. Der Bischof benahm sich im Bewußtsein völliger Unschuld mit Mäßigung und Festigkeit. Er beklagte sich über nichts. „Ich füge mich," sagte er, „den Nothwendigkeiten des Staats in einer Zeit des Mißtrauens und der Gefahr wie die gegenwärtige ist." Er wurde gefragt, ob er eine Erklärung für König Jakob entworfen, ob er in Correspondenz mit Frankreich gestanden, ob er einen hochverrätherischen Associationsvertrag unterzeichnet habe und ob er überhaupt von einer solchen Association etwas wisse. Alle diese Fragen beantwortete er mit vollkommener Wahrheit, auf sein Wort als Christ und Bischof, verneinend. Er wurde in seine Dechanei zurückgebracht, blieb dort noch zehn Tage in leichter Haft und durfte dann, da nichts ihn Gravirendes entdeckt worden war, nach Bromley zurückkehren.

Inzwischen hatten die falschen Ankläger einen neuen Plan ausgesonnen.

Blackhead begab sich aufs Neue nach Bromley und fand Mittel und Wege, den fingirten Associationsvertrag von dem Orte, wo er ihn verborgen hatte, wegzunehmen und Young zurückzubringen. Eine von Young's beiden Frauen trug das Papier dann in das Staatssekretariat und erzählte eine von Young erfundene Lüge, um zu erklären, wie ein Dokument von solcher Wichtigkeit in ihre Hände gekommen sei. Aber es war jetzt nicht mehr so leicht die Minister zu erschrecken, wie es einige Tage früher gewesen war. Die Schlacht von La Hogue hatte allen Invasionsbefürchtungen ein Ende gemacht. Anstatt daher wieder einen Verhaftsbefehl nach Bromley zu schicken, schrieb Nottingham nur einige Zeilen an Sprat, mit denen er ihn bat, ihn in Whitehall zu besuchen. Der angeschuldigte Prälat kam der Einladung unverzüglich nach und wurde vor dem Geheimen Rathe mit Blackhead confrontirt. Die Wahrheit kam sogleich ans Licht. Der Bischof erinnerte sich der tückischen Miene und Stimme des Mannes, der ihn kniend um seinen Segen gebeten hatte, und sein Sekretär bestätigte die Aussage seines Gebieters. Der falsche Zeuge verlor bald seine Geistesgegenwart. Seine stets bleichen Wangen wurden leichenhaft und seine in der Regel laute und rauhe Stimme sank zu einem Gelispel herab. Die Mitglieder des Geheimen Raths sahen seine Verwirrung und unterwarfen ihn einem strengen Verhör. Eine Zeit lang beantwortete er ihre Fragen durch wiederholtes Hervorstammeln seiner ersten Lüge in den ursprünglichen Worten. Endlich aber sah er keinen andren Ausweg mehr als seinem Lügengewebe als das Eingeständniß seiner Schuld. Er gestand, daß er eine unwahre Darstellung von seinem Besuche in Bromley gegeben habe, erzählte nach vielen Ausflüchten, wie er den Associationsvertrag verborgen und ihn aus seinem Verstecke wieder entfernt habe, und bekannte, daß er von Young gebraucht worden sei.

Hierauf wurden die beiden Complicen mit einander confrontirt. Young leugnete mit frecher Stirn Alles. Er wisse nichts von den Blumentöpfen. „Wenn dies wahr ist," riefen Nottingham und Sidney zu gleicher Zeit, „warum legten Sie dann so besonderes Gewicht darauf, daß die Blumentöpfe in Bromley untersucht werden sollten?" — „Ich habe nie etwas über die Blumentöpfe gesagt," erwiederte Young. Jetzt rief der ganze Staatsrath entrüstet aus: „Wie können Sie das zu behaupten wagen? Wir Alle entsinnen uns dessen." Der Schurke hielt sich noch immer tapfer und rief mit einer Unverschämtheit, um die ihn Oates hätte beneiden können: „Diese ganze Versteckungsgeschichte ist ein zwischen dem Bischofe und Blackhead verabredeter Streich. Der Bischof hat Blackhead gewonnen, und sie versuchen Beide, das Complot zu vertuschen." Das war zu viel. Das ganze Collegium lächelte und schlug die Hände über dem Kopfe zusammen. „Mensch," rief Caermarthen, „willst Du uns glauben machen, der Bischof habe dieses Papier an einem Orte aufbewahren lassen, wo Zehn gegen Eins zu wetten war, daß unsere Agenten es finden würden und wo es ihn an den Galgen bringen konnte, wenn sie es gefunden hätten?"

Die falschen Ankläger wurden ins Gefängniß zurückgebracht, und der Bischof verabschiedete sich von den Ministern, nachdem er ihnen für ihr unparteiisches und ehrenwerthes Verfahren seinen wärmsten Dank ausgesprochen hatte. Im Vorzimmer fand er eine Menge Leute versammelt, welche Young angafften, der dasaß und ihre neugierigen Blicke mit der heiteren Ruhe eines Mannes aushielt, der von der Hälfte der Pranger England's auf viel zahlreichere Versammlung herabgesehen hatte. „Young," sagte Sprat zu ihm, „Euer Gewissen muß Euch sagen, daß Ihr mir schweres Unrecht gethan habt. Um Euretwillen bedaure ich, daß Ihr darauf beharrt, das zu leugnen, was Euer Genosse bereits eingestanden hat." — „Eingestanden?" rief Young; „nein, es ist noch nicht Alles eingestanden, und das werden Sie zu Ihrem Schrecken erfahren. Es giebt ein Ding, das man Anklage nennt, Mylord. Sobald das Parlament versammelt ist, sollen Sie mehr von mir hören." — „Gott führe Euch zur Reue," entgegnete der Bischof, „denn verlaßt Euch darauf, Ihr seid in viel größerer Gefahr, verurtheilt zu werden, als ich angeklagt, zu werden."[138]

Achtundvierzig Stunden nach der Entlarvung dieses schändlichen Betrugs wurde Marlborough gegen Bürgschaft seiner Haft entlassen. Young und Blackhead hatten ihm einen unschätzbaren Dienst geleistet. Daß er bei einem ganz eben so strafbaren Complot betheiligt war wie das, dessen sie ihn fälschlich beschuldigt hatten, und daß die Regierung moralische Beweise seiner Schuld in Händen hatte, ist jetzt gewiß. Aber seine Zeitgenossen hatten nicht, wie wir jetzt, den materiellen Beweis seiner Treulosigkeit vor Augen. Sie wußten, daß er eines Verbrechens angeklagt war, das er nicht begangen hatte, daß Meineid und Fälschung angewendet worden waren, um ihn ins Verderben zu stürzen, und daß er in Folge dieser Machinationen einige Wochen im Tower zugebracht hatte. Die öffentliche Meinung brachte sehr natürlich seine Ungnade und seine Verhaftung mit einander in Verbindung. Er war ohne genügenden Grund verhaftet worden. Konnte man also nicht, in Ermangelung jeden Ausschlusses, vernünftigerweise annehmen, daß er auch ohne genügenden Grund in Ungnade gefallen war? Es stand fest, daß eine schändliche, jeder Begründung entbehrende Verleumdung Ursache gewesen war, daß man ihn im Mai wie einen Verbrecher behandelt hatte. War es da nicht wahrscheinlich daß im Januar ebenfalls eine Verleumdung ihm die Gunst seines Gebieters entzogen haben konnte?

Young's Hilfsmittel waren noch nicht erschöpft. Sobald er von Whitehall nach Newgate zurückgebracht war, ging er ans Werk, ein neues Complot zu erdichten und einen neuen Complicen zu suchen. Er wendete sich an einen

Menschen, Namens Holland, der in größter Dürftigkeit lebte. Noch nie, sagte Young zu ihm, sei die Gelegenheit so günstig gewesen. Ein verwegener und schlauer Bursche könne mit Leichtigkeit fünfhundert Pfund verdienen. Fünfhundert Pfund waren in den Augen Holland's ein fabelhafter Reichthum. Er fragte, was er dafür thun müsse. Nichts weiter, lautete die Antwort, als die Wahrheit sagen, das heißt handgreifliche Wahrheit, ein wenig entstellt und ausgeschmückt. Es existire wirklich ein Complot, und dies würde auch bewiesen worden sein, wenn Blackhead sich nicht hätte erkaufen lassen. Sein Abfall habe es nothwendig gemacht, die Erdichtung zu Hülfe zu nehmen. „Ihr müßt beschwören, daß Ihr mit mir in einer Hinterstube im höchsten Stockwerk des „Seekrebs," in Southwark gewesen seid. Dort sind einige Männer mit uns zusammengetroffen, die ein Losungswort geben mußten, ehe sie eingelassen wurden. Sie trugen alle weiße Camelotröcke. Sie unterzeichneten in unsrer Gegenwart den Associationsvertrag, bezahlten dann jeder seinen Schilling und gingen wieder. Ihr müßt bereit sein, zwei von diesen Leuten als Mylord Marlborough und den Bischof von Rochester zu bezeichnen." „Wie soll ich ihre Identität beweisen?" fragte Holland. „Ich habe sie in meinem Leben nicht gesehen." — „Ihr müßt dafür sorgen, daß Ihr sie sobald als möglich zu sehen bekommt," erwiederte der Versucher. „Der Bischof wird in der Abtei sein, und Jedermann am Hofe wird Euch Lord Marlborough zeigen." Holland ging sogleich nach Whitehall und hinterbrachte Nottingham diese Unterredung. Der unglückliche Nachahmer Oates' wurde auf Befehl der Regierung wegen Meineids, Verleitung zum Meineid und Fälschung in Untersuchung gezogen. Er wurde für schuldig befunden und zu Gefängniß verurtheilt, wurde abermals an den Pranger gestellt, und erfuhr als Zugabe zu seiner Ausstellung, aus der er sich wenig machte, eine so wüthende Steinigung von Seiten des Pöbels, wie man sie selten erlebt hatte.[139] Nach überstandener Strafe verlor er sich einige Jahre unter dem Schwarme von Dieben und Gaunern, die in der Hauptstadt ihr Unwesen trieben. Im Jahre 1700 endlich trat er wieder aus seinem Dunkel hervor und erregte eine momentane Aufmerksamkeit. Die Zeitungen berichteten, daß der einst so berüchtigte Robert Young wegen Falschmünzerei eingezogen, daß er schuldig befunden und zum Tode verurtheilt und daß schließlich der ehrwürdige Herr in Tyburn aufgehängt worden sei und eine zahlreiche Versammlung von Schaulustigen durch seine Reue höchlich erbaut habe.[140]

CPSIA information can be obtained
at www.ICGtesting.com
Printed in the USA
LVHW090625050820
662302LV00009B/467